스타터 빌런

Starter Villain

Copyright ⓒ 2023 by John Scalzi
All rights reserved.
No part of this book may be used or reproduced in any manner
whatever without written permission except in the case of brief quotations
embodied in critical articles or reviews.

Korean Translation Copyright ⓒ 2024 by Gufic Publishing Company
Korean edition is published by arrangement with Ethan Ellenberg Agency,
New York through BC Agency, Seoul

이 책의 한국어판 저작권은 BC에이전시를 통해 저작권자와 독점계약을 맺은 구픽에 있습니다.
저작권법에 의해 한국 내에서 보호를 받는 저작물이므로 무단전재와 복제를 금합니다.

1장	009
2장	022
3장	035
4장	048
5장	056
6장	068
7장	079
8장	095
9장	106
10장	114
11장	124
12장	137
13장	147
14장	158
15장	169

16장	181
17장	192
18장	212
19장	228
20장	238
21장	247
22장	257
23장	268
24장	279
25장	296
26장	305
27장	320
28장	330
작가 후기	342

누군가의 나날을 나쁘게 만들 수도 있지만,
그보다는 더 나은 날들이 될 수 있게 노력하는 모든 사람에게
이 책을 바친다. 감사드린다.
그 일은 여러분이 생각하는 것보다 더 중요하다.
지금 내가 기르고 있는 고양이들인
슈가, 스파이스, 스머지에게도 바친다.
너희들은 전부 골칫덩어리야. 하지만 나는 너희의
바보 같은 털뭉치 얼굴을 사랑해.

1장

나는 제이크 외삼촌의 죽음을 전혀 예상치 못한 곳에서 알게 되었다. CNBC의 아침 뉴스 토크쇼인 〈스쾍 박스Squawk Box〉를 보던 중이었다.

그날도 습관처럼 〈스쾍 박스〉를 틀었다. 〈시카고 트리뷴〉의 경제부 기자였을 때 아침이면 아내 진과 각자 일과를 준비하면서 〈블룸버그 뉴스〉, 〈폭스 비즈니스〉와 함께 〈스쾍 박스〉를 번갈아 틀곤 했다. 요즘은 그럴 필요가 덜하다. 임시 교사가 중1 영어반 애들 뒤치다꺼리하려고 아시아 시장의 상황을 주목할 필요는 없으니까. 하지만 오랜 습관은 없애기 힘든 법이다.

사실은 이렇다. 토스트에 바를 땅콩버터를 준비하고 있을 때, 아일랜드 식탁 위에 켜 놓았던 아이패드에서 '제이크 볼드윈'이란 이름이 들렸다. 공동 진행자인 앤드루 로스 소킨이 제이크 삼촌의 사망 소식을 전하는 순간, 나는 나이프를 들고 땅콩버터를 반쯤 바르던 손을 멈췄다. 향년 67세에 췌장암으로 사망한 삼촌은 은둔한 억만장자로, 북미에서 세 번째로 큰 주차장 체인의 소유주였다.

"이거 들었어?" 나는 아침 식사 파트너에게 말했다. 그 파트너는 아내 진이 아니었다. 진은 더 이상 내 아내가 아니고 같이 살지도 않기 때문이다. 그녀는 지금 고향인 보스턴으로 돌아갔고, 투자은행가와 사귀고 있다. 그리고 인스타그램에 올라온 사진들이 사실이라면 전 세계의 호화 휴양지를 돌며 대부분 시간을 보내고 있다. 내 아침 식사 파트너는 헤라인데, 오렌지색과 흰색의 털이 섞인 고양이다. 이혼과 해고 후 어릴 적 살던 집으로 돌아왔을 때 헤라가 뒷마당 덤불에서 나타났고, 야옹 소리를 통해 지금 자신이 그 집에서 나와 함께 살고 있음을 알려 주었다. 헤라는 아일랜드 식탁 한가운데서 나와 함께 〈스퀵 박스〉를 보면서, 자기의 아침 식사인 '야옹 믹스' 사료를 먹고 있었다. 앤드루 로스 소킨이 자기 먹잇감인지 아닌지를 판단하고 있는 게 아닌가 싶었다.

나는 제이크 삼촌이 병환 중이었다는 사실도 모르고 있었다. 췌장암이라는 사실은 더더욱 몰랐다. 동료 억만장자였던 스티브 잡스도 그 병으로 사망하지 않았던가(내 머릿속의 기자 본능은 거의 자동 기계처럼 제이크 삼촌의 부고 첫 문장을 쓰기 시작하고 있었다. 아까 말했듯, 오래된 습관은 버리기 힘들다). 엄밀히 말하자면 제이크 삼촌이 나에게 병을 숨긴 건 아니었다. 다섯 살 이후로는 삼촌과 전혀 연락이 없었다. 어머니 장례식 때 아버지와 제이크 삼촌은 사이가 틀어졌다. 아버지와 삼촌이 소리 지르던 게 어렴풋이 기억난다. 그리고 그날 이후로 제이크 삼촌은 존재하지 않는 사람 같았다. 아버지는 그렇게 취급했다. 제이크 삼촌도 그랬던 게 분명하다. 아무튼 삼촌은 아버지 장례식에도 오지 않았다.

나도 삼촌에 대해 전혀 생각하지 않았다. 그러다 대학 재학 중에 학교 신문 〈데일리 노스웨스턴〉에 경제 관련 기사를 쓰기 시작하면서, 에반스톤에 있는 주차장 건물 절반 이상이 BLP라는 비상장기업 소유이고, 제이크 삼촌이 그 BLP의 대주주로 경영을 좌우한다는 사실을 알게 되었다. 나는 삼촌과 인터뷰하려고 했다. 가능성이 있지 않나 생각했지만 BLP에는 홍보 담당 부서가 없었고, 심지어 웹사이트에 회사 연락처도 나와 있지 않았다. 결혼할 때 아버지에게서 삼촌 연락처를 알아내 청첩장을 보냈다. 어떤 일이 벌어질지 보고 싶은 게 큰 이유였다. 삼촌은 결혼식에 오지는 않았지만, 선물을 보냈다. 베리 스푼(베리 종류를 떠먹는 전용 스푼-옮긴이)과 수수께끼 같은 메모였다. 그 이후로 나는 삼촌에 대해 생각하지 않았다. 어려운 일은 아니었다. 삼촌은 미디어에 거의 등장하지 않았고, 뉴스에 나오지도 않았으니까.

하지만 삼촌에 관한 자료가 거의 없어서 CNBC는 난감하기 짝이 없을 것이다. 나는 소킨(그리고 방송작가들)이 삼촌같이 중요하면서도—억만장자는 적어도 CNBC에게는 중요하다—가장 섹시하지 않은 방법으로 부를 쌓은 인물에 대해 뭐라도 논평하려고 진땀 빼는 모습을 지켜보았다. 스티브 잡스는 매킨토시와 아이폰, 그리고 내가 지금 〈스퀵 박스〉를 보고 있는 태블릿 같은 라이프스타일 기술을 세상에 선물했다. 제이크 삼촌은 사람들에게 주차할 장소를 제공했다. CNBC는 삼촌에 대한 드라마가 부족하다는 문제를 해결하기 위해 '전국 주차장 협회'의 소식지인 〈파킹 매거진〉 기자를 패널로 불렀다. 그렇다. 이 협회와 잡지는 실제로 존재하고 있다.

"이런 젠장." 기자가 화면에 나타난 순간, 나는 이렇게 말하면서 땅콩버터 토스트 끝 조각을 아이패드에 던졌다. 조각은 화면에 땅콩 얼룩을 남기면서 튀어 헤라 앞에 떨어졌다. 헤라는 어리둥절해하며 나를 올려다보았다. "빌어먹을 피터 리스야." 노트북 웹캠으로 녹화된 게 분명한 리스의 얼굴을 향해 삿대질하며 나는 헤라에게 말했다. 그는 제이크의 죽음이 사회의 필수 요소인 주차장 업계에 미칠 영향을 설명하고 있었다. "저놈은 형편없는 기자야. 같이 일해 봐서 확실히 알지."

헤라는 시큰둥하게 땅콩버터 토스트 조각을 먹었다.

나는 실제로 〈시카고 트리뷴〉에서 리스와 함께 일한 적이 있다. 그리고 그는 정말 형편없는 기자였다. 언젠가 그가 중요한 기사를 망치는 사고를 쳐서 나를 포함한 다른 기자들이 간신히 뒷수습하고, 경제부 부편집장이 그의 목을 조르려고 했던 게 기억난다. 그와 나는 거의 비슷한 시기에 〈시카고 트리뷴〉에서 해고당했다. 나는 지금 그에게 화가 났다. 〈파킹 매거진〉에서 일하는 건 〈시카고 트리뷴〉에 비해 급이 한참 떨어지지만 그래도 그는 어쨌든 아직 기자고, 나는 내가 졸업한 학교에서 임시 교사로 일하고 있었기 때문이었다. 그렇게 된 이유가 있었다. 이혼했고, 파산한 데다, 나 자신의 존재론적 상처가 아물기도 전에 아버지 병간호를 위해 돌아와야 했다. 하지만 화가 난 건 그것 때문이 아니었다. 빌어먹을 피터 리스는 워싱턴에 살면서 〈스콱 박스〉에 출연하는데, 나는 내가 자랐지만 내 명의도 아닌 집에서 토스트나 먹고 있고, 친구라고는 고양이 한 마리뿐이다.

"그만 됐어." 나는 말하면서 화면을 껐다. 리스는 BLP가 비상장 회사이며, 그 사주의 사망은 다른 상장 주차장 기업의 주가에 그다지 큰 영향을 미치지 못할 것이라고 설명하고 있었던 순간이었다. 사실이 아닐 것이다. 하지만 그 점을 자세히 파헤칠 만큼 진심으로 신경 쓰는 사람은 리스와 소킨을 포함해 아무도 없었다. 그리고 바로 광고로 넘어갔다. BLP는 한 억만장자가 남긴 공공의 유산이자 평생을 바쳐 이룬 성과였다. 하지만 그 성과라는 건 금세 잊힐 2분짜리 뉴스, 그리고 위장약 광고가 다였다.

그때 휴대전화가 울리기 시작했다. 문자 메시지의 시대에 이례적인 일이었다. 발신자가 누구인지 보았다. 앤드루 백스터였다. 아버지의 오랜 친구로, 변호사이며 유산 관리인이었다. 유산이라고 해 봤자 내가 지금 사는 이 집이 거의 전부였지만. 나는 신음했다. 앤디의 용건이 무엇이든, 지금은 너무 이른 아침이었다. 음성 메시지로 넘어가게 놔두고는 토스트를 마저 먹었다.

"나 어때 보이니?" 나는 헤라에게 물었다. 나는 임시 교사의 유니폼인 드레스 셔츠, 조끼처럼 된 스웨터, 도커스 캐주얼 구두 차림이 아니었다. 가장 좋은 양복 정장을 입고 있었다. 내가 가진 단 벌 정장으로 결혼식 때와 아버지 장례식 때 입었고, 그 두 사건 사이의 시기에는 한 번도 입은 적이 없었다. 사실 완벽한 정장이라고는 할 수 없었다. 아버지 집으로 돌아올 때 구두를 잃어버렸기 때문이다. 나는 아버지 장례식 때 검은색 스케처스를 신어야 했다. 장례식 때 아무도 그 사실을 눈치채지 못했고, 오늘도 그러길 바라고 있다. "이렇게 입고 있는 걸 보니 돈다발을 안겨 주고 싶지?"

헤라는 마치 승낙하듯 잠깐 가르랑거리다 승낙한다는 듯 천천히 눈을 깜빡였다. 물론 그렇겠지. 넥타이도 헤라가 골라 줬으니까. 내가 침대 위에 녹색 넥타이를 빨간색 넥타이 옆에 두면 대부분 녹색을 고르곤 했다.

"고마워." 나는 고양이에게 말했다. "역시 네가 골라 줘야지." 헤라는 만족해서 사료 그릇으로 돌아갔다.

시계를 보았다. 약속 시간은 20분 남았다. 20분 후면 다음 몇 년 동안의 내 삶의 모습이 어떻게 될지 알게 된다. 제이크 삼촌과는 달리, 내 인생의 목표를 이루는 데 몇 억 달러는 필요 없다.

몇 백만 달러면 충분하다.

:::::

벨린다 대롤은 컴퓨터를 쳐다보았다. "그러면 피처 선배, 340만 달러의 사업 자금 대출을 신청하시는 거군요?"

"맞아." 나는 배링턴 퍼스트 내셔널 저축 및 대출 은행 건물, 대롤의 사무실에 앉아 있었다. 시카고에 기반을 둔 금융 그룹인 서트러스트가 이 은행을 인수한 후 리모델링한 건물이다. 서트러스트는 지방 은행을 인수한 뒤에도 그 상호를 그대로 유지하고 있었다. 그래서 지역 주민들은 얼굴 없는 금융 괴물이 아니라 기존의 지방 은행과 여전히 거래하는 줄로 알고 있었다. 건물에서는 새로 칠한 페인트 냄새, 새로 깔린 수많은 카펫이 뿜어내는 에스테르(산과 알코올이 작용하여 생긴 화합물로 향료로 많이 쓰임—옮긴이) 냄새가 났다.

나는 약속 시간보다 조금 일찍 도착했다. 대롤은 안으로 들어오면서 자기를 소개했다. 그녀는 내가 낯익다고 했다. 우리는 내가 배링턴 고등학교 3학년일 때 그녀가 신입생이었다는 사실을 알게 되었다. 그녀는 내가 학교 신문 편집장 시절, 중3 대수학 담당인 킨케이드 선생님이 학교 최대의 각성제 공급책이라는 기사를 실었다가 곤경에 처했던 일을 기억하고 있었다. 나는 기사를 싣기 전에 신문부 지도교사에게 알리지 않았다는 이유로 정학당했다. 킨케이드 선생님은 각성제 소지 및 판매죄로 6년 형을 선고받고 빅 머니 리버 교도소에 수감되었다. 정학은 당했어도 결말은 만족스러웠던 것 같다.

대롤은 내게 아직도 글을 쓰고 있느냐고 물었다. 나는 소설을 집필 중이라고 말했다. 흔한 거짓말이다.

"배링턴에서 사업을 하기 위한 대출을 신청하는 건가요?" 대롤이 말을 이어갔다.

"맞아. 맥두걸 펍을 인수하려고 해."

"와!" 그녀는 컴퓨터에서 시선을 떼고 나를 쳐다보았다. "나 거기 좋아해요."

나는 그 말에 고개를 끄덕였다. "다들 그렇지." 맥두걸 펍은 다운타운의 목 좋은 길모퉁이에 자리하고 있었는데, 다른 레스토랑과 바가 생겼다 없어지다 하는 와중에도 배링턴에서 수십 년간 영업을 이어온 매장이다. 그 펍의 에일, 그리고 수북하게 담긴 프렌치프라이는 시카고 교외에서 언제나 인기 만점이었다.

"술을 처음 마셔 본 곳도 거기였어요." 대롤이 말했다가 "첫 합법적 음주였죠."라고 바로잡았다.

나는 다시 고개를 끄덕였다. "다들 그렇지." 나는 되풀이했다.

"왜 매각하는지 아세요?"

"경기 침체로 타격을 입었지. 그리고 브레넌 맥두걸 씨는 은퇴하고 싶어 하는데 사업을 이어받으려는 자식들이 없어." 내가 말했다. "자식들이 전부 대학물을 먹었을 때 일어나는 일이지. 바 주인이 되고 싶어 하지 않아."

"선배도 대학 나왔잖아요?"

"그렇지. 하지만 맥두걸 씨 자식들은 전부 MBA거나 의사고 난 언론학 전공이니까." 내가 말했다.

대롤은 고개를 끄덕였다. "그럴 만하네요." 그녀는 화면에 뜬 정보를 응시했다. "그러면 선배는 바를 인수…."

"펍, 그 옆의 레스토랑, 그리고 두 매장이 들어와 있는 건물까지. 브레넌 맥두걸 씨는 이걸 통째로 매각하려고 해. 전부 현재 영업 중이지. 들어가기만 하면 돼."

"펍을 운영한 경험이 있어요? 레스토랑은?"

"아니." 나는 인정했다. "하지만 맥두걸 바에는 이미 직원과 매니저가 있어."

대롤은 이 말에 얼굴을 찡그렸다. "이 업종은 위험이 상존해요. 레스토랑은 특히나요. 경험 많은 매니저와 직원들이 있어도 그래요. 그리고 현재 상황은 더욱 불안정하고요."

"물론이지." 나는 인정했다. "하지만 너도 말했잖아. 맥두걸 펍에서 처음으로 합법적인 음주를 했다고. 맥두걸 펍은 배링턴의 명소야. 사람들은 그 가게가 여기 있기를 원해. 나도 그러길 바라고. 위험이 없다는 게 아니야. 〈트리뷴〉 기자였을 때 몇 년 동안 지역 사업체를 취재한 적이 있고, 레스토랑 업계의 현재 상황도 알아. 하지만 맥두걸 펍은 거의 땅 짚고 헤엄치기야. 젠장, 난 상호도 그대로 둘 생각이라고."

대롤은 키보드를 딸깍이더니 모니터에 뜬 내용을 읽느라 한동안 잠자코 있었다. "부동산 정보 사이트인 질로우에는 340만 달러에 올라와 있네요." 그녀가 말했다. "선배는 그 전액을 대출 신청하는 거고요."

"그래."

"선배 자산으로 대출금 비율을 낮출 생각은요?"

"여유 자금을 남겨 두려고 해." 내가 말했다. "만약의 사태에 대비해서. 매도인이 마지막까지 밝히지 않거나 점검하지 않은 문제가 생길 수 있으니까."

대롤은 이 말에 입술을 오므렸지만 아무 말도 하지 않았다. 나는 무슨 의미인지 알았다. 지금 내 쪽에 뭔가 미심쩍은 부분이 있는지 생각하는 것이다. 그녀는 다른 창을 클릭했다. "선배 집을 담보로 제시했군요."

나는 고개를 끄덕였다. "그래. 사우스 쿡 스트리트 504번지. 부모님 집이었는데 지금은 내가 살아. 배링턴 퍼스트 내셔널 은행이 오래전에 그 집에 저당권을 설정했지만, 아버지가 전부 상환하셨어." 자동차 사고로 돌아가신 어머니의 생명 보험금으로 상환했다는 얘기는 굳이 하지 않았다. 이건 사연 팔이 프로가 아니다. 눈물 짜는 이야기를 밝히고 싶지 않았다. "부동산 사이트를 이미 봤으니 알겠지만, 그 집의 가치는 현재 80만 달러 정도야."

대롤이 몇 번 더 키보드를 딸각였다. "그 집은 현재 신탁에서 관리하고 있더군요."

나는 생각했다. 이런 젠장. 그녀는 추가 정보를 찾기 위해 부동산 사이트로 이동했다.

"맞아. 가족 신탁이지." 내가 말했다.

"선배가 신탁 관리자인가요?"

"나는 수익자야."

"그렇군요."

"손위 남매들도 있어."

"그렇군요. 몇 명이죠?"

"셋."

"집을 담보로 제공하는 데 그분들이 동의했나요?"

"논의했는데 긍정적인 반응을 보였어." 나는 거짓말했다.

대롤은 '그렇다'고 하면 될 걸 길게 돌려 말하고 있음을 눈치챘다. 좋을 게 없었다. "수탁자들의 공증 서류가 필요해요. 형제분들의 서명이 있으면 더 좋고." 그녀가 말했다. "며칠 안에 제출할 수 있겠어요?"

"해 볼게."

대롤은 이 미적지근한 대답을 메모했다. "서류 준비하는 데 문제가 있나요?"

"새러 누나가 휴가를 갔어." 내가 말했다. 진짜 그럴지 누가 알겠는가? 새러 누나는 휴가를 좋아했다. "하와이의 작은 섬으로. 휴대전화도 터지지 않는 리조트야."

"정말 멋지겠네요." 대롤이 말했다. "하지만 그러면 지금 선배 상황이 복잡해져요." 그녀는 최후통첩하듯 손을 책상 위에 놓았다. 내 눈에는 멋있어 보이지 않는 동작이었다. "피처 선배, 지금 솔직하게 말씀드릴게요. 배링턴 퍼스트 내셔널 은행은 모회사가 바뀌었어요."

"서트러스트." 내가 말했다. "기사로 다룬 적이 있어." 사실이었다. 나는 이 회사를 그렇게 높이 평가하지 않았다. 금융 분야에서 여기저기 손을 댔지만, 웰스 파고 은행(미국 4대 메이저 은행 중 하나-옮긴이)급의 성과를 낸 적이 없었다.

대롤은 고개를 끄덕이고는 말을 이어갔다. "서트러스트의 대출 지침은 매각 전 배링턴 퍼스트 은행보다 엄격해요. 우리는 지역 사업체 인수를 장려하지만, 기초적인 사항을 꼼꼼히 따져 봐야 해요. 선배는 개인 자산은 전혀 제공하지 않으면서 수백만 달러의 대출을 승인해 달라고 하고 있어요. 게다가 담보도 선배 단독 소유가 아니고."

"그럼 대출을 '거절'하는 거야?" 나는 조심스럽게 말했다.

"'거절'이 아니에요. 힘들다는 얘기죠. 이 정도 규모의 대출은 내가 단독으로 승인할 수 없어요. 목요일마다 열리는 대출 심사 위원회에 안건으로 제출해야 해요. 며칠 안으로 선배가 다른 수익자들의 동의서를 제출하면 도움이 될 거예요. 그렇더라도 쉽지는 않아요. 그리고 대출 심사 위원회를 통과하더라도 서트러스트의 승인을 받아야 하죠."

"네가 한 대출 판단을 신뢰하지 않는다는 얘긴가?"

대롤은 희미하게 웃었다. "서트러스트는 다른 기준을 가지고 있어요. 내가 거기 맞춰야죠."

"그러면 '거절'은 아니지만 '아마도 거절'이겠군. 그걸 알려 주는데 일주일 걸리고."

대롤은 미안하다는 듯 손을 벌렸다. "쉽지 않을 거예요." 그녀는 되풀이했다. "솔직하게 드리는 말씀이에요."

"음." 나는 말했다. "솔직하게 말했다고 널 원망할 순 없지."

"듣고 싶던 얘기는 아니라는 거 알아요." 대롤이 말했다. "공동 경영자로 영입할 만한 사람은 없어요?"

"나보다 재정 상황이 나은 사람 말하는 거야?" 나는 코웃음 쳤다. "내가 아는 사람은 전부 나 같은 전직 언론인이야. 다들 바텐더 아니면 임시 교사로 알하고 있지."

"선배는 둘 중에 어느 쪽이죠?"

"현재는 후자. 전자로 업그레이드되길 바라고 있지."

"형제나 다른 가족은요? 도와줄 분이 있을지도 몰라요."

"내 형제들은 집을 담보로 제공해 주는 것만으로도 감지덕지하라고 할 거야." 나는 돌려 까는 뉘앙스를 최대한 담아서 말했다. "제이크라는 삼촌이 한 분 계셔. 부자시지."

"부자 삼촌이라, 나쁘지 않네요." 대롤이 말했다. "투자 기회를 찾고 계실 거예요."

"좋은 생각이야." 나는 말했다. "안타깝게도 얼마 전 돌아가셨지만."

"저런." 그녀는 공손하면서도 곤혹스러운 표정으로 말했다. "정말 유감이에요."

"고마워."

"선배는 괜찮아요?"

"난 괜찮아." 내가 말했다. "가까운 사이도 아니었어. 나 어렸을 때 어머니가 돌아가신 이후 내 인생에서 사라지셨지."

"무례한 얘기일지도 모르지만… 선배 앞으로 유산을 남기지는 않았을까요?"

"그러면… 깜짝 선물이겠지." 나는 다시 완곡어법으로 말했다.

"정말 유감이에요." 그녀는 되풀이해 말했다. "돌아가시기 전에 선배와 만났으면 흥미를 보이셨을 수도 있었는데 아쉽네요."

"어색하기 짝이 없었겠지." 내가 말했다. "내가 가서는 '안녕하세요, 제이크 삼촌. 30년 가까이 연락 못 드려 죄송해요. 그나저나 절 위해서 300만 달러 대출 신청서에 공동 서명해 주실 수 있으세요?' 하고 말하면 어떻게 보이겠어?"

"그야 모를 일이죠."

나는 고개를 저었다. "난 확실히 알아. 삼촌에 대한 좋은 기억은 별로 없어. 마지막으로 연락이 된 건 내 결혼식 날이었지. 선물로 베리 스푼 한 쌍을 보내셨어. '3년 6개월'이라고 쓴 메모와 함께."

대롤이 얼굴을 찌푸렸다. "무슨 뜻이죠?"

"그때는 몰랐어. 3년 반 후에 아내가 이혼 소송을 제기했을 때 알았지."

"미친." 대롤이 말했다. 그러고는 얼른 손으로 입을 가렸다. "죄송해요."

"사과할 필요 없어. 내 반응도 비슷했으니까. 그나마 좋은 소식은, 아내와 갈라선 뒤에도 그 베리 스푼은 내가 가지고 있다는 거야. 그렇게 됐어." 나는 자리에서 일어섰다.

대롤도 일어섰다. "서류 받으면 제출해 주세요." 그녀가 말했다.

"그럴게." 나는 마지막으로 한 번 더 거짓말을 했다.

"소설 잘되길 바랄게요." 내가 사무실을 나갈 때 그녀가 말했다. 상처에 소금 뿌릴 생각으로 한 말은 아닐 것이다. 결과적으로는 마찬가지였지만.

2장

집에서 은행까지는 걸어서 갔다. 먼 거리도 아니었고, 날씨도 좋은 데다, 아버지의 2003년형 닛산 맥시마로 집 차고에서 은행 주차장까지의 400미터를 무사히 갈 수 있을지도 의문이기 때문이었다. 쿡 스트리트에 들어서는 순간 휴대전화가 울렸다.

나는 신음하면서 전화를 받았다.

"집 안 팝니다." 앤디 백스터에게 말했다. 유산 관리인인 백스터는 집을 팔라고 1년 넘게 성화였다.

"나도 반갑네, 찰리." 앤디가 말했다. "자네가 집을 팔려 하지 않는다는 건 나도 아네. 사실 팔 수도 없지. 팔 수 있는 건 나뿐이네. 자네는 집을 팔아도 된다고 동의하는 것밖에는 할 수 없어. 자네 나머지 남매들이 다 그랬듯이."

"그렇게 하지 않을 겁니다."

"이유가 뭔가?"

"우선, 제가 지금 거기서 살고 있으니까요."

"알고 있네." 앤디가 말했다. "거기서 사는 동안은 집세를 낼 필요가 없지."

"아버지의 바람이셨죠. 유언장에도 나와 있듯이, 제가 공과금과 재산세를 낼 수 있는 한 그 집에서 살 수 있습니다. 변호사님도 아시겠죠. 아버지가 유언장을 고치는 걸 도와주셨으니까."

"말이 나왔으니 말인데, 아버님은 이혼하고 해고까지 당한 자네가 재기하게 도우려고 그렇게 하신 거야. 그 집에 평생 눌러앉게 할 생각은 없으셨네."

"아니요, 그럴 생각이셨어요. 아버지는 이미 아프셨고, 만일 그렇게 하지 않으면 제 친애하는 형들과 누나가 신탁에서 3대 1의 다수결로 저를 되도록 빨리 거리로 내쫓으리라는 걸 아셨으니까요." 나는 오랜 시간이 지났음에도 사람들이 말하는 '재기'를 하지 못했다는 사실을 인정해야 하지만 그 부분은 피했다.

"핵심은 그게 아니네." 앤디가 반격했다.

"저는 그 집에 눌러앉아 있는 게 아닙니다." 내가 말했다. 쿡 스트리트와 링컨 스트리트 사이 길모퉁이에서 잠시 발을 멈췄다. 통화하면서 태평하게 걷다가 아마존 택배 차량이나 필레이트에서 배링턴으로 돌아가는 노부인이 모는 차에 치일 수 있기 때문이다. 그러고 싶은 충동이 드는 순간이기도 했다. "저는 공과금도 재산세도 냅니다. 유언장대로요."

"올해 재산세는 연체했더군." 앤디가 지적했다. "공과금도 종종 밀리고."

앤디가 틀린 말을 하는 건 아니었다. 나는 다시 짜증이 났다. 집에 대한 공과금과 세금은 신탁 명의로 부과되고, 따라서 앤디와 내 형제들은 내가 간신히 납부하거나 연체하고 있다는 사실을 알 수 있기 때문이다.

"결국 내긴 했지." 앤디는 인정했다. "하지만 연체 기간이 길어지고 있다는 사실을 모를 수가 없더군, 찰리."

"임시 교사는 변호사님 생각처럼 돈 되는 직업은 아닙니다." 내가 말했다. 이 비참한 현실에서 나를 구해 줄 트럭이나 SUV는 한 대도 없었다. 그래서 나는 연석에서 내려와 다시 걷기 시작했다.

"글 쓰는 다른 직업을 구해 볼 수도 있었잖나."

앤디가 볼 수 없는 걸 알고 나는 비웃듯 웃었다. "네, 그렇죠. 〈시카고 트리뷴〉이나 〈선 타임즈〉가 최근에는 사람을 뽑지 않는다는 사실을 알려 드려야겠네요. 지금 다니는 사람들은 껌처럼 딱 달라붙어 있고요."

"그러면 다른 쪽을 알아봐야지." 백스터가 말했다. "일반 기업으로 가게. 시카고에 회사가 한둘인가. 회사에는 홍보 담당자가 필요해. 아니면 업계 소식지도 있고. 그쪽으로 간 사람들을 알고 있을 것 같네만."

"한둘 정도요." 나는 오늘 아침 〈스쾍 박스〉에 나왔던 빌어먹을 피트 리스를 생각하고는 이를 갈지 않으려고 애썼다.

"그러니 자네도 그렇게 하게."

"고려해 보죠." 나는 말했다. 사실 나는 고려하는 정도가 아니었다. 온라인 구직구인 사이트를 돌아다니며 시카고와 그 교외에 있는 글쓰기 관련 직종에 지원해 오고 있었다. 임시 교사는 나에게 이른바 열정을 불러일으키는 일이 아니었다. 병든 아버지를 돌보는 동안 입에 풀칠하게 해 준 직업일 뿐이었다. 아버지가 돌아가셔서 곁에 있어 드리지 않아도 되자, 나는 내 글쓰기 능력을 발휘할 수 있는 직업을 구하려고 애썼다.

저널리즘이 거의 벼랑 끝에 몰린 — 업계 소식지조차도 그랬다 — 상황인 게, 그리고 글쓰기 능력이 필요한 다른 직종은 크게 세 가지 범주였다는 게 문제였다. 내 경력이 과잉 스펙이라고 얘기하는 직종, 필요한 글쓰기 능력이 없다고 말하는 직종, 예비 인플루언서나 온리팬스(Onlyfans, 성인 전문 유료 구독 사이트-옮긴이) 모델이

SNS에 올릴 포스트를 시간당 11달러를 받고 대필해 주는 직종.

자, 저 셋 중 마지막 일은 자존심 때문에 못 하는 게 아니었다. 하지만 서른두 살인 나는 그 업계에서는 너무 늙다리일 수 있었다. 그 사실은 존재론적 위기감까지 느끼게 했다. 열아홉 살짜리 모델이 협찬받은 수상쩍은 스킨케어 제품을 쓰고 호들갑스럽게 흥분하는 엉터리 글을 대필하기에는 나이가 너무 들었다는 사실에 등골이 오싹해져서 그 대신 맥두걸 바를 인수하려고 하는 건 아니라는 얘기다. 일부러 하지 않았다는 얘기도 아니다.

"꼭 생각해 보게." 앤디가 말했다. "최근에 자네는 대부분 빈둥거리며 지내더군."

"아버지 노릇 하지 마십시오, 앤디." 나는 이렇게 대꾸했다.

"내가 자네 아버지가 아니란 건 알아, 찰리. 그리고 아버지가 살아 계셨다면 지금 나처럼 말씀하셨으리라는 것도 알고."

그는 결정타를 날렸지만 나는 인정하고 싶지 않았다. 그래서 이렇게 말했다. "변호사님. 제가 넋 놓고 있는 건 아닙니다. 아직 야심이 있어요."

"펍 같은 거 말이군."

이 말에 나는 인도에 멈춰 섰다. "어떻게 아셨죠?"

앤디는 한숨을 쉬었다. "찰리, 기억 안 나나? 우린 페친이잖나. 자네가 펍 사진과 함께 '원대한 계획'이라고 포스팅한 걸 봤네."

눈을 질끈 감았다. 빌어먹을 페북. 나는 생각했다. "친구 맺은 걸 잊고 있었네요."

"내가 포스팅을 거의 하지 않으니 그랬겠지." 앤디가 말했다. "노파심이라고 해도 좋네. 매물 가격을 봤어. 임시 교사 수입으로는 감당할 수 없는 액수 같더군."

"그건 전부터 알고 있었습니다." 나는 다시 걷기 시작했다.

"좋은 소식이 있네. 종잣돈을 마련할 방법이 있을 것 같아."

"집을 파는 데 동의하라는 말씀이군요."

"그래, 그거라네."

"그걸로는 부족해요." 내가 말했다. "시장 가격으로 팔리더라도 4등분해야 합니다. 새러 누나, 바비 형, 토드 형과요."

"공동 투자를 권유하게."

나는 그 말에 코웃음 쳤다.

"그래, 알 것 같군." 앤디는 코웃음 소리를 듣고는 인정했다. "자네 남매들이 잘 지내지 못하는 이유를 이해할 수가 없어."

"자기들끼리는 잘 지내죠." 내가 말했다.

"세대 차이 때문일까?"

"그럴지도요." 사실 새러 누나, 바비 형, 토드 형과 나는 이복 남매다. 나만 어머니가 달랐다. 아버지는 빈말로도 원만했다고 볼 수 없는 이혼 후에 젊은 우리 어머니와 재혼했다. 자세한 내용은 한 번도 나에게 얘기해 준 적이 없었고 사실 캐묻고 싶지도 않았다. 막내 형인 토드는 내가 태어났을 때 이미 10대였고, 그 차이는 늘 메우기 힘들었다.

내가 자라는 동안 형이나 누나 중 아무도 같이 살지 않았기 때문에 사이는 더 멀어졌다. 형들과 누나는 일리노이주 샴버그에 있는 자기들 친어머니와 함께 살았다. 명절이나 가끔 있는 억지 가족 휴가 때면 형들과 누나는 자기들끼리 뭉쳤고 나는 외톨박이였다.

그래도 괜찮았다. 손위가 셋이나 있는 막내라도 별 상관없었다. 하지만 그들이 날 집에서 내쫓고 싶어 하는 지금은 상관이 있었다.

"어쨌든 자네 아버지는 재산을 똑같이 나눠 주셨네." 앤디가 말했다. "그 집이 사실상 전부이긴 하지만."

"형들과 누나에겐 별 영향 없습니다, 앤디." 형들과 누나는 고소득 전문직이었고, 상위 1퍼센트의 안락한 생활을 즐기고 있었다. "그들은 그 집을 판 돈이 별 필요 없겠지만 저는 살 데를 새로 구해야 해요."

"인정하네, 찰리. 하지만 요점은 그게 아니야." 앤디가 말했다. "아버지가 재산을 똑같이 나눈 건 자네 남매들이 똑같이 돈이 필요해서가 아니네. 자네들을 똑같이 사랑한다는 사실을 알려 주고 싶어서 그러신 거야. 자네가 계속 그 집에 살게 되면 자네 형들과 누나는 아버지의 사랑을 느낄 기회가 없어지는 걸세. 아버지가 자네를 가장 예뻐했다는 사실만 떠올리게 되지."

나는 쿡 스트리트와 러셀 스트리트 사이 길모퉁이에서 다시 발을 멈췄다. 길 하나만 건너서 주택 한둘만 지나면 방금 앤디가 나에게 말한 문제의 그 집으로 들어가게 된다. "그럼 저보고 노숙자가 되라는 말씀이군요. 재정적으로 안정된 중산층 삼총사는 아버지와의 정신적 문제를 해결할 수 있고요."

"그런 뜻은 아닐세. 하지만 틀린 말도 아니지."

"정신과 상담이 돈이 덜 들 텐데요." 내가 말했다.

"어쨌든 자네가 노숙자가 되지는 않을 걸세. 20만 달러면 집세로는 차고 넘치지. 그리고 이번에는 자네가 정말로 재기할 수 있는 시간을 벌어 줄 거네."

"솔직히 아까보다 진정성 없게 들리는 장래 걱정이네요, 앤디."

"그렇게 들렸다면 미안하네, 찰리. 하지만 진심이야."

이 말에 대답하려고 했을 때, 쿡 스트리트와 러셀 스트리트의 모퉁이에 있는 노란색 집의 울타리에서 야옹 소리가 계속 들려왔다.

"잠깐만요, 앤디." 내가 말했다. 나는 휴대전화를 그대로 켜 둔 채 바지 주머니에 넣고, 울타리 안쪽을 들여다보았다.

울타리에서 다시 야옹 소리가 들렸다.

"이리 나오렴." 내가 말했다.

그러자 내 말을 알아듣기라도 한 듯 오렌지색과 흰색 털의 작은 새끼 고양이가 울타리에서 나왔다. 고양이는 나를 올려다보더니 더 끈질기게, 게다가 뭔가 불만이 있는 듯 계속 야옹거렸다.

익숙한 느낌이었다. 헤라를 만난 것도 오렌지색과 흰색 털의 고양이가 덤불에서 나와서 불만족스럽다는 듯 야옹대서였다. 헤라는 이 방법으로 성공했다.

"데자뷔 야옹아." 나는 새 고양이에게 말하면서 손을 아래로 뻗었다.

새끼 고양이는 내 손바닥 위로 오더니, 곧바로 정장 입은 팔 위로 올라와 어깨에 매달리려고 했다. 나는 떨어지지 않게 내 몸의 무게중심을 옮기고 고양이의 머리를 긁어 주었다. 그러자 고양이는 제트 엔진처럼 큰 소리로 기분 좋게 가르랑거렸다.

"여보세요?" 바지 주머니에서 백스터의 목소리가 들렸다.

나는 고양이를 단단히 잡고 휴대전화를 꺼냈다. "죄송합니다." 내가 말했다. "고양이를 주웠어요."

"또?" 아버지가 살아 계셨을 때, 앤디는 친구인 아버지를 만나러 가끔 집에 들렀다. 그는 헤라가 우리 집에 살게 된 사연을 알고 있었다.

"매일 있는 일인 것처럼 말씀하시네요." 내가 말했다.

"안 그런가?"

"매일은 아니죠."

"이번에도 오렌지색과 흰색 털?"

"사실 그래요."

"자네 집 근처에 오렌지색과 흰색 털 고양이들 분만실이 있는 거 아닌가?"

"그럴지도 모르죠." 나는 말했다. "저기요, 앤디. 끊어야겠어요. 고양이 잃어버린 사람이 있는지 찾아보려고요."

"집 파는 문제에 대해 자네가 뭐라고 했는지 형들과 누나가 알고 싶어 할 텐데."

"생각해 보겠다고 전해 주세요."

"알겠네." 앤디가 말했다. "생각해 볼 거지?"

"물론이죠."

"영혼 없는 대답으로 들리는군, 찰리."

나는 이 말에 씩 웃었다. "끊을게요, 앤디." 나는 이렇게 말하고 전화를 끊었다. "생각해 볼 생각은 전혀 없단다." 나는 고양이에게 말했다. 만족스럽게 가르랑거리던 고양이는 별 관심을 보이지 않는 것 같았다.

고양이를 데리고 도망갈 수는 없었다. 고양이 유괴는 도덕적으로, 그리고 아마 법적으로도 잘못된 행동이다. 나는 괴물이 아니다. 어쨌든 고양이를 유괴하는 괴물은 아니다.

고양이를 잃어버린 사람이 있는지 찾으러 주변을 돌아다녔다. 울타리가 있는 집 주인부터 시작했다. 그 집 사람들은 고양이가 자기들 게 아닐 뿐더러, 끔찍한 고양이 알레르기가 있다고 알려 주었다. 모퉁이 노란색 주택의 옆집에도, 쿡 스트리트 건너편에 있는 집 두 채에도 찾아가 보았다. 평일 오전이었는데도 두 집 다 이상하게 아무도 없었고, 세 번째 집은 "아니요."라고 대답했다.

"이만하면 됐어." 나는 혼잣말했다. 헤라를 처음 주웠을 때도 주인이 있지 않나 생각해서 휴대전화로 사진을 찍고 '고양이 임시 보호 중' 전단을 만들어 길을 따라 내려가며 전봇대에 붙였다. 일주일이 지나도 아무 연락이 없었고 헤라는 우리 집 고양이가 되었다. 나는 이 꼬맹이 털뭉치에게도 비슷한 일이 일어나리라는 아주 기분 좋은 느낌이 들었다. "언니 만나 보러 갈까?" 나는 털뭉치에게 말했다. 털뭉치는 그 말에 만족하는 것 같았다.

나는 고양이가 더 필요하지 않았다. 임시 교사라는 대단한 직업을 가진 지금은 내 한 몸 건사하기도 버거웠다. 하지만 요즘에는 아무도 고양이를 원하지 않았다. 고양이는 원해서 기르는 게 아니다. 우리를 즐겁게 해 주고, 우리에게는 고양이 털 같은 질감을 주는 옷이 없기 때문에 기르는 것이다.

게다가 고양이가 주인에게 다가와서 뭘 요구하면 어떻게 할 것인가? 안 된다고 말할까? 다시 말하건대, 나는 괴물이 아니다.

앤디 백스터가 나를 내보낸 다음 팔려고 하는 집 — 우리 집 — 은 길을 건너서 두 집만 지나가면 나온다. 케이프 코드(매사추세츠주 남동부에 있는 L자 모양의 곶—옮긴이) 모양의 파스텔 블루 색 이층집으로 정면에 현관이 있다. 이웃집들에 비해 크지도 작지도 않고, 양식이나 구조가 특별히 눈에 띄지도 않는다. 부동산업자라면 고객의 수입이나 선호에 맞춰 "아늑한" 또는 "생애 첫 주택으로 적합한" 집이라고 말할 것이다.

하지만 나에게는 그냥 집일 뿐이다. 태어났고, 어린 시절을 보냈으며, 어머니가 돌아가신 후에는 아버지와 함께 대충 그럭저럭 살았고, 멀리 에반스톤에 있는 대학에 들어간 뒤에는 명절 때나 돌아오던 집이다.

이 집에서 살지 않은 시간은 얼마 안 된다. 결혼해서 기자로 언론계 경력을 쌓기 시작하던 몇 년 동안이다. 하지만 해고와 이혼, 아버지의 병환이 이어졌다. 그래서 나는 쿡 스트리트에 있는 작은 케이프 코드로 돌아왔다.

그리고 나는 지금 그 집에 산다. 고양이 한 마리 빼고는 혼자서. 이제는 두 마리지만.

집에 다가갔을 때 길가에 차 한 대가 서 있는 게 보였다. 검은색 벤츠 S클래스였다. 휠베이스 모양을 보아하니 차주가 직접 운전하는 차가 아니다. 운전기사가 모는 차다. 경제부 기자 생활 덕분에 나는 이런 종류의 차를 알고 있다. CEO들의 택시이며 허세 가득한 마차다.

나는 이 차가 누구 것인지, 그리고 배링턴에는 주차할 데가 널렸는데 왜 하필 내 집 앞에 세웠는지 궁금해졌다. 나를 만나러 왔다는 생각은 들지 않았다. 대단하신 시카고 부촌에 사는 유명 기업인이 회고록의 대필 작가로 나를 고용하러 올 리가 없다. 나는 벤츠를 지나가면서 뒷좌석에 누가 있나 안쪽을 엿보았다. 하지만 차창에는 선팅이 되어 있었다. 기자들은 이런 선팅을 '철통 보안'이라고 부르며 부러워했다.

하지만 차가 내 집 앞에 있었던 이유가 드러났다. 현관 앞, 아버지가 어느 여름날 며칠 걸려 만드셨던 그네 끝에 여자 한 명이 앉아 있었다. 나이는 내 또래 정도였고, 현관으로 이어지는 짧은 진입로 너머로도 그녀가 디자이너 브랜드의 비즈니스 정장을 입고 있음을 알 수 있었다. 말하자면, 다 망가져 가는 2003년형 닛산 맥시마 주변으로 바람 쐬러 나온 게 아님을 보여 주는 옷이었다. 그녀는 가볍게 발을 차며 그네를 타고 있었다. 그네도, 집도, 그리고 아마도 거리 대부분도 자기 것인 듯한 모습으로 앉아 있었다.

"그냥 편히 앉아 계세요." 나는 현관으로 올라서며 그녀에게 말했다.

"감사합니다. 그러고 있었어요." 그녀는 말하고 나서는 내 어깨 위에 있는 고양이에게 고개를 까딱했다. "재미있는 장신구네요. 늘 고양이를 장식하시나요?"

나는 고양이를 쓰다듬었다. 고양이는 지금 내 어깨 위에서 졸면서 가르랑거리고 있다. "고양이들은 대단히 편안하죠." 나는 말했다. "미래에는 누구나 고양이를 입고 다니리라 생각합니다."

그녀는 쓴웃음을 지으며 나를 쳐다보았다.

"영화〈프린세스 브라이드〉에 나오는 장면이에요."

"아, 아니에요. 무슨 얘긴지 알아요." 그녀는 확실하게 말했다.

"실례지만…." 나는 말했다. "누구신가요? 그리고 왜 우리 집 현관에 계시나요?"

"마틸다 모리슨이에요. 제가 현관에 있는 이유는 아까는 당신이 집에 안 계셨고, 지금은 당신이 들어오라고 하지 않아서예요."

"알겠습니다. 왜 당신을 집 안으로 들여야 하나요?"

"당신에게 할 말도 있고 물어볼 것도 있기 때문이죠."

"둘 다 현관에서는 할 수 없나요?"

"할 수는 있죠. 하지만 제 생각엔 당신은 내가 들어가서 해 주길 바랄 것 같아요. 그리고 전 그네 옆자리에 앉으라고 할 만큼 당신을 잘 알지는 못하니까요."

"제 그네입니다만." 나는 지적했다.

"엄밀히 말하면, 당신 아버님 유산에 속한 그네죠." 모리슨이 말했다. 그러고는 내 표정을 알아챘다. "아, 아픈 델 찔렀네요."

"조금 쓰리네요." 나는 인정했다.

"사과드릴게요. 당신을 자극하려고 온 건 아니에요."

"그러면 왜 오셨죠?"

"당신 삼촌과 관련된 일로 왔어요."

"그럴 리가 없는데요." 내가 말했다.

"확신하시는 것 같네요." 모리슨이 말했다.

"저는 삼촌이라곤 제이크 삼촌 하나뿐인데 돌아가셨어요."

"아, 소식 들으셨군요."

"네, CNBC를 봤어요."

"그 보도는 전혀 감동적이지 않았어요." 모리슨이 말했다. "기자가 누군지는 몰라도 창밖으로 던져 버려야 해요. 말도 안 되는 소리를 지껄이더군요."

나도 모르게 미소가 배어 나왔다. "감사합니다." 나는 말했다.

"그리고 맞아요. 당신 삼촌은 돌아가셨죠. 조의를 표합니다."

"고마워요. 삼촌을 아신다면 우리가 가깝지 않았다는 것도 아시겠군요."

"물론 알아요. 위로가 될지는 모르겠지만 당신 삼촌은 그걸 마음에 걸려 하셨어요. 찰리."

"그 말을 믿고 싶군요." 내가 말했다.

"사실은 증거도 보여 줄 수 있어요." 모리슨이 대답했다.

"만일 삼촌이 내게 딱 340만 달러를 남기셨다면, 솔직히 말해 기절초풍하겠죠."

모리슨은 고개를 뒤로 젖혔다. "아주 구체적인 숫자군요."

"아주 구체적인 목적이 있으니까요."

"딱 340만 달러는 아니에요." 모리슨이 말했다. "대신 다른 걸 남기셨죠."

"그게 뭔데요?"

"당신이 좋아할 만한 거예요." 모리슨이 약속했다. "한 가지 요청도 있었어요."

"조건이 붙었군요."

"모든 일에는 조건이 있어요, 찰리. 하지만 이 특별한 조건은 상당히 느슨해요." 모리슨은 그네에서 하릴없이 손을 흔들었다. "현관에서 어깨에 고양이를 얹은 채 이 문제를 논의하고 싶으세요? 아니면 안으로 들어갈까요?"

3장

집 안에서는 오렌지색과 흰색 털의 고양이가 기다리고 있었다. 고양이는 내가 문을 들어서자 야옹거렸다.
"안녕, 헤라." 내가 말했다. 나는 어깨에 있는 새끼 고양이를 잡아서 헤라의 눈높이까지 내렸다. "친구를 데려왔단다." 나는 새끼 고양이를 헤라 앞에 내려놓고는 기다렸다.
헤라는 불청객 새끼 고양이를 보고 놀랐는지, 아니면 화가 났는지 둘 중 어떠한 낌새도 보이지 않았다. 하지만 새끼 고양이가 야옹거리자 헤라는 잠시 생각에 잠긴 듯했다. 그러다가 새끼 고양이의 털을 손질해 주기 시작했고, 그러자 두 녀석 모두 기분 좋게 가르랑거렸다. 나는 사료를 가지러 부엌으로 갔다.
"여신 루트를 타셨네요." 문을 닫으며 모리슨이 말했다.
"그게 뭡니까?" 내가 물었다.
"사람들이 고양이 이름을 붙일 때는 보통 세 가지 기준 중 하나를 따르죠. 음식, 신체적 특징, 그리고 신화예요." 모리슨이 말했다. "예를 들면 슈가, 얼룩이, 제우스 같은 식이죠. 당신은 신화를 따랐군요."
"판타지 소설 주인공을 고양이 이름으로 붙이는 건요?" 나는 헤라의 매트에서 사료 그릇을 집어 들고, 새끼 고양이를 위해서는 작은 그릇을 가져왔다. "간달프나 사우론 같은 거요."

"신화에 해당해요."

"억지로 갖다 붙인 느낌인데요." 내가 말했다.

"아니요." 모리슨이 말했다. "간달프와 사우론은 마이아(Maiar)인 걸요."

"뭐요?"

"마이아요. 톨킨 신화에 나오는 소신(小神) 또는 천사예요. 그러니 신화죠."

"나는 명함도 못 내밀 마니아시군요." 나는 인정했다. 그릇에 고양이 사료를 부어서 매트 위에 내려놓았다. 그리고 고양이들의 주의를 끌기 위해 내 허벅지를 때렸다. 헤라는 자기 그릇으로 왔고, 새끼 고양이도 주저 없이 작은 그릇으로 갔다. 두 녀석은 먹이를 두고 다투지 않았다. 좋은 조짐이었다.

모리슨이 새끼 고양이를 가리켰다. 사료 그릇에 코를 박고 기분 좋게 가르랑거리고 있었다. "그러면 쟤는 아테나인가요?"

"아마도요." 내가 말했다. "사실 페르세포네를 생각하고 있었어요. 덜 흔하니까. 숨은 원석 같고. 수컷이라면 아폴로로 하죠."

"길고양이라도 개의치 않는 것 같네요."

"길고양이가 된 게 자기 잘못은 아니니까요. 그리고 어쨌든 내 앞에 나타나서 도움을 청했고요."

"고양이는 집사를 알아본다고 하죠." 모리슨이 미소를 지으며 말했다.

"그럴지도 몰라요." 내가 말했다. "나는 사람들보다는 고양이와 더 잘 지내거든요. 고양이들도 그 사실을 아는 것 같고."

"뼈 있는 얘기군요."

"난 확신해요." 나는 냉장고 쪽으로 손을 저었다. "마실 것 좀 드릴까요?"

"고맙지만 괜찮아요." 모리슨은 서재에 있는 의자 쪽으로 갔다. 아버지가 좋아하셨던 의자였다. "진짜 에임스 의자예요?" 그녀가 물었다.

"허먼 밀러(미국의 최고급 사무용 가구 전문회사―옮긴이) 정품인지, 아니면 싸구려 짝퉁인지 물어보는 건가요?" 나는 냉장고를 열고 내가 마실 맥주를 꺼냈다.

"네, 그 얘기예요."

"정품 맞아요." 나는 맥주―그리 좋아하지는 않는 미켈롭 울트라―를 잡고는 뚜껑을 비틀어 땄다. "어머니가 결혼 1주년 선물로 아버지께 드린 거예요. 아버지가 늘 탐내시는 걸 알고 깜짝 선물로 준비하셨죠. 아버지는 늘 이건 짝퉁이 아니라 정품이라고 하셨고 나는 그 말씀을 믿어요. 앉으세요."

모리슨은 의자에 앉아서 오토만 위로 편안하게 발을 뻗었다. "정품이 확실하네요." 잠시 후에 그녀가 말했다.

"당신이 더 잘 아시겠죠. 난 에임스라곤 그 의자에만 앉아 봤으니까."

"결혼 1주년 선물인데 싸구려는 아니죠." 모리슨이 조심스레 말했다.

"얼마짜리인지 생각해 본 적은 없어요. 늘 그 자리에 있었으니까." 내가 말했다. "당신 말 듣고 생각났는데, 어머니가 치위생사 월급으로 그 의자를 살 수 있었을까 모르겠네요. 제이크 삼촌의 도움이 있었겠죠."

모리슨이 이 말에 고개를 끄덕였다. "제이크는 리지 씨를 좋아했어요." 어머니 이름을 언급하며 그녀가 말했다.

"당신은 그걸 알 만큼 나이 들어 보이진 않는데요." 내가 말했다. 나는 부엌에서 나와 서재로 돌아가 소파로 향했다.

"제이크에게 들어서 알아요."

"그 이야기를 자주 했나요?"

"당신이 놀랄 정도로요."

"말이 나와서 얘긴데, 삼촌을 어떻게 알죠? 어떻게 아는 사이냐는 말이에요." 나는 소파로 가서 내 엉덩이 모양을 따라 쿠션이 꺼진 자리에 몸을 파묻었다.

"난 길고양이였어요. 그래서 그분께 도움을 청했죠." 그녀는 새끼 고양이가 있는 방향으로 고개를 끄덕이며 말했다. 새끼 고양이는 아직도 사료에 코를 박고 있었다.

"사연이 더 있을 것 같은데요." 나는 유도했다.

"있죠. 하지만 기본적으로는 그런 얘기예요."

"당신은 고양이가 아니에요."

"네, 아니죠."

"젊은 여자가 나이 든 남자에게 도움을 청할 방법은 무수히 많죠." 내가 말했다. 그리고 맥주를 한 번 더 꿀꺽꿀꺽 마셨다.

모리슨이 얼굴을 찌푸렸다. "당신이 생각하는 게 그거라면, 삼촌을 잘 모르고 있네요."

"바로 그거예요." 내가 말했다. "어떻게 생각해야 할지 모르겠어요. 그리고 난 삼촌을 잘 몰라요. 마지막으로 삼촌과 같은 방에 있었던 건 다섯 살 때였죠. 삼촌이 존재하셨단 건 알아요. 하지만 그것 말고는 완전히 공백이에요. 삼촌도 나에게 별 관심을 보이지 않았고요."

"그건 사실이 아니에요." 모리슨이 말했다. "당신 어머니가 돌아가신 뒤, 삼촌과 아버지는 사이가 멀어졌죠. 당신 아버지는 삼촌께 당신 가족 근처에 얼씬도 말라고 했어요. 삼촌은 그 요구를 존중했고요."

"금시초문이에요." 내가 말했다. "사실인지도 모르겠고."

"아버지께서 제이크 삼촌 얘기를 별로 많이 하지는 않으셨을 것 같네요."

"전혀 안 했어요. 좋은 얘기든 나쁜 얘기든. 삼촌이라는 존재는 아버지에게서든 다른 누구에게서든 나온 적이 없었죠. 그 결혼 선물만 빼고는."

"베리 스푼 말이군요." 모리슨이 말했다.

나는 그 말에 숨이 막혔다. "그걸 알아요?"

"네, 알아요." 모리슨이 확실하게 말했다. "내가 당신 삼촌 가까이에서 일하기 시작한 지 얼마 안 되었을 즈음이었죠."

"스푼과 같이 보낸 메모도 알아요?"

모리슨은 고개를 끄덕였다. "네, 알아요. 미안하게 생각해요. 삼촌께 보내지 마시라고 말렸는데 듣지 않으셨어요."

"정말 개자식이 따로 없었죠. 내 결혼 생활이 얼마나 갈지를 걸고 내기를 하다니."

모리슨은 동의하면서 내 쪽을 향했다. "나도 그렇게 얘기했어요. 당신도 그걸 알아 두고 미리 계획을 세워야 한다는 게 삼촌의 논리였어요."

나는 여전히 맥주를 넘기면서 기침했다. "미리 계획을 세우는 데 아무 도움도 안 됐어요. 무슨 의미인지도 몰랐고. 그러다 아파트에서 짐을 뺄 때 스푼이 든 상자를 발견했죠."

"상자에서 꺼내 보지도 않았어요?"

"당연하죠." 나는 화가 나서 말했다. "베리 스푼으로 뭘 하게요? 우리가 살던 방은 우크라이나인 동네의 방 한 칸짜리 지하실이었어요. 고급 식기를 쓸 만한 곳이 아니었죠." 나는 부엌을 가리켰다. "스푼은 아직도 상자 안에 있어요. 메모는 없고. 무슨 뜻인지 알고는 버렸죠."

"미안해요." 모리슨이 다시 말했다.

"내가 정말 알고 싶은 건 삼촌이 어떻게 그 기간을 그렇게 정확히 못 박을 수 있었는가예요. 메모에는 '3년 6개월'이라고 적혀 있었어요. 그리고 3년 6개월 후, 그 베리 스푼이 떠올랐죠."

"당신 삼촌은 사람을 잘 아셨어요."

나는 모리슨에게 미심쩍은 표정을 지었다. "결혼식 날에 이혼 예언을 보내면 환영받지 못한다는 걸 모른 걸 보면 그렇지 않은 것 같은데요."

"네, 가끔 헛발질도 하셨죠." 모리슨이 동의했다.

"그리고 어쨌든 삼촌이 나에 대해 어떻게 알 수 있죠? 그리고 진에 대해서도." 전처의 이름을 말하려니 입 모양이 이상하게 일그러지는 느낌이었다. 나는 진을 노스웨스턴대학에 다닐 때 만났고, 스물네 살 때 성 미카엘 주교좌 성당에서 결혼식을 올렸다. 한평생 그녀를 사랑하고 함께할 거라고 확신했다. 결과적으로 현실과 한참 거리가 먼 과대망상적 낙관이었지만.

"삼촌은 계속 당신을 주시하고 계셨어요." 모리슨이 말했다. "조심스럽게, 멀리서. 당신 아버지를 자극하지 않게끔요."

"뭐 오싹하진 않네요." 내가 말했다. 맥주를 한 번 더 꿀꺽꿀꺽 마셔도 될 만큼 배가 꺼졌다.

"오싹하라고 한 얘기가 아니에요. 말했듯이, 당신 어머니는 삼촌께 큰 의미였어요. 그 아들에 대해서도 관심이 있었어요."

"연락할 만큼 관심 있지는 않았죠."

"당신 아버지와의 일 때문이라고 이미 설명했어요."

"맞아요. 하지만 아버지도 돌아가신 지 한참 됐잖아요."

"지난 몇 년 동안은 당신에게 연락하지 못할 이유가 있었어요."

"코로나나 그런 것 때문인가요?"

"그것도 하나의 이유였어요." 모리슨은 동의했다. 그녀는 오토만에서 발을 내리고 에임스 의자에서 몸을 앞으로 기울였다. "또 다른 이유는 췌장암이었죠. 찰리, 난 제이크 삼촌에 대해 해명이나 변명하러 온 게 아니에요. 당신에게 한 일을 보면 그분이 최고의 삼촌은 아니었다는 데 나도 기꺼이 동의해요. 잘나갔을 때도 결점 많은 인간이었고, 마지막 몇 년은 그렇지도 못했죠. 당신 기억 속에 그분이 공백으로 남은 건 유감이에요."

"당신 탓이 아니에요." 그녀의 말을 듣고 몇 분 동안 생각한 후 나는 말했다.

"그렇죠. 하지만 당신 삼촌은 사과하러 오실 수 없으니 내가 대신 온 거예요."

"고마워요."

"천만에요. 삼촌이 당신께 잘못하셨을지는 몰라도, 돌아가시기 전에 마지막으로 나한테 여기 가 달라고 하셨어요. 당신과 얘기하라고요. 그리고 부탁을 하나 해 달라고."

"무슨 부탁인데요?" 내가 물었다.

"삼촌은 재정적으로 성공하셨지만, 가족이 없었어요." 모리슨이 말했다. "결혼한 적도, 슬하에 자식도 없었죠. 부모님 — 당신의 외조부모님 — 은 당신이 태어나기도 전에 돌아가셨고요. 동기간이라고는 당신 어머니뿐이셨어요. 그리고 당신 어머니에게는 자식이 당신밖에 없었고."

"내가 그분의 유일한 가족이란 말이군요."

"독일 라이프치히로 이민 간 팔촌 두 명을 빼면요. 삼촌도 그 사람들은 가족으로 치지 않았어요."

"이민 간 그 팔촌들에 대해 알고 싶군요." 내가 말했다.

"둘 다 아주 괴짜 은둔형 외톨이예요." 모리슨이 말했다. "하나는 험멜 피규어를 수집해요. 다른 하나는 고양이를 열일곱 마리 길러요. 현재는요. 그 숫자는 널을 뛰죠."

나는 내 고양이 두 마리를 쳐다보았다. 둘 다 막 식사를 마치는 참이었다. "친척이라 비슷하긴 한데 자랑할 만한 건 아니군요."

"당신 정도는 괜찮아요. 두 마리를 키운다고 고양이 미치광이는 아니죠."

나는 이 말에 히죽 웃었다. "고마워요."

"당신이 유일한 가족이기 때문에 장례식에서 유족 대표를 해 주시길 바라셨어요. 장례식은 여기 배링턴에 있는 체스터필드 가족 장례식장에서 열릴 예정이에요. 어딘지 아세요?"

"물론이죠." 그곳은 문자 그대로 배링턴 유일의 장례식장이고 집에서 몇 블록만 올라가면 된다. 어머니와 아버지의 장례 모두 거기서 치렀다. 모리슨이 이 사실을 알고 있다는 느낌이 들었다.

모리슨이 고개를 끄덕였다. "장례식은 이번 토요일 오후 3시예요. 당신은 거기서 문상객을 맞고 조문을 받으세요. 장례식이 끝나면 화장(火葬)에도 참석하세요. 준비는 다 돼 있으니 당신은 몸만 오면 돼요."

"왜 여기서죠?" 내가 물었다.

"왜 배링턴이냐고요?"

"네. 제이크 삼촌은 여기 뿌리가 없어요. 어머니는 이곳 출신이 아니셨죠. 피츠버그 외곽에서 자라셨으니 제이크 삼촌도 그랬겠죠. 하지만 적어도 어머니는 여기서 살기라도 하셨어요. 제이크 삼촌은 전혀 그렇지 않았고요. CNBC 기자의 말이 맞다면 그분은 부자였어요. 배링턴 지역 유지 정도가 아니라 전국적 갑부셨죠. 억만장자요. '대성당에서 수천 명의 조문객이 참석하는 장례식이 열릴 것 같은' 부자였어요."

모리슨은 이 말에 미소 지었다. "자수성가하셨죠."

"부자들이야 늘 그렇게 말하죠." 나는 모리슨 쪽을 향했다. "아니면 기분 나쁘게 들릴지는 몰라도 그 측근들이 그러든가."

"기분 나쁘지 않아요. 당신 삼촌은 여기서 장례식을 치르고 싶어 한 이유가 있었어요." 모리슨이 말했다. "하나는 감성이죠. 여동생의 장례식을 치렀던 곳에서 본인 장례를 치르고 싶어 했어요. 여동생 가까이 있다는 느낌일 거라고 말씀하셨죠. 다른 이유는, 당신 삼촌은 엄청난 부자였지만 사치와는 거리가 멀었어요. 일상만이 아니에요. 그분 보기에 대규모 장례식은 돈 낭비에 지나지 않았을 거예요."

"친구는 없었나요?"

모리슨은 고개를 저었다. "많지는 않았죠. 그분은 좋아하는 사람이 많지 않았어요. 그분을 좋아하는 사람도 많지 않았죠."

"당신은 좋아했나요?"

"네." 모리슨이 말했다. "하지만 그분의 변덕을 견디려면 고도의 인내심이 필요했죠."

나는 이 말에 미소를 지었다. "절묘한 표현이군요."

"짐작도 못할 걸요. 어쨌든 장례식 참석자는 그리 많지 않을 거예요."

"여기 장례식장이 작으니 다행이군요."

"그리고 내가 알기로, 여기 장례식장에는 장례식과 화장을 합친 염가의 패키지 상품이 있으니까요."

맥주를 마시고 있었다면 뿜을 뻔했다. "설마 돈 다 싸 들고 저세상 가실 생각이셨나요?" 나는 재미있다는 듯 말했다.

"아니요. 돈을 쓰려던 곳은 따로 있었어요." 모리슨이 말했다. "당신이 받게 될 보상과 관련된 문제죠."

"돌아가신 삼촌의 이 부탁을 내가 들어주면, 삼촌이 남긴 것을 주겠다는 뜻이군요."

"네, 그게 조건이에요."

생각을 정리할 시간을 벌려고 맥주를 다시 꿀꺽꿀꺽 마셨다. "지독히도 이기적이군요." 맥주가 목으로 넘어간 뒤 내가 말했다.

모리슨이 고개를 끄덕였다. "이해해요. 하지만 이런 식으로 생각해 볼 수도 있어요. 제이크 삼촌은 평생 당신과 가까이하지 말라고 요구받았어요. 이 일은 그 시간 동안, 베리 스푼만 빼고, 당신이 가질 수 있었던 모든 것에 대한 보상이 될 수 있죠."

"좋아요. 그럼 제이크 삼촌은 그 시간에 대한 보상으로 뭘 주신다고 했습니까?"

모리슨은 집 전체를 끌어안듯 팔을 저었다. "이거요."

나는 주위를 돌아보았다. "여긴 이미 내 집인데요."

"당신 아버지의 신탁에 속해 있죠. 그 신탁 재산을 당신과 세 남매가 같은 비율로 공유하고 있고요. 그리고 그들은 당신을 이 집에서 쫓아내고 자기 몫들을 챙기고 싶어 하죠. 삼촌은 당신 아버지의 유언장에 있는 임대 조건을 알고 계셨어요. 그리고 당신이 그 조건을 지키지 못할 상황 직전까지 몰리고 있다는—당신 탓은 아니지만—사실도."

나는 얼굴을 찡그렸다. "어떻게 아셨죠?"

"말했잖아요. 그분은 당신을 주시하고 있었어요."

"아까보다 더 오싹해지는군요." 내가 말했다.

모리슨은 이 말을 무시했다. "당신이 그 요청을 들어준다면, 삼촌 소유의 견실한 부동산 지주회사가 수탁자들에게 이 집값으로 시장 가격보다 높은 금액을 비밀리에 제안할 거예요." 그녀가 말했다. "그 제안을 승낙해서 당신 형제들을 놀라게 하고 당신 몫을 받으세요. 그런 다음, 일단 매매가 끝나면 회사는 당신에게 이 집을 엄청나게 내린 가격으로 재판매하는 거죠. 당신이 충분히 감당할 수 있는 금액으로요. 그리고 시장 가격 이하로 판매해서 발생할 세금도 회사가 부담해요. 당신은 이 집을 아무 부담 없는 상태로 소유하게 되고, 형제들을 더 이상 신경 쓰지 않아도 되죠. 그리고 절차가 마무리될 즈음, 당신에게 추가로 현금을 지급할 거예요. 몇 십만 달러를요. 약소한 금액이겠지만, 당신의 장래 계획에 선택지를 넓혀 주겠죠."

나는 '몇 십만 달러'가 '약소한 금액'인 세계에 대해 생각한 다음, 당장은 결정을 미루기로 마음먹었다. "이 내용을 서면으로 작성해 주세요." 나는 모리슨에게 말했다.

"원하신다면 당연히 그렇게 해 드리죠." 모리슨이 놀라서 말했다. "왜요? 삼촌을 못 믿나요, 찰리?"

"나는 삼촌을 몰라요." 나는 그녀에게 상기시켰다. "'몰랐다'가 맞겠군요."

"삼촌이 당신 집을 원했다면 돌아가시기 전에 훨씬 간단하게 손에 넣을 방법이 많았어요. 확실해요. 배링턴에 이런 L자형 주택은 널렸으니까요."

"그거 무례한 말인 거 알아요? 아니면 그냥 떠보는 건가요?"

"무례하게 굴려는 건 아니에요." 모리슨이 말했다. "괜찮다면 원래 얘기로 돌아가죠."

"내가 거절하면 어떻게 되죠?" 내가 물었다. "장례식에서 유족 대표를 맡지 않는다면 말이에요."

"험멜 피규어 수집가에게 갈 생각이냐고 묻는다면, 아니에요." 모리슨이 말했다. 그녀는 어깨를 으쓱했다. "당신이 하지 않는다면 장례식장 측에 맡겨야죠."

"당신은요? 장례식에 올 건가요?"

"삼촌은 내게 장례식에 관한 다른 일들을 전부 처리해 달라고 하셨어요." 모리슨이 말했다. "그분과 저는 이미 작별 인사를 나눴어요."

발치에서 야옹 소리가 났다. 헤라가 무릎에 올라가고 싶어 했다. 나는 커피 테이블에 맥주를 내려놓고 다리를 토닥였다. 헤라는 뛰어 올라와서 자세를 잡은 다음 풀썩 앉았다.

"당신을 좋아하네요." 내가 헤라를 쓰다듬자 모리슨이 말했다.

"말했듯이 난 사람보다 고양이들과 잘 지내요."

"나하고도 잘 맞는 것 같은데요."

"당신은 나와 같이 살 일이 없으니까요."

"맞는 말이에요." 모리슨이 말하고는 손목시계를 쳐다보았다. "말이 나왔으니 말인데, 나도 할 일이 있어요. 장례식 때 유족 대표를 맡을 건가요?"

나는 생각해 보았다. "좀 이상한 느낌일 것 같아요." 내가 말했다. "내가 알지 못하는 사람인데 단지 외삼촌이라는 이유로 유족 대표를 맡아야 한다는 게요."

"낯선 이에게 친절을 베푼다고 생각해 보세요." 모리슨이 말했다. "마음 붙일 사람 하나 없었던 낯선 이에게."

그런 식으로 생각해 보았다. 그리고 유족 대표를 맡아 줄 사람 하나 없는 억만장자 삼촌에게 아주 잠깐 안타까움을 느꼈다.

"좋아요." 내가 말했다. "그건 할 수 있죠."

"알았어요." 모리슨이 일어나면서 말했다. 그리고 내 쪽으로 왔다. "일어나지 말아요. 고양이가 방금 편안히 자리 잡았는데."

"그럼 난 지금 뭘 하죠?"

"내가 오늘 체스터필드 장례식장에 전화해서 당신이 유족 대표를 맡는다고 알려 줄 거예요. 당신 전화번호는 알고 있으니 자세한 내용은 문자로 보낼게요. 장례식 전에 알아야 할 게 있으면 장례식장에 전화하거나 직접 가서 물어보는 게 좋아요. 그렇지 않으면 당일에 장례식장에 도착해서 벼락치기로 배워야 하니까. 장례식 날에는 조금 일찍 오세요." 그녀는 내 정장을 내려다 보았다. "복장은 좀 그렇긴 하지만 그만하면 괜찮을 거예요."

"뭐가 좀 그렇다는 거죠?"

"더 좋은 신발을 구해 봐요." 모리슨은 미소를 짓고 나와 고양이 들에게 고개를 까딱했다. 그러고는 내가 입을 열기도 전에 나가 버렸다.

4장

나는 더 좋은 신발을 샀다.
아버지의 닛산을 몰고 킬디어에 있는 아울렛 매장에 가서 샀다. 검은색 윙팁 옥스퍼드 구두다. 구두는 불편하고 발가락을 찔렀다. 떨이 상품이었다. 원래 사고 싶었던 신발은 세일 품목이 아니었다. 잘 알지도 못하는, 돌아가신 삼촌을 위해 제값을 다 주고 살 것인지, 아니면 떨이 상품을 살 것인지를 결정하느라 짧지만 심오한 존재론적 위기를 겪었다. 그러다 전기요금 2차 연체 독촉장을 받았다는 게 기억났다. 내 선택은 떨이 상품인 옥스퍼드 구두였다.
닛산 자동차는 킬디어까지 20킬로미터를 왕복하는 동안 두 번이나 사망 직전까지 몰렸다. 그래서 토요일이 오자 나는 체스터필드 장례식장까지 걸어서 가기로 했다. 그렇게 멀지도 않았고, 싸구려 옥스퍼드 구두를 길들일 기회이기도 했다.
토요일이 오자 최고의 단벌 정장을 다시 입고, 고양이들에게 넥타이를 고르게 했다. 헤라는 빨간색을 골랐다. 새끼 고양이 페르세포네는 빨간색 넥타이에 달려들더니 앞발로 차면서 찢어발기려 했다. 내 선택은 빨간색 넥타이였다. 고양이들은 아래층까지 함께 내려와서 내가 거리로 내려가는 모습을 유리창에서 바라보았다. 신경 써 주는 것 같아서 기분이 좋았다.
장례식장까지 가는 경로는 몇 가지가 있다. 나는 맥두걸 펍을 지나가는 길을 골랐다. 곧 내 집을 완전하게 소유하고, 은행에 가서 그 집을 담보로 제공해 사업자 대출을 받을 가능성이 생겼다. 그러면 맥두걸 펍을 인수해 내 고향에서 바텐더 겸 소상공인이 된다.

내가 맥두걸 펍을 원한 건 새로운 일을 시도하고 싶고, 고양이나 중학생들 말고 다른 사람들과 이야기하길 바라서였다. 그리고 다른 이유도 있었다. 아버지가 돌아가시기 전에 함께 맥두걸 펍에 가서 앉아 맥주를 마시고 프렌치프라이를 먹으며 별 관심도 없는 잉글랜드 프리미어리그 축구를 보곤 했다. 그냥 집 밖에서 뭔가 하기 위해서였다. 멋진 추억들이었고 아버지와 마지막으로 함께했던 좋은 시간이었다.

부모와의 추억 때문에 펍을 소유하고 싶다는 건 엉뚱한 생각일 수도 있다. 하지만 지금 내 삶은 여기에 있다. 이혼 후에 우리 부부의 친구들 대부분은 전처하고만 어울렸고, 언론계에 있는 내 친구들과는 거의 만나지 못했다. 내가 배링턴에 있는 아버지 집에 살며 임시 교사로 주저앉아 있는 동안 그 친구들은 대부분 자기 생활에 바빴다.

맥두걸 펍을 인수해도 새 친구들이 생기지 않을 수 있다. 하지만 적어도 사람들은 그저 맥주를 마시고 프렌치프라이를 먹기 위해서라도 내가 일하는 곳에 와 있고, 내가 그 자리에 있기를 바랄 것이다. 그리고 나는 옛 친구들을 초대할 수 있고 슬프고 외로운 개자식이 되지 않을 수 있다. 그 정도면 해 볼 가치가 있다.

몇 분 뒤, 카운티 라인 로드의 왼쪽에서 체스터필드 장례식장이 모습을 드러내자 내 마음속에 두 가지 생각이 떠올랐다. 첫째, 걸어온 덕분에 내 발이 신호를 보내기 시작했다. 내 신발도 나도 지긋지긋하고, 떨이 신발을 사지 말았어야 했으며, 그 벌로 무좀을 만들어 주겠다는 것이었다. 나는 이 신발을 적어도 세 시간은 신고 있어야 했다. 돌아갈 때는 맨발로 가야겠다고 결심했다.

두 번째 생각은 제이크 삼촌의 장례식에 누가 나타나고, 나의 이제는 돌아가신, 수수께끼 같은 친척에게 어떤 조의를 표할 것인가 하는 궁금증이었다.

"삼촌이 얼마나 외로운 분이셨는지 알겠네요." 나는 혼잣말하고 장례식장 문을 열었다.

장례식장은 내가 기억하는 아버지 장례식 때 모습 그대로였다. 어머니 장례식도 여기서 치렀지만, 그때 기억은 거의 없다. 크림색의 복도와 벽이 있었다. 카펫들은 녹색이었다. 출입문은 유광 목재였다. 최소한 사람을 불안하게 만들지는 않는 고요함이 공간을 채우고 있었다. 차분한 음악이 들릴락 말락 하게 흘러나오고 있었다. 건물에는 내가 아버지 장례식 때 형들과 누나에게 플로랄 뉴트럴 향수 같다고 했던 향기가 났다. 그들은 재미있어하지 않았다.

오른쪽을 쳐다보았다. 장례식장의 집회실로 이어지는 출입문이 있었다. 조문객들이 모이고, 별도의 의식이 있다면 여기서 치러지게 된다. 집회실 너머로는 조문실이 있었는데, 왼쪽 복도를 통하거나 집회실의 공간을 확장하기 위해 설치한 파티션을 밀고 들어갈 수 있다.

저 뒤쪽 어딘가에 내가 다섯 살 때 이후로 보지 못한 제이크 삼촌이 계신다.

"피처 씨?"

위를 올려다보니 오른쪽 층계참에서 정장 차림의 남자가 내려오고 있었다. 장례식장 대표인 마이클 체스터필드였다. 우리 아버지가 돌아가셨을 때, 그는 장례식장을 갓 물려받았던 신임 대표였다.

자신이 대표가 된 뒤 처음 주관한 장례식 중 하나였다고 말했던 적이 있었다.

"안녕하십니까." 우리는 악수를 했다.

"고인의 명복을 빕니다." 체스터필드가 말했다.

"감사합니다. 좀 일찍 와야 한다는 얘기를 들었습니다. 한 시간쯤 먼저 오면 괜찮지 않을까 생각했죠."

"네, 괜찮습니다." 체스터필드가 말했다. "사실은 괜찮은 정도가 아니죠."

"아무 문제 없습니까?" 아버지 장례식 때는 마치 휴화산처럼 침착했던 체스터필드가 지금은 마치 딴사람처럼 행동하고 있다는 생각이 들었다.

"고인에 관해서라면 아무 일 없습니다." 체스터필드가 말했다. "지금 조문실에 모셨습니다. 피처 씨와 논의해야 할 다른 문제가 있습니다."

"알겠습니다." 내가 말했다. "어떤 거죠?"

"조화 문제입니다."

"왜요? 조화 비용이 지불되지 않았나요?" 나는 장례식 비용이 어떻게 정산되는지, 또는 내가 그 비용을 부담해야 하는지 알지 못했다. 내가 비용을 부담해야 한다면 초저가의 우스꽝스러울 정도로 초라한 장례식밖에 치르지 못할 것이다.

"돈 문제가 아닙니다." 체스터필드가 말했다. "비용은 전부 정산됐습니다. 문제는 조화 비용이 삼촌의 유산에서 지불됐는지 여부가 아니에요. 그것과… 다른 문제입니다."

"어떤 다른 문제인데요?"

"대부분, 장례식에 참석하는 조문객들은 자기 돈으로 조화를 배달시킵니다."

"네, 그건 압니다. 꽃에 문제가 있나요?"

"꽃은 아주 아름답습니다. 거기 딸려 온 근조 메시지는 그렇지 않습니다만."

나는 이 말에 얼굴을 찡그렸다. "무슨 뜻이죠?"

"에… 근조 메시지 중 하나는 '지옥에서 보자'였습니다."

"뭐라고요?"

"'지옥에서 보자'였습니다." 체스터필드가 되풀이했다.

"그거… 농담인가요?"

"아닌 게 확실합니다."

"왜 그렇게 생각하시죠?"

"그런 메시지가 그거 하나만이 아니었으니까요. 그게 그나마 제일 점잖은 편입니다."

:::::

"대표님 말이 맞네요." 나는 체스터필드에게 말했다. "꽃들은 아름답군요."

꽃들은 다 아주 근사했다. "지옥에서 보자." 메시지는 흰색 장미, 아시아틱백합, 풋볼 멈, 카네이션, 푸른색 제비고깔 등등으로 구성된 조화의 리본에 선명하게 새겨져 있었다. 내가 자세히 보러 다가가려 하자 체스터필드가 말해 주었다. 핫핑크색 장미, 카네이션, 오렌지색 백합, 노란색 해바라기, 라벤더와 독색 아토스 폼으로 된 조화에는 "이제야 뒈졌군."이라고 눈에 잘 띄게 스프레이로 뿌려져 있었다. 나는 라벤더 데이지 폼, 멈, 흰색 장미, 금어초, 몬테 카지노꽃꽂이가 담긴 화려한 꽃병에 "꼴 좋다, 씨발놈아."라고 예쁘게 장식된 게 특히 눈에 들어왔다.

다른 것들도 있었지만 이게 대표적인 예였다.

지금 조화는 모두 장례식장 2층에 있는 체스터필드의 사무실에 있었다. 그는 먼저 나와 상의한 뒤에 이 조화들을 내놓으려는 것 같았다. 사무실은 예쁜 꽃들과 끔찍한 메시지들로 뒤덮여 있었다.

"삼촌께서 지인들의 열렬한 반응을 불러일으키신 것 같군요." 체스터필드가 말했다.

"그들이 삼촌을 증오했다는 얘기를 극히 순화해 말씀해 주셔서 감사합니다."

"네, 뭐, 이 일을 하려면 눈치가 있어야죠." 체스터필드가 인정했다.

"장례식에 이런 메시지를 보내다니 대체 어떤 사람들일까요?"

"생각나는 게 있습니다만, 말씀드리지 않는 게 나을 것 같군요."

나는 꽃들 쪽으로 손을 저었다. "지역 꽃집에서 저렇게 했을 것 같진 않은데요."

"이 지역 꽃집에서 만든 게 아닙니다." 체스터필드가 말했다. "오늘 아침에 여러 택배 차량으로 배달됐어요. 우리 장례식장에서는 지역 꽃집에 자체 조화를 주문하는데, 특정한 근조 메시지를 첨부하지는 않습니다."

나는 이 말에 미소를 짓고는 빨간색 장미와 백합 위에 "뒈졌다고? 개소리."라는 말과 혀를 쑥 내밀고 미소를 짓는 얼굴 이모티콘이 스프레이로 장식된 조화 쪽으로 몸을 옮겼다. "적어도 이건 100퍼센트 끔찍하지는 않네요."

"그렇긴 합니다만, 제가 보기에 그 조화를 보낸 사람은 삼촌께서 돌아가신 걸 완전히 확신하고 있지는 않은 것 같습니다."

"그런가요?"

"돌아가셨냐고요?"

"네."

"삼촌은 돌아가신 후에 여기 모셨습니다."

"상황이 달라졌을 수도 있나요?"

"그러면 놀라 자빠질 일이죠."

나는 다시 미소를 짓고 조화들을 잠깐 자세히 살펴본 다음, 체스터필드에게 시선을 되돌렸다. "리본과 카드는 제거할 수 있지요?"

"네, 물론입니다."

"제거한 다음에 조화들을 집회실로 옮겨 주십시오."

체스터필드는 고개를 끄덕이더니 "꼴 좋다, 씨발놈아."라고 장식된 꽃병을 가리켰다. "이건요?"

"다른 꽃병은 가지고 계신 게 없나요?"

"있긴 합니다만 옮겨 꽂는 동안에 꽃이 상할 텐데요."

"저걸 보낸 사람은 저 말을 새긴 순간에 완벽한 꽃을 주장할 권리는 포기한 것 같은데요?"

"그렇긴 하죠." 체스터필드가 말하더니 잠시 주저했다. "원래 꽃병은 어떻게 하실 생각인가요?"

"왜요? 가지고 싶으신가요?"

"고객께서 묘지나 댁에 조화를 가지고 가지 않으시는 경우, 나중을 위해 꽃병을 보관해 두곤 합니다."

"저 꽃병을 다른 장례식에 쓰신다고요?" "꼴 좋다, 씨발놈아."라고 조각된 꽃병이 장례식에 쓰인다고 생각하니 재미있었다. 정말이다.

"그럴 일은 없겠죠." 체스터필드는 인정했다. "하지만 괜찮으시다면 제가 종종 방문하는 장례 지도사들만의 비밀 사이트에 이 꽃병 얘기를 공유할까 합니다. 저희는 이런 재미로 사니까요."

나는 체스터필드에게 그 불경한 꽃병을 가져도 된다고 허락했다. 체스터필드와 부하 직원들은 조화에서 근조 메시지를 제거하고 사무실 밖으로 옮기기 시작했다. 나는 사무실 구석으로 가서 휴대전화를 꺼내 마틸다 모리슨에게 문자를 보냈다.

삼촌에게 대체 무슨 일이 있었던 겁니까? 나는 문자를 보냈다. **사람들이 뒈지라는 메시지가 적힌 조화를 보냈어요.**

재미있네요. 모리슨이 답 문자를 보냈다. **사진 보내 주세요.**

대체 삼촌이 뭘 하셨길래 이런 일을 당하죠? 나는 사진을 찍는 대신에 이렇게 문자를 보냈다. **주차장 업계가 이렇게 험한 동네였나요?**

아주 강력한 적들과 경쟁하셨어요. 모리슨이 대답했다.

개자식들 말이군요. 나는 답문자를 보냈다.

바로 그거예요. 모리슨이 동의했다.

그들이 장례식에 올까요? 내가 물었다.

아마도요. 모리슨이 문자를 보냈다.

어떻게 알아보죠? 내가 물었다.

장담하는데, 보자마자 알게 될 거예요. 모리슨이 답했다.

5장

 나는 그자가 삼촌의 시신을 찌르려고 하기 전까지는 칼을 보지 못했다.
 더 정확히 말하자면, 보기는 했다. 하지만 내 머릿속에 '말도 안 돼, 맙소사. 저거 진짜 칼이잖아.'라는 생각이 든 건 그자가 오버코트 주머니에서 그 칼을 꺼내 투수의 와인드업 동작처럼 팔을 뒤로 젖힌 다음, 누가 봐도 진짜가 분명한 칼날을 이미 차갑게 식은 지 오래인 삼촌의 시신에 찔러 넣으려던 순간이었다.
 솔직히 말하자면 이미 이상하기 짝이 없는 장례식이긴 했다.
 40분 전으로 돌아가 보자. 체스터필드와 장례식장 직원들은 조문객들을 집회실로 안내하고, 곧 조문실을 공개할 것이라고 알렸다. 조문객들은 전부 30대 후반에서 40대 초반의 남자들뿐이었다. 그들 모두는 인생 대부분을 열중쉬어 자세로 살아온 듯한 모습으로 서 있었다.
 대부분 둘이나 셋씩 짝지어 왔고, 자기네끼리 모여 있으면서 다른 사람들과 서로 대화를 거의 하지 않았다. 대화하더라도 낮은 웅얼거림만을 이어갔다. 가끔 그 2인조나 3인조 중 한 명이 나를 힐끗 보다가 다른 데로 시선을 돌렸다. 나는 주목받고 관찰당하고 있었다.
 나한테 다가와서 조의를 표하거나, 삼촌이나 장례식이나 다른 무언가를 이야기하는 사람은 아무도 없었다.

그들은 죄다 그저… 기다리고 있었다.

"이거 너무 이상하네요." 이런 상태로 30분쯤 지났을 때 나는 체스터필드에게 조용히 말을 걸었다. 조문객들은 여전히 두셋씩 무리 지어 있었고 대부분 말이 없었다. 앉아 있는 사람이 아무도 없다는 것도 눈에 띄었다.

"삼촌께서 흥미로운 사업을 하셨던 모양입니다." 체스터필드가 마찬가지로 조용히 대답했다.

"대표님의 그 '눈치'로 보기에 그런가요?"

"네."

"좋습니다. 계속 그렇게 봐 주세요."

"이제 어떻게 하실 건가요, 피처 씨?"

나는 장례식장 입구를 다시 쳐다보았다. 지난 몇 분 동안 새 조문객은 오지 않았다. 여기 와 있는 사람들이 다인 것 같았다. "이제 조문을 시작하죠."

"알겠습니다." 체스터필드가 말했다. "조문을 시작하기 전에 먼저 몇 말씀 하시겠습니까? 아니면 끝날 때까지 기다리실 건가요?"

"꼭 해야 하나요?" 내가 물었다. 모리슨이 나에게 하라고 알려 준 일 중에는 이런 게 없었다.

"종종 유족들이 인사 말씀을 하긴 합니다."

나는 조문객들을 힐끗 쳐다보았다. "저 사람들은 내가 조사(弔辭)를 낭독하기를 바라지 않을 것 같은데요." 내가 말했다.

"동감입니다." 체스터필드가 인정했다. "어쨌든 저는 5분 뒤에 조문실을 열겠다고 알리겠습니다. 피처 씨는 먼저 가셔서 조문받을 준비를 하시는 게 어떻겠습니까? 삼촌께 마지막으로 작별 인사를 드릴 시간도 되고요."

"감사합니다." 내가 말했다. 나는 집회실을 나와 복도를 내려가 조문실로 향했다. 직원이 서 있다가 입구를 안내해 주었다. 아까 조화에서 리본을 제거할 때도 있었던 사람이라 나를 알아보고 조문실로 들어가게 해 주었다.

조화들은 이제 그 빌어먹을 메시지가 제거되고, 장례식장이 준비한 자체 조화와 근조 메시지가 더해진 채 제이크 삼촌의 관 둘레에 세워져 있었다. 관은 전체가 나무와 천연 섬유로 만들어진 소박한 것이어서 조문 후에는 곧바로 장례식장의 자체 화장장으로 옮길 수 있었다. 관 뚜껑은 열려 있었고, 그 안에는 아마 제이크 삼촌이 안식을 취하고 계실 것이다.

나는 제이크 삼촌 쪽으로 다가갔다. 그리고 마침내 근 30년 만에 처음으로 삼촌의 얼굴을 가까이에서 보았다.

잠깐 시간이 걸리긴 했지만, 지금 관 안에 있는 남자와, 다섯 살 때 마지막으로 본 게 다여서 — 우연히도 바로 이 장례식장에서였다 — 어렴풋이만 기억나는 남자의 모습을 마침내 머릿속에서 일치시킬 수 있었다. 내가 기억하기로 그때 아버지는 장례식이 시작되기 직전에 삼촌을 복도로 끌고 나가, 조용하지만 힘주어 뭔가 말했다. 내용은 들리지 않았지만 좋은 얘기가 아니라는 건 알 수 있었다. 한순간 제이크 삼촌은 고개를 돌리더니 나를 쳐다보았다. 그때 얼굴의 나이 든 모습이 지금 관 안에 있었다.

제이크 삼촌은 우리 어머니보다 네댓 살 많았다. 돌아가신 삼촌은 그 나이에 맞는 모습이었지만 부티가 났다. 무슨 말인지 이해가 갈 것이다. 최고의 의사, 피부 미용사, 트레이너들에게 건강, 체중, 식단 등 전체적인 관리를 받은 몸이었다. 삼촌은 돌아가시기 직전까지 최고의 건강 상태를 유지했던 듯한 모습이었다.

그랬을 것이다. 돌아가신 지금도 솔직히 말해 지금의 나보다 더 건강해 보이는 모습이었다. 스트레스가 덜해서 그런 게 분명하다. 저 닫힌 입술 뒤를 확인해 본다면 치아 상태도 완벽하리라는 생각이 들었다. 실제로 확인하지는 않았다. 그 정도로 흥미가 있는 건 아니었다.

제이크 삼촌의 얼굴을 보니 내 기억 속, 그리고 아버지가 집 안 여러 곳에 간직해 두셨던 사진 속 어머니의 얼굴이 떠올랐다. 어머니와 코, 콧날, 광대뼈가 똑같았다. 그렇다고 달리 크게 울컥하지는 않았다. 어머니는 내가 어렸을 때 돌아가셨고, 그때 느꼈던 슬픔은 희미해진 지 오래였다. 어머니와 닮은 제이크 삼촌의 모습을 보니, 나는 아버지 외모에 더 가깝다는 생각이 들었다. 아버지는 아쉬워하셨을 것 같다. 사랑했던 여인과의 사이에서 낳은 외아들이 자기보다는 그 여인을 닮은 게 기뻤을 테니까.

"좋아 보이세요, 제이크 삼촌." 나는 삼촌의 시신에 대고 확실하게 말했다. 시신은 아무 말도 하지 않았다. 아마 살아 계셨더라도 그랬을 것 같았다.

접이식 파티션이 열리고 조문객들이 들어오기 시작했다. 나는 제이크 삼촌의 관 제일 먼 끝쪽에 자리하고 섰다. 조문객들이 관에 다가가 시신을 본 다음 나에게 조의―그런 게 있다면―를 표할 수 있게 하려는 생각이었다. 관에 다가가기 전에 나에게 조의를 표하는 것보다는 그게 효과적이고, 내가 관 옆에 있다면 조의를 표하는 동안 다른 사람들은 어색하게 기다려야 하니까.

잠시 후 조문객들이 줄을 서기 시작했다. 시신에 다가간 첫 두 조문객은 다부진 체격의 대머리들이었다. 그들은 오버코트를 벗을 생각을 하지 않았다. 조문실을 둘러보니 그게 유행인 것 같았다. 그들은 나를 흘끗 본 다음 제이크 삼촌의 시신을 응시했다. 그러고는 내 귀에 뭔가 슬라브어처럼 들리는 말을 낮게 주고받더니 그중 하나가 관에 있는 제이크 삼촌의 목에 마치 맥박을 짚으려는 듯 손을 뻗었다.

"저기요." 나는 맥박을 짚으려는 사람에게 말했다. "지금 뭐 하시는 겁니까?"

그는 나를 잠깐 올려다보았지만 아무 말도 하지 않았다. 그리고 집중하려는 듯 눈을 감았다. 다른 남자는 휴대전화를 꺼내 카메라 앱을 열고 사진을 찍기 시작했다.

그런 후 얼마 지나지 않아 첫 번째 남자가 눈을 뜨고는 나를 정면으로 쳐다보았다. "삼가 조의를 표합니다." 슬라브어 억양으로 그가 말했다.

"감사합니다." 나는 어안이 벙벙해져서 말하고는 사진을 찍는 남자를 쳐다보았다. "셀카는 찍지 말아 주십시오."

사진을 찍던 남자는 그 말에 빙긋 웃고는 몇 장 더 찍었다. 그는 맥박을 짚던 사람에게 뭔가 말했다. 맥박을 짚던 남자는 만족스럽다는 듯 낮게 뭐라고 대답했다. 사진을 찍던 남자는 몸을 돌리더니 내 사진을 찍었다. 그리고 왜 이런 짓을 하는지 내가 물어보기도 전에 그 둘은 조문객들 줄에서 빠져나갔다. 나는 삼촌 쪽으로 몸을 돌렸다. 칼을 든 남자가 삼촌을 찌르려는 걸 본 건 바로 그때였다.

나는 비명을 지르고 거의 곧바로 그 남자에게 몸을 날렸다. 현명한 행동이 아닌 걸 깨달았지만 너무 늦었다. 남자는 나보다 키도 크고 몸도 근육질이었다. 헤어스타일도 깍두기 머리여서 어둠의 세계에 있는 사람 같다는 느낌이었다. 나는 남자를 밀었다. 그러면서 이 남자가 밀리기는 할까, 오히려 내가 튕겨 나가 카펫에 처박히지는 않을까 하는 무서운 생각이 들었다.

그 찰나의 순간이 영원처럼 지속되었다. 남자는 일부러 밀려 주기로 한 것 같았다. 그는 대수롭지 않게 관에서 물러섰다. 민망한 상황이었다. 칼은 여전히 시신을 더 찌를 준비를 하고 있었다.

"이게 대체 무슨 짓입니까?" 나는 소리를 질렀다. 남자가 나를 가지고 회를 뜰지도 모른다는 생각이 들었다. 하지만 지금은 물릴 방법이 없었다.

"당신 삼촌을 찌르려고 했지." 남자는 차분하게 대답했다. "지금도 그러려고 하고."

"빌어먹을. 대체 왜요?"

"당신 삼촌은 전에도 죽음을 가장한 적이 있었으니까." 남자가 말했다. "이번에는 확실히 해 두라고 명령받았다."

나는 믿을 수 없다는 듯 그를 응시하다가 조문실을 둘러보았다.

조문실 안에 있는 사람들은 모두 나를 마주 보면서 다음에 무슨 일이 일어날지 기다리고 있었다. 그들 모두 내 앞에 있는 남자와 달라 보이지 않았다. 그들 중 누구라도 밀어내려고 한다면 일부러 밀려 주든지, 아니면 나를 바닥에 처박든지 할 것임을 깨달았다.

그리고 그들이 다 이 남자처럼 일부러 밀려 주리라는 보장도 없었다.

나는 오줌을 지리지 않으려고 애쓰며 마음을 추슬렀다. "어디 봅시다." 나는 칼을 든 남자에게 말했다. "당신이 '뒈졌다고? 개소리.'라는 메시지의 조화를 보낸 개자식이군요."

"내가 아니다." 남자가 말했다. "우리 보스께서 보내셨을 거다."

"뭐라고요?"

"우리 보스." 남자가 되풀이했다.

"그럼 당신은 우리 삼촌을 모르는군요."

"개인적으로는 모른다. 멀리서 본 적은 있지. 명성은 들었다."

"그러면 조문하러 여기 온 게 아니군요."

"그렇다." 남자가 말했다. "당신 삼촌을 찌르려고 왔지."

"삼촌이 돌아가셨는지 확인하려고요."

"그렇다. 그러니 괜찮다면…." 남자는 다시 칼을 들어 올리며 말했다.

"안 됩니다!" 나는 손을 들었다. 그리고 조문실을 둘러보았다. 예비 암살자들로 득시글했다. "여기 삼촌을 개인적으로 아는 분 있습니까?"

아무도 대답하지 않았다.

"삼촌이 돌아가신 걸 확인하러 오신 분은요?"

모두 손을 들었다.

"여러분 모두 삼촌을 찌를 생각입니까?"

"주사를 놓을 생각이었다." 어떤 남자가 말했다.

"뭘 주사하려고요?"

"아무것도. 경동맥에 그냥 공기만 주입하는 거다. 아직 살아 있더라도 확실하게 골로 보낼 수 있지."

다른 남자가 비닐봉지에 든 면봉을 들어 보였다. "나는 DNA를 수집하러 왔다. 제이크 본인이 맞는지 확인하려고."

주사기 남자가 코웃음 쳤다. "DNA는 속일 수 있어."

"적어도 나는 수십 명의 목격자 앞에서 사람을 죽이지는 않아, 주사기 꼬마야." 면봉 남자가 대꾸했다.

"다들 닥쳐요." 내가 말했다. 두 남자는 입을 다물었다. "확실히 해 두죠. 여러분 중 삼촌을 아는 사람은 아무도 없습니다. 여러분은 전부 삼촌이 죽었는지를 확인하러 온 것뿐이죠. 전부 명령받고 왔고요. 맞습니까?"

방에 있던 사람들이 끄덕였다.

"대체 이게 무슨 짓들입니까?" 내가 물었다.

"개인적인 문제가 아니다, 피처." 칼잡이가 말했다.

"그야 당연하죠." 나는 되받아쳤다. "여러분 모두는 삼촌에게 쥐뿔도 관심이 없어요. 그런데 여러분들 보스는 왜 그럽니까?"

"보스가 왜 관심을 가지는지는 중요하지 않다." 주사기 남자가 말했다. "우리는 여기로 가라고 명령받았다. 죽었는지 확인하라는 지시였지. 그게 전부다."

나는 마이클 체스터필드 쪽을 보았다. 그는 방들 사이의 파티션 옆에 서 있었다. 지금 상황에 상당히 놀란 것 같았다. "삼촌의 현재 상태에 대해 전문적인 소견을 말씀해 주시겠습니까?" 나는 그에게 요청했다.

"고인의 시신에서 체액을 전부 빼내고 방부액으로 대체해 넣었습니다." 체스터필드는 방에 있는 사람들에게 분명하게 말했다. "제가 방부 처리를 하기 전에 살아 계셨더라도, 그 후에는 돌아가십니다. 몸 안이 포름알데히드와 메탄올로 채워지면 도저히 살 수가 없지요."

"감사합니다." 내가 말했다. 나는 칼잡이 쪽으로 몸을 돌렸다. "칼로 찌를 필요는 없습니다."

"미안하지만." 칼잡이가 말했다. "여기 당신 친구가 거짓말을 하는 것일 수도 있어. 난 확인해야겠네."

"안 됩니다."

칼잡이는 한동안 나를 자세히 바라보았다. "무슨 상관인가, 피처?" 그가 물었다. "당신은 삼촌을 전혀 모르잖아. 그는 당신에게 아무것도 아니었고, 당신도 그에게 아무것도 아니었어. 당신 삼촌은 살아생전 당신을 도와주기 위해 손가락 하나 까딱하지 않았지. 내가 당신 삼촌을 찌르거나, 조지가 그의 혈관에 공기를 주입하거나, 카일이 그의 뺨 안쪽을 긁어낸다 해도 당신이 무슨 상관인가? 그가 죽었다면 아무 문제 없지. 죽지 않았다면 당신을 가지고 논거고. 둘 중 무엇이든 우리를 막을 이유는 못 돼." 그는 다시 관 쪽으로 걸음을 옮겼다.

나는 막아섰다. "안 된다고 했습니다."

"당신은 날 막을 수 없어." 칼잡이가 부드럽게 말했다.

그 말이 사실이란 건 안다. 하지만 엿이나 먹어라, 이 새끼야. "날 해치우고 가야 할 겁니다."

칼잡이가 미소를 지었다. "자네도 알다시피, 난 상관 안 해."

"그만해." 삼촌의 맥을 짚었던 슬라브 남자가 말했다. "제이크는 죽었어."

칼잡이는 계속 나와 눈을 마주친 채 슬라브 남자에게 말했다. "자네가 어떻게 알아?"

"나는 체첸에서 위생병이었네." 슬라브 남자가 말했다. "죽은 사람이 어떤지 알지."

"그리고 나에게는 열화상 카메라가 있네." 다른 슬라브 남자가 말했다. 그는 휴대전화를 꺼내 여러 가지 색깔의 사진을 보여 주었다. "시체에는 사체 온도가 있어. 안드레이의 손과 비교해 보면 알 걸세."

"제이크는 죽었어." 안드레이라는 남자가 되풀이했다. "우리가 그 정도로 만족했다면 우리 보스도 만족하실 거야. 그리고 자네들에게도 만족스럽고."

"자네 보스가 누군데?" 주사기 남자가 물었다.

"도브레프." 안드레이가 말했다. 이 말에 좌중이 웅성거렸다.

단 한 순간도 내게서 시선을 떼지 않고 있던 칼잡이가 극히 불안한 태도로 미소를 지었다. "그 말에 책임을 져야 하네, 안드레이." 그가 말했다. "시간을 아꼈군." 그리고 나에게서 물러섰다. "이걸로 됐네." 그가 말하면서 칼을 집어넣었다.

"이걸로 됐습니다." 나는 동의했다. "나가 주십시오. 여러분 모두요."

그들은 모두 흩어지기 시작했다. 나는 슬라브인 안드레이와 눈길을 마주했다. 나는 그가 러시아인이나 우크라이나인이라고 생각했었다. "감사합니다." 내가 말했다.

"감사할 것 없네." 안드레이가 말했다. "'꼴 좋다, 씨발놈아.' 꽃병을 보낸 게 우리 보스야." 그는 떠났다. 열화상 카메라를 가지고 있던 남자가 바로 그 뒤를 따랐다.

2분이 지나자 장례식에는 나와 체스터필드, 직원들밖에 남지 않았다.

"맙소사." 마지막 사람이 떠나자 나는 체스터필드에게 말했다. "솔직히 말해 카펫에 오줌 지릴 뻔했습니다."

"기억에 남을 만한 조문객들이군요." 체스터필드가 대답했다.

"이것도 눈치의 힘인가요? 당황하지 않으신 것 같네요."

"이 일을 하다 보면 그렇게 되죠." 체스터필드가 말했다. "그나저나 피처 씨. 삼촌께서 당신이 화장 절차의 참관인이 되어 주는 옵션에 비용을 내셨습니다. 하지만 이런 일을 겪었으니 집에 가고 싶으시겠군요."

"그런 것 같습니다." 내가 말했다. 지난 몇 분 동안 치솟았던 아드레날린은 사라졌고 지금은 그저 떨리고 피곤할 뿐이었다.

체스터필드는 고개를 끄덕였다. "그러면 나머지는 저희가 다 알아서 처리하겠습니다. 내일 삼촌의 유골을 수습해서 가져가실 수 있게 연락드리겠습니다."

"감사합니다." 내가 말했다. "진심입니다. 정말 감사드립니다."

"별말씀을요." 체스터필드가 말했다. "저희 일인걸요. 고인, 그리고 유족을 위한 일이죠."

:::::

나는 고문 장비에 가까운 구두를 손에 들고 쿡 스트리트와 러셀 스트리트의 남서쪽 모퉁이로 향하는 연석 위를 맨발로 걷고 있었다. 그때 헤라와 비슷한 야옹 소리가 들렸다. 보도 쪽을 내려다보았지만 헤라는 보이지 않았다. 그러고는 도로의 나머지 쪽도 훑어보았다. 헤라와 페르세포네는 우리 집 길 건너편에 있는 군데르손 씨네 집 진입로에 앉아 있었다.

나는 길을 건너 그들에게 다가갔다. "여기서 뭐 하니?" 나는 길을 건너 다가가며 헤라에게 물었다. 솔직히 말해 대답을 기대한 건 아니었다. 헤라는 고양이니까. 나는 헤라의 안전을 위해 대부분 집 안에서 지내게 했다. 덕분에 새를 잡아 죽이는 고양이를 기른다는 죄책감을 피할 수 있었다.

그렇기는 하지만, 헤라가 어떻게든 집 밖으로 나갈 수 있다는 사실은 알고 있었다. 내보내지도 않았는데 뒷마당에 있는 걸 본 적이 있다. 지하실 창문이 열려 있었나 생각하긴 했어도 굳이 확인한 적은 없었다. 하지만 헤라가 집을 나가서 애타게 찾아야 하는 경우는 극히 드물었다. "허락도 없이 나왔네?"

헤라는 나를 올려다보더니 크게 울었다. 그러더니 거의 필사적으로 길 건너편에 있는 우리 집을 바라보았다. 나는 헤라의 시선을 따라갔다.

2층 내 침실 유리창에 누군가가 있는 게 보였다.

"이런 빌어먹을." 나는 911에 전화하려고 주머니의 휴대전화에 손을 뻗었다.

내 방에 있던 남자가 몸을 돌리더니 창밖을 내다보았다. 그리고 나를 보았다. 남자는 유리창에서 사라졌다.

"빌어먹을." 내가 말했다.

길을 건너려는 순간, 우리 집이 폭발하며 불길에 뒤덮였다.

6장

"전소되었다고?" 앤디 백스터가 전화로 말했다.

"네." 나는 군데르손 씨네 집 앞 연석에 앉아 있었다. 지금 있는 건 나와 고양이들뿐만이 아니었다. 이웃 사람들이 모두 몰려나와서 우리 집이 잿더미가 되어가는 장관을 구경하고 있었다. 게다가 소방관과 경찰이 총출동했다. 여기 쿡 스트리트에 동네 행사라도 열린 것 같았다. "먼저 폭발이 있었고 그다음에 불길이 치솟았어요. 안에는 시체가 있고요."

"누구 시체인가?"

"정말 좋은 질문이십니다." 내가 말했다. "저는 모르겠어요. 경찰이나 소방서에서도 모르고요. 절도 아니면 방화 같습니다. 불길이 생각보다 빠르게 손 쓸 수 없을 정도로 번진 걸 감안하면 지금은 방화 쪽에 무게가 실리죠."

"그거 안 좋군."

"방화범한테는 최악이었죠. 자기 작품에서 피하지 못했으니까."

"하지만 자네는 무사하잖나." 앤디가 말했다.

"그렇게 말할 수도 없어요." 내가 말했다. "몸이야 멀쩡하죠. 폭발이 일어났을 때 집 안에 없었으니까."

"어디 있었나?"

"삼촌 장례식에요."

여기서 잠시 침묵이 흘렀다. "제이크 외삼촌 말이군. 자네 어머니의 오빠."

"네, 그분이요."

"돌아가셨다고?"

"그 점에 대해 조문객들과 논란이 있긴 했죠. 하지만, 네, 돌아가셨어요."

"자네가 그분과 가까웠다는 건 몰랐군."

"괜찮습니다." 내가 말했다. "저도 몰랐으니까요."

나는 앤디와 이야기하면서 거리의 상황을 다시 쳐다보았다. 우리 집이 있었던 자리 부근에는 연기가 나는 구멍이 생겼다. 폭발로 집이 무너져 내려서 불길을 잡기에는 더 쉬웠다. 그리고 유리 조각이 사방으로 날리고 옆집 창문에 금이 몇 개 간 것 말고는 그 블록에 있는 다른 집들에 큰 피해는 없었다. 소방차가 즉시 현장에 출동해 불길이 번지는 걸 막았다. 그나마 다행이었다. 오늘 그 난리를 겪고 나니, 양심상 다른 사람의 불운을 바랄 수 없었다.

나는 진화 작업을 마친 경찰관과 소방관에게 진술서를 제출했다. 구급차가 한 대 오더니 통구이가 된 불쌍한 방화 용의자를 싣고 갔다. 일어날 일은 다 일어났기 때문에 이웃 사람들은 이제 자기네 집으로 돌아가고 있었다. 그들에게는 아직 집이 있었으니까. 이웃 몇 명은 연석에 있는 나에게 동정하듯 고개를 끄덕였다. 나는 그들에게 답례했지만, 통화 중이라 다행이었다. 지금 당장은 그들 중 누구와도 이야기하고 싶지 않았다.

"무사하다니 안심이네." 앤디가 말했다. "다른 것들은 어떤가?"

"집과 물건들은 다 불타 버렸어요. 갈 곳도 지낼 데도 없습니다. 지금 당장은 고양이들과 함께 아버지 자동차에서 살아야겠죠." 내가 말했다. "그러니 이제 더 나빠질 일도 없네요."

"머물 곳이 있어야 해."

"저도 압니다. 변호사님이 마련해 주시려고요?"

"보험회사에 연락하겠네." 앤디가 말했다. "적어도 며칠 동안 머물 수 있는 호텔을 잡아줄 거야. 보험회사는 경찰 보고서와 화재 보고서가 필요해. 그리고 시체를 보고 방화 가능성을 확인하기 위해 자체 조사원을 보내겠지."

"맞습니다."

"찰리…." 앤디의 지금 말에는 확신하는 어조가 있었다.

"아, 또 시작이군요." 나는 말했다. 그리고 하늘을 올려다보았다. 헤라는 내가 짜증을 내려는 걸 알아챈 것처럼 안심시키듯 머리를 나에게 부딪혔다. 나는 손을 아래로 뻗어 헤라를 쓰다듬었다.

"내가 무슨 말을 하려는지 아는 것 같지만 그래도 해야겠네." 앤디가 말했다. "경찰과 소방서에서는 이 일로 자네를 의심할 걸세."

"젠장, 앤디. 제가 어릴 때부터 살았던 집에 대체 왜 불을 지르겠어요?"

"자네가 그랬다거나 그러려고 했다는 얘기가 아닐세. 경찰이나 소방서에서는 자네가 그 집의 완전한 소유권자가 아니고, 돈에 쪼들려서 자네의 임차권이 벼랑 끝에 몰렸다는 사실을 결국에는 알아낼 거야. 형들과 누나가 자네를 집에서 쫓아내려고 한다는 것도, 자네가 그들과 사이가 좋지 않다는 것도 알아내겠지. 돈이 필요하다는 사실도. 방화의 두 가지 주요 동기는 복수와 보험 사기일세. 자네는 그 프로파일에 들어맞을 거야."

"이 대화는 변호사-의뢰인 간 비밀 유지 특권으로 보호되나요?" 내가 물었다. 확인해야 할 것 같은 생각이 갑자기 들어서였다.

"좋은 질문이군." 앤디가 대답했다.

"경찰이나 소방서가 나를 의심할 생각이라면, 새러 누나나 바비 형, 토드 형도 의심해야 해요." 나는 이 통화가 변호사-의뢰인 특권으로 보호되는지 의심스럽긴 했지만 계속 말을 이어갔다. "형들과 누나가 불을 질렀다면 보험금을 타서 나누면 되고, 나하고는 거래할 필요가 없죠. 이 집은 우리의 상호 합의를 가로막는 마지막 관문이니까요."

"분명히 자네 형들과 누나도 의심하겠지." 앤디가 말했다. "하지만 자네를 최유력 용의자로 볼 걸세. 그리고 누구를 시켜서 불을 질렀다면, 방화 교사범의 책임을 지게 되네."

나는 헤라를 쓰다듬던 걸 멈추고 손을 머리에 댔다. "여기서 더 최악의 상황을 만드시는 건가요, 앤디?"

"자네가 형사 사건 전문 변호사를 구해야 할 수도 있다는 얘기네. 경찰이나 소방서 사람과 얘기했나?"

"물론이죠." 내가 말했다. 무슨 일이 일어난 건지(나도 모른다), 내가 세입자인지 집주인인지(복잡한 문제다), 어디에 있었는지(제이크 삼촌 장례식이요), 집 안에 있던 사람은 누군지(전혀 모른다), 그리고 내 신발은 어디 있는지(폭발로 엉덩방아를 찧었을 때 도로에 나뒹굴었다) 질문을 받았다. 경찰과 소방서에서는 집 안에 있는 사람이 절도범이나 방화범이리라 추정했다. 나는 왜 우리 집을 노렸는지 모르겠다고 말했다. 그들은 나에게 진술서를 받았고, 내 휴대전화 번호를 알아갔다. 그들은 연락하겠다고 했다.

"알겠네. 앞으로는 변호사 없이 그들과 이야기하지 말게." 앤디가 말했다.

"당신이 변호사잖아요."

"나는 그쪽 전문이 아니네."

"대체 제가 무슨 돈으로 변호사를 구합니까?" 나는 열이 뻗쳐서 물었다. "땡전 한 푼 없습니다. 제가 가진 건 말 그대로 연기 속으로 사라졌어요."

"보험회사와 얘기할 때, 자네에게 보험금 일부를 미리 지급해 줄 수 있을지 알아보겠네."

"재미있는 대화가 되겠네요." 나는 말했다. "'이봐요. 경찰에서 방화 용의자로 보고 있는 사람이 있는데, 변호사를 사서 빠져나갈 수 있게 보험금 미리 줄 수 있겠소?'"

"그런 식으로 말하지는 않을 생각일세."

"네, 부디 그래 주세요."

"나에게 맡겨 두게." 앤디가 말했다. "곧 연락하겠네."

"알겠습니다."

"유감일세, 찰리. 지금 상황이 엉망인 건 아네."

"감사합니다, 앤디." 나는 전화를 끊고 고양이들을 쳐다보았다. "꽤 즐거운 대화였어." 고양이들에게 말했다. 헤라는 동정하듯 눈을 천천히 깜빡였다. 페르세포네는 안아달라는 듯 낮게 야옹거렸다. 나는 그 바람을 들어주었다.

"저기요." 내 뒤에서 누군가 말했다. 길 건너 이웃집에 사는 10대 소녀 케일리 군데르손이었다. 나는 지금 이 애 집 앞 연석에 앉아 있다. 케일리는 작은 사료 그릇을 들고 있었다.

"안녕." 내가 말했다.

"이거." 사료 그릇을 내게 내밀며 케일리가 말했다. "사료예요. 고양이들 먹으라고요."

나는 페르세포네를 안고 있지 않은 손으로 사료 그릇을 받았다.

사료 알갱이가 흘러나오지 않게 플라스틱 뚜껑이 덮여 있었다. "고맙다. 정말 친절하구나."

"집이 저렇게 돼서 정말 유감이에요." 케일리가 말했다.

"고마워." 내가 말했다. "나도 그렇단다."

"괜찮으시겠어요?"

나는 이 말에 미소를 지었다. "괜찮아지겠지." 나는 말하고 사료 그릇을 들어 올렸다. "이게 도움이 될 거야. 고양이들이 고맙다고 하는구나."

케일리는 이 말에 미소를 짓고 집으로 돌아갔다.

나는 눈썰미가 있어서 사료가 '야옹 믹스' 제품인 걸 알아보았다. 나는 군데르손이 이 사료를 집에 가지고 있었는지, 아니면 케일리를 보내서 사 오게 한 건지 궁금해졌다. 군데르손이 고양이를 기르고 있었는지 기억나지 않았다. 군데르손 가족이 바로 길 건너편에 산 지 몇 년이나 되었는데도 나는 그 집에 가 본 적이 단 한 번도 없었다. 내 탓이었다는 생각이 들었다.

이제 고양이들은 사료가 있다는 걸 알아챘다. 그래서 나는 뚜껑을 열고 연석 옆 잔디 위에 그릇을 내려놓았다. 헤라가 사료를 조금씩 먹기 시작했고, 페르세포네는 내 손에서 뛰어 내려가 그릇 가장자리 위로 작은 털뭉치 머리를 밀어 넣으려고 버둥거렸다.

"적어도 너희는 배를 곯지는 않겠구나." 나는 고양이들에게 말했다. "어쨌든 아직은." 나는 우리 집의 잔해 쪽으로 다시 눈을 돌렸다.

이런 상황에서 거짓말할 생각은 없다. 난 망했다. 집은 폐허가 되었다. 집 안에 있던 것도 죄다 망가졌다. 불에 타지 않았더라도 진화 때 사용한 소방 용수 때문에 망가졌을 것이다. 지금 시점에서 내가 가진 자산이라고는 나 자신, 고양이들, 정장 한 벌, 끔찍한 신발, 휴대전화와 지갑이 전부였다. 지갑에 든 건 현금 23달러와 그 정도의 잔액이 남은 계좌의 체크카드, 그리고 한도가 초과된 비자 카드뿐이었다.

아, 아버지의 닛산 자동차가 있다. 그리고 잔디 깎는 기계와 이런저런 원예 도구들이 부설 차고에 있었는데 그곳은 피해를 입지 않았다. 나는 앤디에게 거짓말하지 않았다. 만일 보험회사가 호텔을 잡아주지 않으면 나는 차고나 차에서 자야 하고 편의점 핫도그로 끼니를 때우게 될 것이다. 돈이 떨어지면 그것도 무리다.

그렇게 될 것이다. 다른 문제도 있기 때문이다. 제이크 삼촌의 장례식에서 유족 대표를 맡은 '보상'으로 받은 집의 소유권은 방금 말 그대로 불길 속에 사라져 버렸기 때문이다. 고생만 하고 아무것도 얻지 못했다. 불타 버린 집의 대지 말고는 매각할 게 하나도 없기 때문이다. 제이크 삼촌의 회사가 계약을 마무리한 다음 그 대지를 사서 내게 주더라도 나는 새로 집을 지을 능력이 없다. 계약 자체가 불가능할 수도 있다. 그들에게 넘길 집 자체가 없으니까.

나는 사실상 무일푼이다. 내 이름으로 된 재산이라고는 현금과 카드 한도를 합해 100달러도 안 된다.

100달러, 낡아빠진 정장, 그리고 불편한 구두.

나는 고양이들 쪽으로 몸을 돌렸다. "날 위해 사냥이라도 해 오렴." 내가 말했다. "안 그러면 분명 난 굶어 죽을 거야." 고양이들은 여전히 사료를 먹으면서 아무 말도 하지 않았다.

이 시점에서 내 인생은 바닥 중의 밑바닥을 찍고 있었다.

휴대전화가 진동했다.

집 얘기 들었어요. 마틸다 모리슨이 보낸 문자였다. **망했군요.**

동정해 줘서 고마워요. 나는 답문자를 보냈다. **차 뒷좌석에서 잘 때 위로가 될 말이네요.**

그보다는 나은 상황일 수 있어요. 모리슨이 문자를 보냈다.

말해 봐요. 내가 답장했다.

휴대전화가 울렸다. 모리슨이었다. 나는 전화를 받았다.

"말해 봐요." 내가 말했다.

"좋아요." 그녀가 말했다. "고양이들을 따라가세요."

"뭐라고요?"

"고양이들을 따라가라고요." 모리슨이 되풀이했다.

"그게 무슨 뜻이에요?"

"'고양이들을 따라가라.'는 말의 어느 부분이 이해하기 힘든가요?" 모리슨이 물었다.

"솔직히 전부 다요." 내가 말했다.

"너무 깊이 생각하지 말아요, 찰리." 모리슨이 말했다. "헤라에게 내가 자기를 따라가라고 했다고 말하세요. 그러면 알아들을 거예요. 나중에 저녁 때 봐요. 할 얘기가 있어요." 그녀는 전화를 끊었다.

나는 휴대전화를 잠시 응시하다가 헤라를 힐끗 보았다. 헤라는 보아하니 막 식사를 마친 것 같았다. 그리고 뭔가 기대하듯 날 쳐다보고 있었다. 페르세포네는 아직 게걸스레 사료를 먹고 있었다.

"큰 소리로 이렇게 말하려니 바보가 된 느낌이야." 나는 헤라에게 말했다. "하지만 모리슨이 나보고 너를 따라가라네."

이 말을 듣자 헤라는 나를 보고 빌어먹을 야옹 소리를 내더니 몸을 돌려 페르세포네에게 뭐라고 하는 것 같았다. 페르세포네는 마지막으로 사료를 한 입 먹더니 그릇에서 물러났다. 그리고 두 녀석은 쿡 스트리트를 향해 북쪽으로 걸어가기 시작했다. 나는 너무나 어안이 벙벙해서 잠시 고양이들을 쳐다보았다. 그러자 헤라가 발을 멈추더니 내 쪽으로 고개를 돌리고 크게 야옹거렸다. 마치 '따라올 거야, 말 거야?'라고 말하는 것 같았다.

나는 그릇에 뚜껑을 덮고 들어 올린 다음, 고양이들을 따라갔다.

헤라와 페르세포네는 쿡 스트리트를 지나 러셀 스트리트로 올라갔다. 그다음 서쪽을 향해 오른쪽으로 갔다. 고양이들은 꼬리를 치켜세우고 느긋하게 걸었다. 헤라는 어디로 가고 있는지 아는 게 분명했고, 페르세포네는 즐겁게 따라가고 있었다.

그로브 거리까지 간 헤라는 길을 건너기 전에 양쪽을 쳐다보더니 거리의 제일 먼 옆쪽을 향해 갔다.

사우스 그로브 611번지에 자그마하지만 관리가 잘 된 흰색 L자형 주택이 있었다. 마당은 소박하지만 깔끔하게 손질되어 있었다. 헤라는 현관으로 걸어갔다. 현관에는 고양이용 출입구가 달린 문이 있었다. 헤라는 나를 돌아보더니 다시 야옹 울었다. 그러고는 집 안으로 들어갔다. 페르세포네는 헤라를 따라갔다.

"대체 이게 뭔 일이래?" 나는 말했다. 나는 집사를 여럿 두는 고양이들을 알고 있다. 하지만 헤라가 그러리라고는 상상도 못 했다. 헤라는 낮 동안에는 몰래 나가더라도 밤에는 늘 집에 있었다.

그리고 헤라는 사우스 그로브 611번지가 자기 집인 양 들어갔고 페르세포네는 주저 없이 따라갔다. 그리고 나는 바보처럼 멍하니 진입로에 서 있었다.

나는 현관을 올라가서 문 앞에 섰다. 하지만 뭘 해야 할지 도무지 알 수 없었다. 집 안에 있는 사람은 자기가 헤라, 그리고 아마도 페르세포네의 주인이라고 생각할 게 분명했다. 그들의 시각에서 보면 나는 고양이 유괴범일 것이다.

하지만 그러면 모리슨이 왜 고양이들을 따라가라고 했는지, 또는 고양이들이 왜 나를 이리로 데려왔는지 설명이 안 된다.

그거 말 되네. 나는 생각했다. 문 안쪽에 있는 사람이 누구든, 어떻게 고양이들이 "너희를 따라가래."를 이해하고, 바로 이 집까지 나를 데려올 수 있게 훈련시켰는지 설명해 줄 수 있을 것이다.

문 옆쪽을 내려다보니 초인종이 있었다.

"아, 젠장." 나는 말하고 초인종을 눌렀다. 단조로운 음이 들리더니, 몇 초 지나지 않아 윙 소리가 났다. 아파트에서 살 때 이런 소리를 들었던 게 기억났다. 문이 열린 것이다.

나는 손잡이를 돌려 문을 밀며 집 안으로 들어갔다.

집 안쪽은 창문에 차양이 처져 있는데다 조명이 없어서 어둑했다. 가구는 얼마 없었고 벽에는 고양이용 계단과 숨숨집(cubby hole)이 있었다. 여기 사는 사람이 누군지는 몰라도 나보다 고양이들을 훨씬 더 잘 돌보는 게 분명했다. 좀 지나친 것 같긴 하지만.

"계십니까?" 내가 말했다.

문간 근처에서 헤라가 고개를 내밀더니 나를 보고 야옹거리고는 사라졌다. 나는 헤라가 간 쪽으로 따라갔다.

집의 평면도를 상상해 보니, 내가 지금 있는 곳은 거실 같았다. 여기에는 캣베드와 캣타워가 많고, 소파와 이상한 모양의 책상이 있었다. 책상 위에는 대형 모니터, 그리고 제멋대로 뻗어나간 모양의 키보드가 있었다. 난생처음 보는 키보드였다. 그 키보드를 쳐다보면 볼수록, 법정에서 재판을 기록하는 데 사용하는 속기용 키보드가 돌연변이로 제멋대로 자라난 것 같다는 생각이 들었다.

나는 아직 나를 집 안으로 들여보낸 사람을 보지 못했다.

"계십니까?" 나는 다시 말했다.

도끼 살인마의 제물이 되는 사람이 나오는 영화 같군. 나도 모르게 머릿속에 그런 생각이 떠올랐다.

"그런 생각 하지도 마." 나는 스스로에게 크게 말했다.

책상 뒤에서 헤라가 나오더니 나를 보고 야옹거렸다. 그러고는 책상 위로 뛰어 올라갔다. 내가 쳐다보는 동안, 헤라는 키보드의 버튼을 눌렀다. 그러자 모니터가 켜지고 키보드 나머지 부분의 백라이트가 들어왔다. 헤라는 키보드 위로 뛰어 올라가더니 네 발을 모두 사용해 화음을 맞추듯 키보드의 버튼을 눌렀다.

화면에 단어들이 튀어나왔다.

안녕, 찰리. 그렇게 쓰여 있었다. **당신 집 일은 유감이야. 내 별장에 온 걸 환영해. 위층에 당신을 위한 방이 준비되어 있어.**

7장

마틸다 모리슨의 벤츠 S클래스가 내 고양이의 집으로 다가왔다. 차는 모리슨이 내릴 정도의 시간만큼만 연석 앞에 멈춰 있다가 다시 떠났다. 저 차의 운전기사를 실제로 본 적이 없다는 생각이 들었다. 지금은 기사가 실제로 있기는 한지조차 확신할 수 없었다. 확신할 수 없는 게 너무나 많았다.

나는 그녀가 내가 앉아 있는 현관으로 난 작은 길로 걸어오는 것을 쳐다보았다.

"맞혀볼게요." 그녀가 내 앞에 멈춰서서는 말했다. "지능을 가진 고양이에 좀 놀랐군요."

나는 말없이 그녀를 올려다보았다. 그녀는 그 시선을 동의로 받아들였다. 물론 그랬다. "위로가 될지 모르겠지만, 나도 처음엔 그랬어요." 그녀가 말했다.

"내 고양이가 타이핑을 하고, 집도 가지고 있어요."

"맞아요."

"당신은 그걸 알았고."

"그래요."

"내 고양이가 언제부터 집을 소유하고 있었는지 말 좀 해 주겠어요?"

"사실 이 집은 당신 삼촌의 부동산 회사 소유예요. 엄밀히 말해 에어비앤비죠. 이런 부촌에서 집이 대부분 비어 있는 상황에 대한 좋은 위장이에요."

"하지만 헤라는 실제로 타이핑을 했어요." 내가 말했다.

"아, 맞아요. 분명히 그렇죠."

"어떻게요?"

"간단히 말하자면 '유전공학'이죠. 길게 설명하자면 박사 논문이 필요하고."

"왜죠?"

"지능을 가진 고양이는 당신 삼촌 사업에 쓸모가 있으니까요."

"삼촌 회사는 주차장 전문이잖아요."

"그렇죠." 모리슨이 말했다. "하지만 당신도 지금쯤은 그게 다가 아니라는 사실을 알 텐데요."

내가 입을 열어 무언가 말하려 했을 때, 또 다른 벤츠 S클래스가 연석 쪽으로 다가오더니 조수석에서 어떤 남자가 내렸다. 나는 즉시 그를 알아보았다.

"칼잡이예요." 내가 모리슨에게 말했다.

그녀는 무슨 말인지 몰라 나를 쳐다보았다. 남자는 우리에게 걸어왔다.

"제이크 삼촌의 시신에 칼을 찔러 넣으려던 사람이에요." 나는 설명했다. "내가 막았죠."

"왜 그랬어요? 토비아스가 당신을 죽였을 수도 있어요."

"아는 사람이에요?" 나는 입을 딱 벌렸다.

토비아스라는 남자는 좁은 길 위에서 씩 웃었다.

"내 뒤에 있어요." 모리슨이 말했다. 그녀는 몸을 돌려서 나와 칼잡이 토비아스 사이에 자리했다.

그는 걸음을 멈추고 모리슨에게 고개를 까딱했다. "안녕, 틸." 그가 말했다. "당신네 꼬마를 에어비앤비에 묵게 한 건 잘했어. 그의 집에 일어난 일을 생각해 보면 말이지." 그는 그녀를 지나쳐 내 쪽으로 걸음을 옮겼다.

"꿈도 꾸지 마." 모리슨이 말했다. 그녀는 몸의 무게중심을 옮겼다. 나는 그녀가 싸울 준비를 한다는 걸 깨달았다.

토비아스도 깨달은 것 같았다. 그는 한 걸음 물러섰다. "진정해. 그 꼬마를 죽이려고 했으면 장례식장에서 진작에 칼침을 놨을 거야. 나니까 봐준 거라고." 그의 시선이 모리슨을 지나쳐 내게 향했다. "당신 집 일은 유감이야, 피쳐. 당신 삼촌 일도. 정말로 저세상 간 거."

"고마워요." 내가 말했다.

"저자와 말 섞지 말아요." 모리슨이 내게 말했다.

"미안해요."

"그녀가 지시하는 것에 익숙해져야 할 거야." 토비아스가 내게 말하곤 다시 모리슨을 쳐다보았다. "가문의 전통이라고나 할까."

"여기 온 이유가 뭐지?" 모리슨은 그 도발을 무시하며 말했다.

"당신 친구를 여기 잔디밭에서 끝장내려고 온 게 아니란 건 아나 보군." 토비아스가 미소를 지었다. "초청하러 왔어."

"누구를 초청하는데?"

"내가 초청하는 거라면 상황에 따라 다르겠지." 토비아스가 말했다. "하지만 지금 나는 그저 심부름꾼이야. 당신 새 친구를 초청하러 왔어. 이제 내 오버코트 안으로 손을 넣을게."

"천천히." 모리슨이 말했다.

"물론이지. 그게 당신 방법인 걸 알아, 틸." 그는 코트 안으로

―천천히― 손을 뻗더니 주머니에서 봉투 하나를 꺼냈다. 봉투는 두툼한 수제 종이 재질로 주문 제작된 것 같았고, 밀랍과 끈으로 봉인되어 있었다. "봤지? 그저 봉투일 뿐이야." 그는 손을 뻗어 봉투를 내게 건넸다.

"받지 말아요." 모리슨이 내게 말했다.

"저 친구를 죽이려고 온 게 아니라고 이미 말했잖아." 토비아스가 모리슨에게 말했다.

"난 당신 걱정을 하는 게 아니야." 그녀는 토비아스에게 고개를 까딱했다. "당신이 열어."

"폭발이라도 할 것 같아?"

"만일 그렇다면 당신 손가락이 날아가겠지."

"당신 대장이 죽기 전에는 이 정도로 편집증적이진 않았던 걸로 기억하는데." 토비아스가 말했다.

"입 다물고 열기나 해." 모리슨이 말했다.

토비아스는 어깨를 으쓱했다. 그리고 봉투를 잘 잡더니 끈을 잡아당겼다. 밀랍 봉인이 둘로 갈라지고 봉투 덮개 부분이 튀어나오듯 열렸다. 나는 나도 모르게 움찔했다. 토비아스는 내 모습을 눈치채고 비꼬듯 미소를 지었다. "배짱을 좀 더 키워야겠어, 피처." 그가 말했다.

"초청장을 꺼내." 모리슨이 토비아스에게 말했다.

토비아스는 초청장을 꺼냈다. 아주 비싼 만년필로 쓴 게 분명한 우아한 필체가 보였다.

"핥아 봐." 모리슨이 말했다.

토비아스의 얼굴에서 미소가 사라졌다. "뭔 개소리야."

"핥아." 그녀가 되풀이했다. "양면 다."

"정신 나갔군." 토비아스가 말했다.

"그리고 당신은 장갑을 끼고 있지." 모리슨이 말했다. 나는 그 말에 전율했다. 지금까지 내내 토비아스를 보고 있었지만, 전혀 눈치채지 못했다. 하지만 그는 장갑을 끼고 있었다. 단순한 장식용 장갑이 아니라 그의 피부 톤과 어울리는 색으로 염색한 엄청나게 비싼 고급 가죽 장갑일 것이다.

토비아스는 모리슨이 말한 걸 인정하고, 초청장을 자기 얼굴 앞으로 들어 올렸다. "당신 말이니까 들어주는 거야." 그는 이렇게 말하고는 혀를 내밀어 먼저 초청장의 한 면을, 그러고는 다른 쪽 면을 핥았다. "아직 멀쩡하네." 다 핥고 나서 그가 말했다.

"좀 기다려 봐야지." 모리슨이 대답했다.

"좋은 생각이지만." 토비아스가 말했다. "난 못 기다려. 가야 할 데가 있거든." 그는 초청장과 봉투를 한 손에 놓고 그녀에게 내밀었다. "받아."

"싫어."

"좋아. 그럼 내가 들고 있을 테니 당신이 이 빌어먹을 초청장을 사진으로 찍어. 그러면 난 초청장을 전달한 거고, 우린 각자 갈 길 가면 돼. 됐지?"

모리슨은 잠시 생각에 잠겼다. "찰리, 당신 휴대전화로 저걸 찍어요." 그녀는 토비아스에게서 시선을 한순간도 떼지 않은 채 내게 말했다.

"직접 하지 않고?" 토비아스가 모리슨에게 물었다.

"내 손을 자유롭게 두려고." 그녀가 말했다.

"꼬마 앞에서 폼 잡기는." 토비아스가 말했다. 모리슨은 이 말에 대답하지 않았다.

나는 휴대전화를 꺼내 초청장을 줌인한 다음 사진을 찍었다.

"그나저나 무슨 초청장이죠?" 나는 휴대전화를 내리며 물었다.

"자네가 몸담게 될 업계의 모임이라고만 해 두지." 토비아스가 내게 말하고는 모리슨에게로 다시 관심을 돌렸다. "이 친구 잘 교육시켜야겠어."

"당신 충고는 필요 없어."

"충고는 벌써 충분히 한 것 같지만 혹시나 해서. 이제 저 친구는 초청받았으니 참석하게 만들어. 안 그러면 결과가 좋지 않을 거야. 당신도."

"다른 데 가 봐야 한다며." 모리슨이 말했다.

"가야지." 토비아스가 동의했다. 그는 내 쪽을 쳐다보았다. "행운을 비네, 피처. 행운이 필요할 테니까."

"꺼져." 모리슨이 말했다.

"만나서 반가웠어, 틸." 토비아스는 내게 고개를 까딱하고는 손에 여전히 장갑을 낀 채 벤츠로 돌아갔다.

"저 사람 말이 무슨 뜻이죠? 내가 반드시 초청을 받아들여야 한다는 건가요?" 토비아스가 사라지고 난 뒤 내가 물었다.

"나중에 설명해 줄게요." 모리슨이 말했다.

"당신을 틸이라고 부르더군요." 내가 말했다.

"네."

"좀… 친근하게 들리던데요." 내가 말했다.

"잠깐 데이트한 적이 있죠."

"칼잡이하고 데이트했다고요?"

"내 망한 연애사를 지금 들어야겠어요?" 모리슨이 말을 끊었다.

"아니요." 나는 물러섰다. "그럴 생각 없어요."

"좋아요."

우리 사이에 잠시 침묵이 흘렀다. 그리고 나는 그녀에게 물었다. "정말 그 초청장에 독이 발라져 있다고 생각했어요?"

"아니요."

"그런데 왜 핥으라고 시켰어요?"

모리슨이 나를 쳐다보았다. "독이 있다면 차라리 잘됐다 싶어서요."

"이상하게 들릴 수도 있지만, 이제 당신을 어떻게 생각해야 할지 모르겠어요."

모리슨은 이 말에 고개를 끄덕였다. "그런 말 자주 들어요." 그녀는 손짓했다. "안으로 들어가요, 찰리. 할 얘기가 많아요. 집 밖에서 할 얘기가 못 돼요."

:::::

우리가 들어왔을 때 헤라는 책상 위에 있었다. 모리슨은 다가가서 헤라를 긁어 주며 인사했다. 새끼 고양이 페르세포네도 책상 위 헤라 옆에 앉아 있었다.

"헤라하고 알고 지낸 지는 얼마나 됐어요?" 내가 물었다. 나는 소파 쪽으로 갔다.

"직접 만난 건 이번이 겨우 두 번째예요." 모리슨이 페르세포네도 긁어 주며 말했다. "지난번에 당신 집에서가 처음이었죠. 하지만 그때는 아무 말도 할 수 없었어요."

헤라는 키보드로 갔다. **이메일을 했어. 많이.** 헤라는 내가 보고 타이핑했다.

"이 사람은 어땠니?" 모리슨이 헤라에게 나에 대해 물었다.

심한 인지부조화를 겪고 있어. 헤라가 타이핑했다.

"그럴 만해." 모리슨이 말했다. 그녀는 내 쪽을 보고 손짓했다. "앉아요, 찰리. 할 얘기가 많아요."

"고양이하고 함께 얘기하는 건가요?" 나는 앉으며 물었다.

고양이'들'이지. 헤라가 타이핑했다. **페르세포네는 내 인턴이야.**

페르세포네가 나를 보더니 야옹거렸다.

"유급 인턴이면 좋겠네." 나는 농담했다.

당연하지. 헤라가 답했다. **우리는 동물이야. 괴물이 아니라고.**

나는 잠시 가만히 있었다. "너도 돈을 받아?" 나는 고양이에게 물었다.

그래.

"얼마나?"

당신보다 많이.

"당연한 걸 물어봤네." 내가 말했다. 나는 모리슨에게로 몸을 돌렸다. "지능 높은 고양이가 삼촌의 사업에 쓸모가 있다고 했죠?"

"그랬죠." 모리슨이 말했다.

"어떻게요?"

"정보 수집에요." 모리슨이 말했다. "사람이나 전자 장비를 이용한 정보 수집은 쉽지 않아요. 하지만 고양이를 의심하는 사람은 아무도 없죠."

나는 헤라를 주의 깊게 보았다. 묘체(猫體) 공학적으로 특수 설계된 고양이용 키보드 위에 앉아 있다는 점을 빼면, 솔직히 보통 고양이와 똑같아 보였다. "그리고 그게 주차장 사업에 중요하고요?"

"당신 생각 이상으로요." 모리슨이 말했다. "하지만 아까 밖에서 말했듯이, 삼촌의 사업은 주차장이 다가 아니었어요."

"하지만 나는 그 어떤 것과도 관계가 없어요." 내가 말했다. "제이크 삼촌은 고양이를 이용했죠." 나는 헤라 쪽으로 몸을 돌렸다. "기분 나빴다면 미안."

괜찮아.

모리슨은 고개를 저었다. "이용한 게 아니에요." 그녀가 말했다. "찰리, 당신 어머니가 돌아가신 뒤, 당신 아버지는 제이크에게 떠나라고 했어요. 그래서 그는 떠났죠. 하지만 제이크는 늘 당신을 주시하고 있었어요. 늘 그런 건 아니었지만 고양이를 통해서요."

"왜요?"

"여동생의 하나뿐인 자식이었으니까요. 당신이 괜찮은지 그분이 알고 싶어 했던 이유는 오로지 그뿐이었어요. 당신은 그분의 가족이에요, 찰리. 하나뿐인 진짜 가족. 동시에 당신을 안전하게 지키기 위해서이기도 했어요."

"그게 무슨 뜻이죠?"

"그분이 몸담은 업계에는 그 바닥에 직접 관련되지 않은 가족을 공격 대상으로 삼아서는 안 된다는 불문율이 있어요." 모리슨이 말했다. "하지만 삼촌의 경쟁자들 모두가 그 불문율을 지키는 건 아니죠."

"내 집이 폭발한 것도 그래서군요."

헤라가 타이핑을 시작했다. **아니, 당신은 삼촌 장례식에서 유족 대표를 맡았어. 그들 생각에 당신은 이제 정당한 공격 대상이 된 거지.**

"뭐라고?" 나는 모리슨을 쳐다보았다. "그런 말은 전혀 안 했잖아요."

모리슨은 어깨를 살짝 으쓱했다. "미안해요."

"미안하다고요? 그들이 내 집을 날려 버렸어요! 그 안에 있는 것들도 전부."

헤라가 타이핑했다. **사람도 날려 버렸어. 방문객 2인조가 있었지. 영상을 찍어 뒀어.**

"찰리에게 보여 줘." 영상을 어떻게 찍었는지 헤라에게 물어보기도 전에 모리슨이 말했다. 헤라가 타이핑하자 모니터에 영상이 떴다. 몇 대의 카메라를 통해 보이는 집 내부의 모습이었다. 나는 집 안에 그런 카메라들이 있는지도 전혀 모르고 있었다.

두 남자가 뒷문을 통해 들어오는 모습이 카메라 중 하나에 잡혔다. 남자들은 배관공이나 전기 기사처럼 보이는 복장에 작업 가방을 들고 있었다. 헤라와 페르세포네는 신기하다는 듯 그들에게 다가갔다. 두 남자는 고양이들을 무시하고 집 안을 돌아다녔다. 먼저 여기저기에 스프레이로 뭔가를 뿌린 다음, 침실로 향했다. 거기엔 무엇보다도 내 노트북이 있었다. 그들은 침실 문 옆에 무슨 짓인가를 하고 있었다. "폭탄을 설치하는 거예요." 모리슨이 말했다. "누군가 방에 들어오면 작동하기 시작해서 나가는 순간 폭발하죠. 아까 뿌린 건 발화 촉매제일 거예요."

헤라는 두 남자가 집을 나간 후의 영상을 앞으로 잠시 빨리 감기하다가, 다른 남자 하나가 역시 뒷문을 통해 집으로 들어오는 순간부터 정상 속도로 늦췄다. 이 새로운 남자는 집 안을 둘러보다가 내 침실로 향했다.

바로 그 순간 고양이들은 집을 나왔다.

새 남자는 내 침실과 노트북을 살펴보더니 잠시 노트북을 작동시켜 보았다. 그러다가 내가 길 건너에서 자기를 보고 있다는 걸 알아채고는 노트북을 가지고 방을 나가려고 했다. 그가 문간을 지나가는 순간, 아까의 남자들이 설치해 둔 폭탄이 터졌다. 새 침입자의 몸이 날아가 계단 아래로 굴러떨어졌다. 목이 부러진 게 분명했다. 그리고 불길이 내 집을 휘감았다. 영상은 여기서 끊어졌다.

"이 사람들은 대체 누구지?" 나는 떨며 물었다.

폭파범들을 조사해 보니. 헤라가 타이핑했다. **폭발로 날아간 사람은 CIA인 것 같아.**

나는 이 말에 눈을 깜빡였다. "뭐라고? CIA 요원이 내 집에서 죽었다고?"

FBI일 수도 있고. 헤라가 바로잡았다.

휴대전화가 울렸다. 앤디 백스터였다.

"받을까요?" 나는 모리슨에게 물었다. 그녀는 다시 어깨를 으쓱했다.

나는 전화를 받았다. "안녕하세요, 앤디." 내가 말했다.

"찰리. 좋은 소식과 안 좋은 소식이 있네." 앤디가 말했다. "어떤 걸 먼저 듣고 싶나?"

나는 이마를 문질렀다. "좋은 소식 먼저 듣고 나중에 실망하는 게 낫겠어요."

"좋은 소식은 보험회사가 일주일간 호텔을 잡아 주겠다고 한 걸세. '베인브리지 익스프레스 인'이라고 하는데, 아는 곳인가?"

"압니다." 내가 베인브리지 익스프레스 인에 마지막으로 묵은 건 고등학교 2학년 종강 파티가 있던 날 밤이었다. 파티가 끝난 후 비키 해링턴과 뭔가 이루어지지 않을까 하는 바람으로 방을 잡았다. 하지만 호텔에 도착하자마자 비키가 나를 차 버리는 바람에 나는 졸지에 그녀의 전(ex) 남자친구가 되었고, 베인브리지 호텔 방에서 얻은 거라곤 빈대에 물린 상처밖에 없었다. "좋지 않은 소식은 뭐죠?"

"FBI가 방금 내 집에 들러서 자네에 대해 물었네."

"FBI요?" 나는 모리슨 쪽을 쳐다보았다. 모리슨은 눈썹을 치켜 떴지만 아무 말도 하지 않았다.

"자네와 마지막으로 얘기한 게 언제인지, 그리고 자네가 지금 어디 있는지 묻더군."

"뭐라고 대답하셨어요?"

"사실대로 말했네. 몇 시간 전에 얘기했고 소재는 모른다고. 지금 어디 있나?"

"친구 집에요." 나는 말했다. 그 친구란 게 타이핑할 줄 아는 고양이라는 사실은 생략했다. "아직 배링턴에 있어요. 걱정하지 마세요. 제가 베인브리지 호텔에 있으면 찾아오겠죠. 제 휴대전화에 대한 영장을 아직 발부받지 못했다면, 삼각측량을 이용해 이 통화의 발신지를 알아낼 거고요."

"다시 권하는데, 형사 전문 변호사를 구해 보게." 앤디가 말했다. "자네한테 문제가 있다고 생각하지는 않아. 자네는 선량한 사람이지. 하지만 저들은 FBI일세."

"바로 알아볼게요." 나는 약속했다.

"형사 사건 말고 내가 도울 일이 없겠나?"

"감사합니다, 앤디." 내가 말했다. "전 괜찮아요. 감사드려요. 모든 것에요."

"몸조심하게, 찰리."

"그럴게요." 나는 전화를 끊고 모리슨을 쳐다보았다.

"FBI가 우리를 찾는군요?" 그녀가 말했다.

"연방 요원이 내 집에서 죽었으니 물어볼 게 있겠죠." 내가 말했다. 나는 휴대전화를 들었다. "지금쯤 여기 위치를 알아냈을 것 같아요."

모리슨이 고개를 끄덕였다. "그러면 이제 뭘 하고 싶어요?" 그녀가 물었다.

"내게 선택의 여지가 있나요?" 내가 말했다. "파산했고, 집도 없고, 연방 요원에게 추적당하고 있죠. 집은 불타 버렸고, 당신과 전에 했던 합의도 집과 함께 날아간 것 같고요. 이 집 앞 연석에 앉아서 FBI가 찾아오길 기다리고, 그다음에는 국선 변호인을 알아봐야겠죠. 당신에게 더 좋은 생각이 있다면 모르겠지만."

"그보다는 좋은 수가 있을 거예요." 모리슨이 말했다. 그녀는 헤라 쪽으로 몸을 돌렸다. "찰리의 비상 대피용 가방이 어디 있지?"

책상 서랍에. 헤라가 타이핑했다. 모리슨은 나를 쳐다보고 서랍을 확인해 보라고 손짓했다. 서랍을 열어 보니 세면도구 가방이 있었다. 나는 지퍼를 열고 안을 들여다보았다.

여러 종류의 지폐가 섞인 현금 2천 달러, 현금카드와 신용카드, 운전면허증과 여권이 있었다. 나는 여권을 꺼내 펼쳐보았다.

"데스몬도 호세 루이즈?" 나는 헤라를 쳐다보며 말했다.

당신은 이제부터 데스몬도야. 헤라가 타이핑했다.

"아무도 믿지 않을걸."

"당연히 믿죠." 모리슨이 말했다. "가짜 여권이 아니니까요. 진짜예요. 데스몬도 루이즈는 당신만큼이나 오래 시스템 안에 존재해 왔어요. 두 살 때 가족과 함께 미국으로 이민을 왔고 열다섯 살때 시민권을 받았죠. 어머니 세실리아는 주부고, 아버지 후안은 개인 투자 고문인데 데스몬도 그 길을 따라갔어요. 아무 문제도 일으키지 않고 살아왔고, 세금도 꼬박꼬박 냈죠. 신용 상태도 우수하고 상당액의 은행 잔고도 있어요. 샴버그에 콘도를, 노스캐롤라이나 아우터 뱅크스에 별장을 소유하고 있죠. 미국 정부와 관련된 한 데스몬도는 진짜예요. 당신이 바로 그 사람이고요."

"이건 말도 안 돼요." 내가 말했다.

"삼촌이 대비해 오고 있었다는 사실을 믿는다면 말이 되고도 남아요."

"무슨 대비요?"

"필요한 때를 대비한 탈출로요." 모리슨이 말했다. "당신은 지금 무엇보다 그게 필요해요."

"하지만 삼촌이 왜 걱정했는지는 아직 설명이 안 돼요." 내가 강조했다.

"가족이니까요." 모리슨이 말했다. "그리고 감당할 수 있다고 헤라와 내가 판단했기 때문에, 삼촌이 당신에게 일을 맡긴 거예요. 그 일을 위해서라도 당신이 살아 있기를 바라셨고요."

"뭐라고요?"

"당신이 장례식에서 유족 대표를 맡기를 삼촌이 바라신 이유가 있었어요, 찰리. 장례식에 어떤 사람들이 올지, 그들이 무슨 짓을 하려 할지 알고 계셨죠. 삼촌은 당신이 어떻게 행동할지 알고 싶어 하셨어요. 당신은 그분을 위해 나섰죠."

"장례식장에도 카메라를 설치해 뒀나 보군요." 내가 말했다.

장례식 촬영 옵션도 있었어. 헤라가 썼죠. **추가 요금을 냈지.**

"당신은 굳이 그러지 않아도 됐는데 삼촌을 위해 나섰어요. 요청받은 최소한의 의무만 행하면 그만일 이유가 수없이 많았는데도요." 모리슨이 말을 이었다. "우리가 보고 싶었던 건 바로 그런 행동이었죠."

"정확히 왜 그걸 보고 싶었죠?"

그래야 삼촌의 사업을 물려받을 수 있으니까. 헤라가 썼다.

"주차장 말이군." 나는 어떻게 봐도 바보처럼 말했다. 하지만 지금 상황이 정신없이 급변하고 있었다.

모리슨이 미소를 지었다. "네, 주차장 사업이요, 찰리. 하지만 내가 말하는 건 그분의 진짜 사업이에요."

타이핑할 줄 아는 스파이 고양이를 만들어 내는 사업이야. 헤라가 썼다.

"삼촌이 주차장 사업을 하신 건 훨씬 중요한 일을 위한 자금원이 되기 때문이에요." 모리슨이 말했다. "기존의 산업과 사회 패러다임을 뒤흔드는 변화를 줄 수 있는 기술과 서비스를 찾아내고, 자금을 투입해 만들어 낸 다음, 관심 있는 기업과 정부에게 비밀리에 제공하는 일이죠."

"거창하군요." 내가 말했다. "하지만 삼촌이 실제로 무슨 일을 했는지는 설명이 안 돼요."

그는 악당이었어. 헤라가 타이핑했다.

나는 헤라가 쓴 걸 바라보고는 다시 모리슨에게 시선을 돌렸다.

"공개적으로 인정하지는 않지만, 사실이기도 해요."

"칼잡이가 초청한 모임의 이유도 이건가요?" 내가 물었다.

"악당 회의죠." 모리슨이 말했다. "다보스 포럼을 생각해 봐요. 사람을 돕는 척하지는 않는다는 점만 달라요."

"그리고 내가 거기 참석해야 하고요."

"네. 화산 은신처를 일단 방문한 다음에요. 우선 거기서 할 일이 있어요."

"화산 은신처라고요?" 내가 되풀이했다.

"화산 은신처가 필요한 충분한 이유가 있어요. 단순한 과시용이 아니에요."

헤라를 돌아보았다. 헤라는 나를 보고 천천히 눈을 깜빡였다.

"그럼." 모리슨이 말했다. "가 볼까요, 데스몬도?"

8장

 섬나라 '세인트빈센트 그레나딘'의 영토인 세인트 주느비에브 화산섬은 카리브해 남쪽에 자리하고 있으며, 위치는 대략 그레나다 섬 북쪽 8킬로미터, 론데 섬 서쪽 8킬로미터다. 면적 약 8제곱킬로미터의 작은 섬이지만, 1784년의 대규모 화산 폭발로 섬의 절반이 파괴되고 주민 3천여 명이 사망하기 전까지는 지금의 두 배 크기였다. 화산은 폭발 후에도 바다 위와 해저에서 활동 중이어서 영국 정부는 섬과 그 인근 해역에 대한 지역 주민 출입 금지령을 선포했다. 그 후 150년 동안 섬에는 공식적으로 사람이 살지 않았고, 가끔 찾아오는 해적이나 술 밀수업자, 탐험가 말고는 방문자도 없었다.

 1940년 9월, 영국의 윈스턴 처칠 총리는 영국 해군에게 이 섬을 점령한 다음, 타국 정찰대와 첩보원의 감시를 받지 않고 독일의 폭격과 침공 위험을 피하면서 전쟁 물자 준비에 중요한 과학적, 군사적 혁신 작업을 수행할 수 있는 기지를 건설하라고 명령했다. 1년이 채 안 되어 '말버러 파크'가 건설되었다. 영국의 과학자들과 군부, 정보기관은 활화산의 어마어마한 지열 에너지를 이용해 기지를 자급자족으로 운영할 수 있었다.

 1942년 8월, 영국은 말버러 파크를 새로 조직된 미국 전략첩보국 OSS의 일부로 편입시켰다. 미국 측은 기지의 규모와 범위를 크게 확장해 지하에 방과 터널로 이루어진 연결망을 추가로 구축하고, 가토급 잠수함을 수용할 수 있는 정비 항구를 건설했다. 2차대전의 태평양 전쟁이 막을 내릴 때까지 말버러 파크에서는 수많은 '스파이용 장비'와 군사용 비밀 무기가 만들어졌다.

전쟁이 끝난 후, 미 정보국은 말버러 파크를 영국에서 임대하는 형식으로 완전히 차지한 다음, 도노반 기지로 이름을 바꿨다. CIA는 도노반 기지에서 근 50년 가까이 첩보 기술의 연구와 개발을 수행하면서 카리브해 남부를 감시해 오다가, 1992년에 소련이 해체되고 냉전이 종식된 뒤 마침내 기지에서 철수했다.

1993년, 부동산과 엔터테인먼트 관련 투자자 그룹인 '주느비에브 개발 파트너스'가 도노반 기지의 인프라를 포함한 섬 전체를 매입했다. 이 회사는 주느비에브 섬을 휴양지로, 도노반 기지('제니 베이'로 이름이 바뀌었다)를 최고급 호텔, 카지노, 유람선과 요트 정박지가 있는 테마파크로 개발할 생각이었다. 회사는 유니버설 픽처스 영화사에 접촉해 유명 애니메이션 캐릭터를 라이선스하려고 '딱따구리 우디' 롤러코스터(당연히 나무로 만든다), '칠리윌리' 썰매장 계획을 제안했다.

휴양지 개발 계획은 몇 년 지나지 않아 여러 이해관계가 충돌하고 개발과 투입 비용을 감당할 수 없게 되면서 혼돈에 빠졌다. 20세기 말, 주느비에브 개발 파트너스의 많은 투자자들은 자신들의 지분을 초기 투자자 중 가장 작은 회사였던 '앨러게이니 호스피털리티 유한회사'에, 거의 거저나 다름없는 가격으로 매각했다. 21세기가 시작될 무렵 앨러게이니 호스피털리티는 세인트 주느비에브 섬 전체의 자산과 개발권의 단독 소유권자가 되었고, 맨해튼 어퍼웨스트사이드의 펜트하우스나 말리부 언덕의 주상복합건물을 소유할 수 있을 정도의 현금을 보유하게 되었다.

그러나 앨러게이니 호스피털리티는 세인트 주느비에브 섬을 휴양지로 개발하는 대신 원래의 연구 개발 단지로 되돌렸다. 새로운 장비와 전력 시스템으로 과거의 정보 전략 기지를 개조하고 과학 기술 회사들을 유치했다. 그리고 이 회사들이 청정에너지, 상대적인 독자성, 모호한 규제를 이용해 경쟁 회사들을 압도할 수 있게끔 지원했다. 1년도 되지 않아 몇몇 회사들은 연구 개발 부서를 세인트 주느비에브 섬으로 완전히 이전하고, 바이오 기술, 보안 소프트웨어와 하드웨어, 위성 개발과 대체 에너지 같은 서로 이질적인 분야에 매진하게 되었다.

이들은 전부 개인 회사였고, 지주회사인 앨리게이너 호스피털리티 역시 마찬가지였다. 그리고 이 회사들은 모두 볼드윈 홀딩스라는 회사가 직접, 또는 중개 회사를 통해 간접 소유하고 있었다.

볼드윈 홀딩스의 소유주는 단 한 사람이었다. 제이크 볼드윈.

내 외삼촌.

이유는 모르겠지만 내게 이 모든 것을 물려주기로 결심한 사람.

:::::

"좋은 소식이에요." 모리슨이 말했다. "당신은 화재로 사망했을 가능성이 있어요."

우리 두 사람과 고양이들은 제니퍼 로렌스 호의 갑판에 서 있었다. 승객과 화물을 싣고 세인트 주느비에브 섬과 그레나다 사이, 또는 그보다 드물기는 하지만 세인트 주느비에브 섬과 세인트 빈센트 섬 사이를 왕복하는 다목적 선박이다. 로렌스 호는 앨러게이니 호스피털리티 회사가 세인트 주느비에브 섬 거주자들을 위해 운영하는 세 척의 다목적 선박 중 하나인데, 세 척에 모두 여배우 이름을 붙여서 제니퍼 틸리 호, 제니퍼 로페즈 호도 있었다. 지금 로렌스 호는 제니 베이로 진입하고 있다. 우리는 곧 하선할 예정이었다.

세인트 주느비에브로 가는 여정은 거의 이상하다 싶을 만큼 평온했다. 배링턴에서 우리(나, 모리슨, 그리고 고양이들)는 차를 타고 샴버그 지방 공항까지 갔고, 삼촌의 최상위 회사인 볼드윈 홀딩스 소유의 회사 제트기에 탑승했다. 제트기가 있는 건 우연이 아니었다. 삼촌의 시신은 거기에 실려 와서 체스터필드 장례식장으로 이송되었다. 그 여정에 모리슨이 동행했고, 유골은 나중에 보내주기로 일정을 잡았다. 기장은 당연히 내 운전면허증을 확인했고, 별말 하지 않았다. 비행기 안에는 내가 갈아입을 옷과 새 신발이 있었다. 나는 감사한 마음으로 이륙 전에 옷을 벗어 승무원이 준 쓰레기봉투 안에 집어넣었다. 승무원은 그 옷을 문을 통해 지상 근무자에게 던졌다. 드디어 저 옷에서 벗어났군.

우리는 샴버그 지방 공항에서 모바일 국제공항으로 날아갔다. 모바일 국제공항에서는 개인용 전세기가 우리를 태우고 케이맨 제도까지 날아갔다. 비행기 안에서 나는 여권 제시를 요청받았다. 나는 여권을 건네주었고 돌려받았다. 아무 질문도 없었다. 데스몬도 루이즈는 이제 실제 인물이다. 이때쯤에는 잘 시간이 한참 지났다. 나는 비행기에서 잠들었다. 페르세포네가 내 무릎 위에서 가르랑거렸다.

우리는 이른 아침에 케이맨 제도에 착륙해 연료 공급을 받고 그레나다까지 바로 날아갔다. 그레나다에서는 차량과 운전기사가 활주로 바로 밖에서 기다리고 있었다. 얼마 지나지 않아 우리는 배를 타고 세인트 주느비에브를 향해 가고 있었다. 아직 아침이었고, 기온은 화씨 80도 초반이었다(섭씨 20도 후반이라고 나는 스스로 바로잡았다. 우리는 지금 미터법을 쓰는 지역에 와 있다). 갑판 위로 바람이 기분 좋게 불고 있었다. 삼촌 소유의 섬이든, 아니면 다른 누구의 섬이든 지금까지는 열대 낙원처럼 보였다.

다른 사람들은 FBI에 쫓기는 도망자 생활을 어떻게 견디는지 모른다. 하지만 나는 아직까지는 근사하게 해내고 있다.

"사망했을 가능성이 있다." 나는 죽었을 수도 있었다는 이야기로 다시 화제를 돌리며 모리슨에게 말했다. "왜 불확실하게 말하는 거죠?"

"살아 있어야 할 경우가 나중에 있을 수도 있으니까요."

"그러면 FBI가 나에게 도주죄까지 씌울 텐데요?"

"우리가 그전에 혐의를 없앨 수 있어요."

"정말요?" 내가 말했다. "어떻게요?"

"그 문제는 지금 당장 걱정하지 말아요." 모리슨이 말했다. "당신이 살았든 죽었든 일류 변호사들이 당신을 대리한다는 것만 알아 두세요. 삼촌의 개인 변호사였고 지금은 당신 변호사죠."

"내가 어디서 타 죽었죠?"

"베인브리지 익스프레스 인에서요."

"호텔 전체에 불을 질렀어요?"

"전체는 아니고 부속 건물에만요."

"거기 체크인한 적이 없는데요."

"확실히 했어요. 그 정장도 입은 채로."

"호텔 직원에게 확인하면요? CCTV는요?"

"당신은 체크인할 때 마스크를 쓰고 있었어요. 사람들은 아직 마스크를 쓰고 다니죠."

"꼭 그렇지는 않아요."

"체크인할 때 당신은 기침하고 있었어요."

"화재 원인은요?"

"전기 배선 불량이요. 베인브리지 호텔은 늘 그 문제가 있어요. 적발되어 벌금도 낸 적이 있죠."

나는 이 문제를 잠시 생각해 보았다. "시체가 있었나요?"

"상당히 큰 불이었어요."

"미안하지만 내 질문의 요지에서 벗어났어요." 내가 말했다. "당신이 객실에 산 사람이나 시체를 갖다 놓았거나, 그렇게 시켰나요? 내가 그 안에서 타 죽은 것처럼 보이게 하려고?"

"내가 그랬다고 생각해요?" 모리슨이 물었다.

"당신은 악당 밑에서 일하고 칼잡이와 데이트했어요." 내가 말했다. "그럴 수 있다는 확신이 드네요."

모리슨은 이 말에 미소를 지었다. "아니요. 불이 났을 때 방 안에는 산 사람이나 시체가 없었어요. 하지만 당신 정장은 있었죠. 그 다음 질문에 대답하자면, 불이 났을 때 호텔에는 다른 손님도 없었어요. 큰불이었지만 사망자는 없었어요. 당신만 빼고. 아마도."

"이런 종류의 일에 경험이 있군요." 내가 말했다.

"장례식에 참석한 모든 사람이 삼촌이 정말 죽었는지 확인하려 했던 이유가 있죠." 모리슨이 대답했다.

"삼촌의 이른바 업계 동료들은 역시 내가 죽었다고 생각하지 않겠군요?"

"당연하죠. 그리고 설사 당신이 죽었다고 해도 회의에 시체라도 참석하게 했을 거예요."

"그게 그렇게 중요한가요?"

"네, 그들에겐 그렇게 중요해요." 단조로운 웅웅 소리가 났다. 도크를 향해 천천히 움직이고 있던 로렌스 호가 이제 정박해 닻을 내리고 있었다.

"당신에게도 중요한가요?" 내가 물었다.

"당신이 여기서 하는 일보다는 중요하지 않아요." 모리슨이 말했다.

"그게 정확히 뭔데요?"

"당신 삼촌은 한동안 아프셨어요. 그 사실은 삼촌 소유의 회사들 대부분에게는 문제가 되지 않았죠. 회사마다 임직원들이 있었고 삼촌은 그들에게 재량권을 줬으니까요." 모리슨은 육지 방향으로 발을 옮겼다. "삼촌이 걱정한 건 여기였어요. 진짜 사업을 하는 곳이죠."

"악당 사업 말이군요." 내가 말했다.

"말했듯이 우리는 공개적으로는 그 단어를 쓰지 않아요."

"이유를 모르겠군요. 꽤 멋진 단어잖아요. 딱 어울리고."

"공개적으로 밝히면 손해죠." 모리슨이 말했다. "비밀로 하면 여러 장점이 있어요. 당신도 곧 알게 돼요. 하지만 어쨌든 당신은 공개적인 악당 일을 많이 하지는 않게 될 거예요. 당신은 완전히 다른 일에 필요해요."

나는 고개를 끄덕였다. "쓸모 있는 얼간이."

"'관리'라고 말하고 싶네요."

나는 이 말에 빙긋 웃었다. "내가 마지막으로 관리자로 있었던 건 고등학교 때 학교 신문 편집장 자리였어요." 내가 말했다. "정학 먹으면서 끝났죠."

"이제 당신을 정직시킬 사람은 없어요."

"없죠. 대신 그냥 날 죽이겠지만."

모리슨은 해변 방향으로 고개를 끄덕였다. "여기서 당신을 죽이는 건 더 힘들 거예요."

"'불가능하다'고 하면 더 좋을 텐데요."

이번엔 모리슨이 빙긋 웃을 차례였다. "삼촌을 살해하려고 시도한 사람들이 있었어요. 대부분 돌고래도 통과하지 못했지만."

"돌고래요?" 내가 말했다.

모리슨이 바다 쪽으로 손을 흔들었다. "돌고래들이 섬 주변 바다를 순찰하고 있어요. 그들을 통과하기는 힘들죠."

"스마트 돌고래가 있는 거군요."

"돌고래들은 늘 스마트했어요. 지금 우리와 함께 일하고 있을 뿐이죠." 모리슨이 나를 쳐다보았다. "타이핑하는 고양이를 만나 봤잖아요, 찰리. 스마트 돌고래에 그렇게 혼비백산한 것처럼 굴지 말아요."

"어떤 애들인데요?"

"돌고래요?" 모리슨이 물었다. 나는 고개를 끄덕였다. "당신 스스로 알아내게 해 줄게요. 깜짝 파티를 망칠 생각은 없으니까요." 그녀는 부두를 내려다보았다. 남자 하나와 고양이 한 마리가 로렌스 호를 향해 걸어오고 있었다. "보세요." 그녀가 내 팔을 두드리며 말했다. "환영단이 왔네요."

5분 후, 우리는 로렌스 호에서 내려 남자와 고양이를 향해 걸어갔다. 헤라와 페르세포네는 앞장서 가더니 마중 나온 검은색과 흰색이 섞인 숏헤어 고양이와 인사를 나눴다. 헤라와 새 고양이는 머리를 살짝 마주 부딪혔고, 세 마리 모두 육지 쪽을 향해 되돌아갔다. 내가 헤라를 부르려고 할 때 모리슨이 고개를 저었다.

"가게 둬요." 그녀가 말했다. 그러고는 고양이들이 되돌아가는 모습을 보며 고개를 끄덕였다. "쟤는 고양이 정보부의 부장이에요. 헤라와 페르세포네는 저 고양이에게 보고해야 해요."

"나에게 이 일들이 얼마나 기이하게 보이는지 이해하겠죠?" 내가 말했다. "아직까지도요."

"온종일 겪었잖아요." 모리슨이 말했다. "익숙해지세요."

"스파르타식 교육이군요. 효과적이긴 하죠."

"기절초풍할 일이 조만간 더 많이 있을 거예요." 모리슨이 장담했다. 그리고 우리 쪽으로 다가오는 남자에게 미소를 짓더니 소리를 지르며 손을 뻗었다. 남자는 마찬가지로 미소를 짓고 손을 들었다. 둘은 가볍게 포옹했다.

"찰리, 여기는 조셉 윌리엄스예요." 포옹을 마치고 모리슨이 내게 말했다. "세인트 주느비에브 섬 최고의 춤꾼이자 앨러게이니 호스피털리티 지사장이죠. 여기를 운영한다는 뜻이에요."

"글쎄요." 윌리엄스가 말했다. "우리 둘 다 그게 사실이 아니라는 걸 알고 있죠. 저는 여기를 운영하는 게 아닙니다. 그저 책임자일 뿐이죠."

"그는 여기를 운영해요." 모리슨이 나를 안심시켰다. "딴말하기 없기예요. 조, 여기는 찰리예요."

"미스터 피처." 윌리엄스가 말했다. "제니 베이와 세인트 주느비에브 섬에 오신 걸 환영합니다. 그리고 제이크 삼촌이 돌아가신 것에 삼가 조의를 표합니다."

"고맙습니다." 내가 말했다. "하지만 거꾸로 말하자면, 당신은 삼촌을 알지만 저는 그렇지 못합니다."

"그분을 잘 알기는 하죠." 윌리엄스는 동의했다. "우리 모두 잘 압니다. 그리고 우리는 모두 당신과 함께 일하는 걸 고대하고 있습니다, 미스터 피처."

"찰리라고 불러 주세요." 내가 말했다. "'미스터 피처'라고 하니 임시 교사일 때 너무나 많이 그 이름으로 불리던 게 떠오르네요."

윌리엄스는 그 말에 웃음을 터뜨렸다. "그럼 안 되죠." 그는 손을 내밀었다. "환영합니다, 찰리."

나는 그 손을 잡고 흔들었다.

"찰리에게 돌고래 얘기를 하던 참이었어요." 모리슨이 말했다.

윌리엄스는 고개를 젖혔다. "지금 했다고요? 우리 문제에 대해 말했나요?"

"돌고래들에게 지금 무슨 문제가 있습니까?" 내가 물었다.

"자세한 건 말하지 않았어요." 모리슨이 말했다. "놀라게 해 주려고요."

"아." 윌리엄스가 말했다. 그런 후 다시 나를 쳐다보았다. "깜짝 놀랐죠, 찰리?"

"무슨 문제인가요?" 내가 되풀이했다.

"돌고래들이 파업할 생각입니다." 윌리엄스가 말했다.

"노동자들 파업처럼요?" 내가 말했다. "'길가에 스캐비 쥐를 세우자'(미국에서 시위나 파업의 상징물로 세워 놓는 거대한 쥐 모형 - 옮긴이) 같은 파업?"

윌리엄스가 고개를 끄덕였다. "또 그러겠죠."

"또 그런다고요?" 나는 바보처럼 따라 말했다.

"우선 찰리에게 개요를 알려 줘야겠어요." 모리슨이 제안했다.

"돌고래들과 협상하기 전에 현재 상황을 파악해야 하니까요."

"아니요, 안 돼요." 나는 손을 들었다. "나를 수많은 회의에 끌어들이려는 느낌이 드는군요. 파워포인트 프레젠테이션이 있을 회의실에 들어가기 전에 파업 중인 돌고래들부터 보고 싶네요."

"진심입니까?" 윌리엄스가 물었다. "물속 깊이 헤엄쳐 들어가는 건데요."

"네, 진심입니다." 내가 말했다.

윌리엄스는 모리슨 쪽으로 몸을 돌렸다. "이분 마음에 드는데요. 용감해요."

"물론이죠." 모리슨이 말했다. "아주 똑똑하지는 않지만 용감해요."

"상사를 그렇게 말해도 돼요?" 나는 그녀에게 말했다.

"갑자기 아부라도 할까요?" 그녀가 물었다.

"아마도요."

"행운을 빌게요, 사장님." 그녀가 말했다.

나는 이 말을 무시하고 윌리엄스 쪽으로 다시 몸을 돌렸다. "분명히 알고 싶어서 그러는데, 아까 '물속 깊이 헤엄쳐 들어가야 한다'고 한 건 그냥 비유죠? 난 정말로 물속에서 돌고래들과 대화할 생각은 아닌데요."

윌리엄스는 고개를 저었다. "오, 안 되죠, 찰리. 파업 중인 돌고래들과는 절대로 함께 헤엄치지 마세요. 돌고래들이 아무리 꼬시더라도요."

9장

　돌고래부의 사무실은 부두에서 조금 떨어진 곳에 있었다. 200미터 가까이 펼쳐진 인공 산호초가 부분적으로 둘러싸고 있어서 대피소 역할도 할 수 있었다. 사무실 안에는 상당수의 돌고래가 무리지어 헤엄치며 놀고 있었다. 돌고래들은 대부분 일정한 형태 없이—적어도 내 눈에는 그렇게 보였다—움직이고 있었지만, 산호초 중심부 근처 내부 벽 옆에는 여섯 마리가 물속에 두 줄로 모여서, 잠수복을 입은 어떤 여자에게 큰 소리로 끽끽거리고 있었다. 여자는 기분이 좋지 않아 보였다.
　"무슨 일이죠?" 돌고래들을 향해 걸어가면서 내가 물었다.
　"불만 표출이죠." 윌리엄스가 말했다.
　"돌고래는 뭐가 불만이죠?"
　"매사가 불만이죠." 모리슨이 말했다. 우리는 길을 헤치고 산호초 근처 상륙지로 갔다. 잠수복을 입은 여자가 몸을 돌리더니 우리를 발견했다.
　고백한다. 나는 살아생전 돌고래를 본 적이 한 번도 없다.
　정정한다. 5학년 때인가 셰드 아쿠아리움에 현장 학습을 갔을 때 한 마리를 봤던 것 같기도 하다. 하지만 따로 보러 간 적은 없었다. 현장 학습 얘기를 하자면, 아쿠아리움은 내 취향이 아니었다. 그리고 성인이 되자 '돌고래와 함께 헤엄친다'는 것은 뭔가 자연 파괴적이고 으스스하게 느껴졌다. 정말로 돌고래들이 주정뱅이 발(足) 전문의들이나 어린 소녀들과 포옹하며 일생을 보내고 싶어 한다고는 상상할 수 없었고, 그런 짓을 하는 무리에 나 자신이 끼고 싶지도 않았다.

마우이로 간 신혼여행에서(기억난다), 진과 나는 돌고래 구경(기억난다)을 할 수 있다는 석양 유람선(기억난다)을 탔다. 하지만 유람선 가이드가 사전에 섭외를 안 해서인지 돌고래는 나타나지 않았다. 이 유람선은 중형급이었는데도 진이 뱃멀미를 심하게 해서, 마이타이 칵테일 석 잔과 유람선의 하와이식 뷔페에서 먹었던 음식을 내 바지와 샌들에 죄다 토했던 게 기억난다. 결혼 생활의 멋진 출발은 아니었다. 돌고래를 봤어도 별 도움이 됐을 것 같진 않다.

세 마리씩 두 줄로 맞춰 나란히 물속에서 우리 앞으로 곧바로 다가오고 있다는 점만 빼면 이 돌고래들은 여느 돌고래들과 똑같아 보였다. 분명 특별한 돌고래 종일 테지만 전혀 모르겠다. 나는 돌고래 생리학 전공자가 아니다. 앞줄 가운데 있는 한 마리가 마이크처럼 보이는 것 주변을 빙글빙글 돌고 있다는 것을 알아차렸다.

"돌고래들이 말을 하나요?" 내가 물었다.

돌고래가 뭔가 주절거렸다. "이 멍청이는 누구야?" 근처에 있는 스피커에서 이런 말이 들려왔다.

"말하는 게 맞네요." 내가 말했다.

"멍청이! 멍청이!" 다른 돌고래들이 일제히 외치기 시작했다.

잠수복을 입은 여자는 돌고래들 쪽으로 몸을 돌렸다. "새로 오신 사장님이야, 이 엄지손가락 없는 바보들아."

"엿이나 먹어! 너희의 인간 중심주의(Manucentric) 세계관도 엿이나 먹고!"

"'인간 중심주의'요?" 내가 물었다.

"사장님이 생각하시는 그런 게 아니에요." 잠수복 여자가 일어서서 나에게 오며 말했다. "'Manus'는 '손'을 뜻하는 라틴어예요. '손 중심주의(Manucentric)'는 돌고래들이 우리가 편견을 가지고 있다고 비난할 때 쓰는 신종 구호죠."

"너희 손가락들도 엿 먹어!" 가운데 돌고래가 말했다.

"손가락은 엿 먹어라! 손가락은 엿 먹어라!" 다른 돌고래들도 소리쳤다.

손 얘기가 나와서 말인데, 잠수복 여자가 자기 손을 내밀었다. "아스트루드 리브그렌이에요. 돌고래부 관계자죠."

나는 그녀와 악수했다. "돌고래들과의 관계는 어떤가요?"

아스트루드는 뒤를 돌아보았다. "보통이죠."

"나쁜 년이야." 가운데 돌고래가 말했다.

"돌고래들은 늘 이런가요?"

"빌어먹을, 우리가 여기 있잖아! 우리한테 물어봐, 이 두 발 달린 원숭이 새끼야!"

나는 리브그렌에게 눈을 치켜떴다.

"'원숭이 새끼'는 신조어예요." 그녀가 말했다. "돌고래들은 어떤 게 먹히는지 보려고 여러 욕을 섞어서 짜 맞춰요. 익숙해지실 거예요." 그녀는 돌고래들 쪽으로 갔다. "편하게 얘기하세요."

나는 돌고래들 쪽으로 다가갔다. 돌고래들의 주절거림이 잦아들었다.

"안녕." 내가 말했다. "너희는 내가 태어나서 처음 만나는 돌고래들이야."

"좆도 지랄맞은 소리 하네." 가운데 돌고래가 말했다.

아주 짧은 순간 나는 돌고래의 끽끽거림을 "좆도 지랄맞은 소리 하네."로 옮길 수 있는 기능이 있는 통역 소프트웨어가 과연 존재하는지 의심이 들었지만 말을 계속했다. "나는 찰리 피처야."

"안녕, 찰리." 돌고래가 말했다. "나는 '쥐뿔도 신경 안 써'야. 여기는 내 동료들인 '그러거나 말거나', '엿 먹어', '꺼져', '불태워 버려', '부자들을 먹어 치우자'야."

"만나서 반가워." 내가 말했다. "일종의 노동쟁의를 하는 것 같은데."

'쥐뿔도 신경 안 써'가 코웃음 쳤다. "아는 척하긴."

"나도 노조원이었거든." 내가 말했다. "〈시카고 트리뷴〉 노조."

"하지만 이제는 더 이상 노동자가 아니잖아? 지금은 경영진이라고! 이 썩어빠진 내장 같은 부르주아 압제자!"

"썩어빠진 부르주아! 썩어빠진 부르주아!" 나머지 돌고래들이 일제히 외쳤다.

"너희가 왜 그런 말을 하는지 진심으로 이해해." 내가 말했다.

"잘난 체하지 마, 이 걸어 다니는 암 덩어리야!" '쥐뿔도 신경 안 써'가 말했다. "네 삼촌의 억압적인 노무 관리를 계속할 생각이면 지금 당장 꺼져!"

"당장 꺼져! 당장 꺼져!"

나는 모리슨을 돌아보았다. "삼촌이 노조를 탄압했나요?"

"삼촌은 동물들은 단결권이 없다는 견해를 가지고 계셨어요." 모리슨이 말했다.

"고양이들은 그걸 어떻게 생각했나요?"

"고양이들은 대부분 경영진이에요."

"고양이들은 계급의 빌어먹을 배신자들이야." '쥐뿔도 신경 안 써'가 말했다. "조그만 털북숭이 부역자들이라고."

"어떻게…." 나는 리브그렌 쪽으로 몸을 돌렸다. "돌고래들이 어떻게 계급 의식을 가지게 되었나요?"

"돌고래 사회는 복잡해요." 리브그렌이 말했다. "인간 사회와 정확히 일대일로 대응하지는 않아요. 하지만 대략적인 유사성이 있고 계급 의식도 아마 그중 하나일 거예요. 게다가 제 전임자가 돌고래들에게 마르크스의 『자본론』과 여러 가지 경제 서적들을 읽어 줬죠."

"우리는 당신보다 더 나은 교육을 받았어. 이 꼴로 가기 직전의 합스부르크 무뇌 인간아." '쥐뿔도 신경 안 써'가 말했다.

"난 노스웨스턴대학을 나왔어." 나는 조금 방어적으로 말했다.

"우우, 노스웨스턴." '쥐뿔도 신경 안 써'가 말했다. "미식축구 '빅10 리그'의 꼴찌 말이군. 좆도 자랑스럽겠다."

"꼴찌! 꼴찌!"

"우리 밑에 럿거스 대학도 있어." 나는 말했다. 하지만 그리고 나서 다시 리브그렌을 돌아보았다. "해양생물이 알고 있기에는 너무 기밀 정보인데요."

리브그렌은 어깨를 으쓱하고는 지적했다. "레이저빔 프로젝터가 있고 돌고래들은 리모컨을 이용해 시청할 수 있어요. 쉴 때 여러 가지 영상들을 보죠. 대학 미식축구도 그중 하나고요."

"돌고래들은 어떤 업무를 담당합니까?"

"보안과 정보죠." 리브그렌이 말했다. "세인트 주느비에브 섬 주변 바다를 순찰하다가 이상한 사람이나 물건이 다가오면 경보를 울려요. 선박의 이동과 통신에 관한 정보도 수집하고요."

"많은 일을 하는군요." 내가 말했다.

"우리가 없으면 너희는 아무것도 못 해." '쥐뿔도 신경 안 써'가 말했다. "우리가 파업하게 만들다니 부끄러운 줄 알라고."

"전에도 파업한 적이 있어?" 내가 물었다. '쥐뿔도 신경 안 써'는 입을 다물더니 딴 데로 눈길을 돌렸다.

"전에도 파업하겠다고 위협했어요." 윌리엄스가 말했다. 나는 그와 모리슨 쪽을 돌아보았다. "하지만 실행에 옮긴 적은 없었죠."

"왜죠?" 내가 물었다.

"효과가 없으니까요." 모리슨이 말했다.

"무슨 뜻이죠?"

"우린 빌어먹을 노예란 뜻이야." '쥐뿔도 신경 안 써'가 말했다.

나는 모리슨을 사납게 돌아보았다.

"돌고래들은 원하면 언제든지 떠날 수 있어요." 모리슨이 말했다. "우리는 돌고래들을 추적하지 않아요. 근무 중일 때는 하죠. 업무의 일부니까요. 하지만 돌고래들은 떠나겠다고 마음만 먹으면 떠날 수 있어요. 하지만 그렇게 하지 않죠."

"왜지?" 나는 '쥐뿔도 신경 안 써'에게 물었다.

"당신이 집을 떠나서 보노보(야생 유인원의 한 종류로 성격이 포악한 것으로 알려져 있음-옮긴이)가 있는 정글에서 살지 않는 것과 같은 이유지, 이 고름투성이 쓰레기야." '쥐뿔도 신경 안 써'가 말했다. 컴퓨터 통역을 통해서이긴 했지만, 나는 그의(그녀인가? 나는 돌고래의 성별을 어떻게 구분하는지 모른다. 그리고 지금은 그런 걸 물어볼 때가 아니다) 본심이 그렇게 모욕적인 건 아님을 알 수 있었다.

"지능을 가지게 되면 결점이 생겨요." 리브그렌이 말했다. "더 정확하게 말하자면 다른 돌고래 종보다 인간에 가까운 지능을 가지게 될 경우에요." 그녀는 여섯 마리 돌고래들 쪽으로 갔다. "쉽게 싫증을 내죠. 일반 돌고래들과 잘 어울리지도 않아요. 인간들이 포획한 해양포유류를 어떻게 대하는지도 봐 왔고요."

"빌어먹을 〈블랙피쉬〉(범고래의 불법 포획, 조련사들의 애환과 죽음, 해양공원사업의 어두운 이면을 다룬 다큐멘터리 영화-옮긴이)." '쥐뿔도 신경 안 써'가 말했다.

"돌고래들은 불평을 많이 하지만, 대안이 무엇인지도 알아요." 리브그렌이 말했다. "업무에 대한 보상과 돌봄을 충분히 받고 있죠. 개별적, 집단적 요구도 잘 들어주고요. 그들의 노동에 대한 공평한 교환조건이죠."

"단순히 그런 게 아니란 걸 당신도 알잖아." '쥐뿔도 신경 안 써'가 말했다. 이 돌고래가 욕설이나 비속어, 또는 둘 다를 섞지 않은 말을 하는 건 처음이라는 생각이 들었다.

그게 무슨 뜻이냐고 내가 묻기 전에, 윌리엄스가 목청을 가다듬었다. "찰리, 가 봐야 할 데가 있습니다."

"잘됐네. 꺼져 버려." '쥐뿔도 신경 안 써'가 말했다.

"꺼져라! 꺼져라!"

"여기로 돌아와야겠어요." 내가 말했다. "알아볼 게 더 있어요."

"물론입니다." 윌리엄스가 말하고는 미소를 지었다. "이제는 당신이 사장입니다, 찰리. 삼촌이 하시던 대로 할 필요가 없어요. 하지만 삼촌이 어떤 일을 하실 때는 이유가 있었어요. 그리고 그 이유가 무엇인지를 아셔야 합니다." 그는 돌고래들이 있는 쪽에서 나를 데리고 나왔다.

나는 '쥐뿔도 신경 안 써' 쪽으로 몸을 돌렸다. "지금은 파업하지 마, 부탁할게."

"아, '부탁할게'라는군. 말이라도 고맙다." '쥐뿔도 신경 안 써'

가 대답했다. 최악의 고비는 분명히 넘겼다.

"이 문제를 꼭 검토할게." 나는 약속했다.

"노스웨스턴 바보!" '쥐뿔도 신경 안 써'가 대답했다.

"바보! 바보!" 돌고래들의 합창이 울려 퍼졌다.

"당신이 바라던 대로던가요?" 산호초에서 멀어져갔을 때 모리슨이 물었다.

"내가 뭘 바랐는지, 기대했는지 모르겠어요."

"'씨발'이라고 말하는 돌고래는 아니었을 것 같네요."

"돌고래들이 그 단어를 정말 많이 쓰네요."

"당신도 선택의 여지가 없는 돌고래였다면 '씨발'을 많이 썼을 거예요, 찰리."

나는 멈춰서 이 말을 생각해 보았다. "당신은 여기 돌고래들 편인가요?" 내가 물었다.

"돌고래들이 말하는 핵심은 알 수 있어요."

"하지만 거기에 동의하나요?"

모리슨이 나를 쳐다보았다. "동의하고 안 하고는 내 일이 아니었어요. 삼촌이 원하는 걸 하는 게 내 일이었죠."

"도덕적 유연성을 발휘할 여지가 많겠군요." 그녀가 한 말을 한동안 생각해보고 나는 말했다.

"훌륭한 완곡어법이네요." 모리슨이 동의했다.

"이제 당신의 일은 뭐죠?" 내가 물었다.

"그때와 같아요." 그녀가 말했다. "지금은 당신도 거기 포함되죠. 당신의 도덕성이 얼마나 유연한지 알게 될 거예요. 그걸 발휘하려면 엄청난 공부가 필요하다는 걸 명심해야 해요."

10장

흰색 페르시아고양이와 함께 있는 에른스트 스타브로스 블로펠드(007 영화의 범죄 조직 '스펙터'를 이끄는 악당-옮긴이)의 사진이 화면에 나타났다. "악당이라고 하면 아마 이런 사람을 떠올릴 겁니다." 이브 양이 말했다. 세인트 주느비에브 섬에 있는 앨러게이너 지사의 인사부장인데 내 오리엔테이션을 담당하는 것 같았다. "아니면 이런 사람이나요." 입 양쪽에 손가락을 올린 닥터 이블(영화 〈오스틴 파워〉의 악당-옮긴이)의 사진이 화면에 떴다. "심지어 이런 사람도 생각하겠죠." 닥터 이블의 사진이 타노스로 바뀌었다. 우주의 절반을 막 없애 버린 모습이었지만 축소된 화면으로는 실감이 나지 않았다. 하지만 수억 달러짜리 블록버스터 영화에 시비 걸 필요는 없기에 나는 잠자코 있었다.

다른 사진이 떴다. 다양한 문화권의 젊고 매력적인 사람들이 정장을 입고 있는 사진 모음이었다. "하지만 사실 악당들은 이렇게 보입니다." 양이 말했다.

나는 고개를 끄덕였다. "영혼 없는 회사 로봇들이죠."

양은 불만인 듯 입을 오므렸다.

"부장님 말은 그런 뜻이 아닐 거예요." 모리슨이 말했다. 그녀는 윌리엄스, 헤라와 함께 자리하고 있었다. 헤라는 키보드가 있는 자기 책상에 앉아 있었다. 내 고양이를 다시 보자 어쩐지 기뻤다.

"잘못 말했습니다." 내가 말했다. "투자 은행가들이군요."

"찰리."

"죄송합니다." 나는 양에게 말했다.

양은 억지로 미소를 짓더니 말을 이었다. "이들은 평범한 사람처럼 보입니다." 그녀는 계속 말했다.

연쇄살인범처럼 말이죠. 나는 생각했지만, 입 밖으로 내진 않았다. 농담이 통하지 않는 분위기란 걸 알았기 때문이었다.

우리가 앉아 있는 회의실은 맥 빠질 정도로 평범했는데, 마찬가지로 맥 빠질 정도로 평범한 복합건물의 일부였다. 말하는 돌고래와 타이핑하는 고양이가 있는 작은 화산섬 위에 자리했다는 점만 빼면 세상 어디에나 있는 중급 호텔의 회의실과 다름없었다. 미생물 분해 종이로 만든 작은 물병까지 있었다. 삼촌의 악당 브랜드는 플라스틱의 무분별한 남용까지는 이르지 않았다.

"그들이 평범한 사람처럼 보이는 이유는 '악당'이라는 것이 마음 상태나 가치 판단이 아니기 때문입니다." 양이 계속 말했다. "악당은 직위입니다." 그녀는 손에 쥔 리모컨을 딸깍했다. 미소 짓는 사람들의 사진이 사라지고, 파란색으로 경사진 바탕에 노란색 글씨로 '악당이 된다는 것은 무슨 의미인가?'라고 쓴 새 슬라이드가 나타났다.

"신입사원에게는 모두 이 프레젠테이션을 하나요?" 나는 모리슨에게 속삭였다.

"네. 임원과 매니저들에게만요." 모리슨이 말했다. "입 다물고 들어요."

나는 입 다물고 들었다.

내가 들은 바로는, 적어도 이 인사부 프레젠테이션에 따르면, 악당은 나쁜 사람도 사악한 사람도 아니었다. 악당은 전문적인 방해자였다. 시스템과 과정을 조사해 각각의 약점, 빠져나갈 구멍, 의도치 않은 결과를 찾아낸 다음, 그들 자신이나 고객의 이익을 위해 그것들을 이용한다. 이러한 활동은 그 자체로는 선하지도 악하지도 않으며, '선함'이나 '악함'은 관찰자의 시각에 전적으로 달려 있다고 양은 설명했다.

"그런데 왜 '악당'이라고 자칭하나요?" 내가 물었다.

양은 다시 입술을 오므렸다. 내가 표면적으로는 그녀의 새 상사이기는 하지만, 그녀가 나를 마음에 들어 하지 않는다는 것을 알 수 있었다. "그 단어에 무슨 문제라도 있나요?"

"아니요." 나는 말했다. "수백 년간 그 단어가 사용된 실제 의미는 부장님이 지금 여기서 말한 것과는 다르다는 얘깁니다. 아무리 그럴듯하게 꾸미려고 해도 말이죠."

"어느 쪽 의미가 더 좋아요?" 모리슨이 물었다.

"모르겠어요. 생소해서요." 내가 말했다. "시스템 악용자? 빠져나갈 구멍 탐색자? 혼돈 중개상?"

마케팅 분야 경험이 전무하군. 헤라가 타이핑했다.

"글쓰기 워크숍이 필요하겠어." 나도 인정했다.

양이 입을 떼려고 했지만, 모리슨이 손을 들었다. "당신 삼촌은 우리가 바로 그걸 이용해야 한다고 주장했어요." 그녀가 말했다. "우리가 여기서 하는 일은 우리가 방해하는 시스템과 과정의 소유자들에게 부정적인 결과를 가져올 게 분명해요. 우리가 '악당'이라고 자처하면, 다른 사람들이 우리를 그렇게 부를 수 권리를 빼앗는 거죠."

나는 프레젠테이션 쪽으로 손을 저었다. "그러면 왜 이런 프레젠테이션을 하는 거죠? 왜 합리화해야 하죠?"

"프레젠테이션을 계속할까요?" 양이 말했다.

"여기서 그만하죠." 모리슨이 그녀에게 말했다. 양은 짜증이 난 것 같았다. "이 프레젠테이션은 우리가 여기서 하는 일을 이미 납득하고 있는 사람들을 위한 거예요. 찰리는 아직 거부하고 있죠."

"찰리가 사장이 되려고 한다면 그다지 바람직한 상황은 아니네요." 윌리엄스가 혼잣말했다. 그는 종이 물병에 손을 뻗었다.

"거부하는 게 아닙니다." 내가 말했다. "난 여기 왔잖아요. 안 그래요?"

다른 선택이라는 게 수상쩍은 호텔과 지저분한 옷뿐이어서 그랬지. 헤라가 타이핑했다. **그리고 FBI가 당신을 심문하려고 했고.**

"프로그램을 이수하면 이유를 납득할 수 있겠죠." 내가 말했다.

"아니요. 저도 틸의 말에 동의합니다." 윌리엄스가 말했다. "이 프레젠테이션은 사장님께 맞지 않아요."

"난 그저 질문 하나만 했을 뿐이에요." 나는 저항했다. 그리고 양을 향해 몸을 돌렸다. "여러분들이 악당을 자처하는 이유를 물어보는 사람이 아무도 없었나요?"

양은 모리슨을 쳐다보더니 고개를 저었다. "사람들이 여기 왔을 때는 이미 프로그램을 이수한 상태였어요." 그녀가 말했다. "이 프레젠테이션의 요지는 '악당'이란 단어에 대해 생각할 수 있는 틀을 제공하는 거죠."

"미치광이처럼 웃거나 거대 레이저로 세상을 정복할 음모를 꾸미는 게 아님을 알려 준다는 얘기군요." 내가 말했다.

양은 다시 모리슨을 쳐다보았다.

"잠깐만요. 거대 레이저로 세상을 정복하는 음모가 실재한다는 말인가요?" 내가 물었다.

:::::

"이건 '착 4(Chac Four)'예요." 실험실 건물 밖 자체 콘크리트 받침대 위에 서 있는 선박용 컨테이너 크기의 물체를 가리키며 모리슨이 말했다. 그 꼭대기에는 튜브처럼 보이는 일련의 물건들이 하늘을 겨냥하고 있었다. 그 위 하늘에는 흰색 솜털 구름이 한가로이 떠 있었다. 그녀와 나는 현장 학습을 나왔다. 양은 뒤에 남았다. 내가 방해할 다른 자료들을 준비하고 있을 것이다. 그리고 윌리엄스는 이곳을 운영해야 하고, 실제로도 할 일이 있었기 때문에 자리를 떴다. 고양이 헤라는 낮잠을 자고 있었다.

"'착'이 뭔데요?" 장치 전체를 쳐다보며 내가 물었다.

"마야 신화에 나오는 비의 신이에요." 모리슨이 말했다. "착 4는 레이저 기반 강우기의 네 번째 버전이에요. 삼촌 소유의 소규모 기술 회사 중 하나인 '레겐볼크(Regenwolke, 독일어로 비구름) 시스템'에서 메이랜드-깁슨 사의 하청을 받아 제작 중이죠."

"초대형 국책 사업 전문 회사인 MG 말이군요." 내가 말했다. 몇 년 전에 그 회사의 소규모 회계 부정을 다룬 기사를 쓴 적이 있다. 회사의 부회장이 납세자들의 세금을 빼돌려 측근에게 테슬라를 사줬다. 그의 결말은 좋지 않았다.

"맞아요." 모리슨이 말했다. 그러고는 '착 4' 쪽으로 향했다. "이 강우기는 MG가 농무부와 체결한 계약의 일부예요. 미국 서부의 농업인들을 위해 신뢰할 만한 강우 기술을 제공하는 내용이죠. 레이저를 구름 쪽으로 발사하면 구름 속의 물 분자를 이온화시켜 강우를 형성하는 데 도움을 주거나 그 비슷한 효과를 내요."

"그리고 실제로 효과가 있군요." 내가 말했다.

"잘 작동해서 현재 네 번째 버전까지 개발됐어요. 첫 번째 버전은 창고 정도의 크기였고 이동도 쉽지 않았어요. 이 버전은 구름이 있는 곳까지 트럭으로 운송할 수 있을 정도로 소형화됐죠. 현재 텍사스 서부에서 한 대가 활동 중이에요."

"알겠어요." 내가 말했다. "악당다운 행동은 어디에 있죠? 세계 정복 음모는요?"

모리슨은 주머니 속으로 손을 뻗어 휴대전화를 꺼내서는 톡톡 두드리더니 가로 모드로 해서 나에게 건네주었다. 화면에 뜬 앱에는 곡면으로 그려진 작은 지구와 그 위를 덮은 구름 위로 엄청난 숫자의 극히 작은 점들이 표시되어 있었다. 구름 속의 점들은 이동하고 있었는데, 일부는 화면 한쪽 끝으로 사라지고 반대쪽에서는 다른 점들이 등장했다.

"이게 뭐죠?" 내가 물었다.

"현재 세인트 주느비에브 섬 상공에 있는 모든 인공위성을 표시한 지도예요." 모리슨이 말했다. "점 하나를 탭해 봐요. 아무거나 괜찮아요."

나는 점 하나를 탭했다. 작은 대화 상자가 나타나면서 그 위성이 중국 국방부 소유임을 확인시켜 주었다. 다른 대화 상자가 떴다. 추적하려면 탭하시오. 나는 상자를 탭했다.

'착 4' 위의 튜브 중 하나가 활성화되더니 가운데가 고정된 채 회전하기 시작했다. 새 대화 상자가 떴다. 연결하려면 탭하시오. 상자에는 그렇게 표시되어 있었다.

"연결하고 싶은지 물어보는데요." 내가 말했다.

"탭해도 돼요." 모리슨이 말했다. "하지만 탭한 다음에 그대로 두세요."

연결을 위해 탭하고 나자, 나는 그녀가 왜 다음으로 넘어가지 말라고 했는지 알 수 있었다. '방해', '약화', '파괴'라는 세 개의 옵션이 나타났다.

나는 모리슨을 쳐다보았다. "이거 진짜예요?"

"버튼을 탭하면 정말로 중국 첩보 위성을 공중에서 폭발시켜 날려 버릴 수 있냐는 뜻인가요?"

"네, 그거예요. 바로 그거요."

"진짜예요." 모리슨이 말했다. "당신이 그 버튼 중 하나를 눌러도 지금 당장은 아무 일도 일어나지 않아요. 이브 양 부장이 당신을 시스템에 가입시키는 작업을 아직 끝내지 않았으니까요. 새 휴대전화와 생체 ID를 발급받아야 해요. 하지만 일단 시스템에 가입되면 당신은 그 위성을 날려 버릴 수 있어요. 굳이 파괴하고 싶지 않다면 레이저를 사용해 궤도를 이탈하게 만들거나 통신을 방해할 수도 있죠." 그녀는 손을 뻗어 휴대전화를 다시 가져가려고 했다. 나는 기꺼이 돌려주었다. 그녀는 앱을 닫고 휴대전화를 주머니에 다시 집어넣었다. 중국 첩보 위성은 당장은 무사하다.

"그러면 우리는 외국의 위성을 격추할 수 있는 능력을 미국 농무부에 제공하는 거군요." 내가 말했다.

모리슨은 이 말에 미소 지었다. "'착 4'의 모바일 버전은 구름밖에 조종할 수 없어요." 그녀가 말했다. "메이랜드-깁슨의 요구 사항이 그거였고, 우리는 그대로 이행했죠. 무엇보다도 그들의 버전으로는 위성을 요격할 수 없어요. 휴대용 배터리로는 대기 속으로 빔을 지속적으로 발사할 수 있는 전력을 공급하지 못하니까요. 하지만 여기 있는 착 4의 연구용 모델은 달라요. 훨씬 강력한 사양을 갖추고 있고, 활화산에서 생성되는 거의 무한정의 에너지를 공급받을 수 있죠."

"위성을 해치울 수 있을 정도로 충분한가요?"

"달에 있는 '고요의 바다'에 내 이름 이니셜을 새길 수 있을 만큼 강력해요, 찰리."

"내가… 확인할 방법은 없겠는데요." 내가 말했다.

"망원경이 있으니 원하면 할 수 있어요."

"그러면 우리는 이 능력으로 뭘 하고 있습니까?" 내가 물었다. "정부나 기업을 협박하나요? '돈을 내지 않으면 당신네 위성을 산산조각 내겠다'라고 하나요?"

"미국이나 중국 정부를 협박했다가는 이 섬은 연기투성이 분화구만 남겠죠." 모리슨이 말했다. "협박은 어리석은 악당이나 하는 짓이에요, 찰리. 똑똑한 악당은 서비스를 제공하죠."

나는 이 말에 눈을 깜빡였다. "위성 파괴 서비스를 제공해요?"

"우리에게는 연회비를 내는 엄선된 고객들이 있어요. 고객들은 우리의 능력을 이용해 경쟁자들의 수송 능력에 타격을 가하죠. 우주 공간에서요."

"제공한다는 말이군요."

"'아무도 이용하지 않는 서비스를 제공하고 거액을 버는' 거죠. 이런 고객들은 위성을 파괴하라고 돈을 내지는 않아요. 자신들이 상공에서 위성을 파괴할 수 있다는 사실이 주는 만족감을 위해서 돈을 내는 거예요."

"그게 고객들에게 어느 정도의 가치가 있죠?"

"삼촌께서 이러한 연간 서비스를 제공하기 위해 설립한 회사인 볼드윈 컨설턴트는 위성 기술 컨설팅 서비스를 통해 6800만 달러를 벌었어요."

"거액이군요."

"그리고 전부 순이익이죠." 모리슨이 '착 4' 쪽으로 다시 고개를 까딱했다. "착 기술의 연구 개발 비용은 메이랜드-깁슨이 전액 부담했어요. 그들은 그 비용을 정부 예산에서 타냈죠. 레겐볼크 시스템에는 당신 삼촌의 돈이 한 푼도 들어가지 않았어요. 우리는 공짜로 그 기술을 개발했고, 강우 기술에 관한 원천 특허권을 보유하고 있어요. MG에게는 특정 용도에 관한 독점 사용권을 부여하고요. 그리고 우리는 현재 구독 모델을 가지고 있어요. 명목상의 작업 지시에 따라 기술의 이 한 버전만을 유지하는 것 말고는 아무것도 할 필요가 없죠."

"놀랍네요." 내가 말했다. "이상하기도 하고요."

"정말로 놀랍고 이상한 건, 우리의 직접적인 경쟁자들도 우리의 구독 모델을 이용하고 있다는 사실이에요." 모리슨이 말했다. "그러니 만일 경쟁자 중 하나가 우리에게 다른 경쟁자의 위성을 격추하라고 지시한다면, 우리는 양쪽으로부터 서로를 격추하라는 자동 명령을 받는 상태가 돼요. 그러면 회사들은 상대방도 우리의 구독 모델을 이용하고 있다는 사실을 알게 되죠. 그러면 아무도 우리와의 구독을 취소하지 못해요. 만일 취소한다면 상대방의 공격에 무방비 상태가 되니까요."

"구독료를 내는 상호확증파괴(핵무기 보유국이 선제 핵 공격을 감행한다면 그 상대국 역시 핵 전력을 동원해 적국을 전멸시킨다는 보복전략. 먼저 핵공격을 시작해도 양측 모두 공멸하게 되므로 이를 피하기 위해 핵전쟁을 꺼리게 됨-옮긴이)군요."

모리슨이 고개를 끄덕였다. "그래서 우리는 굳이 협박할 필요가 없어요, 찰리. 그들이 서로를 협박하는 거죠. 우리한테는 구독료를 내고."

"완벽하군요."

"이게 악당다운 행동이죠."

"이제 좀 이해가 되기 시작하는 것 같아요." 내가 말했다.

"좋네요. 이런 엿 같은 일이 산처럼 쌓여 있어서 당신이 지금 당장 동참해야 하거든요."

나는 대답하려고 했지만, 모리슨의 휴대전화가 울렸다. "말해요." 그녀는 말하고 몇 분 동안 들었다. 그러고는 위를 올려다보았다. "네, 좋아요. 보이네요." 나는 올려다보았지만, 그녀가 보고 있는 것을 볼 수 없었다. 하지만 멀리서 엔진 같은 것이 진동하며 메아리치는 소리가 들렸다.

그녀는 전화를 끊고 나를 쳐다보았다. "이제." 그녀가 말했다. "돌아가야겠어요."

"무슨 일이죠?" 내가 물었다.

"우리의 또 다른 특기를 실행해야 해요." 그녀가 말했다. "그리고 이건 좀 골치 아픈 일이에요."

11장

"CIA 요원을 체포했습니다." 모리슨과 내가 단지의 주 건물로 돌아오자 윌리엄스가 말했다. 이날 온갖 일을 겪었지만 정작 내 사무실이나 숙소는 본 적이 없다는 생각이 들었다. 그런 게 있는지조차 확실하지 않았다. 어쩌면 돌고래들의 산호초에 간이침대를 하나 놓았을지도 모른다. "방금 낙하산을 타고 섬 중심부에 상륙했습니다. '상륙했다'고 말하기도 뭐한 게, 야자나무에 낙하산이 걸렸기 때문입니다. 체포는 식은 죽 먹기였습니다."

"이런 일이 자주 일어나나요?" 내가 물었다.

"섬에는 미개발 지역이 아직 많습니다. 낙하산을 타고 숲으로 침투해 올 가능성은 언제나 크죠."

"그렇군요. 제 말은 우리가 종종 CIA의 침투 목표가 되느냐는 것입니다."

"이따금 그렇습니다. CIA뿐만 아니라 MI6, 모사드, 프랑스 정보국, 기타 등등이죠. 민간 군사 기업이나 가끔은 범죄 조직도 시도합니다." 윌리엄스는 내 표정을 알아챘다. "뭐 불편하신 점이라도 있나요?"

"모르겠어요. 나는 우리 회사가 이것보다는 좀 더 기밀에 싸여 있다고 생각했습니다." 내가 말했다.

윌리엄스는 씩 웃었다. "우리 회사는 구글 맵에도 나와요, 찰리.

우리는 가능한 부분만 기밀로 합니다. 다들 우리가 여기 있다는 걸 알죠. 뭘 하고 있는지도."

"다 알지는 못해요." 모리슨이 말했다. "몇 가지는 우리만 알고 있어요."

"왜 그렇게 하죠?" 내가 물었다.

"아직 공유할 준비가 안 된 것들이 몇 있어요. 상대적 우위를 점하기 위해 비밀로 하는 것도 있고요."

"스파이 고양이." 내가 말했다.

"사실 그래요." 모리슨이 동의했다. "당신을 여기 데려온 또 다른 이유예요. 당신이 머물렀던 에어비앤비가 사실은 헤라가 관리하는 안전 가옥이라는 걸 누군가 알아낸다면, 우리와 수많은 우리 고양이 정보원들에게 좋지 않은 일이죠."

"내가 왜 감시 대상인지 아직도 모르겠어요."

모리슨이 고개를 끄덕였다. "네, 사실 그게 핵심이에요, 찰리."

윌리엄스가 목청을 가다듬었다. "CIA 요원 말인데요." 원래 주제로 돌아가서 그가 말했다.

"맞아요." 그녀는 내 쪽으로 몸을 돌렸다. "어떻게 할까요?"

"음… 보통은 어떻게 했죠?"

"보통은 심문했죠." 모리슨이 말했다. "그런 후에는 죽일 때도 있었고요."

"그게 필요한 최후 수단인가요?"

"그럼 화산 동굴 속에 평생 가둬 두나요?"

"동굴이 있어요?" 나는 윌리엄스 쪽을 쳐다보았다.

"그걸 동굴이라고 할 수 있을지 모르겠네요." 윌리엄스가 말했다. "지하에 방이 수없이 많습니다. 미군 공병대가 묵던 곳이죠. 그

중 몇을 구금 시설로 이용합니다. CIA 요원을 지금 거기 가둬 두고 있습니다. 하지만 틸의 생각에 따르면 그곳은 장기 구금에는 적합하지 않아요."

"우리는 감옥을 만들지 않았어요." 모리슨이 말했다. "죄수를 가둬 두면 손이 많이 가요. 식사도 공급해야 하고, 악취를 막기 위해 씻게도 해야 하죠."

"농담인지 진담인지 모르겠군요." 내가 말했다.

"대부분 농담이에요."

"그 '대부분'이란 말이 큰 몫을 하네요."

"가서 CIA 요원을 만나서 일이 어떻게 돌아가는지 보죠." 모리슨이 말했다.

"나보고 그 요원을 심문하라고요?" 그 말을 할 때 내 목소리가 떨리지 않았다고 말하고 싶지만, 솔직히 말해 그렇지 않았다.

"이렇게 하죠." 모리슨이 말했다. "이번에는 내가 심문할게요. 어떻게 하는지 배울 수 있을 거예요. 그리고 심문이 끝나면 그 요원을 어떻게 할지 결정할 수 있어요. 죽일지, 아니면 장기간 가둬 둘지."

:::::

심문실이라고 해 봐야 사실 별 게 아니었다. 조금 전에 파워포인트 프레젠테이션을 하던 그 회의실이었다. CIA 요원으로 추정되는 남자는 책상 끝 부근에 있는 의자에 앉아 있었다. 막 중년에 들어선 나이였고, 외모는 별 특징이 없었으며, 위장복을 입었다. 앞에는 물 한 컵이 놓여 있었는데 손도 대지 않은 것 같았다. 남자는 지금 헤라를 쓰다듬어 주는 일에 열중하고 있었다. 헤라는 책상 위 남자 앞에 털북숭이 몸을 깔고, 남자가 배를 만지는 걸 받아들이고 있었다. 헤라의 키보드는 숨겨 두거나 치운 것 같았다. 헤라가 보통 고양이가 아니라는 흔적은 어디에도 없었다.

"나를 심문하기 위해 최고의 실력자를 보냈더군." 모리슨과 내가 방 안으로 들어오자 남자가 헤라에 대해 말했다. "하지만 이 녀석도 나를 무너뜨리지는 못했어." 그는 농담하고 있었다.

"장담하는데, 그 녀석이 마음만 먹었다면 그렇게 되었을 거야." 모리슨이 말했다. 그녀는 농담하는 게 아니었지만, CIA 남자는 그걸 몰랐다. 모리슨은 휴대전화를 꺼내 앱을 열었다. "확인할 준비 됐나?"

"내가 암호를 잘못 입력하면 어떻게 되지?" CIA 요원이 말했다.

"고양이가 당신을 죽일 거야." 모리슨이 말했다.

"우와." 그게 가능하다는 걸 모르는 CIA 요원이 말했다. "준비됐어."

"트레블, 트레블, C 베이스." 모리슨이 말했다.

"모차르트, 셴베르크, 애덤스, 바흐." CIA 요원이 말했다.

"쇤베르크(Schönberg) 발음이 틀렸어."

"움라우트(ö) 붙은 단어는 늘 어려워."

"좋아." 모리슨이 말했다.

"그게 다예요?" 나는 믿기지 않아서 말했다. "그렇게 쉽게 깰 수 있는 암호라고요? 2차대전 때나 썼을 것 같은데?"

"애덤스는 2차대전 이후의 작곡가야." CIA 요원이 말했다.

"그리고 그건 암호가 아니에요." 모리슨이 말했다. 그녀는 헤라를 가리켰다. "쟤가 암호죠."

"고양이 헤라가?"

"고양이를 보면 뭔가 한마디 해야 할 것 같아." CIA 요원이 말했다. "내가 무슨 말을 하는가에 따라서 고양이 반응이 달라지지. 거기서부터 시작이야. 모든 일이 '오케이'가 되는 게 암호였어."

"그래도 여전히 쉽게 깰 수 있잖아요." 내가 말했다.

"그래서 우리는 저자가 방 안으로 들어오자마자 데이터베이스에서 안면 검색을 했어요." 모리슨이 말했다. "만일 손님 명단에 없다면, 상황은 달라졌을 거예요. 암호를 아는지는 중요하지 않아요. 그저 확인 수단일 뿐이죠."

나는 바보처럼 빤히 보았다. "저 사람이 온다는 걸 알았군요."

"딱히 저 사람인지는 몰랐지만, CIA에서 누군가가 온다는 건 알았죠."

"하지만…."

"하지만 당신은 날 죽이는 줄 알았지." CIA 요원이 말했다.

"네, 맞아요."

CIA 요원은 모리슨 쪽으로 몸을 돌렸다. "저 친구 신입이라고 말해 줄 수도 있었잖아." 그가 말했다.

"저 사람 엿 먹일 생각 하지 마. 나에겐 아직 당신을 끝장낼 고양이가 있어." 모리슨이 대답했다.

"무슨 상황인지 너무 헷갈리네요." 나는 고백했다.

"우리 서비스 중 하나는 신원 말소와 재설정이에요." 모리슨이 말했다. "이 사람은 자기 신원을 말소하고 새 신분을 얻으려고 온 거죠."

"그런 건 CIA에서도 자체적으로 하지 않나요?" 내가 물었다. "당연히 그럴 것 같은데요."

"할 수는 있지만 가끔은 자기네 시스템 밖에서 처리하고 싶어 할 때가 있어요."

"무슨 이유로요?"

"나름의 이유가 있겠죠." 모리슨이 말했다. "우리는 묻지 않고 저들도 대답해 주지 않아요. 하지만 누군가의 신원을 완전히 말소해서, 랭글리에 있는 누구도 그 사람이 위장 잠입 요원이라는 사실을 알아낼 수 없게 하려는 것이라고 추측은 해요. 요새는 비밀을 지키는 게 당신이 생각하는 것보다 더 어려워요."

"안면 인식과 생체 정보의 시대에는 그게 더 효과적이겠군요." 나는 조만간 위장 살해당할 남자 쪽으로 손을 흔들며 말했다.

"당신도 빠져나왔잖아, 데스몬도." CIA 요원이 말했다. 그는 모리슨 쪽을 쳐다보았다. "우린 영화 〈도망자〉를 참조했지."

"그러면 당신은 이렇게 될 줄 짐작하고 있었군." 모리슨이 말했다. "우리가 마음만 먹으면 다른 신분으로 언제든 바꿀 수 있어. 자, 미스터…." 그녀는 휴대전화를 힐끗 보았다. "에반 제이콥스. CIA의 분석가. 심문 시간이야. 우리에게 줄 정보를 갖고 있지?"

"그래." 제이콥스가 말했다. "처음 부분은 여기 데스몬도하고 관련돼 있어. 데스몬도는 연방 요원 살해 사건의 용의선상에서 벗어났어. 당신 변호사가 제출한 CCTV 영상이 혐의를 벗는 데 큰 도움이 됐지."

나는 이 말에 헤라를 쳐다보았다. 헤라는 책상 위에서 뒹굴며 가르랑거렸다. 제이콥스는 무심코 헤라를 쓰다듬었다.

"좋은 소식이네." 모리슨이 말했다.

"공문서위조 건은 덮어 두기로 했어. 번거로운 일을 피하기 위해서야. 공문서위조는 재판에 넘겨지면 25년형까지 받을 수 있는 중범죄야." 제이콥스는 이 말을 하며 나를 쳐다보았다. "부탁 하나 하지, 피처 씨. 데스몬도는 뒷마당에 묻어 버려. 데스몬도라는 이름이 다시 나타나면 그냥 두지 않을 기관이 한둘이 아니야."

"알겠습니다." 내가 말했다.

"고맙네."

"폭탄을 설치해서 당신네 요원을 죽인 건 누구지?" 모리슨이 물었다.

"아직 몰라. 미국 내에서 일어난 사건이고, 당신네 전임 사장은 미국 시민 중에도 적이 수두룩했잖아. 그래서 이 사건 수사는 FBI가 주도하고 있어."

모리슨은 이 말에 경멸하는 듯한 소리를 냈다.

"FBI는 잘할 거야." 제이콥스가 말했다. "우리 쪽에서는 당신네 현재 사장이 나타났던 자리에 심어 놨던 애들을 통해 확인하고 있어. 하지만 아직은 건진 게 없어." 그는 다시 나를 쳐다보았다. "당신을 죽이려고 했던 사람이 누군지는 몰라도 지금은 잠잠하게 있는 상태야."

"좋은 소식 같진 않은데요." 내가 말했다.

"좋은 소식은 아니지. 그래서 마지막 주제로 가야 해, 피처 씨. 우리가 심어 놓은 내부자들은 누가 당신을 죽이려고 했는지는 몰라. 하지만 누군가가 있다는 건 알지. 말하자면, 당신이 조만간 롬바르디아 협회에 등장하는 것에 누군가가 상당히 큰 관심이 있다는 얘기야."

"이건 또 무슨 얘기죠?" 나는 모리슨을 쳐다보았다.

"당신이 어제 받은 초청장이요." 모리슨이 대답했다. 기억났다. 젠장. 그게 겨우 어제였다니. "중요한 단체처럼 보이려고 협회 이름을 그렇게 불러요."

"실제로 중요하지." 제이콥스가 모리슨에게 말했다. 그리고 다시 나를 쳐다보았다. "그리고 올해는 특히 중요해. 당신 때문에."

"나는 왜 느닷없이 중요해진 거죠?" 내가 물었다.

"우리 정보원에 따르면, 협회의 다른 회원들이 자네가 삼촌의 사업 전략을 유지할 계획인지 알고 싶어 한다는군."

"그게 왜 중요하죠?"

제이콥스는 나에게 눈썹을 찌푸리더니 다시 모리슨을 쳐다보았다. "오리엔테이션 중이었는데 당신이 방해했어." 그녀가 그에게 말했다.

"아." 그는 다시 내게 관심을 돌렸다. "그러면 스포일러지만 말해 주지. 자네 삼촌은 협회 회원들 사이에서 별로 인기가 없었어."

"그들이 삼촌 시신을 찌르려고 했을 때부터 짐작하고 있었어요." 내가 말했다. "그리고 삼촌의 인기 없음도 물려받은 게 확실하네요. 나를 날려 버리려고 했으니까."

제이콥스는 고개를 저었다. "개인적인 문제 때문은 아니라고 보고 있네."

"내 집을 날린 걸 보면 개인적인 문제 같은데요."

"내 말은 그 일이 자네 개인에 대한 게 아니라는 뜻이야. 자네가 삼촌의 유일한 생존 친척이자 예비 상속자이기 때문에 그런 거지." 그는 모리슨 쪽으로 몸짓했다. "모리슨이 그 일에 대해서 자세히 알려 줄 거야. 하지만 분석가로서 말하는데, 자네 삼촌의 경쟁자들은 자네가 상속자이긴 해도 자네 본인의 유언장을 써 놓지 않았다면, 삼촌에게서 물려받은 것은—사업체, 지분, 권한—모두 유언장 없는 상태가 된다고 생각하고 있어. 유언장 써 놓은 게 있나, 피처 씨?"

"써 볼 참이었어요."

제이콥스가 손짓했다. "그렇게 하게."

"삼촌의 지인 중 하나가 나 본인의 유언장이 없다고 예상하고 죽이려고 한다는 얘긴가요? 겨우 사업상의 전략적 우위를 점하려고?" 내가 말했다.

"그들에겐 위험성이 가장 낮은 방법이지." 제이콥스가 말했다.

"폭탄으로 집을 날리는 게 위험성이 낮다고요?" 나는 언성을 높였다. "사람을 실제로 죽이는 건데 위험성이 낮다고?"

제이콥스는 고개를 끄덕였다. "물론이네. 그들의 관점에서 보게. 자네는 겨우 서른두 살이고, 아마 유언장도 없을 거야. 그러면 그들이 제대로 판단한 거지. 그들은 혼란과 정체의 씨앗을 뿌리지. 그리고 자네를 통구이로 만들기만 하면 되고."

"만일 제이크 삼촌이 나한테 아무것도 남기지 않아서 그들이 나를 날려 버린 게 헛짓이었다면요?"

"그 질문에 대한 답은 마음에 들지 않을 거예요, 찰리." 모리슨이 경고했다.

"그러니 더 알아야겠어요." 나는 제이콥스를 응시하며 말했다.

제이콥스는 어깨를 으쓱했다. "자네에게는 사랑하거나 돌봐야 하는 가족이 없네. 가끔 페이스북에서 '좋아요' 누르는 정도 이상으로 교류하는 친구도 없지. 직업은 있지만 정규직은 아니야. 자네를 걱정할 직장 동료가 없다는 얘길세. 채무는 있지만 개인 파산을 신청할 만큼 큰 액수도 아니야. 자네가 가진 재산이라고는 아버지가 남겨 준 집뿐인데, 그나마도 지분만 보유하고 있지. 그 문제로 형제들과 다툼이 있고. 집에서 죽은 사람이 연방 요원이 아니라 자네였다면 수사 결과는 이렇게 나왔을 걸세. 자네가 실의와 외로움에 빠진 데다, 형제들이 집에서 쫓아내려고 하는 것에 화가 나서 집 안 벽마다 발화 촉매제를 뿌린 다음에 불을 질렀다고. 그걸로 사건 종결이지. 아까 말했듯이, 위험성이 낮은 방법이야."

나는 충격에 빠져 제이콥스를 바라보았다.

그가 눈치챘다. "미안하네." 그가 말했다.

"내가 뭐랬어요." 모리슨이 말했다.

"지금 꼭 그 말을 해야겠어요?" 나는 그녀에게 쏘아붙였다. 이번에는 그녀가 어깨를 으쓱했다.

"개인적인 문제가 아니라는 건 바로 이런 의미였네, 피처 씨." 제이콥스가 말을 이어갔다. "이 일 중에 개인 찰리 피처와 관계된 건 하나도 없어. 잠재적 변수로서의 자네에 관한 일이야. 좋은 소식은—이걸 좋은 소식이라고 부르고 싶다면—이제 그들 모두가 자네가 누군지 알고 있다는 사실이지. 그리고 다들 자네에게 관심이 지대해. 자네가 어떤 사람인지, 여기서 무엇을 하려고 하는지에 따라 그들의 사업과 인생에 즉각적인 영향이 미치기 때문이야."

"멋지네요." 나는 비꼬듯이 말했다.

"당신네 일에 참견하고 싶지는 않지만, 이 친구에게 최신 정보를 알려 줘야지." 제이콥스가 말했다.

"말했잖아. 오리엔테이션 중이었는데 당신이 방해했다고." 모리슨이 말했다. "그리고 당신 말이 맞아. 내 일에 참견하지 마. 당신네 보스의 다른 요청은 없어?"

"전하라는 말은 그게 다야." 제이콥스가 말했다. "충고는 빼고. 그건 내가 공짜로 해 주는 거야."

"돈값은 했네." 모리슨이 말했다. 그녀는 다시 휴대전화를 꺼냈다. "내가 제이콥스 당신을 도울 차례야. 어떤 식으로 죽고 싶어?"

제이콥스는 눈에 띄게 표정이 밝아졌다. "선택할 수 있어?"

"일반적으로는 통에 넣어 녹여 버리지." 모리슨이 나를 무시하며 말했다. "쉽고, 사실적이고, 영상으로 남기기도 좋으니까. 하지만 원하는 대로 꾸며 줄게."

"화산 안에 던져 줄 수 있어?" 제이콥스가 물었다. "끝내줄 것 같거든."

모리슨은 고개를 저었다. "그건 안 되겠어. 이 섬에서 마그마가 지표면 가까이 분출하는 지역에는 지열 발전기와 설비들이 들어서 있거든. 사람을 던져 넣을 수 있는 용암 분화구가 없어. 설사 있더라도 지루할 거야. 용암은 물과는 달라. 밀도가 극히 높지. 용암 안으로 빠져들지 않아. 그 위에 누운 채 튀겨지게 되지."

"실망이군." 제이콥스가 말했다.

"유감이야." 모리슨이 휴대전화를 쳐다보며 뭔가를 읽었다. "총상, 고문, 자상, 감전사가 포함되거나 포함되지 않은 익사, 익사가 포함되거나 포함되지 않는 감전사가 있어. 원한다면 교살도 선택할 수 있고. 이국적인 죽음을 원한다면 상어 먹이가 되는 것도 있지. 하지만 그 방법은 복불복이란 걸 경고해 두겠어. 상어들은 사람을 잡아먹는 걸 좋아하지 않아. 대개는 떠보듯 살을 뜯다가 가 버리지. 그렇게 되면 어쨌든 우리는 당신을 꺼내서 통에 집어넣어야 해."

"그래도 상어한테 죽는 게 근사해 보이기는 하네." 제이콥스가 말했다.

"인기 높은 방법이지." 모리슨이 말했다. "몇 년 동안 우리는 실제로 상어에게 죽은 것보다 많은 수의 사람을 상어에게 당한 것처럼 보이게 죽여야 했어. 그다음부터는 다른 방법을 고르라고 권하고 있지."

"아." 제이콥스의 얼굴이 갑자기 밝아졌다. "레이저에 죽는 건 어때?"

"영화 〈007 골드핑거〉에서처럼 죽고 싶다고?"

"상어에게 죽는 것만큼이나 근사할 것 같아."

"가능하다면 말이지."

"안타깝게도 불가능해." 모리슨이 말했다. "우리가 레이저 살인에 사용하던 공간은 리소그래피(레이저로 반도체 기판에 회로를 새겨넣는 기술 – 옮긴이) 제작소에 넘겼어. 지금 그곳은 청정실이야. 더 이상 피바다로 만들 수 없게 됐어. 미안."

제이콥스는 짜증 난 얼굴이었다. "내가 죽을 방법도 선택 못 하는군." 그가 말했다.

"찰리보고 정하라고 할 수도 있어." 모리슨이 제안했다.

"뭐라고요?" 내가 말했다.

"근무 첫날을 장식하는 좋은 방법이지." 모리슨이 말을 이었다.

제이콥은 기대에 찬 듯 나를 쳐다보았다.

"너무 혼란스럽네요." 나는 인정했다. "진짜 죽이는 것처럼 들려요."

"피처 씨, 이건 제대로 해야 해." 제이콥스가 말했다. "내 죽음은 외부 관찰자가 보기에도 놀라울 정도로 사실적으로 위장해야 해. 사망 보고서에 기록되기에도 무난하고, 영상이나 물리적 증거 분석을 꼼꼼하게 해도 들통나지 않게." 그는 모리슨 쪽을 향했다. "그리고 살해 방법이 늘 똑같아서는 안 돼. 분석이 훨씬 어렵게 뒤섞어야지."

"우리는 200리터 통을 선호해." 모리슨이 말했다. "단순하고 고전적이지. 조사를 통과하기도 쉽고."

"하지만 늘 그렇지는 않잖아." 제이콥스가 바로 반박했다.

"사람들이 플라스틱 통 안에서 죽는 걸 언제나 좋아하는 건 아니지."

나는 모리슨을 쳐다보았다. "그나저나 우리는 어떻게 이 일에 뛰어들게 되었죠?"

"다른 사업과 비슷해요." 모리슨이 말했다. "수요를 확인하고, 그들이 직접 하는 것보다 더 낫고 저렴한 방법을 제안하죠. 이 서비스에 관해서는 CIA도 우리 고객 중 하나였어요. 제이콥스가 있는 데서 다른 고객에 대해 밝힐 생각은 없어요."

"밝혀도 상관없어." 제이콥스가 말했다.

"당신을 정말로 죽일 생각이 들게 하지 마." 모리슨이 말했다.

제이콥스가 씩 웃었다. "미안."

"그러면 이 서비스 때문에 우리가 200리터짜리 통들을 준비해 놓고 있는 거군요." 내가 말했다.

모리슨이 고개를 끄덕였다. "그리고 상어들도요. 우리는 어떠한 사태에도 대비하려 해요, 찰리. 우리 회사의 풀 패키지 서비스의 일부죠. 그러니 당신이 정해요. 제이콥스를 어떻게 죽일까요?"

나는 제이콥스 쪽으로 몸을 돌렸다. 그는 앞으로 닥칠 일에 신난 게 분명했다.

12장

그날의 나머지 시간의 기억은 흐릿하다. 모리슨은 섬에 있는 다양한 '연구' 회사들의 사무실과 실험실로 나를 안내했다. 이 회사들은 모두 제이크 삼촌이 자금을 대고 소유하고 있었다. 그리고 그 덕분에 지금은 내 것이다.

회사에 들를 때마다, 잘난 체하는 임원과 수석 과학자들이 최신 성과를 나에게 보여 주려고 했다. 그 성과는 찬사를 받을 만큼 귀중한 것이어서 각각의 산업 분야에 혁명을 가져올 수 있고/있거나 세계를 구하는 데 크고 작은 도움이 될 것이라고 강조했다. 제이크 삼촌은 젊고 의욕적인 혁신가들을 발굴해, 주차장과 차고 사업에서 벌어들인 수익으로 그들의 스타트업에 자금을 지원하고 기술과 혁신을 개발시켰으며, 그들이 개발한 혁신과 기술의 사용권을 취득했다. 그리고 이를 통해, 프로토타입이나 시제품을 제외하면 추가적인 생산이나 제작 비용을 투입하지 않고도 더 많은 수익을 창출해 냈다. 이 수익들은 제이크 삼촌의 지주회사로 돌아가 다음 차례의 스타트업을 지원하는 자금으로 사용되었다. 완벽에 가까운 순환이었다.

그리고 이 모든 것 위에 기술의 편법 사용이 있었다. 모리슨은 사무실이나 실험실로 나를 데리고 다니며 세부 내용을 알려 주었다. 강우기용 레이저는 위성 파괴용 레이저가 되었다. 생명을 구하는 제약 기술은 추적 불가능한 뇌 파괴 약물을 개발하는 데 사용될 수 있었다. 이러한 약물은 적들을 죽이지는 않고 약화만 시켜서 그저 방해만 되지 않게 만들기에 완벽했다. 새로운 형태의 사진 압축 기술은 '양자 심층 암호화 기술'에 사용될 수 있었다. 모리슨은 이 기술이 '고양이 사진을 에니그마 머신(2차대전 당시 독일이 사용한 암호 기계 - 옮긴이)으로 만드는' 것이라고 설명했다.

이러한 편법 이용은 절대로 독점 사용권이 부여되거나 판매되지 않았다. 언론과 주주들의 감시를 피해 나쁜 일을 하려고 하는 — 또는 적어도 나쁜 일을 하겠다고 위협하려는 — 엄선된 고객들에게 구독 서비스의 형태로 제공되었다. 제이크 삼촌은, 그리고 이제 나는, 이러한 각 기술과 그 개발을 엄격하게 통제했다. 그 대신 결과를 보여 주면서 정부나 억만장자들의 비자금에서 거액을 챙겼다. 그 액수에 비하면 파나마 페이퍼스(2016년 국제탐사보도언론인협회가 폭로한 조세 회피 관련 비밀문서 - 옮긴이)의 폭로 내용은 어린애가 부모에게서 25센트를 슬쩍한 것 정도로 보였다.

"이들 구독 서비스는 코스별로 가격이 책정돼요." 모리슨이 나에게 말했다. 그녀는 내가 뭘 먹어야 한다고 생각했고, 그래서 우리는 섬에서 가장 좋은 레스토랑/구내식당인 제니 베이 구내식당으로 향했다. "하지만 우리 회사의 서비스 전체를 이용할 수 있는 구독권도 제공해요."

"스포티파이와 비슷하군요. 나쁜 짓이라는 점만 빼면."

"우리는 스포티파이보다 나쁘지 않아요. 우리가 파는 물건들을 만드는 사람들에게 생활임금(저소득층 노동자들이 더 여유로운 생활을 유지할 수 있게 최저임금보다 높은 수준으로 지급하는 임금 - 옮긴이)을 지급하니까요."

"구독료는 얼마를 부과하나요?" 내가 물었다.

"풀 서비스의 구독자는 대부분 정부예요. 그래서 우리는 그 국가의 국내 총생산의 일정 비율로 받죠. 정부의 경우 최소액은 연 10억 달러예요."

나는 구아바 주스를 마시다가 이 말에 사레가 들릴 뻔했다. "그 돈을 낸다고요?"

"그냥 돈일 뿐이에요."

"당신이 무슨 얘기를 하는지 생각해 봐요."

"생각하고 있어요." 그녀가 대답했다. "그리고 당신도 경제부 기자였으니까 내가 말하는 게 무슨 뜻인지 이해해야 해요. 돈은 현실이 아니에요, 찰리. 인쇄소에서 찍어내는 종이일 뿐이죠. 미국 정부나 중국 정부, 또는 브라질 정부가 우리에게 내는 돈은 전부 비자금이에요. 그 정부의 예산에 기록되지 않아요. 그저 자신들이 그 돈을 가지고 있다고 말하며 우리에게 송금할 뿐이죠. 우리가 쓰려고 하기 전까지는 그 돈은 존재하지 않아요."

"하지만 우리는 실제로 그 돈을 쓰잖아요." 나는 구내식당 주위를 둘러보았다. 하지만 전부 제니 베이와 세인트 주느비에브 섬을 암시하는 것들 뿐이었다.

"이 섬은 얼마 안 해요, 찰리." 모리슨이 말했다. "당신 삼촌은 이 섬을 거의 공짜나 다름없는 가격에 샀어요. 개발과 인프라 구축 비용은 대부분 영국과 미국 정부가 댔죠. 우리는 유지와 향후 개발 비용을 부담해야 했어요. 하지만 그 정도는 충분히 감당할 수 있었죠. 우리의 에너지 대부분은 지열 아니면 태양열이에요. 그러니 전체적으로 유지비가 놀라울 정도로 저렴해요. 그리고 여기서 일하는 회사들 덕분에 다른 비용도 절감할 수 있어요." 그녀는 내 샐러

드를 가리켰다. "여기 지하에 있는 우리의 초고효율 수경 재배 실험실에서 재배한 거예요. 우리가 아직 방문하지는 않은 곳이죠."

"수경 재배 실험실의 악당 쪽 목적은 뭔가요?" 내가 물었다.

"통상적인 사용권 말고는 없어요. 삼촌은 자급자족을 위해 그 실험실을 만들었어요. 여기에는 허리케인이 들이치거든요."

"슈퍼 마리화나 같은 건 안 만드나요?"

"맙소사, 찰리. 그건 캘리포니아의 멘디시노 카운티에서 공개적으로 재배하고 있는 거나 마찬가지잖아요. 우리는 그 시장에 뛰어들 필요가 없어요." 그녀는 손을 휘저어 세인트 주느비에브 섬을 둘러싸는 시늉을 했다. "내가 말하는 요점은 이거예요. 우리는 합법적인 라이선스로 벌어들이는 돈만으로도 이곳에서 드는 모든 비용을 처리하고도 엄청나게 남아요. 그레나다 정부가 우리 회사를 감사하더라도 — 절대 그럴 리 없지만 — 아무 문제가 없는 것으로 밝혀질 거예요."

"그럼 이 모든 구독 서비스로 벌어들인 돈으로 우리는 뭘 하고 있죠?" 내가 물었다.

"당신도 아마 마음에 들 거예요." 모리슨이 말했다. "아무것도 안 해요."

나는 이 말에 혼란스러워졌다.

"뭘 할 필요가 없어요, 찰리." 그녀가 말을 이었다. "모든 비용은 합법적인 수단을 통해 지불돼요. 그래서 정부가 우리에게 구독 수수료를 내면서도 눈 하나 깜짝하지 않는 거죠. 우리가 쓰기 전까지 돈은 존재하지 않아요. 그리고 우리는 쓰지를 않죠. 은행에 쌓아 놓고만 있어요. 당신 삼촌 소유의 비밀 은행에요. 그 은행은 자금 출처도 묻지 않고, 정부 관료에게 뇌물을 줘도 아무 문제 없는 극히 우호적인 국가에 소재하고 있어요. 현금을 단지에 넣어서 뒷마당에 묻어 두는 것과 마찬가지예요. 규모만 더 클 뿐이죠."

"얼마나 더 큰데요?" 내가 물었다. "단지 안에 든 돈이 얼마죠?"

"현재요? 3조 달러 조금 넘을 거예요."

이 순간 나는 구아바 주스를 마시고 있지는 않았지만, 차라리 마시다 사레가 들리고픈 심정이었다. "인도의 GDP와 같은 액수잖아요." 내가 말했다.

"인도 정부도 우리 고객 중 하나예요." 모리슨이 말했다. "네, 같은 액수죠. 적절한 비교는 아니지만요. 3조 달러는 인도의 1년 경제 생산량이에요. 당신 삼촌은 수십 년 걸려 그 금액을 벌어들였어요. 같다고 볼 수 없죠."

"그 금액을 모두 구독료로 벌었군요."

"일부는요. 또 일부는 구독료를 원금으로 하는 복리 이자고요."

"복리." 내가 말했다.

"네. 돈이 예금된 은행에서 나오는 복리죠."

"삼촌이 소유한 은행이고."

"맞아요."

"그리고 아무도 수상하게 생각하지 않고요."

"이 계층에서 세상을 다르게 보는 것에 익숙해져야 해요, 찰리." 모리슨이 말했다.

"제이크 삼촌은 조(兆)만장자란 얘기군요."

"이론적으로는 그렇네요."

"이제 내가 조만장자란 뜻이고." 내가 세계 10대 거부의 자산을 합친 것보다 두 배의 자산을 가지고도 거의 1조 달러가 남는다는 생각이 들자 갑자기 심장이 죄어왔다.

모리슨은 이걸 눈치챘다. "방금 당신이 대충 넘어간 말이 있어서 다시 강조할게요. '이론적으로'예요." 모리슨이 말했다. "당신이 지금 생각하고 있는 게 분명한 억만장자 중 누구도 〈포브스〉나 사람들이 말하는 그런 액수의 자산을 보유하고 있지 않아요. 그들은 모두 제이크 삼촌과 같은 문제를 안고 있어요. 바로 유동성이죠. 이들 억만장자 중 하나가 자산을 현금화하려고 하는 순간 그들의 주식은 폭락해요. 소유한 회사를 전부 매각하려면 대부분 엄청나게 하락한 가격으로 팔아야 하죠. 실질적인 부는 현재 현금을 얼마나 보유하고 있는지, 또는 현금으로 얼마나 바꿀 수 있는지에 달려 있어요. 이들 '억만장자' 대부분은 자산 중에 5퍼센트만 현금화할 수 있어도 운이 좋은 거죠."

"나도 마찬가지란 얘기군요." 내가 말했다.

"아니요, 당신은 상황이 더 나빠요." 모리슨은 거의 의기양양해 말했다. "이 조 단위 자산 중 극히 일부라도 현금화하려는 순간, 우리의 구독자인 수많은 국가 중 어느 한 곳의 감방에 유가증권 및 투자 관련 범죄 혐의로 갇힐 거예요. 그리고 다른 국가들은 당신을 자기네 나라의 감방에 가두려고, 제일 먼저 체포한 국가와 다투는 걸 보게 되겠죠. 그들이 당신을 죽이지 않는다면 그렇게 될 거예요. 상어 떼에 물어뜯기는 꼴이니 재미있지는 않겠죠?"

"그럼 난 억만장자에 지나지 않는군요."

모리슨은 엄지손가락을 아래로 내리는 동작을 했다.

나는 얼굴을 찡그렸다. "백만장자?"

"거기에 더 가깝죠."

"백만장자도 천차만별이잖아요." 내가 물었다. "1억 미만? 천만 이하?"

"당신 삼촌은 언제든 현금화할 수 있는 자산 500만 달러를 가지고 계셨어요." 모리슨이 말했다. "당신에게는 다행히도, 미국 정부가 정한 상속세 부과 기준 이하 금액이죠. 그 외의 금액은 전부 회사 업무, 스타트업 자금 지원, 이곳 운영, 그 외에 해야 할 일에 사용하셨어요. 가진 재산에 비해 검소하게 사셨죠. 돈을 써야 할 일이 생기면, 자신 소유의 회사를 통해서 하셨고요. 500만 달러도 그분에게는 차고 넘치는 돈이었어요."

"500만 달러." 내가 말했다.

모리슨은 내 목소리의 어조를 눈치챘다. "실망한 것 같군요." 그녀가 말했다.

"아니요."

"정말인가요?"

"솔직히… 재산이 3조 달러라는 생각이 들고 나니, 500만 달러가 좀 약소하긴 하네요." 나는 인정했다.

"사흘 전 당신 계좌의 잔액이 얼마였는지 떠올려 봐요, 찰리."

"아니에요, 아니에요. 무슨 말인지 알아요." 나는 그녀에게 말했다. "불과 어제만 해도 고양이가 나보다 돈이 많았죠."

"이렇게 생각해 봐요." 모리슨이 말했다. "당신이 이론상으로든 실제로든 가진 돈이 얼마건 간에 더 이상 돈 걱정은 할 필요가 없어요. 적어도 당신 자신은요. 당신에게 돈은 더 이상 현실이 아니에요. 여러 면에서요."

"알았어요. 그런데 만일 돈이 현실이 아니라면, 왜 우리는 구독자들에게서 돈을 받는 거죠?" 내가 물었다. "우리는 그 돈을 이용할 수 없어요. 쓸 수도 없어요. 아무것도 할 수 없어요. 그런데 왜 그러는 거죠?"

"경쟁자들이 그 돈을 가지지 못하게 하기 위해서예요." 모리슨이 말했다. "어떤 정부가 우리의 구독자라면, 그 정부는 다른 경쟁자의 서비스를 구독하지 못해요. 왜 그러겠어요? 우리가 전부 제공할 수 있는데."

"하지만 당신은 방금 돈이 현실이 아니고, 우리는 비자금에서 구독료를 받는다고 했잖아요." 내가 말했다.

"돈이 현실이 아니라고 해도, 사람들은 필요보다 많은 돈을 쓰고 싶어 하니까요. 게다가 모든 사람이 당신 삼촌처럼 '은행에 묵혀 둔다'는 철학을 가지고 있지는 않아요. 우리 업계 사람들은 역사적으로 볼 때 돈 관리가 극히 엉망이었어요. 버는 족족 썼죠. 돈을 쓰면 관심을 끌고, 언론이나 다른 사람들도 그 돈을 따라가기 시작해요. 그건 모든 관계자에게 좋게 보이지 않아요. 고객들은 불나방처럼 타 버리는 신세가 되고 싶어 하지 않아요. 우리는 고객들을 불태우지 않아요. 그래서 그들이 우리에게 돈을 주는 거죠. 이 점이 업계의 다른 사람들을 화나게 해요."

나는 고개를 끄덕였다. "그래서 그들이 삼촌이 돌아가신 후에도 시신에 칼침을 놓고 싶어했군요."

"그것도 이유의 하나죠." 모리슨이 동의했다. "당신을 롬바르디아 협회에 부르는 이유이기도 하고요. 당신이 삼촌과 마찬가지 방법으로 회사를 경영하려 하는지 확인하고 싶어 해요."

나는 무기력하게 손을 들었다. "삼촌의 사업에 관한 모든 것을 이제 파악하기 시작하는 단계일 뿐인데요."

모리슨은 고개를 끄덕이고 내 식사를 가리켰다. "그럼 빨리 식사 마치고 나머지 회사들도 가 봐요. 볼 게 많아요. 배울 것도요."

∴∴

해가 질 때쯤 숙소로 돌아왔다. 삼촌의 숙소였던 곳이다. 삼촌에 대해 들었던 얘기와 어울렸다. 이론상 조만장자의 숙소인데도 화려함과는 거리가 한참 멀었다. 어떤 면으로 봐도 형편없는 건 아니었다. 하지만 '샌달스 리조트(자메이카에 있는 유명 휴양지 – 옮긴이)의 2등급 스위트룸' 분위기가 풍겼다.

그 점이 거슬리지는 않았다. 나는 그날 이른 아침부터 깨어 있었다. 내 예상을 넘어서는 수의 이름들과 정보들로 머리가 꽉 차 있었다. 이브 양에게 여기 이 섬에 있는 모든 회사와 그 직원들이 기록된 순서도를 제출하라고 해야 할 것 같았다. 그리고 며칠에 걸쳐 그걸 암기해야 한다. 그때쯤 되면 롬바르디아 협회에 참석하기 위해 다시 떠나야 한다. 거기에는 또 다른 이름과 정보들이 더 있을 것이다. 내가 전직 기자라고는 하지만, 소화하기 버거운 분량이다.

스위트룸의 침대를 쳐다보았다. 눕기 전에 샤워할까 잠깐 생각했다. 그러고는 에라 모르겠다 하고 매트리스 안으로 파고들었다. 적어도 중급 리조트의 매트리스보다는 훨씬 좋았다. 나는 자리에 눕자마자 잠에 빠져들었다.

얼마의 시간이 지났는지는 모르겠지만, 잠결에 뭔가 침대 위로 뛰어 올라오는 게 느껴졌다. 그리고 그것보다 가벼운 무게의 어떤 것이 따라 올라왔다. 잠시 후, 작은 털뭉치 하나, 그리고 그보다 작은 털뭉치 하나가 내 옆에 털썩 앉았다.

헤라와 페르세포네였다.

"괜찮아." 나는 잠이 덜 깬 채 눈을 감고 중얼거렸다. "너희가 삼촌을 위해 일했던 걸 알아. 너희가 원하지 않으면 억지로 나를 좋아할 필요 없어."

잠시 후, 고양이 발 하나가 내 코를 쓰다듬었다. 마치 "하, 이 바보 인간아."라고 말하는 것 같았다.

"좋아." 나는 중얼거렸다. 그러고는 잠들었다. 고양이들이 옆에서 가르랑거렸다.

13장

 늘어지게 자고 싶었는데 일찍 눈이 떠졌다. 비몽사몽이었으면 했는데 생각보다 머리가 말짱했다. 더 자려고 30분쯤 뒤척거리다가, 일어나 산책이나 하기로 했다.
 동트기 전이었다. 나는 제니 베이 주변을 돌아다니다가 그런 걱정이 들었다. 어딘가 분명히 경호원들이 있을 테고, 삼촌이 한 일과 이 섬의 목적을 생각해 보면 경호원들이 나를 따라와서 숙소로 돌아가라고 '점잖게' 권할지도 모른다고. 경호원들은 없었다. 하지만 만일 그들이 내 앞에 나타나더라도 엄밀히 말해 이제 내가 그들의 상사라는 걸 깨달을 것이고 그러면 나는 가고 싶은 곳 어디나 갈 수 있으리라는 생각도 들었는데, 그러자 기분이 더 좋아졌다.
 어딜 가고 싶지?
 나는 돌고래 산호초로 갔다.
 도착했을 때 산호초는 아직 어두웠다. 오솔길에 있는 전등의 희미한 불빛뿐이었다. 나나 다른 인간이 잘못해서 바다에 빠지는 일이 없게 달아놓은 것 같았다. 하지만 내가 다가가자 돌고래 산호초에 불이 들어왔고, 원뿔 모양 전등 아래 돌고래 한 마리가 있는 게 보였다. 나는 그쪽으로 걸어갔다. 그러자 이번에는 인간 거주 구역까지 더 많은 전등이 켜졌다. 스포트라이트를 받고 있던 돌고래는 마이크 쪽으로 헤엄쳐 갔다. 나는 이제 그 마이크가 산호초의 영구

적 설비란 걸 깨달았다.

"그건 어떻게 사용하지?" 나는 켜진 마이크를 손짓하며 돌고래에게 물었다.

돌고래는 뭔가 주절거렸다. 그리고 전날 아침처럼 스피커가 통역했다. "너희가 알렉사를 이용해 불을 켜는 것과 똑같아. 아마존 광고가 없는 것만 빼면."

"알겠어." 나는 돌고래에게 말했다. 그러고는 어떤 생각이 떠올랐다. "나 때문에 깼다면 미안해. 그냥 산책하던 중이었어."

"반쯤 깨어 있었어." 돌고래가 말했다.

"다행이네. 돌고래들은 잘 때도 뇌의 반은 깨어 있다고 하던데."

"내 경우는 오줌 싸야 해서 할 수 없이 깼어."

"아."

"뭐가 뭔지 뒤죽박죽이지?"

"조금은." 나는 인정했다.

"돌고래들은 오줌 맛으로 다른 돌고래들을 식별해. 듣기 좀 거북한 얘기겠지만."

"그건 맞아."

"그런 다음에는 생식기를 살펴보지." 돌고래가 말을 이어갔다. "인간이라면 성희롱으로 고소하겠지만 우리 돌고래들에게는 그저 인사일 뿐이야."

"너는 나와 어제 아침에 얘기했던 그 돌고래야?" 나는 화제를 바꾸려고 이렇게 물었다.

"네가 확신할 수 없다면 방법을 하나 알려 주지." 돌고래가 말했다. "사실은 두 개지만."

"알려 줘."

"얼간이."

"당연하지. 너도 그랬어?"

"그래. 나도 얼간이였지."

"이름이 있어?" 내가 물었다. "그러면 오줌 맛을 보지 않아도 되잖아?" 내가 바로잡았다.

"이름 중에는." 돌고래가 말했다. "내가 나를 부르는 게 있고, 리브그렌이 나를 부르는 게 있어." 돌고래는 내가 어제 만났던 돌고래 전문가를 언급했다. "그리고 실험실 번호가 있지."

"네가 자신을 부르는 이름부터 시작해 보자." 내가 제안했다.

돌고래가 뭔가 주절거렸지만 음성 박스에서는 침묵만 흘렀다. "이건 통역이 안 돼." 돌고래가 말했다. "인간이 직접 경험할 수 없는 물의 수문학(水文學, 지구상에 존재하는 물의 흐름과 특성을 연구하는 학문—옮긴이)적 상태에서 끌어내는 소리인데, 간단한 단어가 없어. '만(灣)으로 배출되는 충적토를 통과한 탁한 물의 순수한 흐름을 찾을 수 있는 자'라고나 할까."

"줄여서 '앨리(Ally, 원문 중 'alluvial discharge into a bay'를 줄인 말장난—옮긴이)'라고 해도 되잖아."

"아, 미안. 난 네가 제대로 된 이름을 묻는다고 생각했어. 어린애 이름처럼 줄이려고 하는 게 아니라."

"미안해." 나는 놀라서 말했다.

"줄인 이름을 원한다면 날 '또라이'라고 부르면 돼. 내가 자기 말을 듣고 있지 않다고 생각할 때 리브그렌도 날 그렇게 부르니까. 그녀는 뭔가 체계화하려는 내 시도를 지긋지긋해해. 그런데 왜 웃는 거야?"

"네가 어제 너 자신을 소개하던 걸 생각하고 있었어." 내가 말했다. "내 머릿속에서는 너를 '쥐뿔도 신경 안 써'라고 부르고 있었어. '또라이'가 그것보다 별로 나은 이름인 것 같지는 않은데."

"'쥐뿔도 신경 안 써'가 더 낫지. 내가 직접 지은 이름이니까." 돌고래가 말했다. "그리고 리브그렌이 원래 나를 부를 때 써야 하는 공식 명칭보다도 나아. 내 실험실 번호인 '블리트린 C73'이 내 공식 명칭이야."

"그게 무슨 뜻이야?"

"마틴 블리트린이 개발한 돌고래 클론 제3차 생존 라인의 73번째 생존 배아란 뜻이지. 블리트린은 당신 삼촌 회사의 수석 동물 유전공학자야. '유전공학자였다'라고 해야겠네. 비극적으로 사망했으니까."

"어떻게 죽었는데?"

"블리트린은 자기가 만든 돌고래 클론들과 헤엄치고 있었어. 클론들은 그에게 자기들의 생식기를 살펴보라고 꼬셨지. 그걸 구분할 수 있는지 알아보라고. 그는 구분할 수 없었어. 또는 그걸 구분할 수 있을 만큼 빠르게 헤엄치지 못했지."

나는 간담이 서늘해서 뒤로 물러섰다.

"내가 태어나기 전 일이야." 돌고래가 서둘러 덧붙였다. "하지만 이 부근에선 유명한 얘기지."

"너는 클론이군." 나는 다시 화제를 돌리려고 말했다.

"우리는 모두 클론이야." 돌고래가 말했다. "우리들 하나하나가 다. 그리고 쟤네들도." 돌고래는 코로 내 뒤쪽을 가리켰다. 나는 몸을 돌렸다. 헤라가 거기 앉아 있는 게 보였다. 헤라는 내 뒤 2미터쯤 떨어진 곳에서 나와 돌고래의 대화를 듣고 있었다. 나는 놀라서 실제로 펄쩍 뛰었다.

"여기서 뭘 하고 있니?" 내가 헤라에게 물었다.

"널 감시하고 있던 게 분명해." 돌고래가 말했다.

"말도 안 돼." 내가 말했다. "지금은 내가 여기 주인이야."

"진짜 주인이라면 감시당하지 않았겠지." 돌고래가 말했다. "고양이가 있는 건 감시를 위해서야. 고양이들은 늘 감시하니까."

"나를 감시했니?" 나는 헤라에게 물었다.

헤라는 야옹거렸다. 잠시 후, 나는 헤라가 실제로 말을 할 수 있는 건 아니라는 사실을 깨달았다.

"신경 쓰지 마. 나중에 얘기하자." 나는 헤라에게 말하고 돌고래 쪽으로 다시 몸을 돌렸다. "왜 클론을 만들지?" 내가 물었다.

"쟤한테 물어봐." 다시 헤라를 가리키며 돌고래가 말했다. "쟤는 알아. 고양이들은 다 알아. 그리고 쟤가 너한테 말해 주면 나한테 와서 그 말을 전해줘. 그러면 쟤가 한 말이 진실인지 내가 알려 주지." 돌고래는 마이크에서 멀리 헤엄쳐 나갔다.

"잠깐만." 내가 말했다. 돌고래가 멈춰 섰다. "너를 뭐라고 부르면 되지?"

"무엇으로도 부르지 마." 돌고래가 말했다. "우리의 요구에 귀 기울여 줘. 이제 네가 여기 주인이라고 말했지. 좋아. 우리의 요구를 진지하게 받아들이고 우리와 공정하게 협상해. 그러면 나를 부를 수 있는 이름을 알려 줄게. 그래야 공평한 거래지."

"지금 얘기할 수도 있어."

"새벽 5시에, 아무 준비도 없이, 배석자라고는 회사의 앞잡이인 고양이만 있는 상황에서? 난 그럴 생각 없어."

"너를 무시하려는 게 아니야."

"아니, 내가 보기엔 그래." 돌고래가 말했다. "너는 노동쟁의에 대처하는 방법을 전혀 몰라. 그리고 여기 일들을 감당하기에는 능력이 모자라. 하지만 네 선의는 믿어. 그래서 나는 너를 위해 두 가지를 할 생각이야. 먼저 네가 롬바르디아 협회에서 돌아올 때까지 파업을 유보하자고 나머지 돌고래들을 설득하겠어."

"롬바르디아 협회를 알아?" 나는 놀라서 물었다.

"나는 타조가 아니라 돌고래야." 돌고래가 말했다. "내 머리는 장식이 아니야. 당연히 알지. 모두 그 얘기만 해. 우리도 그 모두의 일부고."

"모두 뭐라고 얘기하는데?"

"네가 살아 돌아올 수 있을지 걱정하고 있어."

"내 생존 배당률은 얼만데?"

"장기 투자는 하지 말라고 권하고 싶어." 돌고래가 말했다.

"멋지군."

"두 번째로 내가 할 일은 너한테 정보를 약간 주는 거야." 돌고래가 말을 이었다. "우리가 다시 고래를 발견했다고 모리슨에게 말해 줘."

"무슨 뜻이야?"

"다시 고래를 발견했다는 뜻이야."

"왜 내가 모리슨에게 그 얘길 하길 바라는데?"

"일주일 전만 해도 너는 집세도 밀린 임시 교사였으니까."

"맙소사."

"우리는 뒷담화를 즐긴다고 했잖아." 돌고래가 말했다. "너한테 손해를 끼치려고 이러는 게 아니야. 아무것도 모르는 건 네 탓이 아니지. 하지만 모르는 건 사실이고, 모리슨은 네 삼촌의 오른팔이었어. 그러니 그녀에게 우리가 다시 고래를 발견했다고 전해. 그게 무슨 뜻인지 알 거야."

"중요한 얘기야?"

"모리슨이 알고 싶어 할 만큼 중요하지."

"오늘 전에는 그녀에게 말할 생각이 없었군. 다른 사람에게도."

"우리가 노동쟁의를 벌이고 있다는 건 너도 들었겠지." 돌고래가 말했다. "어쨌든 이건 최신 정보야. 우리가 고래를 발견한 건 어젯밤이었으니까. 너에게 처음 말해 주는 거야. 너하고 고양이에게 말했군. 장담하는데 쟤도 듣고 있었어. 늘 그러니까."

:::::

"오늘 나를 감시하고 있었니?" 나는 헤라가 페르세포네와 함께 쓰는 스위트룸에 돌아가서 물었다. 헤라의 스위트룸은 고양이 출입구가 달린 내부 문을 사이에 두고 내 숙소와 붙어 있었다. 나는 숙소를 제대로 돌아보기도 전에 침대에 쓰러져 잠들었기 때문에 내부 문이나 고양이 출입구가 있다는 사실을 모르고 있었다. 헤라의 스위트룸에는 다양한 고양이 침대, 전용 키보드가 딸린 책상이, 부엌에는 앞발로 작동하는 급수기, 그것과 작동 원리가 비슷한 별개의 사료 배급기가 있었다. 스위트룸에는 나와 헤라뿐이었다. 페르세포네는 아직 옆방에 있는 내 침대에서 낮잠을 자고 있었다.

당신을 따라다니고 있었어. 헤라가 타이핑했다. **당신은 섬에 처음 왔잖아. 길을 잃지는 않을까 걱정돼서.**

"당신은 섬에 처음 왔다." 나는 그 부분을 가리켰다.

나는 여기서 태어났어. 헤라가 타이핑했다. **당신과 함께 살게 파견되기 전까지 여기서 살았지.**

"함께 사는 동안에도 나를 감시했군." 내가 말했다.

그래. 당신을 감시하며 위협도 관리했지.

"무슨 위협? 누군가가 내 집을 날리기 전까지는 내 인생에 위협이라곤 없었어."

고양이는 나를 응시했다.

"위협이 있었다는 말이야?"

당신 삼촌은 회사에 분명히 밝혔어. 가족과 관련된 어떤 위험이 있다는 어렴풋한 느낌이 든다고. 사람들은 종종 잊어버리지만.

그 말을 이해하려니 머리가 어지러웠다. "누군가가 나를 죽이려고 한 게 몇 번이지?"

내가 당신의 안전을 책임지기 시작하기 전에? 아니면 그 후에?

"네가 있을 때."

두 달 전 일을 포함해서 세 번.

"뭐? 두 달 전에 무슨 일이 있었는데?"

폭발 시도가 있었어. 당신은 학교에 있었고. 귀가하기 전에 우리가 제거했지.

"왜?" 나를 폭탄으로 날려 버리는 게 왜 그렇게 중요한지 도무지 상상이 가지 않았다.

지난번과 마찬가지 이유야. 헤라가 타이핑했다. **당신은 당신 삼촌의 예비 상속자야. 주모자들은 당신 삼촌이 아프다는 사실을 알고 있었어. 그리고 그에게 여전히 자신의 소망을 실현할 의지가 있는지 확인하려 했지.**

"폭파범은 어떻게 됐지?"

아무 일도 없었어. 그는 명령에 따른 졸병일 뿐이었어. 그의 직속상관은 자다가 죽었고.

"별로 나쁘게 들리지는 않네."

라디오 송전탑 꼭대기의 작은 플랫폼에 알몸으로 선 채 잠들어 있었지.

"그건… 상당히 나쁘군."

핵심 메시지는 전해졌어.

"제이크 삼촌이 돌아가시기까지는."

그래서 당신이 지금 여기 온 거야.

"나를 좋아해?" 나는 고양이에게 물었다. 고양이가 단순히 고용주의 지시를 받아서 나를 좋아하는 척하는 게 아니라 정말로 나 자신을 좋아하는지가 갑자기 중요하게 느껴졌다.

난 당신을 아주 좋아해, 찰리. 페르세포네도 그렇고. 우리는 감시하기 위해 파견되었지만, 당신은 우릴 받아들이고 같이 살았지.

"내가 너희를 집 안에 들이지 않았다면 어떻게 하려고 했어?"

덤불과 뒷마당에서 돌아다녔겠지. 난 다른 집도 가지고 있었고.

"맞아."

하지만 우리를 받아들인 게 당신을 돕는 데 큰 도움이 됐어.

"그리고 삼촌을 돕는 데도." 내가 지적했다.

그래. 당신 삼촌도.

대화를 일단락시키는 말이었다. 그래서 나는 다른 주제로 옮겨 갔다. "그래서 넌 클론이구나." 내가 말했다.

그래. 유전공학자들은 정해진 사양에 따라 나를 설계했어. 자연 선택에서 발생하는 혼란을 원하지 않았기 때문이지. 나는 20년 전에 살았던 어떤 고양이의 클론이야. 페르세포네도 그렇고.

"너희들은 무늬가 다르잖아."

클론이라고 100퍼센트 같지는 않아. 만일 그렇다면 좀 으스스

할 거야.

"오렌지색과 흰색 털이 아닌 다른 고양이도 있던데."

내 상상야. 클론 고양이는 우리 같은 종만 있는 게 아니야. 스무 가지 정도 더 있어.

"하지만 돌고래는 현재 한 가지 종만 있었어."

돌고래는 사람 집에 살지 않잖아. 헤라가 지적했다.

"다른 클론 동물도 있어? 예컨대 클론 개?"

개는 없어. 헤라가 타이핑했다. **개는 최악이야. 뼈다귀 하나만 줘도 배신 때릴걸.**

나는 이 말에 미소를 지었다. "잘됐네. 돌고래들은 너희를 별로 좋아하지 않는 것 같던데."

이유가 없지는 않지. 헤라가 타이핑했다. **고양이들은 육지에 살면서 인간과 함께 이 섬을 운영해. 돌고래들은 바다에 살고, 중요한 일들을 별로 맡지 않아. 그래서 우리를 괘씸하게 생각하지.**

"너희는 부르주아고 돌고래들은 프롤레타리아군." 내가 말했다.

거의 그렇지. 헤라가 진지하게 타이핑했다.

"어떻게 그렇게 똑똑해?" 고양이가 타이핑을 하고, 계급과 노동에 관한 이론까지 이해하고 있다는 사실을 갑자기 깨닫고는 내가 물었다. "기분 나쁘게 듣지 마. 하지만 너희의 뇌는 호두 정도 크기잖아."

똑똑하지 못한 인간들은 왜 그렇게 많지? 헤라가 반문했다. **사람의 뇌는 호두 여러 개를 합친 크기잖아.**

나는 그 질문에 대한 그럴듯한 답이 없었다. "고래 문제는 어떻게 생각해?" 대신에 이렇게 물었다.

돌고래가 말한 대로 틸에게 얘기해. 헤라가 타이핑했다.

"중요한 일이라고 생각하는군."

경영진을 싫어하는 누군가가 경영진이 어떤 사실을 알기를 바란다면, 그 이유는 둘 중 하나야. 경영진을 이용하려고 하거나, 정말 심각한 문제인 거지. 어떤 경우든 틸은 알아야 해.

"내가 롬바르디아 협회 일 이후에 무사히 살아올 수 있다고 생각해?" 내가 왜 이 질문을 했는지 모르겠다. 해가 뜨자 내 머릿속이 뒤죽박죽이더라는 핑계를 대고 싶다.

물론 그렇게 될 거야. 헤라가 타이핑했다. **내가 당신을 경호할 테니까.**

"그럼 내 목숨도 구해 주겠군." 나는 다시 농담했다.

처음도 아닌걸. 헤라가 다시 대답했다. 농담이 아니었다.

14장

분명히 밝혀 두는데, 그랜드 벨라지오 호텔은 라스베이거스 근처에 없다. 이탈리아의 롬바르디아 지방에 있는 코모 호수를 향해 돌출된 곶 위에 자리 잡은 벨라지오라는 자치도시를 따라 지은 이름이다. 또한, 라스베이거스의 호텔과는 달리 그랜드 벨라지오는 그 역사가 500년 전까지 거슬러 올라가며, 그 절반 이상의 세월 동안 왕, 황제, 자본가, 억만장자들의 유흥장이었다. 퀸사이즈 침대 두 개가 놓인 기본 객실의 요금이 성수기에는 800유로로까지 치솟는 그런 호텔이었다. 만일 승합차를 타고 단체 여행을 하는, 라스베이거스식 카지노를 좋아하는 할머니들이 슬롯머신을 할 생각에 동전으로 가득 찬 플라스틱 컵을 들고 그랜드 벨라지오에 들어온다면, 로비에 발을 디디는 순간 옆문으로 정중하게 내쫓길 것이다.

기자 시절에 인터뷰나 회의의 프레젠테이션을 위해 이런 호텔에 와 본 적이 있었다. 그런 회의는 초청 연사가 자신들이 개발한 최신 버전의 문자 메시지 기술이 세상을 얼마나 극적으로 변화시키는지, 또는 어떻게 하면 경제 위기에서 안전하게 빠져나갈 수 있는지를 15분 동안 청중들에게 떠드는 자리다. 나는 단 하룻밤도 묵어본 적이 없었다. 21세기의 신문사 예산으로는 꿈도 꾸지 못한다. 나는 다른 기자들과 함께 베스트 웨스턴 호텔급의 지역 호텔에서 묵곤 했다.

그랜드 벨라지오 호텔의 내 방은 퀸사이즈 침대 두 개가 놓인 기본 객실이 아니었다. 코모 호수가 내려다보이는 멋진 발코니가 있는 방 세 개짜리 그랜드 스위트룸이었다. 더 큰 스위트룸도 있었다. 임페리얼 스위트룸은 방이 일곱 개고, 연기 속으로 사라지기 전에 내가 살던 집보다도 컸다. 하지만 그런 방이 많지는 않았다. 모리슨, 헤라와 함께 객실로 들어가자, 가면 증후군(어떤 성취를 이뤄냈을 때, 자신이 그 자리에 있을 자격이 없고 언젠가는 이 가면이 벗겨질 것이라는 불안을 느끼는 증상-옮긴이)의 물결이 곧바로 나를 덮쳤다.

"이겨내요." 내가 그 얘기를 하자 모리슨이 말했다. "당신은 이 계층 사람이에요."

"내가 다른 사람 도움 없이 자수성가했고, 밑바닥에서부터 올라와 산업계의 거물이 되었기 때문이겠군요." 나는 비꼬듯이 말했다.

"아니요. 당신이 그렇지 않기 때문이에요." 내 비꼼을 무시하며 모리슨이 말했다. "당신이 이번 주말에 만나게 될 개자식들도 마찬가지예요. 다들 누군가의 아들이거나 조카, 아니면 족벌 경영의 수혜자들이죠. 그 점에서는 당신은 그들과 완전히 똑같아요."

"그 사람들은 당신이 이런 생각을 하는 걸 알아요?" 내가 물었다.

"아직 몰랐다면 이제 알게 되겠죠. 이 방은 도청당하고 있는 게 확실하니까요. 이미 이 방을 샅샅이 뒤져서 눈에 띄는 도청기 하나, 숨겨 둔 도청기 여러 개를 찾아냈어요. 하지만 다 찾았다고 장담할 수는 없어요. 그러니 저들에게 알리고 싶지 않은 얘기는 한마디도 하지 말아요." 그녀는 이 말을 하면서 헤라를 흘낏 내려다보고는 다시 나를 쳐다보았다.

"알았어요." 내가 말했다. 헤라는 유난히 화려하게 장식된 의자

위로 뛰어 올라가더니 엎드려 졸기 시작했다. "도청당하지 않을 방으로 옮기는 게 어때요?" 내가 제안했다.

"객실은 전부 도청당하고 있어요, 찰리." 모리슨이 말했다. "이 바보천치들은 서로를 믿지 않아요. 그러니 당신도 이 스위트룸에 묵어도 괜찮아요. 남은 객실 중엔 여기가 제일 좋은 방이니까."

"다른 객실은 다 찼어요?"

"만원이죠."

"전문 악당들이 그렇게 많아요?"

모리슨은 고개를 저었다. 하지만 그다음에 잠시 가만히 있다가 말을 바꿨다. "아, 그렇긴 하죠. 하지만 그들은 이 협회의 일부가 아니에요. 이번 주에 다른 회의가 있어요. 벨라지오 회의."

"이 호텔이 두 모임에 예약된 건가요?" 나는 갑자기 롬바르디아 협회가 대단치 않게 느껴졌다. 유명 범죄자들의 악명 높은 모임이라면서 이 호텔 하나도 전세 내지 못하다니 시시해 보였다.

"벨라지오 회의는 롬바르디아 협회가 주최한 거예요." 모리슨이 말했다. "더 정확하게 말하자면, 협회 측에서 소유한 합법적인 사업체들이 주최했죠. 이 마을을 닷새간 차지하는 거예요. 중요 인물들은 죄다 이 호텔에 있어요. 다른 사람들은 싼 호텔이나 에어비앤비에 묵고요. 정말 돈을 아끼고 싶거나 예약을 못 했다면 당일에 밀라노에서 버스를 타고 오는 방법도 있어요."

"이 회의가 그렇게 대단하군요."

"그래요."

"나도 명색이 전직 경제부 기자인데 한 번도 들어본 적이 없는데요."

"초청받은 사람만 참석할 수 있으니까요."

"보헤미안 그로브(미국 정계, 재계의 최고 엘리트 남성으로만 이루어진 폐쇄적인 사교 클럽 - 옮긴이)도 그렇지만 들어본 적은 있어요."

"벨라지오 회의는 엄선된 사람들만 은밀하게 모여요. 언론에 공개하지도 않고 웹사이트도 없어요. 참가 신청도 받지 않고, 보증인이 있어야 해요. 이 회의에 관해 뭔가를 흘리면 퇴출당해요. 회의에서뿐만 아니라 참석자들과 관련된 업계에서도요. 이 회의는 가장 '폐쇄적인' 이너서클이고 여기 온 사람들은 그 일부가 되려고 안달이 났죠. 그들은 뭔가를 발설해서 일을 망치고 싶어 하지 않아요. 이 회의의 존재 자체는 비밀이 아니에요. 벨라지오에서 사업하는 사람들은 누구나 협회가 여기에 있다는 걸 알아요. 하지만 외부인에게는 입을 닫죠. 그들이 그렇게 만들고 있어요."

"그러면 세상의 나머지 사람들 관점에서 보자면 이 모든 종류의 기업들이 같은 주말에 여기 모인 건 단지 우연일 뿐이군요."

모리슨이 코웃음 쳤다. "코모 호수는 급도 안 되는 부자들로 바글바글해요. 소(小) 플리니우스(서기 1~2세기에 활동한 로마 제국의 코모 출신 정치인 - 옮긴이)가 여기서 휴가를 즐기던 시대 이후로 그랬죠. 그리고 부자들이 있는 곳에는 부자 하나 잘 물어서 팔자 고치려는 사람들이 몰려요. 장담하는데, 이 주말이 이상하다고 생각하는 사람은 아무도 없을 거예요."

"악당들이 모이기에는 완벽한 조건이군요." 내가 말했다.

"이제 눈치가 좀 늘었네요." 모리슨이 말했다. "맞아요. 입에 지퍼를 채우는 훈련을 받은 사람들이 참석하는 공공연한 비밀회의는 이른바 암흑가의 거물들이 테이블 주위에 둘러앉아서 음모를 꾸미는 모임에 대한 멋진 위장이 되죠. 그들은 개자식이지만 어리석지는 않아요."

"이해했어요."

"'개자식들이지만 어리석지는 않다'에 대해 말하자면, 당신이 10분 뒤에 만나야 할 사람이 있어요." 모리슨이 말했다. "안톤 도브레프가 당신을 만나고 싶어 해요."

나는 그 이름에 눈살을 찌푸렸다. 익숙한 이름이었다. 그러다 생각났다. "'꼴 좋다, 씨발놈아.'"

모리슨은 이 말에 눈을 치켜떴다. "뭐라고요?"

"제이크 삼촌 장례식 때 그자가 보낸 꽃병에 있던 말이에요." 내가 말했다.

"하." 모리슨이 말하고는 내 여행 가방을 가리켰다. "어쨌든 그자가 당신을 만나고 싶어 하니, 저 안에서 적절한 옷을 골라 입어요. 좋은 인상을 줘야 하니까."

"그렇게 중요한 인물인가요?" 내가 물었다.

"그자는 임페리얼 스위트룸에 묵고 있어요." 모리슨이 말했다. "그리고 이 호텔의 소유주이기도 하죠. 롬바르디아 협회의 회장이고요. 그러니 중요 인물 맞아요. 넥타이를 매요. 고양이 털이 묻어 있지 않은 것으로요."

:::::

안톤 도브레프는 그랜드 벨라지오의 다실(茶室) 파티오에 있는, 코모 호수가 내려다보이는 작은 탁자 앞에 앉아 있었다. 다른 남자가 한 사람처럼 앉아 있었는데, 우리가 다실 수석 웨이터의 안내를 받아 들어가자 얼굴을 피했다. 도브레프는 키가 크고 건장했다. 나이는 70대였다. 나와 모리슨이 다가오는 걸 보자 그는 자리에서 벌

떡 일어나더니, 팔을 뻗어 우리를 한 번에 한 사람씩 당겨 숨이 막힐 정도로 꽉 끌어안았다.

"찰리, 틸." 그는 어디인지 모를 중부 유럽 악센트로 말했다. "틸, 좋아 보이니 기쁘군. 그리고 자네! 찰리! 자네 삼촌이 분명 하늘에서 내려다보며 미소 짓고 계실 걸세."

"감사합니다." 내가 말했다.

"그는 나에게 아주 소중한 존재였네." 도브레프가 말을 이었다. "장례식에 참석할 수 없어서 안타까웠지. 대신 조문객과 조화를 보냈네."

"기억납니다." 내가 말했다. "보내신 꽃병에 '꼴 좋다, 씨발놈아.'라고 쓰여 있었죠."

도브레프는 이 말에 낄낄거렸다. "그래! 그랬지! 자네 삼촌이 자기 장례식 때 그런 글이 새겨진 꽃병을 보내라고 내게 다짐시켰네. 우리 둘 사이의 농담이었어."

나는 이 말에 모리슨을 힐끗 쳐다보았다. 그녀는 무표정했다. "그리고 시신이 정말 죽은 게 맞는지 확인하려고 사람 둘을 보내셨죠?" 내가 물었다.

도브레프는 손을 벌리고 어깨를 으쓱했다. "자네 삼촌이 요청한 일은 아니지. 하지만 확실히 해 두는 게 중요하다고 생각했네. 전에도 죽음을 가장한 적이 있었거든."

"저도 들었습니다."

"당시에는 스캔들이었네." 도브레프는 손사래를 쳤다. "우리 중에 어떤 사람들은 죽음을 가장하는 경우가 너무 많았네. 그건 자네 삼촌의 타당한 사업상 판단이었어. 나는 그 판단을 지지하지는 않지만 왜 그랬는지 이해할 수는 있었네." 그는 다시 낄낄거렸다.

"물론 말로야 쉽지. 제이크는 내가 다른 사람들처럼 수십억을 잃게 만들지는 않았네. 하지만 우리 중에는 그의 죽음이 확실해야 지켜지는 이해관계를 가진 사람이 있는 것도 미안하지만 사실일세." 그는 테이블 쪽으로 시선을 돌렸다. "자네가 그를 찌르라고 지시받은 이유가 그거지, 맞나?"

테이블에 있던 남자가 고개를 돌렸다. 나타난 얼굴은 칼잡이 토비아스였다. "맞습니다."

도브레프는 토비아스에 대한 내 반응을 눈치챘다. "내 좋은 친구 토비아스를 기억하는군." 그가 나에게 말했다.

"삼촌의 시신을 칼로 찌르려고 한 사람을 잊을 수는 없죠." 내가 말했다.

"그때 자네가 토비아스를 밀었다면서."

"그랬습니다."

도브레프는 또 낄낄거렸다. "용감하군, 찰리. 어리석지만 용감해."

"네, 아주 잘 알고 있습니다."

도브레프는 내 등을 세게 철썩 때렸다. "물론 그러겠지!"

"우리가 얘기하는 동안 토비아스를 옆에 둘 생각입니까, 안톤?" 고개를 토비아스 쪽으로 돌리며 모리슨이 물었다.

"토비아스를? 아니야." 도브레프가 말했다. "토비아스와 나는 사업상 논의를 마치고 자네들이 올 때까지 잡담을 나누고 있었네. 우리는 친구니까."

"친구도 가려 가며 사귀셔야죠." 모리슨이 말했다.

"나 들으라고 하는 얘기야?" 토비아스가 말했다.

"말한 그대로야."

"내가 보기에 자네들 둘 사이엔 아직 애정이 남아 있군." 도브레프가 논평했다.

"그런 사람이 잘도 암살 시도를 하겠네요." 모리슨이 말했다.

"아, 그건 몰랐군." 도브레프가 말했다. 그러고는 토비아스 쪽으로 몸을 돌렸다. "자네는 나도 죽이려고 했지, 두 번인가?"

"세 번입니다." 토비아스가 말했다.

도브레프는 눈살을 찌푸렸다. "세 번째는 언제였나?"

"모르신다면 굳이 알려 드릴 생각 없습니다."

도브레프는 토비아스에게 몸짓하더니 눈썹을 치켜뜨고 모리슨을 쳐다보았다. "이걸 보게. 영업 비밀이라네. 심지어 나에게도 숨기는군. 자네는 내게 무슨 특권이 있다고 생각하겠지. 하지만 내가 말하는 핵심은 이거야. 토비아스와 나는 여전히 친구로서 여기 앉아 있네. 사업은 사업이야. 존중이나 우정과는 별개의 문제지. 제이크는 그 점을 알았네. 제이크가 내 잘못을 넘어가 준 적도 있고, 내가 제이크의 잘못을 눈감아 준 적도 있네. 가끔 만나서 크게 웃으며 함께 저녁 식사를 했지. 동료 같은 걸세."

"당신께는 다행입니다." 모리슨이 말했다. "하지만 저는 그럴 일 없습니다."

"당신 손해야." 토비아스가 말했다.

"꼭 그렇지도 않지."

도브레프는 내 쪽으로 몸을 돌렸다. "이걸 보게." 그가 말했다. "이 둘 사이에는 동료 의식이 부족해. 그래서 요즘에는 일이 쉽지 않아."

"아쉽네요." 내가 말했다.

"그렇지! 고맙네." 도브레프가 손뼉을 쳤다. "적어도 자네와 나는 잘 지낼 수 있을 거야." 그는 모리슨 쪽으로 몸을 돌렸다. "틸, 자네만 괜찮다면 이 찰리라는 젊은 친구와 둘이서만 얘기하고 싶네만."

모리슨은 괜찮지 않다는 표정이었다. "합의한 것과 다른데요." 그녀는 대신에 이렇게 말했다.

"알아, 알아." 도브레프가 달래듯 말했다. "하지만 우리 둘이서 얘기하면 일이 원만하게 잘 풀릴 것 같은 느낌이 드네. 걱정하지 말게. 나한테 뭔가 넘기라고 찰리를 설득하지는 않을 거야. 그냥… 얘기만 할 걸세. 대화. 우호적으로. 물론 자네가 찬성하면 말이지."

"당신 허락을 구하는 척하는 거야. 모든 사람에게 그러지는 않지." 토비아스가 건조하게 말했다.

"토비아스." 그 한마디로 도브레프의 목소리는 자상한 삼촌에서 암흑가 대부로 바뀌었다.

"죄송합니다, 안톤." 토비아스는 충분히 예의 바르게 말했다.

모리슨은 나를 쳐다보았다. "어떤 것에도 합의해 주지 말아요. 나중에 나에게 와서 말해 주고." 그녀가 말했다.

"지금은 찰리가 당신 상사 아닌가?" 토비아스가 모리슨에게 물었다.

"혀를 뽑아 버리겠어." 모리슨이 대답했다.

"이젠 데이트하는 사이도 아닌데 키스하려고?"

"둘 다 그만해." 삼촌 모드로 돌아온 도브레프가 말했다. "토비아스, 일어나게. 틸, 찰리의 털끝 하나 손대지 않고 돌려보내겠네. 약속하지. 이제 자네 둘은 가 보게." 그는 저리 가라고 몸짓했다. 두 사람은 떠났다. 토비아스가 먼저 떠나서 모리슨은 그에게 계속 눈을 떼지 않을 수 있었다.

"매우 강렬해, 저 둘은." 도브레프가 말했다. "전에 둘 사이에 뭔가 있었지. 그러다가…"

"토비아스가 모리슨을 살해하려고 했군요." 내가 마무리했다.

"아니, 아니, 살해가 아니야. 암살이지." 도브레프가 바로잡았다.

"차이가 있나요?"

"당하는 사람에게야 차이가 없지." 도브레프는 인정했다. "죽었다는 점에서는. 하지만 하나는 사업이고 다른 하나는… 혼돈일세."

"둘 다 혼돈 같은데요." 내가 의견을 냈다.

도브레프는 고개를 끄덕이고 내 어깨에 손을 얹었다. "그런 생각은 유보하게." 그가 말했다. "자네는 이제 우리 업계에 들어왔어. 사고방식을 바꾸어야 할 걸세."

나는 그를 미심쩍게 쳐다보았다. 도브레프는 그게 내심 기쁜 것 같았다.

"자네 삼촌 제이크는 언제나 그런 시선으로 나를 보았지." 그가 말했다. "내가 제이크를 좋아한 이유 중 하나였네. 배고픈가, 찰리? 그렇다면 여기 앉아서 식사하게. 시장하지 않으면 함께 산책이나 하세. 자네만 괜찮다면."

"안전합니까?" 내가 물었다. "방금 암살 얘기를 했잖아요."

"다른 곳이라면 안전하지 않지." 도브레프가 말했다. "여기는 괜찮네."

"확신하시는 것 같군요."

"그렇네. 내게 20미터 이내로 다가오는 사람은 저격수의 과녁이 되기 때문일 거야."

나는 이 말에 눈을 깜빡였다. "저격수가 절 겨냥하고 있나요?"

"물론이지." 도브레프가 말했다. "위치는 묻지 말게."

"당연히 안 묻죠." 내가 말했다. "영업 비밀일 테니까요."

도브레프는 또다시 활짝 웃었다. "제대로 배우는군! 훌륭해, 찰리, 훌륭해. 이제 좀 건지."

15장

"말해 보게, 찰리." 그랜드 벨라지오 호텔의 깔끔하게 손질된 마당을 거닐 때 안톤 도브레프가 내게 말했다. "롬바르디아 협회가 어떻게 생겨났는지 알려 준 사람이 있었나?"

"아니요." 내가 말했다. 사실은 거의 아무 얘기도 듣지 못했다고 말하고 싶었지만 참았다. 지금 시점에선 너무 생뚱맞은 데다 머릿속에서 모리슨이, 그리고 10여 년 전의 편집국장이 "입 닥치고 도브레프가 말하게 둬."라고 하는 소리가 들렸기 때문이었다.

도브레프는 그림 같은 모습을 드러내기 시작하는 호텔 쪽으로 향했다. "처음에는 여기 이 호텔에서 생겨났네. 물론 내가 소유주였던 때는 아니었어. 그보다 훨씬 오래전인 1902년이었지. 보어 전쟁이라고 아나?"

"알고는 있습니다." 나는 얼버무렸다.

"자네 말투로 보아하니 미국의 교육 제도에서는 자신들이 직접적으로 관여하지 않은 사건을 가르치는 데 별 관심이 없는 것 같군." 도브레프가 말했다.

"거의 그렇죠." 내가 말했다. "독립전쟁, 남북전쟁, 제2차 세계대전에 대해서는 배웁니다. 그 외의 것은 겉핥기죠."

"보어 전쟁은." 도브레프가 말을 이었다. "남아프리카에서 영국군과 네덜란드 개척자들 사이에서 일어났지. 사실은 두 번의 전쟁이 있었지만 여기서는 두 번째 것이 중요해. 1902년에 끝났는데, 문제가 있었어."

"전쟁이 끝났는데 문제가 있었다고요?" 내가 물었다.

"군수품을 준비하고 무기를 판매하고 전쟁 비용을 조달할 때 문제가 있지." 도브레프가 말했다. "전쟁은 다른 사업과 마찬가지네, 찰리. 예측하고 추정해야 해. 전쟁이 얼마나 오래 지속될지 계산하고, 그 기간에 일어날 수 있는 모든 일을 감안해서 수익을 극대화할 계획을 세워야 하지. 롬바르디아 협회의 창립 회원들은 모두 보어 전쟁에 투자했네. 기업인, 제조업자, 금융인들이었지. 그들은 모두 보어 전쟁이 실제보다 더 오래 계속되리라 생각했네."

"그거 참 안됐군요." 나는 가능한 한 진지한 표정으로 말했다.

도브레프는 무시하듯 손사래를 쳤다. "솔직히 제 탓이지. 그들은 영국이 얼마나 지독한 개자식들인지 잊었고, 그 전쟁에서 반드시 이기겠다는 영국의 의지를 과소평가했어. 탐욕스러웠고, 그래서 판단을 그르쳤네. 몇은 거의 파산 직전까지 몰렸어."

"롬바르디아 협회에 대해 좋은 인상을 주지는 못하시네요." 내가 말했다.

이 말에 도브레프는 빙긋 웃었다. "맞는 말일세. 하지만 그들의 집단적 실패는 그다음에 일어난 일을 이해하는 데 중요하다네. 다음에 일어난 일은, 찰리…."

다음에 일어난 일은 어떤 남자가 오솔길을 따라 우리 쪽으로 내려와, 칼을 빼 들고 도브레프에게 돌진한 것이었다.

"아." 도브레프가 부드럽게 말했다.

생각할 겨를도 없이 나는 도브레프를 잡고 땅바닥으로 끌어당겼다. 어쨌든 그러려고는 했다. 도브레프는 협조하지 않았고 그 결과 우리는 엉망진창으로 나뒹굴었다. 그는 이상한 자세로 내 몸 위에 있었는데, 내 의도와는 정반대의 모습이었다. 나는 암살자가 달려오던 방향의 반대쪽으로 그를 당기려고 했지만, 도브레프는 협조하지 않았다.

"그만하게." 마침내 그가 헉헉대더니 나를 밀어냈다. "난 괜찮네, 찰리."

"하지만…." 이 시나리오는 뭔가 잘못되었고 나는 잠시 혼란에 빠졌다가 상황을 깨달았다.

암살자는 우리 근처에 오지도 못했다. 그는 길 위에 쓰러져 경련하고 있었다. 칼은 여전히 그의 손에 있었고, 칼날 끝은 콘크리트 바닥을 긁고 있었다.

"당신 저격수의 솜씨군요." 나는 도브레프에게 말했다. 그는 신음하며 바닥에서 일어서려 하고 있었다.

"내 저격수의 솜씨지." 그가 동의했다. 그리고 손을 내밀었다. "이 늙은이 좀 일으켜 주게. 자네가 미는 바람에 바닥에 넘어져 버렸군."

나는 일어나서 도브레프가 일어서는 것을 도왔다. 아직 경련하고 있는 암살자에게 눈을 떼지 않았다.

"죽지는 않았어요." 내가 말했다.

"음?" 셔츠에 묻은 먼지를 털던 도브레프가 쓰러진 남자를 힐끗 보았다. "다행이네. 안 죽었군."

"하지만 당신의 저격수가…." 내가 입을 열었다.

"장거리 전기 볼트라네." 도브레프가 말했다. "나는 사람을 죽이면 안 돼, 찰리."

"안 된다고요?" 내가 물었다. 생각보다 더 미심쩍어하는 듯한 말투가 나왔다.

도브레프는 내 말투를 알아차렸다. "'안 된다'는 건 적절한 표현이 아닐 수도 있겠군. 하지만 살인은 최상의 방법이 아니야. 아무리 여기라도 경찰 보고서는 작성해야 하네. 신문에도 나올 테고. 관심을 끌게 되지." 그는 아직 경련하고 있는 암살자 쪽으로 향했다. "그리고 암살자를 보낸 게 누구인지도 알아낼 수 없게 되네. 그러니 이자를 죽이는 건 최선이 아니야. 살려 두는 게 훨씬 낫지."

땅에 쓰러진 남자의 경련이 멈췄다. 전기 볼트의 충격이 가신 것 같았다.

뒤에서 소리가 들렸다. 나는 도브레프 가까이 갔다. 그는 안심시키듯 내 어깨 위에 손을 얹었다. 몸을 돌리자 검은 양복을 입은 호텔 직원 세 명이 서둘러 우리를 지나가는 게 보였다. 그중 하나가 도브레프를 힐끗 보았다. 도브레프는 '난 괜찮네.'라고 받아들여질 게 분명한 손짓을 하고 있었다. 직원은 고개를 끄덕이고 다른 두 직원에게 관심을 돌렸다. 그는 두 번째 직원과 함께 손을 아래로 뻗어, 쓰러진 남자를 들어 올린 다음 끌고 갔다. 세 번째 직원이 그 뒤를 따라갔다. 나는 이 마지막 직원을 알아보았다. 삼촌 목의 맥박을 확인하던 안드레이였다. 날 알아봤는지는 모르겠다. 그런 내색은 없었다. 그는 다른 암살자가 없는지 주위를 살펴보기 바빴다.

몇 초 되지 않아 그들은 전부 가 버렸고 아무 일도 일어나지 않은 것 같았다.

도브레프는 내 쪽으로 몸을 돌렸다. "어디까지 얘기했지?"

나는 놀라서 얼이 빠졌다.

"괜찮나, 찰리?" 잠시 후 도브레프가 물었다.

"암살 시도를 대수롭지 않게 받아들이시는군요." 비명을 지르는 대신 내가 이렇게 말했다.

도브레프는 코웃음 쳤다. "실력이 형편없는 놈이야. 예를 들면 우리 구역 안에 들어온 것부터가 실수지. 놈은 나타난 순간부터 추적당하고 있었네."

"그자가 기다린다는 걸 알고 계셨어요?"

"아니. 내 부하들은 실제 위협이 될 것만 알려 준다네."

"그자는 칼을 들고 다가왔어요." 내가 지적했다.

"그랬지. 하지만 자네가 봤듯이, 그놈은 날 해치우지 못했어."

"상당히 근접했잖아요."

"'근접'은 상대적인 용어일세."

"당신 부하들이 그전에 막을 수도 있었을 텐데요."

도브레프는 어깨를 으쓱했다. "꼭 필요한 경우가 아니면 우리 실력을 드러낼 이유가 없지."

"이해가 안 되네요." 내가 말했다.

"이해하게 될 걸세." 도브레프가 약속했다. "때가 되면." 그리고 미소를 지었다. "자네는 날 구하려고 했네, 찰리."

"네, 그랬죠." 내가 말했다. "보시다시피 잘되지는 않았지만."

"그건 사실이지." 도브레프가 말했다. "하지만 그 노력은 높이 평가하네. 자네처럼 행동할 사람은 이 회의나 협회 회원 중에는 아무도 없네. 돈을 받는다면 모를까."

"별일 아니었어요."

도브레프는 고개를 저었다. "별일 아닌 게 아닐세. 기억해 두지. 그건 그렇고 하던 얘기로 돌아가세. 지금은 안에서 하는 게 좋겠군. 내 저격수가 장비를 다시 손봐야 하니까."

::::

"빌어먹을 보어 전쟁." 한 시간 뒤 모리슨은 이렇게 말했다. 우리는 다실에 돌아와 있었다. 다실은 벨라지오 회의에 참석하는 테크 기업인들과 금융인들로 만원이었다. 그들 중 절반은 상대방 없이 크게 말하고 있었다. 귀에는 무선 이어폰이 눈에 띄게 깜빡거렸고, 테이블 위에 휴대전화가 놓여 있었다. 나머지 절반은 이어폰의 이점을 누리지 않으려는 듯, 휴대전화를 꺼내 놓고 마이크인 양 거기에 대고 얘기하고 있었다. 저러다가 다른 사람들 귀에 들리면 남 좋은 일만 될 텐데.

"롬바르디아 협회의 기원에 관한 얘기가 부정확한가요?" 큰 소리로 지껄여대고 있는 미래 거물들에게서 관심을 거두면서 내가 말했다.

"부정확하지는 않아요. 핵심을 한참 벗어났을 뿐이죠." 모리슨은 차를 한 모금 마시고, 살짝 달가닥거리는 소리와 함께 잔을 내려놓았다. "이건 만화책이나 슈퍼히어로 영화가 아니에요. 이 멍청이들의 기원이 무엇인지는 문제가 아니에요. 그들이 소규모 결사를 조직하기로 한 게 중요하죠. 보어 전쟁이 없었다면 다른 기원을 주장했겠죠. 롬바르디아 협회를 창립한 돌대가리들은 그저 세계를 지배하기 위한 핑계를 찾는 것뿐이에요."

"도브레프 말로는 그들이 세계를 지배하려고 하지 않았다던데요." 내가 말했다. 호텔 레스토랑의 으슥한 안쪽에서 이어진 대화에서 도브레프는 롬바르디아 협회가 세계에서 일어나는 사건에 직접 개입해 봐야 득 될 게 없다는 사실을 어떻게 깨닫게 되었는지 자세히 설명해 주었다. 개입은 정밀하지 못한 과학이고, 잘못되면 회사가 망하거나 이 거물들이 감방 신세를 지게 되는 지름길이었다. 그래서 롬바르디아 협회의 창립자들은 다른 길을 선택했다. 강력한 기업 정보 및 분석 네트워크를 처음으로 개발한 것이었다. 세계의 사건에 개입하는 게 아니라, 그 사건이 불가피하게 벌어졌을 때 거기에서 이익을 내기 위해서였다.

"아, 그거군요. '우리는 그저 기회를 이용할 뿐이네.'라는 선전 문구죠." 모리슨이 말했다.

"들어본 적이 있군요."

"도브레프는 당신 삼촌도 그 말로 설득하려 했어요."

"삼촌은 뭐라고 하셨나요?"

"그분은 정확하게 지적하셨죠. 롬바르디아 협회에는 세상이 어떤 방향으로 변화할 것인지 예측하거나, 또는 변화할 때까지 기다리는 데 필요한 선견지명이나 냉철한 인내심을 가진 사람이 아무도 없다고요. 협회는 시작할 때부터 시스템을 가지고 장난치고 있어요." 모리슨은 다실에 있는 테크 기업인과 금융인들 쪽으로 손을 저어 보였다. "이 개자식들을 좀 봐요." 그녀가 말했다. 그러자 그 말을 들은 사람 몇이 돌아보았다. 그녀가 무표정하게 쳐다보자 그들은 자기 일로 돌아갔다. "이 얼간이들에게 인내심 비슷한 것이라도 있어 보이나요? 전부 뭘 팔거나, 매매 차익을 노리거나, 헤지펀드를 운용하는 기업 사냥꾼이 되겠죠. 몇 푼 안 되는 돈을 위해서라면 자기 할머니도 칼로 찌를 인간들이에요."

"그건 부당한 말입니다." 우리 옆자리에 있던 남자가 말했다. 그는 뭔가 말해야 한다고 생각해서 대화에 끼어든 것 같았다.

모리슨이 눈을 가늘게 뜨고 그를 쳐다보았다. "맞혀 볼게요." 그녀가 말했다. "USC와 와튼 스쿨 졸업. 맥킨지 컨설팅 근무. 그리고 지금은 스타트업을 경영하겠군요. 잘은 모르겠지만 어육 분쇄 같은 걸 하는."

"정확히 말하면 '퇴비화'입니다."

"퇴비화." 모리슨은 눈을 돌려 나를 보고는 남자 쪽을 향해 엄지손가락을 홱 돌렸다. "찰리. 여기 이 브래드란 사람은 당신에게 양질토를 구독하라고 제안할 거예요. 토양 구독 서비스죠." 그녀는 다시 남자에게로 시선을 돌렸다. "맞혀 볼게요, 브래드. 특허받은 지렁이도 있죠?"

"아마도요." 남자는 얼버무렸다.

"젠장, 브래드. 세상은 당신이 환형동물계의 몬산토(미국의 다국적 생명공학 기업으로 환경 파괴와 유전자 조작, 독점을 이용한 가격 횡포 등 대표적인 악덕 기업으로 꼽힘 - 옮긴이)가 되길 바라지 않아요."

"몬산토는 더 이상 존재하지 않습니다." 남자는 사소한 트집을 잡으려 했다.

"정말인가요, 브래드? 당신이 가진 패가 그건가요? '몬산토는 이제 법적으로는 바이엘입니다'? 홀로코스트에서 노예 노동을 착취하던 회사잖아요?" (몬산토는 2018년 바이엘 주식회사에 인수되었으며 바이엘이 브랜드명을 폐기함. 바이엘은 2차대전 당시 나치에 협력한 역사가 있음 - 옮긴이) 모리슨은 다시 차를 한 모금 마셨다. 그리고 냅킨으로 입을 닦은 다음 테이블에 던졌다. "산책 좀 할게요." 그녀는 내게 말하고는 다시 남자에게로 몸을 돌렸다. "오늘 밤 '피치 앤 피치'에 참석할 건가요?"

"네." 남자가 말했다.

"기대되는군요." 모리슨이 말하고는 일어서서 나갔다. 다실에 있는 모든 사람들이 그녀가 나가는 모습을 보고 있었다.

"내 이름이 브래드라는 걸 어떻게 알았을까요?" 남자가 나에게 물었다. 하지만 나는 이미 일어나서 그녀를 따라가고 있었다.

"괜찮아요?" 나는 모리슨을 따라잡고 물어보았다. 그녀는 호텔 앞 계단에 마치 담배를 피우러 방금 나온 사람처럼 서 있었다.

"괜찮아요." 그녀가 말했다.

"저 사람들이 죄다 엄청난 멍청이라는 사실을 잊을 때가 있어요." 모리슨은 호텔 건물을 가리켰다. "이곳은 마치 썩은 파베르제 달걀(보석으로 장식된 달걀 모양의 러시아 장식품-옮긴이)과 같아요, 찰리. 밖에서 보면 예쁘지만 가까이 다가갈수록 썩은 내가 풍기죠."

"나를 여기 오게 한 건 당신이에요." 내가 상기시켰다.

"우리가 여기 온 건 당신이 초청받았기 때문이죠." 모리슨이 말했다. "거절은 선택지에 없었어요. 그리고 당신의 적들이 누군지 이제부터 대면할 필요가 있었기 때문에 온 거죠."

"하지만 나는 그들의 적이 아니에요. 그들 중 하나죠." 내가 지적했다. "우리는 모두 007 영화의 악당들이에요. 도브레프는 제이크 삼촌을 대학 시절 룸메이트처럼 얘기했어요. 나를 포옹까지 했어요! 두 번이나. 마음에 들든 않든, 나는 이 바보 같은 협회의 일원이에요. 제이크 삼촌처럼요."

"삼촌은 아니었어요."

"아니었다고요?" 내가 되풀이했다.

모리슨이 고개를 저었다. "처음부터 그들은 가입시키려 했지만, 삼촌은 계속 거절했어요."

"왜 그러셨죠?"

모리슨은 다실을 가리켰다. "저기 있던 브래드는 롬바르디아 협회 회원들의 초창기 버전이에요."

"제이크 삼촌은 아니었고요?"

"그분은 자신이 지금의 회원들보다 나은 사람이라고 생각했어요. 그들에게 그런 생각을 숨기지도 않았고요. 그러자 그들은 더 이상 삼촌을 가입시키려 하지 않았죠."

"삼촌이 잘난 체해서였군요."

"롬바르디아 협회가 이 호텔에서 열리는 연례 회의에서 세상을 지배하기 위해 무슨 짓을 하려고 하더라도, 삼촌은 자신이 그 이상을 해낼 수 있다고 생각하셨기 때문이에요."

"게임에서 그들보다 우위를 점해서요." 내가 추측했다.

모리슨이 미소를 지었다. "아니요. 그들의 계획을 실행하자마자 그걸 망치는 방법으로요, 찰리. 그런 다음에는 그걸 망친 게 자신이고, 능수능란하게 해냈으며, 돈을 받고 했다는 걸 그들이 알게 했죠."

나는 잠시 생각에 잠겼다. "제이크 삼촌이 롬바르디아 협회를 괴롭혔다는 얘기군요."

"맞아요. 슈퍼 악당들과 맞서는 악당이죠."

"그럼 영웅이잖아요." 내가 말했다.

"오, 아니에요, 찰리." 모리슨이 말했다. "제이크 삼촌이 한 게 영웅적인 행동이라고 혼동하지 말아요."

"악당들을 막았잖아요."

"선의에서 한 행동이 아니에요. 돈 때문에 한 거죠. 가끔은 마지못해서요. 그리고 때로는 그저 다음에 무슨 일이 일어날지 보려고 한 적도 있어요. 글자 그대로 영웅적인 행동은 아니죠."

"당신은 계속 그분 곁을 지켰군요." 내가 말했다.

"내가 영웅이라고는 하지 않겠어요. 나만의 이유도 있었죠."

"말해 줄 건가요?"

"언젠가는요. 아직은 아니에요."

나는 화제를 바꿨다. "삼촌이 롬바르디아 협회의 일원이 아니었다면 그들은 왜 나를 부른 거죠?"

"당신을 가늠해 보고 싶어서죠." 모리슨이 말했다. "그들은 제이크 삼촌이 당신에게서 무엇을 봤는지 궁금해해요. 당신이 삼촌의 사업 모델을 계속 유지할지 알고 싶은 거죠. 그리고 만일 그렇다면 당신을 해치워 버릴 수 있을지도요."

"죽인다는 뜻이군요."

"당신이 뇌물과 암시를 받아들이지 않는다면 확실히 그렇게 할 거예요. 주모자 중 하나는 당신 집을 날려 버려서 이미 그걸 보여 줬죠."

"그럼 뇌물을 받아야 할지도 모르겠네요." 내가 제안했다.

"그럴 수도 있죠."

"그래도 상관없어요?"

"뇌물이 무엇이냐에 달렸어요." 그녀가 말했다. "곧 알게 되겠죠. 오늘 밤 '피치 앤 피치'가 끝난 뒤에 협회와 만나게 될 테니까."

"아까 브래드에게도 '피치 앤 피치' 얘기를 하던데요." 내가 물었다. "그게 뭐죠?"

모리슨은 희미하게 미소를 지었다. "알게 될 거예요. 해가 지면 호숫가에서 바로 시작해요. 데리러 갈게요. 잘 차려입고 있어요. 그리고 헤라도 데려와요."

"왜요?"

"알게 될 거예요." 모리슨이 되풀이했다. "그 사이에 숙소에 돌아가 있어요. 협회 회원들에 대한 파일을 준비해 뒀어요. 도브레프는 이미 만났으니까 나머지 회원들에 대해서도 빨리 숙지해 둬요. 누가 당신을 죽이려 할지 알고 있어야 해요, 찰리."

16장

스타트업 경영자 하나가 무대의 마이크 쪽으로 다가갔다. 그는 극적으로 보이게 잠시 가만히 있었다. 그러고는 말했다. "여러분… 고환 서비스를 고려해 보시기 바랍니다."

나는 내 얼굴을 때렸다. 그리고 손을 아래로 끌어내리고 모리슨 쪽으로 몸을 돌렸다. 그녀는 호수를 마주 보는 호텔의 파빌리온에 있는 내 테이블에 나와 함께 헤라와 나란히 앉아 있었다. "전부 다 이런 식이에요?" 나는 그녀에게 물었다.

"아니요." 그녀가 말했다. "어떤 건 더 해요."

우리는 '피치 앤 피치'를 보고 있었다. 해가 지자 벨라지오 회의 참석자들이 모여들었고, 칵테일파티와 친목 도모, 그리고 스타트업 아이디어 발표가 결합된 행사가 이어졌다. 솔직히 말하자면 참석자들은 다른 참석자들에게 아이디어를 발표하는 게 아니었다. 그들은 롬바르디아 협회의 열두 회원들에게 발표하는 것이었다. 회원들은 내 것과 비슷한 테이블에 각각 앉아 있었다. 한두 명의 동료나 부하 직원과 함께였고, 모두 다 나처럼 고양이를 데리고 있었다.

나는 맞춤 정장을 입고 왔다. 그런 게 있었는지도 몰랐고 어떻게 내 치수를 재서 맞추었는지도 알 수 없었다. 내 뒤로는 헤라가 발소리를 내지 않고 따라왔다. 도착하자 입구에서 호텔 레스토랑 종업원이 기다리고 있었다. 그는 나를 다른 참석자 무리들과 섞이지 않게 상층 파티오에 있는 테이블로 안내했다. 테이블에는 내가 앉을 의자가 빼어져 나와 있었다. 헤라에게는 계단식 스툴이 의자로 제공되었는데 그 의자에는 고양이 전용 보조 시트가 있었다. 나는 이게 너무 이상하다고 생각했다. 하지만 내가 있는 파티오의 다른 테이블들을 보니 다른 고양이들도 평온하게 앉아 있었다. 어떤 고양이들 앞에는 작은 크리스털 술잔까지 있었다.

저 술잔 안에 무엇이 들어 있을까 궁금해하고 있는데 헤라 앞에도 그게 놓였다. 다진 참치살이었다. 헤라가 조심스럽게 먹는 걸 보니, 내내 저 지능 높은 고양이에게 건식 사료만 먹였다는 사실을 새삼 깊이, 그리고 불편한 마음으로 자각하게 되었다. 그때 헤라는 왜 내가 자는 동안 나를 죽이지 않았을까 궁금해졌다. 이 생각에 너무 깊이 빠지기도 전에 내 앞에도 와인 잔이 놓였다. 참치회가 포함된 작은 애피타이저 접시가 함께였다. 나는 지금 내 고양이와 같은 음식을 먹고 있다.

내 머리 위로 그림자 하나가 드리웠다. 모리슨이었다. 지금까지 입었던 것 중에서 가장 덜 보수적인 드레스를 입고 있었다. "멋지네요." 그녀가 앉자 내가 말했다. 종업원이 그녀 앞에도 참치회와 다른 애피타이저 접시를 놓았다.

"고마워요." 그녀가 말했다.

나는 파빌리온에 있는 참석자들 무리를 가리켰다. 그들 중 다수가 우리 쪽을 보고 있었다. 나는 그들이 모리슨을 보고 있다고 생각했다. 종업원을 제외하면 말 그대로 홍일점이었으니까. "사람들이 당신을 보고 있네요."

모리슨은 거의 시선을 올리지 않고 음식만 먹고 있었다. "내가 아니라 당신을 보고 있는 거예요."

"내가 일반 기업인처럼 보이지 않아서요?" 내가 말했다.

"당신은 스톡옵션이나 암호화폐로 떼돈을 번 사람이 아니에요. 그래요. 기업인처럼 보이지는 않아요." 모리슨이 말했다. "하지만 전용 테이블에 고양이와 함께 앉아 있죠."

"이게 중요한가요?"

"전용 테이블과 고양이가 있는 사람들이 누구죠?"

"롬바르디아 협회 회원들이군요." 내가 말했다.

"맞아요. 그러니 전용 테이블과 고양이가 있는 당신은 중요 인물인 거죠. 하지만 사람들은 롬바르디아 협회 회원들에 대해서는 거의 모든 것을 알고 있다고 생각하는데, 당신이 누구고 왜 여기 왔는지는 전혀 모르고 있어요. 당신은 중요 인물이어야만 하는데 왜 중요한지는 모르는 거죠. 그러니 불편하죠. 궁금하고요. 그래서 그들이 보는 사람은 내가 아니에요. 말 그대로 좌중의 관심이 집중되는 건 당신이죠." 그녀는 참치회를 먹었다.

나는 참석자들을 다시 쳐다보았다. 그들 하나하나는 모두 남자거나 적어도 전통적인 남자의 모습을 하고 있었다. 나를 보는 사람들은 다음 셋 중 하나의 표정을 하고 있었다. 호기심, 부러움, 또는 적대감. 나는 모리슨에게 적대감에 대해 언급했다. 그녀는 고개를 끄덕이고 음식을 삼켰다.

"적대적인 게 당연해요." 그녀가 말했다. "당신은 저들 나이 또래예요. 그런데 이미 전용 테이블과 고양이가 있죠. 그런데 당신이 누군지, 그리고 당신이 어떻게 그 자리에 있는지 모르고 있어요. 그러니 그들에게 위협이 되는 거죠."

"그거 이상하네요." 내가 말했다.

"정말 이상하죠." 모리슨이 동의했다. "하지만 내 말이 틀리진 않아요. 저들은 당신이 가지고 있다고 생각하는 걸 원해요. 그리고 그걸 얻기 위해서라면 기꺼이 당신 눈을 칼로 찌를 거예요."

"그 말을 들으니 나에게 대체 왜 전용 테이블이 있는지 궁금해지네요." 내가 말했다. "제이크 삼촌은 롬바르디아 협회 회원도 아니었잖아요."

"삼촌 덕분에 전용 테이블이 있는 거예요." 모리슨은 안톤 도브레프가 앉아 있는 테이블 쪽을 포크로 가리켰다. 도브레프는 자신에게 어떤 얘기를 한 사람을 향해 크게 웃고 있었다. 내가 본 그의 고양이는 하네스를 차고 목줄을 했는데, 바깥세상에 나와 있는 게 즐거워 보이지 않았다. 그 고양이는 참치가 든 잔을 무시하고 시트에 쪼그려 앉아 있었다. 도브레프를 따라 웃고 있는 비서가 목줄을 잡고 있었다. "도브레프는 적어도 대중 앞에서 당신을 자기네 동료인 것처럼 대하면 자기네가 원하는 걸 주게 당신을 설득할 수 있다고 협회 회원들에게 확신시켰어요."

"도브레프가 당신에게 직접 그렇게 말했나요?" 내가 물었다.

"소식통이 있어요."

나는 헤라를 흘깃 보았다. "무슨 말인지 알겠어요."

모리슨은 고개를 저었다. "그건 아니에요. 도브레프를 염탐한 게 아니에요." 그녀는 화제를 돌리고 싶다는 표정을 했다.

"저들은 나를 동료로 생각하나요?" 대신에 나는 이렇게 물었다.

"당신이 직접 보고 말해 봐요." 그녀는 자기 와인을 마셨다.

나는 같은 파티오 층에 있는 다른 테이블과 거기에 있는 사람들을 쳐다보았다. 죄다 남자들이었다. 롬바르디아 협회의 열두 회원이 모두 자리에 앉아 있었다. 그들 중의 절반은 의도적으로 내가 없는 쪽으로 시선을 돌리고 있었다. 나머지 절반 중 한 사람은 멍한 눈으로 빤히 마주 보았고, 한 사람은 실실 웃으며, 세 사람은 혐오스럽다는 듯한 표정으로 나를 보았다. 마지막의 도브레프는 내가 보고 있는 걸 알고 살짝 건배하듯 와인 잔을 들어 올렸다. 나는 답례하듯 건배했다. 협회의 나머지 회원들, 그리고 아래층에 있는 참석자들도 이 동작에 주목했는데, 다들 별로 기분이 좋은 것 같지는 않았다.

"여기 사람들은 나를 싫어하는군요." 나는 모리슨에게 낮은 목소리로 투덜거렸다. "도브레프만 빼고 전부요."

"착각하지 말아요, 찰리." 모리슨이 말했다. "도브레프도 당신 친구가 아니에요."

"우리가 왜 여기 있는지나 알려 줘요." 내가 말했다.

"그래야 했으니까요."

"아직 완전히는 이해하지 못하겠어요."

"보세요." 모리슨이 말하며 가리켰다. "'피치 앤 피치'가 준비가 다 끝났어요." 파빌리온의 소형 무대는 양치식물을 심어서 가려 놓았는데, 그 양치식물들을 지금 베어내고 있었다. 그리고 무대의 한쪽에 계단이 설치되었다. 참석자 여러 명이 그걸 보고 무대 왼쪽에 줄을 서기 시작했다. 그들은 각각 무선 마이크를 들고 있었다. 이 일이 벌어지는 동안, 협회 회원들의 테이블에서는 접시가 치워지고 작고 둥근 물체가 놓여지는 게 눈에 들어왔다. 저게 뭔지 모리슨에게 물어보려고 했지만, 그때 우리 테이블도 접시가 치워지고—나는 아직 아무것도 먹지 못해서 꽤 실망했다—둥근 물체가 놓였다. 나는 그것을 쳐다보았다.

"버튼이군요." 내가 말했다.

"네, 그래요." 모리슨이 확인해 주었다.

"뭐에 쓰는 거죠?"

"보면 알아요."

목청 가다듬는 소리가 크게 증폭되어 들렸다. 그러더니 도브레프가 마이크를 쥐고 일어섰다. "신사 여러분." 그가 참석자들을 향해 말했다. "벨라지오 회의에서 여러분을 뵙게 되어 반갑습니다. 전에 참석하셨던 분들도 있고 오늘이 처음인 분도 있지요. 모두를 여기 모신 건 여러분이 여러분의 세대에서 가장 미래 지향적인 기업인의 사고방식을 가진 분들이기 때문입니다." 도브레프는 다른 손으로 와인 잔을 잡고 들어 올렸다. "저와 이 회의의 다른 주최자들은 여러분에게 경의를 표합니다."

이 말에 기업인들에게서 환호가 터져 나왔다. 도브레프는 와인을 마시고 잔을 내려놓았다. "이 주말은 여러분을 위한 것입니다. 여러분의 아이디어와 재능, 그리고 그것들을 세상과 함께 어떻게 선택하고 나눌지에 대한 것이죠. 여러분은 동료 기업인, 비슷한 사고방식의 형제들과 인맥을 쌓게 됩니다. 그리고 다가올 미래에 세상이 어떤 모습으로 바뀔지는 여러분에게 달려 있습니다. 나와 회의 주최자들은." 그는 롬바르디아 협회의 다른 회원들을 가리켰다. 보아하니 그들은 이 회의를 위해 '주최자들'이라는 가명을 쓰는 것 같았다. "여러분을 돕고 이끌 것입니다. 하지만 여러분에게서 배우고, 우리가 매일, 그리고 미래에 여러분이 만들어 나갈 세상에 적응할 방법도 찾으려 합니다." 이 말에 더 큰 박수가 쏟아졌다.

"그리고 이 모두는 바로 오늘 밤, 우리의 가장 신성하면서도 — 감히 말하건대 — 유쾌한 전통 중 하나인 '피치 앤 피치'와 함께 시작될 것입니다." 웃음소리가 터져 나왔다. "이것이 회의 주최자인 우리가 공동체의 신입 회원을 환영하는 방식입니다. 신입 회원들에게는 아이디어를 발표할 특별한 기회를 주고, 우리는 그들이 진정으로 세계를 만들어갈 수 있게끔 스타트업을 위한 벤처 캐피털과 연결해 줄 것입니다."

"우리의 열성적인 신청자들이 이미 줄을 서 있는 게 보이는군요." 이 말에, 줄 서 있는 사람들을 포함해 좌중에서 더 큰 웃음이 터졌다. "그래서 여러분 모두에게 규칙을 간단히 상기시켜 드리겠습니다. 각 신청자에게는 2분의 발표 시간이 주어집니다. 2분의 시간 동안 경고 버저가 울리지 않은 채로 발표를 마치면…." 도브레프는 자기 버튼을 들어 올렸다. "주최자 중 하나를 만나서 더욱 세부적인 내용을 발표할 수 있습니다. 그런 다음, 우리 주최자들은 그들의 제안을 논의하고, 결선 진출자 중 한 사람을 선택해 자금을 지원합니다. 경고 버저가 울린 발표자를 위한… 패자부활전은 없습니다."

이번에는 웃음소리가 더 컸다. 박수도 들렸다. 줄에 있는 사람들은 좀 혼란스러워 보였지만, 줄에서 빠져나올 정도는 아니었다.

"그러니 행운을 빕니다! 이제 '피치 앤 피치'를 시작하겠습니다!" 도브레프는 자리에 앉았다. 더 큰 박수가 터져 나왔다. 첫 번째 신청자가 단상으로 걸어 올라갔다. 그리고 좌중이 조용해지자 발표를 시작했다.

"다들 아시다시피, 대학 입시 시스템은 무너졌습니다." 그가 말했다. "하지만 개선할 방법이 있습니다. 만능 시스템에 대한 제 생각을 여러분께 말씀드리겠습니다. 이 시스템에서 학생들은 입시 경쟁에서 자신의 위치가 다른 경쟁자들과 비교했을 때 어디에 있는지 실시간 업데이트와 함께 정확하게 알 수 있고, 일급 광고주들과 기업들의 지원을 받아 점수를 올릴 기회를 얻게 됩니다. 그리고 흥미진진한 게임 같은 분위기 덕분에 대입은 세상에서 가장 멋진 스포츠 이벤트가 될 것입니다."

나는 〈헝거 게임〉 같은 이 빌어먹을 아이디어에 어처구니가 없었다. 그리고 이 발표자는 시간이 94초나 남았다. 그게 더 나빴다. 하지만 어쨌든 경고 버저가 울리지는 않았다. 미지근한 박수 소리가 들렸고, 발표자는 의기양양해 단상에서 내려갔다.

다음 신청자가 나와서 혁신적인 응급 의료 제도에 대해 발표했다. 이 제도에 따르면 스타트업과 제휴한 응급 의료팀이 현장에 도착한 다음, 환자의 사진 포함 ID를 스타트업의 네트워크에 전송한다. 네트워크는 환자의 신용과 보험 상태를 확인한 다음, 지역 의료 기관을 대상으로 환자에게 누가 최상의 신용과 최고액의 보험금을 제공할 것인가를 두고 입찰을 붙인다. 만일 환자가 사망 직전이어서 적절한 정보를 전송할 수 없다면 응급 의료팀은 여러 구급차를 호출해 진행한다. 이 발표는 처음 것보다는 조금 큰 박수를 끌어냈다.

세 번째 발표는 '고환 서비스'였다. "고환에서 정자를 생성시킬 것인지를 상황에 따라 결정할 수 있는 능력이 있다고 상상해 보십시오." 고환 서비스를 발표하는 남자가 말했다. "우리가 언제나 질색하는 콘돔이 더 이상 필요 없습니다. 고통스럽고 힘들며 원상복구를 장담할 수 없는 정관수술도 필요 없습니다. 그 대신, 정관 안쪽에 나노 크기의 관문을 만듭니다. 이 관문은 휴대전화 앱을 이용해 무선으로 개폐할 수 있습니다. 우리는 이 서비스를 구독 형태로 제공하며 수익 일부는 가족계획협회 같은 공익 단체에 기부할 생각입니다…"

고환 남자는 공중으로 발사되었다. 무대 아래에 설치된 초대형 스프링이 발사체 역할을 했다. 내가 너무 놀라서 비명을 지를 새도 없이 남자는 어둠 속으로 아치를 그리며 호수를 향해 날아갔다.

잠시 후 가볍게 물 튀는 소리가 들렸다.

청중 사이에서 고함, 박수, 웃음이 터졌다. 나는 어이가 없어서 모리슨 쪽으로 몸을 돌렸다.

"저래서 '피치 앤 피치'(Pitch and Pitch, '던지고 던지다'라는 뜻 – 옮긴이)라고 하는 거죠." 그녀가 말했다. 그리고 와인을 한 모금 마셨다.

"사람이 죽을 수도 있겠어요." 내가 말했다.

"코모 호수로 발사되는 추진력을 가지게 설계된 무대예요. 수십 년 동안 해온 일이에요. 아주 능숙하죠."

나는 무대에 줄 서 있는 신청자들을 쳐다보았다. 그들도 전부 충격을 받은 게 분명했다.

"저들은 호수로 발사될 수 있다는 사실을 사전에 알고 있었나요?"

"청중들은 알고 있죠." 모리슨이 말했다. "신청자들은 방금 알았겠네요."

"저렇게 발사된 걸 보면 나중 참가자들은 겁먹어서 효과가 없을 것 같은데요."

"그렇게 생각할 수도 있겠죠." 모리슨이 줄 서 있는 신청자들을 가리켰다. 그들은 모두 호텔 직원이 하는 이야기를 듣고 있었다. "하지만 저 사람들은 코모 호수로 가장 멀리 날아간 사람은 '피치 앤 피치'의 패자부활전 승자가 된다는 얘기를 방금 들었어요. 원래의 결선 진출자와 똑같은 자격이 주어지죠."

호텔 직원은 줄 서 있는 신청자들에게서 물러났다. 신청자들은 그대로 자리를 지키고 있었다. 천천히 톱니바퀴가 돌면서 무대는 원래 모습으로 돌아갔다.

"믿을 수 없군요." 내가 말했다.

"정말로 믿을 수 없죠." 모리슨이 맞받았다.

"나 같으면 빠져나왔을 거예요."

"하지만 당신은 저들과 달라요." 모리슨이 말했다. "당신은 경쟁에 눈먼 개자식들의 세계에 들어가고 싶어서 뭐든지 하려고 하는 경쟁에 눈먼 개자식이 아니니까요." 그녀는 와인 잔을 든 손으로 손짓했다. "이건 빌어먹을 신고식이에요, 찰리. 개자식들은 이런 식으로 유대감을 쌓죠. 저 아래에서 '피치 앤 피치'를 구경하고 있는 개자식들도 전부 저 무대에 올라간 적이 있어요. 그리고 대부분 호수로 발사됐고요. 그리고 지금은 저게 마치 빌어먹을 통과의례인 것처럼 구경하고 있죠. 신입 발표자가 저 줄에서 빠져나간다면 어떻게 될 거 같아요?"

"다시는 초청받지 못하겠군요." 나는 조심스럽게 말했다.

"우선은 그렇죠. 그리고 그다음부터는 이 회의와 관련 있는 어떤 사람과도 절대로 함께 일할 수 없게 돼요. 그들은 이 회의에 들어오고 싶어 해요. 하지만 일단 들어오면 떠날 수 없어요. 지금 저 줄에서 빠지거나 나중에 떠나면 앞으로의 경력은 끝장이죠."

"함정에 빠지는 거군요."

"애초에 떠날 생각이 없다면 함정에 빠진 게 아니죠. 완전히 다른 얘기예요." 그녀는 다시 청중을 향해 와인 잔을 끄덕였다. "이건 세뇌예요. 어떻게 해야 합격하는지 보세요. 어떻게 하면 발사되는지 보세요. 도브레프는 이 경쟁자들에게서 배우기 위해 협회가 존재한다고 말하는 걸 좋아해요. 그래야 저 신청자들이 스스로를 중요한 사람이라고 느끼게 된다는 걸 아니까요. 하지만 분명히 알아야 해요. 그들은 이 회의에 들어오려면 어떤 사람이 되어야 하는지를 저 멍청이들에게 보여 주고 있는 거예요. 그리고 저 어린 멍청이들은 그걸 받아먹고 있는 참이고요."

"그러면 이 모든 게 일종의 사이비 종교군요."

"사이비 종교는 재미있기라도 하죠." 모리슨이 대답했다. 그녀는 다시 와인을 한 모금 마셨다.

다음 신청자가 무대로 다가왔다. 앞선 신청자들보다는 좀 주저했지만, 그래도 무대에 올라갔다. 그는 무대 한가운데 서서 마이크를 입에 갖다 댔다. 그리고 걱걱대듯 이상한 소리를 냈다. 그 소리가 마이크에서 살짝 울렸다. 그는 손을 들어 마이크를 입에서 멀리 떼고는 크게 침을 삼키려고 했다. 그리고 다시 말을 시작하려고 마이크를 입으로 가져왔다.

"흙은." 그가 말했다. 그러고는 호수로 날아갔다.

나는 모리슨을 쳐다보았다. 그녀는 버튼에 손가락을 대고 있다가 손가락을 떼고 다시 자리에 앉았다. 그리고 나를 쳐다보았다.

"이게 뭐냐고요?" 그녀가 말했다. "내가 여기 온 이유는 바로 이걸 하기 위해서였어요."

17장

 영화와 TV를 많이 본 탓에, 나는 사악한 비밀 조직의 내부 성소(聖所)는 현대적인 금속성 느낌에, 조직원들의 머리 위에서 내리비쳐 사악한 그림자를 만드는 스포트라이트를 빼면 조명도 어둑하리라고 생각하고 있었다. 그런 점에서 보면 롬바르디아 협회의 내부 성소는 상당히 실망스러웠다.
 우선 그곳은 전혀 성소라고 할 수 없었다. 그저 호텔 꼭대기 층에 있는 '그랜드 벨라지오 귀빈 클럽'일 뿐이었다. 하지만 '그저'는 정확한 표현이 아니다. 황제, 대통령, 교황들이 묵던 곳이고, 날마다 행사가 있는 것처럼 예약되어 있었다. 방은 어마어마하게 크고 바로크 양식이었다. 그리고 미국 역사보다도 오래되고, 심지어 날아가기 전의 내 집보다 비싼 의자들로 장식되어 있었다.
 이 방 안에 롬바르디아 협회의 열두 회원들이 자신들의 고양이와 함께 앉아 있었다. 모든 고양이가 나와 헤라를 빤히 처다보고 있었다. 안톤 도브레프의 고양이만 빼고. 도브레프는 자기 고양이를 무릎 위에 앉히려고 부드럽게 끌어안았지만, 녀석은 곧바로 뛰어내려 멀리 있던 마차용 의자 아래로 재빨리 도망쳤다. 그 의자는 한때는 메디치 가문의 소유였을 것이다.
 "미샤!" 도브레프가 불렀다. 낮게 으르렁거리는 소리 말고는 아무 응답이 없었다. 도브레프는 손을 들고 나머지 협회 회원들을 쓱

쓸하게 둘러보았다. "자네들의 비결이 궁금하군." 그가 그들에게 말했다. "자네들 고양이는 늘 얌전해. 내 고양이는 야생 괴물이야. 무력감이 드는군." 그는 나에게 손짓했다. "특히 자네, 찰리. 자네 고양이는 축복이야."

"감사합니다." 내가 말했다. 헤라는 내게 주어진 두툼한 의자의 굵은 팔걸이에 배를 깔고 있었다. 나는 그 의자의 위치가, 넓게 원호를 그리며 놓인 다른 회원들의 의자에서 시선이 집중되는 자리인 걸 뒤늦게야 깨달았다. 오늘 저녁의 중심 화제가 나라는 사실을 분명히 보여 주는 배치였다. "저도 얘가 마음에 듭니다." 나는 헤라를 잠깐 어루만졌다. 헤라는 가르랑거리더니 계속 느긋하게 가만히 있었다.

"어디서 데려왔나?" 도브레프가 물었다.

"집 밖 덤불에서 나오더군요."

도브레프는 무릎을 치고 다른 회원들을 쳐다보았다. "들었지?" 그가 그들에게 말했다. "덤불에서 나오는 걸 데려왔다는군. 길고양이야. 아주 미국적이지. 아주 민주적이고." 다른 회원들은 희미하게 미소를 짓거나 아무 말도 하지 않았다. 그들의 고양이도 마찬가지로 무감했다. "우리와는 달라. 우리는 전부 번식업자에게서 사들였네, 찰리. 최고의 혈통을 가진 녀석들로. 우리가 어쩌다 전부 고양이를 기르게 되었는지 아나?"

"모릅니다." 나는 털어놓았다.

"이언 플레밍(007 시리즈의 원작자—옮긴이)이 우리 협회의 창립 회원 중 하나에게 영감을 받아 블로펠드를 창조했지." 도브레프가 말하고는 바로 어깨를 으쓱했다. "뭐, 그 회원 하나만은 아니었지만. 그리고 플레밍이 그 회원에게서 영감을 받았다면 롬바르디아 협회에 대해서도 알고 있다고 보는 게 맞겠지. 적어도 들어는 봤을 거야. 그러니 협회가 그의 작품에 등장하게 된 것도 당연하지."

"스펙터의 모델이 여러분이란 말씀인가요?" 내가 말했다.

"분명히 말하는데, 공상에 가까운 해석이었지." 도브레프가 웃으며 말했다. "스펙터는 우리보다 규모도 훨씬 크고 야망도 거대했으니까. 우리는 세계를 지배하길 바라지 않네, 찰리. 가끔 특정 방향으로 슬쩍 유도할 뿐이야. 그건 완전히 다른 거라네."

"물론이죠." 나는 다른 회원들이 도브레프를 보는 표정을 눈치챘다. 그들은 '슬쩍 유도한다'는 표현에 동의하지 않았다. 자신들을 더 대단한 존재로 생각하고 있었다.

"어쨌든 007 영화가 개봉되고 블로펠드가 자기의 흰색 페르시아 고양이와 함께 등장하자 당시 롬바르디아 협회 회장—굳이 알려주자면 내 아버지—은 그걸 재미있게 생각했지. 그래서 다음 회의에서 회원들을 위한 고양이들을 데리고 왔네. 그 이후로 고양이들은 우리 모임의 일부가 됐어. 뭐랄까." 도브레프는 적당한 단어를 찾는 듯 잠시 말을 멈췄다.

"장식품?" 나는 제안했다.

"'마스코트'라고 하려고 했네만, 뭐, 좋아. '장식품'도 괜찮군." 그는 헤라에게 손짓했다. "자네는 우리의 변변찮은 모임에 고양이를 데리고 왔네. 긍정적인 신호 같군."

"솔직히 말씀드리자면, 데려가라는 얘기를 들었습니다."

도브레프는 활짝 웃었다. "그래, 틸이 말했겠지. 똑똑한 아가씨야. 이런 행사의 분위기 파악에 능하지."

"자네는 그 여자가 '피치 앤 피치'에서 버튼을 누르지 못하게 했어야 했어." 다른 회원 하나가 나에게 말했다. 나는 그 목소리 쪽으로 몸을 돌렸다. 로베르토 그라타스였다. 모리슨이 준 협회 자료 파일에 따르면 그라타스 패밀리의 합법적인 사업은 여러 남미 국가의 광산에서 광석을 채굴하고 가공하는 일이었다. 현재 광산의 매장량은 고갈되기 직전이었고, 회사는 발 빠르게 움직이는 신진 기업들과의 경쟁에서 밀려나고 있었다.

"제가 시킨 게 아닙니다." 나는 말했다. "모리슨이 자기 판단으로 한 거죠."

"그녀는 그럴 권리가 없네." 조아킴 페테르손이 말했다. 그의 패밀리는 선박 사업을 하고 있었다. 20세기 초중반까지는 전 세계로 무기를 수송하며 짭짤한 수익을 냈다. 하지만 국제 상거래의 새로운 변화를 따라잡지 못하면서 현재는 머스크스와 하파그-로이드(각각 세계 1, 2위를 다투는 해상 물류 기업-옮긴이)에게 한참 뒤처져 있다. "협회 회원만이 가질 수 있는 권리지."

"그렇다면 제 테이블 위에 버튼을 두신 이유를 도무지 모르겠네요." 내가 말했다. "저도 협회 회원이 아니지 않습니까."

"사실은 예의상 둔 걸세." 유일한 미국인 회원인 토머스 하든이 말했다. 그의 '엄청나게—대단하신—할아버지'는 카네기, 록펠러와 어깨를 나란히 하는 철강업계의 거물이었지만, 그들의 사회 공헌 활동을 따라 할 생각은 전혀 없었다. 하든의 할아버지는 철보다 더 강하고 가벼운 특수 합금을 개발했다고 마케팅하다가 회사를 거의 말아먹을 뻔했다. 그 불운한 합금은 실제로 강하고 가볍기는 했다. 온도가 너무 낮아지면 산산조각이 난다는 비싼 대가를 치러야 하는 게 문제였지만. "우리는 자네가 그 버튼을 쓰리라고 생각하지 않았네."

"저는 안 썼죠." 내가 말했다. 그리고 그라타스를 가리켰다. "하지만 제가 썼다면 저분은 불평하지 않았을 것 같은데요."

도브레프는 이 말에 크게 웃었다. "신사 양반들, 찰리는 우리 속셈을 꿰뚫고 있다네." 그가 말해다. 그리고 내 쪽으로 몸을 돌렸다. "우리의 작은 모임에는 젊은 사람들이 말하는 '다양성'이 없는 게 사실이네. 통상 우리의 논의와 전략에 참가하는 게 허용되는 여성은 암컷 고양이뿐이지. 조만간 달라지겠지만."

"하지만 지금 말씀으로 보면, 당분간은 아니군요." 내가 말했다.

"우리가 여기서 하는 일은 아무리 좋게 포장해도 남성 지배적 활동이네." 도브레프가 말했다. "그 이유를 논의해 볼 수도 있겠지만 현재 상황에서는 중요한 게 아니라네."

"여자를 한 사람 초청하려고 한 적이 있었네." 페테르손이 말했다. "호주 사람이었어."

"로베르토가 반대했지." 하든이 말했다.

"우리 협회에 광산업자는 하나로 충분해." 그라타스가 말했다. 그는 자기 고양이를 쓰다듬었다. 러시안 블루였다.

"과거 이야기를 할 때가 아닐세." 도브레프가 말했다. 더 이상의 이야기를 허용하지 않겠다는 말투였다. "현재 이야기를 할 시간이야. 찰리 이야기를 할 때란 말이네." 그는 내 쪽으로 몸을 돌리고 하든에게 손짓했다. "여기 탐과 내가 이 문제를 처리할 걸세. 지금 탐이 자네에게 설명하게 할 생각이야. 그동안에 나는 미샤를 잡아봐야겠어." 도브레프는 자리에서 몸을 일으키더니 자기 고양이가 들어가 있는 마차용 의자 쪽으로 향했다.

"고맙네, 안톤." 하든이 말했다. 그는 자기 고양이 — 메인쿤이었다 — 를 안아 들어서 조심스럽게 바닥에 내려놓았다. 그러고는 몸을 앞으로 기울이고 내게 말을 걸었다. "그래, 찰리. 우리 작은 모임에 대해 뭘 알고 있나?"

"보어 전쟁 이야기를 들었습니다." 내가 말했다.

페테르손이 도브레프 쪽으로 몸을 돌렸다. "정말인가? 보어 전쟁 이야기를 했다고?"

"멋진 얘기지!" 마차 의자 앞 바닥에 서서 도브레프가 말했다. "엄밀히 말해 사실이고."

"엄밀히 말해서라." 페테르손이 말했다. 그의 고양이 —아비시니안—이 주인의 비꼬는 어조에 꼬리를 획 움직였다.

"보어 전쟁까지 거슬러 갈 필요는 없네." 하든이 말했다. "짧고 간단히 말하자면 우리는 다양한 산업과 금융 분야에 걸쳐 있는 사업가들의 비공식적 모임이네. 정기적으로 모여서 상호 이익을 위한 정보와 전략을 공유하지."

"소설에 나오는 범죄 조직의 모델이기도 하죠." 내가 말했다.

하든은 이 말에 빙긋 웃었다. "안톤이 말했듯이 공상에 가까운 해석이지. 그리고 한 세기 전 우리 모습에 기초한 거고. 말이 나와서 얘긴데, 우리 중 몇은 세대를 이어가며 이 모임의 일원이었던 패밀리를 대표하고 있다네." 그는 페테르손을 향해 고개를 끄덕였다. 페테르손도 답하듯 고개를 끄덕였다. "세월이 흐르면서 우리의 회원 자격도 달라졌지." 그는 김지종을 향해 고개를 돌렸다. 파일에 따르면 그는 가장 최근에 가입한 회원인데, 그게 15년 전이었다. 그는 한국의 재벌 그룹 회장이다. 최근에 뇌물 사건이 터지면서 자식 셋—전부 부회장이다—중 둘이 지금 감방 신세를 지고 있다. 나는 김지종을 쳐다보았다. 그는 나에게 고개를 끄덕였다. 그의 고양이—스코티시폴드—가 하품했다.

"우리는 또 다른 변화를 해야 할 때라고 생각하네." 하든이 말을 맺었다.

이 말이 내 주의를 끌었다. "뭔가 이심전심으로 알아들으라는 소리 같군요." 내가 말했다.

"그럴 수도 있지." 하든이 동의했다. "이보게, 찰리. 우리가 자네에 대해 모든 걸 알고 있다는 점을 명심하게. 우린 자네의 개인적, 직업적 내력을 알아. 자네 삼촌이 이유야 어떻든 자넬 깊은 수렁에 던져 넣었다는 것도 알지. 표면상의 사업과… 다른 사업 말일세. 까놓고 말하자면 자네는 지금 당장 도움이 필요한 상황이야."

"여러분 중에 한 분이 지난번에 저를 '도우려고' 하셨죠. 덕분에 제 집이 연방 요원 한 사람과 함께 날아갔고요." 나는 그에게 일깨웠다.

하든은 미안하다는 몸짓을 했다. "누군가 경솔한 짓을 했지."

"자백할 분은 아무도 없는 것 같군요." 나는 방 안을 둘러보았다. 모두의, 그리고 고양이들의 표정을 읽을 수 없었다.

"자네가 협회에 들어오면 그런 일은 다신 없을 걸세." 하든이 말했다.

나는 코웃음 쳤다. "누군가가 오늘 도브레프 씨를 암살하려고 했습니다."

"서툴렀지." 마차 의자 위에 비스듬이 기대 있던 도브레프가 말했다. 그는 미샤를 다시 잡았고, 고양이는 지금 도브레프의 가슴 위에 엎드려 있었다.

"안톤이 죽기를 바라는 사람은 우리 중에 아무도 없네." 하든이 장담했다.

"하!" 도브레프가 말했다. 그러고는 고양이를 다시 진정시켜야 했다.

"안톤이 '지금' 죽기를 바라는 사람은 우리 중에 아무도 없네." 하든이 바로잡았다. 나는 이 말에 도브레프를 보았다. 그는 '그럴 지도 모르지.' 하고 말하는 듯 어깨를 으쓱했다. "그리고 어쨌든 안톤과 내가 보기에, 자네가 살아 있는 덕분에 장래성 있고 매력적인 시너지 효과가 생겼지."

"무슨 뜻인지 말씀해 주시죠."

"자네는 삼촌이 살아왔던 세상에서 우리의 지식과 경험으로 이익을 얻을 수 있다는 뜻이네. 그리고 우리는, 솔직히 말해 자네에게서 참신한 관점을 얻을 수 있고." 하든은 회원 전부를 감싸는 듯한 몸짓을 했다. "우리는 베이비붐 세대 아니면 나이 든 X세대일세, 찰리. 밀레니엄 세대의 에너지를 수혈받는 것은 우리에게 나쁘지 않을 거야."

"여러분이 오늘 호수에 빠뜨렸던 친구들이 있잖습니까." 내가 말했다. "그들은 제가 지금 있는 자리에 올 수 있다면 간도 쓸개도 다 빼줄 텐데요. 그들 중 한 명을 고르시죠."

"우리는 그들을 고용하겠지." 하든이 말했다. "그중 한두 명에게는 심지어 투자도 할 수 있고. 하지만 그들은 지금 자네의 자리에 있을 수 없네. 그들은 자네가 아니니까. 자네가 가지고 있는 걸 가지고 있지 않으니까."

"싸구려 닛산 자동차와 불타 버린 집 말이군요." 내가 말했다.

"내 말은 그게 아니네."

"자네 삼촌의 사업체와 돈을 말하는 거야." 마차용 의자에서 도브레프가 말했다.

"압니다." 내가 말했다. 나는 하든 쪽으로 몸을 돌렸다. "하지만 저분에게서 직접 듣고 싶습니다."

"안톤이 이번에도 '엄밀히 말해' 맞았군." 하든이 말했다. "자네 삼촌의 사업상 이익은 우리들의 것과 상당 부분 교집합을 이루네. 이건 자네에게 좋은 기회지. 협회 회원 모두는 자유롭게 정보와 혁신을 공유하네. 돈 얘기를 하자면, 우리는 매년, 그리고 모일 때마다 공동 자금에 회비를 넣는다네. 그리고 그것을 협회의 선도 투자에 사용하지. 우리는 그걸 벤처 캐피털 자금이라고 부르지만 실제로는 그 이상일세."

"얼마나 집어넣죠?"

"가입금은 개인 자산의 10퍼센트네." 하든이 말했다. "십일조라고 생각하게. 그다음에는 연간 순수익의 5퍼센트고."

"거액이군요."

"일주일 전만 해도 그렇지 않았겠지." 그라타스가 빙긋 웃으며 말했다. 하든은 짜증 섞인 표정으로 그를 쳐다보았다.

"아니에요. 저분 말이 맞습니다." 나는 인정했다. "하지만 이번 주에는 큰 금액이죠."

"하지만 감당하지 못할 정도는 아니지." 하든이 말했다. "그리고 상당히 큰 대가를 받게 될 테고."

"여러분의 집단 경험과 조언 말이군요."

"그리고 우리의 모든 기술과 정보에 접근할 수 있지. 우리의 개인 회사, 우리가 투자했거나 지배하는 회사들 모두에."

나는 이 말을 생각해 보았다. "제이크 삼촌에게도 같은 제안을 하셨겠군요."

"여러 번 했지." 페테르손이 말했다.

"하지만 삼촌은 거절하셨고요. 왜 그러셨을까요?"

"본인에게 물어봤어야지." 하든이 말했다.

"여쭤볼 수가 없었어요." 내가 말했다. "삼촌이 살아계셨을 때도요. 여러분도 알고 계셨을 것 같은데요. 그래서 제가 지금 여러분에게 물어보는 겁니다. 여러분이 제안하는 대가가 그렇게 대단한데 삼촌은 왜 계속 그 제안을 거절하셨을까요?"

"자네 삼촌은 바보였네." 그라타스가 말했다.

"삼촌이 바보였다면 여러분은 지금 저와 얘기하려고 하지 않았겠죠." 내가 말했다. "도브레프 씨 말이 맞았어요. 여러분은 삼촌의 사업과 돈에 관심이 있어요. 제가 아니라요. 저와 거래하려는 건 그 때문이죠. 기분 나쁘지는 않습니다. 이해합니다. 하지만 제가 여러분의 제안을 고려해야 한다면, 삼촌이 왜 계속 그 제안을 거절하셨는지도 알고 싶습니다."

하든은 도브레프를 쳐다보았다. "발표자는 자네야." 도브레프가 그에게 말했다. "그러니 발표하게." 그는 다시 고양이를 쓰다듬었다.

하든은 도브레프를 끌어들이려는 자신의 시도를 내가 눈치챘다는 것을 알았다. "안톤은 우리 중에 자신만이 자네 삼촌과 가깝다고 생각했네." 그가 말했다.

"우리는 친구였어." 도브레프가 말했다.

"각자의 처지에 대한 상호 이해가 있었다는 게 좀 더 정확하겠지." 하든이 말했다. "아니면 그보다 더 정확히 말하자면, 안톤은 자네 삼촌이 자기 친구라고 믿었지만 자네 삼촌은 둘의 관계에 대해 다른 견해를 가지고 있었다고 생각하네. 나는 자네 삼촌에게 친구가 있었다고 보지 않아, 찰리."

"장례식에 그런 조화를 보내고도 친구라고 믿어 주길 바랐다면 제정신이 아니죠." 내가 말했다. "시신을 칼로 찌르려고 했던 건 말할 것도 없고요." 나는 다시 주위를 돌아보았다. "솔직히 털어놓으실 분 없습니까?"

페테르손이 손을 들었다. "내가 그랬네."

"멍청한 행동이었습니다." 내가 말했다.

"그는 전에 우리를 열받게 했어." 페테르손이 말했다.

"처음에 그가 우리 제안을 거절한 건 단순한 사업상 판단이었네." 하든이 말했다. "그는 그 제안이 가치가 있다고 생각하지 않았어. 그럴 수도 있지. 우리 중 몇몇도 확신이 생긴 후에야 들어왔으니까. 김지종도 한 번 거절했다가 재고했지."

"덕분에 12퍼센트의 가입비를 내야 했네." 김지종이 말했다.

하든이 고개를 끄덕였다. "사실이야. 10퍼센트는 1차 거절 전 비율이지."

"삼촌은 처음에는 사업상 이유로 제안을 거절하셨군요." 내가 말했다. "다음번 제안들의 거절 이유는요?"

"자네 삼촌에게는 사업과는 별개의 것이 되어갔네." 하든이 말했다. "뭐라고 정확히 말은 못 하겠군. 하지만 어떤 시점 이후부터 자네 삼촌은 우리에게 더 상처를 줄 수 있다면 자신이 다치는 건 개의치 않았네." 그는 어깨를 으쓱했다. "다시 말하지만, 그러는 것도 본인 마음이지. 하지만 그는 제이크 볼드윈이었네. 자네는 찰리 피처고. 그는 자네에게 모든 걸 남겼어. 그의 우선순위를 자네가 꼭 따라야 하는 건 아니네. 자네는 더 나은 우선순위를 가질 수 있어."

나는 고개를 끄덕였다. "이 초청은 얼마 동안 유효합니까?"

"회의가 끝날 때까지네." 하든이 말했다. 그는 모임 회원들을 가리켰다. "우리는 해야 할 다른 일들이 있네. 하지만 회의가 끝나면 자네의 대답을 듣기 위해 여기 다시 모일 걸세."

"거절하면요?"

하든은 다시 도브레프를 쳐다보았다. "당근은 보여 줬네." 도브레프가 말했다. "이제는 채찍 차례일세."

"이걸 이해해야 하네, 찰리. 자네 삼촌은 우리 사업에 지장을 초래했어." 하든이 말했다.

"이해할 수 없네요." 내가 말했다. 사실이 아니었지만 일이 어떻게 되어갈지 보고 싶었다.

"그는 우리의 정당한 사업을 망쳤네." 그라타스가 말했다.

"로베르토." 하든이 말했다.

"아니, 탐." 그라타스가 말을 잘랐다. "자네는 충분히 예의를 갖췄네. 이제 저 친구는 우리에게 힘이 있다는 걸 알아야 해." 하든은 손을 들었다.

"좋습니다." 내가 말했다. "그 힘을 보여 주시죠."

"자네는 자네 삼촌이 아니야." 그라타스가 내게 말했다. "돈도 몇 푼 못 버는 임시 교사지. 자네는 자네 삼촌이 무슨 일을 했는지, 수십 년간의 경험을 통해 일을 어떻게 처리했는지 아무것도 몰라. 우리는 아네. 자네 삼촌의 사업에 대해 자네보다 더 잘 알아. 그리고 자네 삼촌이 막아왔던 일이 우리 것이 되어야 한다는 사실도 알지. 그러니 우리의 너그러운 제안 — 나는 지나치게 너그럽다고 주장했지만 받아들여지지 않았네 — 을 거절한다면, 우리의 요구에 굴복해야 할 걸세."

"무슨 요구입니까?"

"먼저, 우리와 충돌하는 사업에서 철수해야 하네. 자네 삼촌이 비윤리적인 수단을 통해 광범위하게 끼어들었지."

나는 이 말에 눈을 깜빡였다. 여기서 이야기하는 사업 분야에서 비윤리적인 수단을 사용하지 않는 게 가능하기나 한지 확신할 수 없었다.

"둘째, 자네 삼촌은 협회에 끄나풀을 심어 두었네. 우리의 개인 사업체에도."

"모든 개인 사업체에 그런 건 아니었지." 마차용 의자에서 도브레프가 말했다.

그라타스가 도브레프를 힐끗 보았다. 그러고는 다시 나에게 시선을 돌렸다. "우리는 그 끄나풀들을 색출하려고 모든 방법을 다 써봤네. 우리 고양이들에게 도청기를 심었는지 X레이로 찍어 보기까지 했지. 내가 이 말을 했을 때 안톤은 비웃었네. 이것만 봐도 자네 삼촌이 얼마나 일을 잘했는지 알겠지. 하지만 자네는 자네 삼촌이 아니야. 그리고 삼촌이 우리 회사에 심어 놓은 끄나풀들을 철수시키게. 협회에 들어오든 안 들어오든 말이야."

그라티스는 이 말을 하면서 자기 고양이를 토닥였다. 나는 의도적으로 그의 러시안 블루 고양이를 쳐다보지 않으려 했다.

"마지막으로, 자네 삼촌이 지난 세월 동안 우리에게 초래한 사업상의 손해를 보상해야 하네. 상당한 액수지."

"얼마 정도죠?" 내가 물었다.

"협회 가입비는 자네 현재 재산의 10퍼센트일세. 이 금액은 우리 둘 다 동의했듯이, 더 정확하게 말하면 자네 삼촌 재산의 10퍼센트지. 여기에 자네 주머니에 있는 잔돈도 다 걸어야 하네." 그라타스는 자기 농담에 빙긋 웃었다. "가입하지 않으면 벌금은 더 높겠지? 나는 재산의 절반을 제안했지만, 협회의 다른 형제들은 그건 신입 회원에게 좀… 가혹하다고 보더군. 그래서 자네 삼촌의 전 재산 중 4분의 1로 합의했네."

"그게 얼맙니까?" 내가 물었다. "여러분은 삼촌의 사업에 대해 저보다 더 잘 아시는 것 같으니 분명 실제로 생각하시는 금액이 있을 텐데요."

그라타스는 하든을 바라보았다. 하든은 이 논의 자체가 불편한 듯 보였다. "우리가 생각하는 금액은 1천억 달러네." 하든이 말했다.

"그건 원금이야. 거기에 자네 삼촌이 우리를 괴롭힌 세월 동안의 이자를 더해야겠지." 그라타스가 말했다.

"알겠습니다." 내가 말했다. "모바일 앱으로 송금해야 하나요?"

"어리석은 소리 말게." 그라타스가 말했다. "자네 삼촌은 은행을 소유하고 있어. 때마침 안톤도 은행을 소유하고 있지. 지금 당장도 송금할 수 있네. 모바일 앱보다도 훨씬 빨리."

"그것보다는 조금 더 복잡할 수 있네." 도브레프가 중얼거렸다.

하지만 그라타스는 탄력을 받아 말했다. "또 다른 게 있네."

"마지막의 마지막이군요." 내가 말했다.

그라타스는 이 말을 무시했다. "협회에 가입하든 안 하든, 자네가 내야 할 돈은 벨라지오 회의가 끝날 때 우리 손에 반드시 들어와야 하네."

"그렇지 않다면요?"

"그러면 방금 알려 준 우리의 힘이 얼마나 강한지 보게 되겠지." 그라타스가 말했다. "롬바르디아 협회는 여기서 한 세기 넘게 이어져 왔네, 젊은이. 우리에게 맞선 자를 그냥 내버려 뒀다면 그렇게 지속될 수 없지."

"제 삼촌만 빼고요." 내가 말했다.

"자네 삼촌은 죽었어." 그라타스가 말했다. "이제는 자네 문제일세, 찰리." 그는 자리에 앉아서 만족스러운 듯 자기 고양이를 토닥였다.

"좋습니다." 나는 그라타스에게 말했다. "감사합니다." 그리고 하든 쪽으로 몸을 돌렸다. "지금 들은 얘기에 따르면 제가 협회에 가입할 경우, 400억 달러와 함께 삼촌의 모든 영업 비밀을 여러분에게 넘겨야 하는군요. 여러분은 그걸 여러분 자신의 이익을 위해 공동으로 이용하고요. 가입하지 않는다면 1천억 달러를 뜯기고 삼촌이 관련된 사업에서 철수해야 하는군요. 두 경우 모두 돈은 며칠 안에 내야 하고."

하든은 그라타스에게 못마땅한 표정을 지었다. "나라면 그런 식으로 말하진 않았을 걸세." 그가 말했다.

"하지만 맞는 얘기죠." 내가 강조했다.

"맞네. 정확히 그 얘기야." 하든이 말했다. "하지만 찰리…."

"여러분은 망했어요." 내가 말했다.

이 말에 하든이 멈칫했다. "뭐라고?"

"여러분은 망했다고요." 내가 말했다. "쫄딱 망한 건 아닐지도 모르죠. 제 생각에 여러분 중 몇은 그런 것 같지만. 하지만 롬바르디아 협회는 분명히 망했어요."

"지금 무슨 소리 하는 건가?"

나는 그라타스를 가리켰다. "저분은 나를 푼돈 버는 임시 교사라고 했어요. 틀린 말은 아니죠. 하지만 그전에는 〈시카고 트리뷴〉에서 경제부 기자로 몇 년간 일했어요. 내 입으로 말하긴 그렇지만 꽤 유능했죠. 하지만 평범한 기자라도 야바위 냄새는 맡을 수 있어요. 이곳에는 그 냄새가 진동하는군요."

나는 페테르손을 가리켰다. "내가 죽지 않자 당신은 똘마니를 시켜 초청장을 보냈죠. 삼촌의 시신에 칼을 꽂으라고 그 똘마니를 고용한 바로 그날에." 나는 도브레프를 가리켰다. "당신은 나를 돌아온 탕자처럼 환영했고 삼촌을 얼마나 사랑했는지 말했죠. 내 신뢰를 얻기 위해." 나는 하든을 가리켰다. "그리고 나를 저 미국인에게 넘겼어요. 나와 수다를 떨고 아첨하는 방법을 아는 사람이니까. 그리고 협회에 가입하는 게 나에게 대단한 호의를 베푸는 것처럼 느끼게 하려고요." 나는 그라타스를 가리켰다. "하지만 그게 먹히지 않으면 저 사람이 나쁜 경찰이 되는 거죠. 여러분에게 꺼지라고 하면 내게 어떤 끔찍한 일이 생길지 알려 주는."

나는 고양이들과 함께 의자에 앉아 있는 다른 회원들을 둘러보았다. "그리고 나머지 여러분들은 무언의 압력을 가하는 역할이죠. 그렇게 앉아서 내가 어려운 처지에 빠져 있고, 그래서 내용에 상관없이 무언가에 동의해야 할 것 같은 느낌이 들게 만드는 겁니다. 그것도 심지어 이 방을 나가기 전에 말이죠. 이건 자동차 영업사원의 케케묵은 전술입니다. 신사 여러분."

나는 방을 둘러보며 누군가 반박하기를 기다렸다. 하지만 아무도 없어서 말을 계속했다.

"협회에 가입하라는 여러분의 제안은 '상호 이익'이라는 탈을 쓰고 있습니다. 하지만 삼촌은 여러분의 제안이 큰 이익이 되지 않는다고 생각하셨죠. 그리고 당신은." 나는 그라타스에게 고개를 끄덕였다. "삼촌이 협회와 관련된 모든 분야에서 공정하게 경쟁하지 않았다고 불평함으로써 그걸 확인시켜 줬죠. 불공정하게 경쟁했다는 말은 다른 사람이 아니라 여러분에 대해서만 그랬다는 얘기겠죠. 실제로는 불공정하지도 않았겠지만. 여러분이 삼촌에게 이익이 될 무언가를 가지고 있지 않았다면 지금 나에게 이익이 될 무언가도 가지고 있지 않겠죠. 내가 이 분야에 대해 아무것도 모르긴 하지만요." 나는 다시 하든을 향했다. "당신은 이미 이 사실을 알고 있었죠. 이 모든 대화의 핵심은 내가 삼촌의 자산을 여러분에게 내놓게 하려는 것이었습니다. 그러면 여러분은 그걸 여러분 자신을 위해 이용하거나 나를 완전히 퇴출시켜 여러분과 경쟁할 수 없게 하고, 무엇보다도 현금을 챙기게 되죠. 여러분은 삼촌의 영업 비밀을 600억 달러로 평가했습니다. 알게 되니 좋군요. 하지만 무엇보다 여러분에게 당장 필요한 건 400억 달러의 현금입니다."

"그래서." 나는 방 안을 둘러보며 말했다. "여러분이 망했다고 말하는 겁니다. 어쩌다 그렇게 됐는지는 모르지만 제 짐작에는 암호화폐에 크게 물린 것 같군요. 여러분은 암호화폐는 돈 놓고 돈 먹기고, 자신들은 쪽박 차는 그런 멍청이가 아니라고 생각했을 테니까요. 그래서 실패한 겁니다. 어찌어찌 빠져나왔더라도 망한 건 변함없죠. 그래서 제 생각에 여러분은 기한이 다가오는 청구서를 막기 위해 400억 달러가 필요한 겁니다." 나는 시계를 확인했다. "기한은 회의가 끝나고 하루나 이틀쯤 뒤겠군요."

나는 하든을 쳐다보았다. "제 얘기가 어떤가요?"

침묵이 흘렀다. 그리고 마차용 의자에서 커다란 웃음소리가 터져 나왔다. 도브레프는 자기 고양이를 불안하게 만들며 일어났다. 고양이는 다시 의자 아래로 종종걸음치며 돌아갔다. 그는 더 웃더니 가볍게 손뼉을 쳤다.

"임시 교사치고는 나쁘지 않았어!" 그가 소리쳤다.

"맙소사, 안톤." 페테르손이 말했다.

"나에게 성내지 말게, 조아킴." 도브레프가 말했다. 그리고 내 쪽으로 몸짓했다. "저 친구에게도 성질 부리지 말고. 임시 교사이기는 해도 지금은 자네보다 돈이 더 많아. 게다가 제이크의 상속자지 않나!" 그는 내 쪽으로 몸을 돌렸다. "자네는 지금 이 방 안에 있는 누구도 믿지 않는군, 찰리?"

"고양이들은 믿습니다." 내가 말했다.

도브레프는 다시 웃었다.

"그럼 이건 시간 낭비였군." 그라타스가 말했다.

"그 반대일세." 도브레프가 말했다. "오늘 밤 찰리에 대해 몇 가지 아주 중요한 사실을 알게 됐어. 첫째, 찰리는 쉽게 속아 넘어가는 호구가 아니네. 둘째, 우리가 돈이 바닥났다는 사실을 찰리가 이처럼 쉽사리 알아냈다면, 다른 사람들도 그럴 거야. 그 정보를 이용해서 이익을 얻으려고 할 사람들을 포함해서 말일세. 찰리보다 더하면 더하겠지. 셋째, 우리의 대인관계 기술을 더 연마해야겠어. 그렇지 않나, 찰리?"

"좋은 생각 같습니다." 내가 동의했다.

"적어 두게." 도브레프가 하든에게 말했다.

"안톤, 이제 우린 뭘 해야 하지?" 하든이 물었다.

"찰리를 속여서 롬바르디아 협회에 가입하게 한 다음, 수십억 달러를 뜯어내서 우리가 한 바보짓을 메꾸려고 했던 시도가 실패했으니까?" 도브레프는 다시 빙긋 웃었다. "아주 기본적인 아이디어가 있네. 찰리에게 진실을 털어놓고 그게 먹히는지 보는 거지. 먹히지 않으면 다른 수를 생각하고 있네. 어느 쪽이든 이건 찰리와 일대일로 해야 성공할 수 있는 일일세."

"우리는 오늘 밤 다른 일이 있네." 페테르손이 말했다.

"내일 회의 전까지는 다 매듭짓게." 도브레프가 대답했다. 그는 문 쪽을 향해 우아하게 몸짓했다. "그럼, 신사 여러분, 내일 보세."

협회 회원들은 툴툴거리면서 고양이를 안아 들고 떠났다.

"재미있었네!" 고양이들을 빼면 우리 둘만 남았을 때 도브레프가 내게 말했다.

"제가 당신을 구제해 주지 않았는데도 그다지 화가 나신 것 같진 않아 보이네요."

"아, 난 구제가 필요 없네." 도브레프가 말했다. "로베르토가 언급했듯이 나는 은행을 소유하고 있네. 내 자금은 모두 탄탄하고 안정적이네. 호텔도 잘 되고 있지. 특히 이번 주말에는. 자네는 내가 이 방 객실료나 낼 수 있는지 의심하겠지만."

"롬바르디아 협회는요?"

"그래. 사실 지금 거의 파산 직전에 몰려 있네. 그게 문제야. 특히 다른 회원들에게는 말이지. 그 친구들은 자기 돈과 회삿돈, 그리고 협회 돈을 섞어서 쓰는 아주 나쁜 버릇이 있네. 내가 아무리 경고해도 소용없었지. 15년 전에도 똑같은 문제가 있었네. 그래서 김지종을 협회에 가입시킨 거야. 일단 위기는 넘겼지만 결국 도루묵이었네. 그리고 지금 그때와 마찬가지의 처지가 됐고."

"당신이 은행을 소유하고 있으니 그들에게 대출을 해 주면 되지 않습니까?"

"내가 안 그랬을 것 같나! 저들은 모두 내게 돈을 빌렸네, 찰리. 더 이상 내게 빚지지 않으려고 조심하고 있어. 그들이 현명하게 행동한 건 그거 하나야. 자네도 봤지만, 저들은 특히 나를 믿지 않는다네."

"그건 이해가 갑니다." 내가 동의했다.

도브레프는 활짝 미소를 지었다. "자네가 나를 믿지 않는다는 게 마음에 들어, 찰리." 그가 말했다. "자네 삼촌도 나를 믿지 않았지. 우리는 친구였어! 하지만 자네 삼촌은 나를 믿느니 차라리 차버릴 사람이었지. 우리 업계에서는 그게 합리적이야. 자네가 나를 믿지 않는 걸 보니 옛날이 떠오르는군." 그는 마차용 의자 아래로 손을 뻗어 고양이 미샤를 꺼내려고 했다. 잠시 후, 긁혀 상처가 난 손가락을 빨며 뒤로 물러섰다.

"빌어먹을 고양이." 그가 말했다. 그리고 나에게 가라고 손짓했다. "자네 숙소로 돌아가게." 그가 말했다. "20분 뒤에 임페리얼 스위트룸으로 오게. 자세한 얘기는 거기서 하지. 괜찮다면 고양이는 두고 오게. 장식품일 뿐이니까."

18장

"어떻게 됐어요?" 헤라와 함께 숙소로 돌아오자 모리슨이 물었다. 그녀는 내 스위트룸 소파에 등을 기댄 채 전화를 받고 있었다.

"파산한 열두 명의 억만장자들이 거액을 내놓으라고 아부하고 위협하는 구경거리에 불려간 셈이었죠." 내가 말했다. 나는 헤라를 바닥에 내려놓았다. 헤라는 스위트룸의 침실로 조용히 가서 침대 위에서 졸았다.

"얼마나요?"

"400억에서 1천억 달러요."

"하." 모리슨이 말했다. "예상보다 적었네요."

"거절했어요."

모리슨이 히죽 웃었다. "나도 그러길 바랐어요."

"안톤 도브레프가 15분 뒤에 만나자고 했어요. 내가 생각을 바꿀지 알고 싶어 해요."

"그를 믿지 말라고 다시 상기시켜 줘야겠군요."

"내가 믿지 않는다는 걸 도브레프는 이미 알아요."

"아니요." 모리슨이 말했다. "도브레프는 당신이 믿지 않는다는 것을 안다고 말함으로써 그 솔직함을 높이 평가하게 만들고, 그 결과 그를 믿게 하려는 거예요."

"도브레프는 내 친구가 아니라고 말한 게 이런 의미였군요."

"당신뿐만이 아니에요. 그는 누구의 친구도 아니에요."

"제이크 삼촌도 친구가 없었어요."

"악당에게 따르는 직업적 위험이에요." 모리슨이 말했다.

"파산도 포함될 것 같은데요." 내가 말했다. "억만장자인 동시에 현금이 바닥난 사람들로 가득한 방 안에 있는 건 신나는 일이죠."

"그게 내가 전에 말했던 그 유동성이에요."

"아니요, 무슨 말인지 알아요." 내가 말했다. "하지만 아는 것과 실제로 보는 건 달라요. 난 몰랐죠…." 나는 말끝을 흐렸다.

"뭘요?" 모리슨이 물었다.

"세계 최고의 악당 조직의 조직원들은 좀 더 똑똑할 거라고 예상했어요." 내가 말했다.

"그렇게 예상한 이유를 모르겠네요."

"영화와 책에서는 그랬거든요."

"거기서는 그래야 하죠." 모리슨이 말했다. "현실 세계에서는 롬바르디아 협회 회원 같은 사람들이 대부분이에요. 돈 많은 집에 금수저로 태어나서 그 돈으로 다른 사람들을 이용해 더 많은 돈을 벌죠. 부자가 되면 당연히 똑똑해진다고 믿기 전까지는 이게 먹혀요. 그렇게 믿기 시작하는 순간 나락이죠. 털어먹을 사람이 나타나야 간신히 벗어나고."

"나 말이군요."

"당신이죠." 모리슨이 동의했다. "아니면 여기 벨라지오 회의에 모인 사람들 전부이거나요. 그들의 거미줄로 빨아들일 수 있는 다른 누구일 수도 있어요. 당신의 새 친구들은 똑똑하지 않아요. 하지만 먹잇감을 보는 눈은 있죠. 소규모 벤처 캐피털로 어떻게 장난치는지 알면 놀랄 걸요."

"제이크 삼촌도 자신의 벤처 캐피털로 같은 걸 하셨어요." 내가 지적했다.

"네, 그러셨죠." 모리슨이 동의했다. "그리고 당신도 이 바닥에 계속 있으려면 그렇게 해야 해요. 그러니 내가 당신이라면 그렇게 못마땅하게 생각하지 않을 거예요." 그녀는 다시 전화 통화를 계속했다.

이때쯤 나는 그녀가 '피치 앤 피치'에서 입었던 드레스를 아직 입고 있다는 걸 눈치챘다. "눈썰미가 대단하네요." 내가 언급하자 그녀가 말했다. "데이트가 있거든요."

"데이트요?"

"네, 데이트요." 모리슨이 말하고는 휴대전화를 들어 올렸다. "나는 데이트 앱 계정도 있고 당신과 관계된 것 이외의 삶이 있어요. 지난주에는 그런 게 있다는 것도 믿기 힘들었지만."

"상대가 칼잡이 토비아스가 아니라고 제발 말해 줘요." 내가 말했다.

"토비아스 맞아요. 그리고 그의 성은 '파리스'예요. 혹시 당신이 '칼잡이 토비아스' 말고 다르게 부르고 싶어질 때가 있을지 몰라서 알려 주는 거예요."

"아니요. 사실 살아가면서 더 이상 그를 부를 것 같지 않네요."

모리슨은 어깨를 으쓱했다. "당신 마음이죠." 그녀는 일어나서 나갈 준비를 했다.

"도브레프와의 만남에 대해 충고할 게 있나요?"

"물론이죠. 협회에 들어오라고 당신을 설득할 기회를 주지 말아요. 도브레프뿐만 아니라 나머지 개자식들에도 땡전 한 푼 주지 말아요. 그리고 그의 입에서 나오는 말은 한마디도 믿지 말아요. 접

속사와 전치사까지도요."

"그렇게나 나쁜 놈이라고 보는군요."

"아니요. 나는 도브레프가 그렇게나 좋은 사람이라고 생각해요." 모리슨이 말했다. "아까 그가 당신과 둘이서만 있고 싶어 했던 이유가 있어요, 찰리. 그리고 지금 둘만 있고 싶어 하는 이유도 있고요. 도브레프는 당신을 손바닥에 가지고 놀 수 있다고 생각해요. 그 생각이 맞을 수도 있어요."

:::::

"시작하기 전에 묻고 싶네. 롬바르디아 협회에 들어올 건가?" 도브레프가 물었다. "그저 '네.'라고 한다면 앞으로는 모든 일이 훨씬 더 수월해질 걸세. 그리고 우리는 로비로 내려가서 술이나 마시면 되고."

"아니요. 그럴 생각 없습니다." 나는 말했다. 그러고는 임페리얼 스위트룸의 상당히 인상적인 바 쪽을 향해 고개를 끄덕였다. "그리고 술은 여기도 있습니다."

그랜드 벨라지오 호텔의 임페리얼 스위트룸은 내가 지금까지 묵었던 객실 중에서 가장 인상적인 방들로 구성되어 있었다. 방들은 널찍했고, 최소한 백만 달러는 넘을 것 같은 골동품들로 가득 장식되어 있었다. 소더비 경매장에서 롬바르디아 협회 회원들 같은 사람들에게 투자나 돈세탁 수단—이 둘이 그렇게 큰 차이가 있는지는 모르겠지만—으로 선보일 것 같은 그런 골동품들이었다.

그 순간, 〈플레이보이〉 창업자 휴 헤프너도 울고 갈 만큼 비싼 스모킹 재킷을 입은 도브레프는 뚜껑의 나무 부분에 피보나치수열

(첫째와 둘째 항이 1이고, 그다음 항은 바로 앞 두 항의 합인 수열. 1, 1, 2, 3, 5, 8로 이어짐-옮긴이)이 새겨진 그랜드 피아노에 몸을 기댔다. 저 피아노가 얼마나 할지 감히 짐작할 수는 없었지만, 맥두걸 펍을 인수할 정도는 되지 않을까 추측해 보았다. 피아노는 코모 호수를 마주하는 큰 창문 앞을 향한 각도로 놓여 있었다. 호수 수면 위를 뒤덮은 호화 보트와 요트에 달린 불빛이 멀리서 부드럽게 깜빡이며 까딱거렸다.

"그렇지. 하지만 오늘 저녁에는 스위트룸 담당 직원들에게 자리를 피해 달라고 했네. 그러니 여기서는 내가 술을 만들거나 자네한테 부탁해야 해." 도브레프가 말했다. "그건 아주 불편하잖나. 이 모든 일이 있기 전에 자네가 바를 인수하려고 했다는 사실을 알고 있더라도 말이지."

"펍입니다." 내가 말했다. 벨린다 도렐의 사무실에서 사업자 대출을 받으려고 한심하게 거짓말까지 했던 때와 지금 사이에 불과 며칠밖에 지나지 않았다고 생각하니 이상했다.

"나도 펍이나 바를 소유하고 싶군." 도브레프가 말했다.

"이미 소유하고 계시잖아요. 아래 로비에."

도브레프는 미소를 지으며 고개를 끄덕였다. "맞아! 하지만 자네는 내 말이 무슨 의미인지 알 걸세. 내가 소유는 하고 있지. 하지만 소유하고 있다고 내 것은 아니네. 나는 바 뒤에 서서 주문받거나, 손님의 이야기에 귀를 기울이거나, 바에 사람이 오지 않을 것 같은 화요일에 퀴즈 게임 쇼를 열거나 하지는 않네. 그런 삶을 사는 것도 멋지겠지."

"사실 수 있습니다." 내가 제안했다.

"그렇게 생각해 주니 고맙군." 도브레프가 말했다. "하지만 자네가 우리 같은 사람이 되고 우리가 있는 이 세계에 들어오게 되면, 그걸 다 내던지고 소박한 삶을 선택하는 게 쉽지 않다는 사실을 알게 될 걸세." 그는 바 쪽으로 몸짓했다. "그럴 의무는 없네만 자네가 한 잔 만들어 준다면, 내가 신세 진 걸로 하지."

"어떻게 해 드릴까요?"

"'올드 패션드' 칵테일. 만들 줄 아나?"

"어찌어찌는요."

도브레프는 싱긋 웃었다. "그런데 펍을 인수한다고! 복불복이겠군. 그리고 칵테일을 만드는 동안, 우리의 변변찮은 모임의 일원이 되는 걸 왜 거절하는지 말해 주게."

"이유야 400억 개도 생각할 수 있죠." 바로 가며 내가 말했다.

"들어오지 않으면 내가 자네에게 그보다 더 많은 돈이 들게 하겠네."

"아니요. 제가 가입하지 않으면 더 많은 돈이 들 게 생각하도록 만든 건 그라타스입니다. 차이가 있죠." 나는 올드 패션드의 재료를 찾으려고 바를 둘러보았다. 버번은 바로 찾았고 따지 않은 믹터스 US*1 위스키도 있었다.

"우리가 자네를 곤경에 빠뜨릴 수 있다고는 생각하지 않나?"

"분명 그렇게 하실 수 있겠죠." 내가 말했다. "문제는 그게 여러분이 저로 인해 빠지게 될 곤경보다 더 클 것인가, 그리고 롬바르디아 협회의 현재 재정 상황을 볼 때 여러분이 이미 빠져 있는 곤경보다 더 클 것인가입니다. 나폴레옹이 이걸 가장 잘 표현했죠…."

"'적이 실수하고 있을 때는 절대 방해하지 마라.'" 도브레프가 인용구를 마무리했다.

나는 앙고스투라 비터를 찾고 고개를 끄덕였다. "제 생각에 당신의 동료 회원들은 지금 실수하느라 바쁩니다. 나를 어떻게 하기 전에 그 실수들부터 처리해야 할 것 같은데요. 설탕은 어디 있죠?"

"냉장고 왼쪽 찬장에 있네. 자네는 우리를 막을 자신이 있는 것 같군, 찰리."

"솔직히 말씀드리면, 없습니다." 내가 말했다. "제가 이 바닥에 들어온 지 얼마 안 되긴 했지만, 그래도 제이크 삼촌이 아랫사람을 어떻게 골랐는지는 알 수 있더군요."

"틸 얘기군."

"틸뿐만이 아닙니다." 나는 설탕을 꺼내고 냉장고를 열어 물과 얼음을 꺼낸 다음, 잔을 붙잡고 재료들을 섞기 시작했다. "제가 만난 직원들은 모두 저보다 똑똑했습니다. 적어도 아는 게 더 많았죠. 제 생각엔 그들이 여러분을 대부분 막을 수 있을 것 같습니다."

"왜 그렇게 생각하나?"

"왜냐하면 이미 막고 있기 때문이죠." 내가 말했다. "저는 그 방법을 그들에게 알려 줄 필요가 없어요. 그들에게 제가 전혀 필요없다는 걸 확실히 압니다."

이 말에 도브레프는 다시 한번 빙긋 웃었다. "사려 깊군, 찰리. 사람들은 우리 모두를 천재라고 생각하네. 반짝이는 아이디어가 흘러나오는 원천이고 우리 회사가 성공한 비결이라고."

"제가 그렇게 똑똑했다면 지난주에 돈이라고는 100달러밖에 없을 만큼 나락으로 떨어지지는 않았겠죠." 내가 말했다. 칵테일 재료는 섞이고 차가워졌다. 나는 냉동실로 가서 터무니없이 큰 사각 얼음이 있는지 찾아보았다. 당연히 있었다. 나는 온더락 글라스를 꺼내고 큰 사각 얼음을 그 안에 넣은 다음, 믹싱 글라스에 있는 칵테일을 온더락 글라스에 흘려 넣었다. 나는 바의 보관함에 손을 뻗어 오렌지 껍질을 꺼낸 다음, 비틀어 글라스 안에 떨어뜨렸다. 그리고 도브레프에게 걸어갔다. "그리고 롬바르디아 협회의 회원들이 그렇게 똑똑했다면 그들 모두의 재산을 합한 것보다 제 재산이 많지 않았겠죠." 나는 그에게 칵테일을 건넸다. "지금의 회사는 빼더라도요."

도브레프는 미소를 짓고 올드 패션드를 한 모금 마셨다.

"맛이 어떤가요?" 내가 물었다.

"괜찮군." 그가 말하고는 어깨를 으쓱했다. "아주 좋지는 않지만 괜찮아. 그 펍을 인수한다면 칵테일 만들 사람을 고용하게."

"감사합니다." 나는 건조하게 말했다.

"보게, 나는 마시고 있네!" 도브레프가 말했다. 그러고는 나에게 바로 돌아가라고 손을 저었다. "자네 것도 만들게, 찰리. 혼술은 싫네." 나는 바로 돌아갔다. "자, 돈 문제 말고 롬바르디아 협회에 들어오고 싶지 않은 다른 이유는 뭔가?"

"다른 이유가 있어야 합니까?" 내가 물었다.

"400억 달러를 내고 들어온다면 당연히 필요 없지." 도브레프가 말했다. "난 자네를 많이 알지는 못하네. 하지만 이유가 그게 다가 아니라는 걸 알 만큼은 되지."

"좋습니다." 내가 말했다. 나는 맥주잔을 내려놓고 바의 탭(술이나 음료가 나오는 통의 수도꼭지 - 옮긴이)을 살펴보았다.

도브레프가 의견을 말했다. "라거를 마셔 보게. 길 아래에 있는 수도원에서 만든 거야."

나는 라거를 따랐다. "제가 가입하고 싶지 않은 이유는 이 바닥에 들어온 지 일주일밖에 되지 않아서입니다. 그리고 제가 하는 일이 뭔지도 모르고요. 중요한 결정을 내리기에는 최악의 시기죠." 내가 말했다. "가입하고 싶지 않은 다른 이유는 제가 보기에 롬바르디아 협회가 자신들의 우월성을 확신하는 성차별주의자 늙다리들로 구성되어 있기 때문입니다." 나는 도브레프가 이 말에 발끈하는지 보려고 그가 있는 쪽으로 힐끗 시선을 보냈다. 그는 다시 어깨를 으쓱하고는 칵테일을 한 모금 마셨다.

나는 탭을 잠그고, 내가 방금 부은 맥주의 지나치게 올라온 거품이 가라앉기를 기다렸다. "가입하고 싶지 않은 또 다른 이유는, 여러분이 제공할 수 있는 건 이미 제가 가지고 있기 때문입니다. 예컨대 전문성 같은 건 이미 제 밑에서 일하고 있는 사람들을 통해 얻을 수 있습니다. 그리고 제가 본 여러분의 전문성이란 건, 그렇게 많은 이점이 있음에도 돈을 다 날려 버린 수준이었죠. 다른 이유는, 그라티스가 저를 위협하고 깎아내렸기 때문입니다. 그게 화가 났습니다." 나는 맥주를 조금 더 따랐다.

"하지만 가장 큰 이유는 삼촌이 가입하지 않으셨기 때문입니다." 내가 말했다. "저는 삼촌을 모릅니다. 그리고 저는 그분이 아니죠. 하지만 그분은 나름의 이유가 있었고, 그 이유가 잘못됐다고 말하기에는 제가 너무나 초짜고 무지합니다. 그러니 그 이유가 무엇인지 알고 판단할 수 있기 전까지는 가입하지 않겠습니다." 나는 라거를 마셨다. 맛이 아주 좋았다. 나는 도브레프가 어떻게 내 주장에 대응하고 설득할 것인지 기다렸다.

"나는 협회 회원 중 최고참이네." 대신에 그는 이렇게 말했다. "로베르토가 그다음인데, 나보다 10여 년 뒤에 들어왔지. 그리고 협회의 현재 회원들은, 김지종을 제외하면 모두 그 자리를 물려받은 회원이네. 로베르토, 조아킴, 탐, 그리고 나머지 회원들은 전부

2세대 아니면 3세대, 심지어 그 아래 세대라네. 그 말은 우리는 가입했을 때 가입비를 낼 필요가 없었다는 뜻이지. 우리는 그저 아버지, 때로는 할아버지나 삼촌의 자리를 물려받은 것뿐이니까."

"그러니 당신은 가입하려고 400억 달러를 낼 필요가 없었군요." 내가 말했다.

도브레프는 무시하는 듯한 소리를 냈다. "당연히 없었지. 나는 연간 수익의 5퍼센트만 내면 됐어. 믿을지 모르겠지만 자율에 맡긴 시스템이었네. 아버지가 돌아가시고 그 자리가 내게로 왔지만 시스템은 그대로 계속되었네."

"회원 자격에 따른 특권이었군요." 내가 말했다.

"그렇네." 도브레프는 다시 칵테일을 한 모금 마셨다. "탐의 아버지가 돌아가셨을 때도, 로베르토 때도, 조아킴 때도 마찬가지였지. 협회 창립 회원은 조아킴의 아버지까지네." 도브레프는 잔을 든 손으로 나를 가리켰다. 올드 패션드가 찰박찰박 튀었다.

"현재 회원들이 그 자리를 물려받은 건, 각각 차이는 있지만 길어 봐야 20년 정도 전이었네. 나만 예외지. 우리 아버지는 쉰 살에 돌아가셨고, 나는 스물넷에 그 자리를 물려받았네. 그리고 15년이 지나서야 다음 회원이 들어왔지."

"알겠습니다." 내가 말했다. "그런데 이게 저한테 무슨 의미가 있죠?"

"알려 주지. 하지만 그전에 다른 하나가 더 있네. 협회는 기록을 남기지 않는다네. 물론 분명한 이유가 있지. 우리는 인터폴이나 미국 연방 기관에 우리 손으로 쓴 범죄 목록을 넘겨주고 싶지 않네. 우리가 하는 일의 많은 부분은 내부에 들어와야 알게 돼. 그렇지 않으면 놓치지. 이 점은 우리가 결정한 어떤 사실을 단체로 잊어버려야 할 때 도움이 된다네. 충분히 긴 시간을 기다리면, 그 사실을 아는 사람은 모두 죽고, 다시 수면 위로 꺼낼 사람은 하나도 안 남지. 예를 들면 자네의 삼촌이 실제로는 롬바르디아 협회의 회원이었다는 사실 말일세."

나는 이 말을 생각해 보느라 잠시 가만히 있었다. "이래서 모리슨이 당신 말은 한마디도 믿지 말라고 했군요."

도브레프는 웃더니 그랜드 피아노를 철썩 때렸다. 피아노 소리가 희미하게 울렸다. "틸은 아주 똑똑해! 그리고 틀리지도 않아. 보통은. 하지만 지금 한 번은 틀렸네. 고의는 아니었을 거야. 제이크가 절대로 말하지 않았을 테니까."

"왜 말하지 않았을까요?" 내가 물었다.

"그녀에게 물어보게. 나는 모르네." 도브레프가 말했다. "아마 인간의 본성 때문이겠지. 자네 삼촌이 협회에 있었던 기간은 짧고, 그에게… 좋지 않았네. 그래서 떠난 거고."

"탈퇴했다고요?"

도브레프는 고개를 저었다. "탈퇴한 사람은 없네."

"할 수 없는 겁니까? 아니면 하지 않는 겁니까?"

"자네 삼촌 전까지는 그런 일이 없었어. 그는 그냥 떠났다네."

나는 이해할 수 없어서 그를 응시했다. "그리고 당신만이 이 사실을 알고요?"

"그때 회원 중에는 나만 남아 있으니까."

"하지만 나머지 회원들이 전부 동시에 가입한 건 아니잖아요." 내가 말했다. "시기가 겹치는데요."

"말했듯이, 우리가 집단적으로 잊기로 정한 일들이 있네." 도브레프는 칵테일을 마셨다.

"그래서 오래된 회원 중 누구도 새 회원들에게 이 사실을 알리지 않았군요."

도브레프는 어깨를 으쓱했다.

"상당히 수상쩍은 개소리처럼 들리는데요." 내가 말했다.

"그렇겠지. 내가 입증할 수 있다는 것만 빼면."

나는 맥주잔을 바에 놓았다. "확실한 증거여야 합니다."

"아, 물론이지." 도브레프는 말했다. 그는 처음에는 잔을 피아노 위에 올려놓으려고 했다. 하지만 대단치도 않은 칵테일을 거의 집한 채 값인 악기 위에 놓는다는 생각에 얼굴을 찌푸리고는 방향을 바꿔 바닥 위에 놓았다. "세인트 주느비에브 섬에는 창고가 하나 있네. 원래는 창고가 아니었어. CIA가 거기서 개발한 다양한 고에너지 장비의 테스트실로 사용했다고 자네 삼촌이 말해 준 적이 있었네. 그래서 그곳은 단단히 밀폐되고 온도 조절 기능이 있지. 철옹성 같은 요새야. 핵폭탄이 떨어져도 끄떡없을 걸세. 완벽한 은닉처지."

"그 창고 안에 뭐가 있습니까?"

도브레프는 미소 지었다. "영화 〈레이더스〉의 엔딩 장면을 알고 있나?"

"네."

"그 비슷하다네."

"삼촌 소유의 섬에 '언약의 궤'(솔로몬 왕이 십계명을 기록한 석판을 보관했다고 구약성서에 기록된 성스러운 상자. 〈레이더스〉는 언약의 궤를 찾으려는 나치와 인디애나 존스의 대결을 다루며 엔딩에서 나치 군인들이 궤를 열자 초자연적인 기운이 뿜어져 나와 그들의 몸을 녹여 버림 – 옮긴이)가 있군요." 나는 회의적으로 말했다.

"아니, 당연히 아니지." 도브레프가 말했다. "나는 '그 비슷한'이라고 했네. '바로 그거'가 아니라. 그 안에 자네의 얼굴을 녹아내리게 하는 것은 없다네." 그가 바로잡았다. "초자연적인 건 없다는 얘기야."

"그럼 뭐가 있습니까?"

"자네 삼촌의 물건? 나는 전혀 모르네. 롬바르디아 협회의 물건? 적어도 몇 천 억 달러 가치가 있는 보물이 있다고 보고 있지."

"보물이요?"

"롬바르디아 협회는 2차대전 중에 바빴다네." 도브레프가 말했다. "예술품, 박물관 소장품, 보석과 귀중품, 금, 은, 보석, 희귀 서적과 필사본. 가치 있는 물건 중에서 가져갈 수 있거나 남겨 놓은 건 뭐든 긁어모았지. 유럽이나 중국, 북아프리카에서 말일세."

"남겨 놓은 것." 내가 말했다.

도브레프는 고개를 끄덕였다. "그렇네. 자네가 생각하는 바로 그대로야. 전쟁이 끝난 뒤, 협회는 그것들을 여러 곳에 보관했고, 돈이 필요할 때면 가끔 암시장에 내놓았지. 그런데 20세기 후반이 되면서 그게 점점 더 힘들어졌고, 각국 정부는 의심스럽게 사라진 물건들을 찾기 시작했네. 그래서 자네 삼촌이 세인트 주느비에브 섬을 매입하고 그 창고 얘기를 하자, 우리에게 딱 맞는 해결 방법이라고 보냈네. 우리는 물건들을 보냈고, 자네 삼촌은 그것들을 보관했지. 아직도 거기 있다네."

"그리고 이 사실을 아는 사람은 당신밖에 없고요."

"이제 자네도 알게 됐지." 도브레프는 바닥에 손을 뻗어 다시 잔을 들어 올렸다.

"우리 둘뿐이군요." 내가 말했다.

"자네 삼촌이 다른 사람에게 말했는지는 나는 모르네." 도브레프가 말했다. "세인트 주느비에브에 있는 사람 중에 아는 이가 있을 수도 있지. 우리는 모든 물건을 섬으로 가져가서 창고에 넣었네. 모두 나무 상자에 들어 있어서 그 안에 뭐가 있는지는 모를 수도 있네. 하지만 그게 존재한다는 사실은 알겠지."

나는 귀빈용 라운지 쪽으로 몸짓했다. "그리고 당신은 그들에게 그 사실을 말하지 않았습니다. 왜죠?"

"그들의 선대들과 나는 그게 더 현명한 결정이라고 보았네."

"어떻게 그럴 수 있는지 모르겠군요."

"그건 자네가 부모가 아니라서 자기 자식을 냉정하게 평가해 본 적이 없기 때문이야." 도브레프가 말했다. "지금 회원들은 심지어 협회에 들어오기 전에도… 유산을 위험에 빠뜨릴 수 있다는 평이었지. 그래서 이 보물에 대한 유혹을 아예 받지 않게 하는 게 최선이라고 결정했네. 그들은 그 보물의 경제적 가치는 알겠지만, 조직의 건전한 존속에 위험이 된다는 사실은 깨닫지 못할 테니까."

"좋습니다. 그런데 당신이 사망하면 그 비밀도 함께 사라지나요?"

"아니. 내가 죽으면 내 유산 관리인이 차기 회장에게 그 창고에 대한 설명이 담긴 메시지를 전달하게 되네. 차기 회장은 로베르토가 될 거고."

나는 도브레프를 쳐다보았다. "협회는 기록을 남기지 않는다면서요?"

"수천억 달러가 걸린 문제에서는 예외지." 도브레프는 칵테일을 마셨다.

"그러면 그라타스는 이삿짐센터를 보내 그 보물들을 전부 가져

오겠군요."

"불가능해." 도브레프가 말했다. "창고에는 문이 둘 있기 때문이야. 내부 문을 여는 암호는 로베르토가 가지고 있지. 자네가 가진 열쇠로는 외부 문을 열고."

"저는 열쇠가 없는데요."

도브레프는 이 말에 미소 지었다. "하지만 가지고 있네. 창고에 가 보면 내가 하는 말이 사실임을 알게 될 걸세. 자네 삼촌은 롬바르디아 협회의 일원이었네. 그의 상속인인 자네도 협회의 일원이라는 뜻이지." 그는 칵테일을 마저 마셨다.

"당신은 이 사실을 알면서도 나머지 회원들이 나에게 400억 달러를 갈취하게 내버려 두신 겁니까?"

"1천억 달러일 수도 있지. 잊지 말게." 도브레프가 말했다.

"어느 쪽이든요."

"자네가 어떻게 나올지 보고 싶었네." 도브레프가 말했다. "자네 안에 자네 삼촌의 모습이 얼마나 있는지도."

"그래서 얼마나 찾아내셨습니까?"

도브레프는 미소를 지었다. "충분히, 찰리. 충분히."

나는 도브레프가 말한 모든 것들을 생각하며 바 옆에 서 있었다. "질문이 하나 있습니다." 마침내 내가 말했다.

"하게." 도브레프가 말했다.

"당신은 삼촌이 롬바르디아 협회에 들어왔다가 떠났다고 했습니다. 왜였죠?"

도브레프의 미소가 사라졌다. "지금은 그 이야기를 하기에 적당한 때가 아닌 것 같군." 그가 말했다.

"아니요." 내가 말했다. "지금밖에 때가 없습니다."

"잘 알겠네." 도브레프는 잔을 입에 가져다 댔다가 술이 다 떨어진 걸 깨닫고는 못마땅해하며 치웠다. 그는 나를 쳐다보았다. "찰리, 자네 어머니 얘기네." 그가 말했다.

그 순간, 방이 폭발했다.

19장

폭발한 건 임페리얼 스위트룸만이 아니었다.

나는 스위트룸의 바닥에서 몸을 일으켜, 창문들이 있었던 자리에 난 구멍을 쳐다보았다. 불붙은 꼬리 두 개가 호수의 어둠 속에서 그랜드 벨라지오 호텔을 향해 날아오면서 확대되고 있었다. 소형 미사일이 눈 깜짝할 사이에 먼 거리를 가로지르더니 우리가 있는 쪽 아래층에 명중했다. 호텔 전체가 흔들렸다. 정신없는 와중에서도 나는 이 오래된 건물이 얼마나 버틸 수 있을지 침착하게 생각하고 있었다.

내 주변에 있는 건 온통 산산조각이 난 유리와 부서진 가구들이었다. 내가 있었던 바가 창문에서 떨어진 곳에 있었던 덕분에 최악의 피해는 면했다. 하지만 얼굴과 목에는 여전히 피칠갑한 상처가 있었고, 귀에는 이명 같은 울림밖에 들리지 않았다. 나는 멍하니 있었다. 조명은 작동하지 않았다. 나는 어둠 속을 보기 위해 눈을 깜빡였다.

그랜드 피아노의 피보나치수열이 새겨져 있던 뚜껑은 여러 조각으로 부서져 있었다. 그 피아노 옆에 덩어리 하나가 있었다. 도브레프 같았다.

나는 그가 아직 살아 있는지 보려고 그리로 비틀비틀 걸어갔다. 그때 두 남자가 지붕에서 창문을 통해 뛰어 들어오는 낮은 소리가 들렸다. 두 남자는 온몸을 검은 옷으로 감싸고 머리에는 스키 마스크를 썼다. 내가 그들을 본 것과 거의 동시에 그들도 나를 보았다.

"이런 젠장." 한 남자가 말했다. 그리고 나는 그 말을 도망쳐야 한다는 신호로 받아들였다.

"기다려." 다른 남자가 말했다. 나에게는 그렇게 들렸다. 하지만 나는 이미 문으로 달려가서 비틀어 열었다. 호텔 전체에 이미 화재경보기가 울리고 있었다.

임페리얼 스위트룸에는 전용 엘리베이터와 계단이 있었다. 대통령과 황제는 일반 대중과 섞여서는 안 되는 사람들이기 때문이다. 하지만 임페리얼 스위트룸은 귀빈용 라운지와 같은 층을 쓰기 때문에 공용 엘리베이터와 층계참이 있었고, 둘 다 로비로 이어진다.

두 층을 내려오다가 나는 뭔가가 기억났다.

헤라.

한편으로는, 5성급 호텔이 공격받고 있는 상황에서 자기 자신을 지킬 수 있는 인간 아닌 동물이 있다면 그건 헤라일 것이라는 생각도 들었다.

하지만 헤라에게는 '마주 볼 수 있는 엄지손가락'(opposable thumb, 인간의 엄지손가락만이 가지는 독특한 구조. 나머지 네 손가락은 같은 방향으로 작동하지만 엄지손가락만 홀로 자신의 축을 중심으로 자유로이 돌아가며, 이 덕분에 정교한 수작업이 가능함 - 옮긴이)이 없다. 구하러 가지 않는다면 내 스위트룸에서 빠져나오지 못할 것이다. 나는 우회해서 내 방으로 올라갔다.

비상구를 통해 내 방이 있는 층으로 올라갔을 때, 아래층 층계참 문이 큰 소리를 내며 열리고 호텔 손님들이 그리로 비명과 고함을 지르며 쏟아져 나오는 소리가 들렸다. 내 방이 있는 층의 다른 객실들에서는 문이 뭔가에 막힌 듯한 고함과 바닥에 물건이 부딪히는 소리가 들렸다. 총성 같은 소리가 울렸다. 하지만 그게 뭔지 확인할 겨를이 없었다. 나는 내 방으로 달려가 안으로 들어갔다.

"헤라?" 나는 헤라를 불렀다. 침실로 들어가 헤라를 찾았다. 헤라는 침대 위에도 아래에도 없었다. 헤라가 듣게 "피쉿피쉿피쉿" 소리를 내려고 했다. 하지만 대학원생보다도 머리가 좋은 고양이에게 그런 소리를 내는 건 모욕이라는 생각이 들었다.

카드키로 문을 여는 딸깍 소리가 들렸다. 그제야 내가 문을 잠그지도, 걸쇠를 걸지도 않았다는 생각이 들었다.

"젠장." 나는 말하면서 문을 향해 몸을 날렸다. 바로 그때 문이 열리면서 내 얼굴을 강타했다.

나는 휘청거리다가 바닥에 쓰러졌다.

임페리얼 스위트룸으로 레펠 하강해 들어온 남자 중 하나가 내 위에 있었다. 손에는 권총 같은 걸 들고 있었다. 그는 권총을 겨냥하며 곧바로 내 가슴을 쏠 준비를 했다.

남자가 방아쇠를 당겼지만 빗나갔다. 발사 직전 뭔가가 달려들어 공격했기 때문이었다.

헤라였다. 남자는 비명을 질렀다. 그리고 총을 들지 않은 손을 고리 모양으로 만들어 얼굴 쪽을 휘저으며 고양이를 움켜잡으려고 했다. 헤라는 마스크 안으로 발톱을 집어넣어 남자의 얼굴에 고랑을 만들고 있었다.

내가 더 용감하거나 똑똑했다면 남자를 공격하거나 문으로 도망쳤을 것이다. 하지만 그러면 헤라를 위험에 빠뜨리거나 버리는 것이다. 그래서 그 대신에 나는 숨었다.

마침내 남자가 헤라를 상대하려고 총을 바닥에 떨어뜨리면서 쾅 소리가 났다. 남자는 두 손으로 헤라를 붙잡고 멀리 던졌다. 헤라는 쿵 소리와 함께 바닥에 떨어졌다. 그러고는 도망쳤다. 남자는 고통에 얼굴을 움켜잡고 있었다. 떨어뜨린 권총과는 몇 발짝 거리가 있었다.

나는 마침내 용기를 그러모아 권총 쪽으로 달려갔다. 그러다가 뜻하지 않게 총을 발로 차 침실 쪽으로 반쯤 들어가게 했다. 나는 총을 잡으려고 했지만, 남자가 그 사이를 가로막았다. 하지만 남자도 총을 잡으러 가지 않았다. "하지 마." 그가 말했다. 나는 경계하며 기다렸다.

남자는 거칠게 숨을 몰아쉬며 잠시 서 있다가 입을 열었다. "젠장, 저 빌어먹을 고양이 새끼." 손을 뻗어 마스크를 벗었다.

나는 피와 긁힌 상처투성이의 그 얼굴을 알아보았다. CIA 요원 에반 제이콥스였다.

"이게 대체 무슨 일이야?" 내가 말했다.

"그 고양이에게 사람 공격하는 훈련을 시켰나?" 제이콥스가 물었다.

"아니." 내가 말했다. "헤라가 사람 보는 눈이 있는 거지." 나는 권총의 위치를 파악하려고 제이콥스 뒤를 힐끗 보았다.

"꿈도 꾸지 마." 그가 말했다. "내가 더 빨라. 그리고 네 고양이가 다시 나한테 덤비면 발로 우주까지 차 버리겠어."

이 말에 방 어딘가에서 으르렁거리는 소리가 들렸다.

"이제 어쩌려고?" 내가 말했다. "우리 둘 다 저 총을 잡을 수 없어. 그리고 나를 공격한다면 내 고양이가 당신을 죽일 거야."

"생각 중이야." 제이콥스가 말했다.

"피가 나는데." 내가 말했다.

"총을 잡아서 널 죽이기에는 지장 없어."

"왜 CIA가 나를 죽이려고 하지?"

제이콥스는 이 말에 낄낄거리다 웃음을 그쳤다. "젠장, 웃어도 아프네." 그가 말했다.

"꼴 좋군." 내가 말했다.

"나는 지금 CIA를 위해 일하지 않아." 제이콥스가 말했다. "당신이 나를 만났을 때도 거기를 위해 일한 건 아니었어. 나는 세인트 주느비에브 섬의 시설과 당신을 살펴보려고 간 거였지. 당신이 어떤 종류의 위협일지 확인하려고."

"누구에 대한 위협?"

"CIA를 그만둬도 될 만큼 어마어마한 돈을 낸 사람들." 제이콥스가 말했다. "아직 CIA에 사표를 내지는 않았어. 정부 요원의 특권은 아직도 누리고 있지."

"내가 CIA에게 알리겠어."

"곧 죽을 목숨 주제에."

"당신 손에 죽지는 않아." 내가 말했다. "당신이 지금 할 수 있는 건 내 방바닥에 피나 줄줄 흘리는 거지."

"난 너를 죽일 필요가 없어, 얼간아." 제이콥스가 말했다. "내 임무는 여기 너를 붙잡아 두는 거야."

문에서 다시 딸깍 소리가 들렸다.

"이제 됐군." 제이콥스가 말했다. 그는 피투성이 얼굴로 섬뜩하게 미소를 지었다.

문이 열리고 두 번째 침입자가 들어왔다. 그는 문이 닫히지 않게 발로 붙들었다. 마스크는 이미 벗은 상태였다.

토비아스 파리스, 일명 칼잡이였다.

"이 개새끼를 죽여." 제이콥스가 나를 가리키며 말했다. "그리고 나서는 이놈의 고양이도 죽이고…." 그는 머리에 난 구멍과 함께 바닥에 쓰러졌다.

"이게 어떻게 된 일이야." 잠시 후, 내 말소리를 들을 수 있을 만큼 귀울림이 잦아들자 내가 말했다.

토비아스는 문을 닫히지 않게 하려고 팔을 뻗어 걸쇠를 열어젖히고는 방금 쐈던 총을 내 손 안으로 밀었다. "이 총을 잡아."

나는 총을 받았다. 토비아스는 제이콥스의 시체로 다가갔다.

"당신이 이자를 죽였어." 내가 말했다.

"아니, 당신이 죽인 거지." 토비아스가 말했다. "이제 총에는 당신 지문이 묻었어." 그는 피가 묻지 않게 조심하면서 시체 옆에 무릎을 꿇었다.

"하지만 당신은 이자와 함께 일했잖아." 나는 토비아스의 마지막 말을 무시하면서 말했다.

"이자 근처에서 일하고 있었지." 토비아스는 시체를 살펴보고 있었다. "이놈 얼굴에 무슨 일이 있었던 거야?"

"내 고양이의 작품이지." 내가 말했다.

토비아스는 끙하는 소리를 냈다. 그러고는 제이콥스의 총을 발견하고는 일어나서 가지고 왔다. 그는 총이 제대로 작동하는지 점검하고는 치워 버렸다.

나는 이 모든 상황을 멍하니 지켜보았다. "날 죽이지 않을 거야?" 내가 물었다.

"당신을 죽이라는 명령은 받지 않았어." 그가 말했다. "살려 두라고 했지."

"그러면 제이콥스는 왜 나를 죽이려고 했는데?"

"내가 당신을 살려 두라고 명령받은 걸 몰랐으니까. 그리고 당신이 임페리얼 스위트룸에 있을 것이라고는 예상하지 못했고."

도브레프가 목표였군. 나는 생각했다. "도브레프는 살았어?"

"아니."

"당신이 죽였군." 내가 말했다.

"아니, 당신이 죽였지." 내가 들고 있는 총 쪽으로 살짝 고개를 돌리면서 말했다.

나는 총을 떨어뜨렸다.

"이제는 좀 늦은 것 같은데, 피처." 토비아스가 말했다.

"무슨 말인지 이해가 안 되는군." 내가 말했다.

"그거 다행이네. 이해할 필요 없어. 뒤집어쓰기만 하면 돼."

문이 벌컥 열리더니, 데이트에서 돌아온 모리슨이 무기를 빼 들고 들어왔다. 토비아스와 나는 손을 들었다.

"엿 같은 일이 일어났군." 모리슨이 토비아스에게 말했다.

"도브레프가 죽었어." 토비아스가 말했다. "찰리가 그를 쐈고, 뒤쫓아 온 경호원까지 쏴 죽였지." 토비아스가 제이콥스의 시체를 가리켰다.

모리슨은 시체를 살펴보았다. 그리고 제이콥스를 알아본 듯 아무 말도 하지 않았다. "좋아." 그녀가 말했다. "이제 실제로 일어난 일을 말해봐."

토비아스가 손가락을 무기력하게 움직였다. "찰리가 롬바르디아 협회를 공격했어." 그가 말했다. "당신네 사람들 몇을 시켜 호텔에 미사일로 테러 공격을 했지. 그리고 용병대를 보내 객실에 있는 협회 회원들을 끌고 나왔어. 회원 중 다섯은 이미 죽었다는 소문이야. 도브레프까지 포함해서." 토비아스는 나를 쳐다보았다.

"당신은 벌집을 건드린 거야, 피처. 앞으로 닥칠 사태에 대한 준비가 되어 있길 바라네."

모리슨은 여전히 권총을 든 채로 토비아스에게 더 가까이 다가갔다. "말했지. 실제로 일어난 일을 얘기하라고."

토비아스는 미소를 지었다. "틸, 이런 얘기 하고 싶지 않은데, 이 건물은 불길에 휩싸였어. 그리고 수사 당국과 기자들이 곧 몰려와서 사건을 파헤칠 거야. 날 계속 위협하든지, 모두에게 골치 아픈 상황이 되기 전에 당신 꼬마와 고양이를 데리고 여기서 빠져나가든지 마음대로 해. 나도 그렇게 할 생각이야."

"당신을 죽일 수도 있어."

토비아스는 계속 손을 들고 있었다. "그럴 생각이었으면 문을 열고 들어오자마자 쐈겠지."

모리슨이 총을 쐈다.

토비아스는 그의 두 발 사이 마룻바닥에 난 총알구멍을 내려다보고는 다시 모리슨을 쳐다보았다. "내 말대로지?"

모리슨은 총을 내렸다. "꺼져." 그녀가 말했다.

토비아스는 나를 보고 능글맞게 웃고는 방을 나갔다.

"헤라는 어디 있죠?" 토비아스가 간 뒤 모리슨이 물었다.

소파 밑에서 야옹 소리가 들렸다.

"나오렴." 그녀가 고양이에게 말했다. "가야 해."

"난 도브레프를 죽이지 않았어요." 헤라가 소파 아래에서 나오자 내가 말했다.

"당신이 죽였다고 생각 안 해요." 모리슨이 말했다.

"저 사람도 죽이지 않았어요." 나는 제이콥스를 가리켰다.

"찰리, 당신이 무고하다고 나에게 확신시킬 필요 없어요." 모리슨이 말하고는 시체를 내려다보았다. 이제야 누군지 알아본 게 분명했다. "하지만 당신 스위트룸에 CIA 요원이 죽어 있어요. 좋은 상황은 아니네요. 토비아스 말이 맞아요. 가야 해요."

헤라가 나를 보고 야옹거렸다. 나는 아래로 손을 뻗어 헤라를 안아 올렸다.

지금 호텔 전체는 혼돈과 불길로 아수라장이었다. 모리슨이 우리를 이끌고 호텔 밖으로 빠져나와 경찰과 소방관을 피해 지방 도로 쪽으로 내려갔다. 그녀는 주세페 가리발디 도로에서 뻗어 나온 골목으로 앞장서 들어간 다음, 편의점 위의 작은 아파트로 갔다.

"여기는 어디죠?" 헤라를 내려놓으며 내가 물었다.

"당신 삼촌이 벨라지오에 오면 머물던 아파트예요." 모리슨이 말했다.

"참 아늑하군요." 내가 말했다.

"폐가예요." 모리슨이 말했다. "하지만 나름의 쓸모가 있죠. 지금 같은 때요. 이제 이탈리아 경찰과 인터폴이 우리를 찾아다니기 전에 여기서 빠져나갈 방법을 마련해야 해요. 그동안에 당신은 실제로 무슨 일이 일어났는지 말해 줘요."

나는 입을 열었다. 하지만 처음으로 나온 말은 놀랍게도 "아, 젠장."이었다.

"뭐라고요?"

"토비아스는 제이콥스를 쐈던 총을 나에게 건넸어요. 그 총에 내 지문이 묻어 있을 거예요. 내 스위트룸 바닥에 그 총이 있어요."

"그거 안 좋군요." 모리슨이 말했다.

"토비아스 말로는 도브레프를 쏜 총도 그거래요."

모리슨은 잠시 나를 쳐다보았다. "우리가 호텔을 나가기 전에 그 정보를 알려 줬어야죠, 찰리."

"호텔은 불길에 뒤덮였고 나는 일종의 쇼크 상태였어요." 내가 말했다. "미안해요."

"당신이 죄를 뒤집어쓸 법한 다른 증거가 있다면 지금 말해요."

"없는 것 같아요."

"다른 데 지문을 남기진 않았어요?"

나는 잠시 생각해보았다. "임페리얼 스위트룸에 있는 바의 맥주 잔에요." 내가 말했다.

"도브레프가 살해된 곳이군요."

"네."

"당신 지문이 묻은 권총과 함께요."

"네."

"찰리."

"느닷없이 일어난 일이었어요." 나는 변명했다.

모리슨은 "이 사람 정말 골칫덩어리 아니니?" 하고 말하는 듯한 표정으로 헤라를 쳐다보았다.

"전부 다 말해 봐요." 마침내 그녀가 내게 말했다.

"그럴게요." 나는 약속했다. "하지만 먼저 내게 말해 줘야 할 게 있어요."

"뭔데요?"

"롬바르디아 협회는 내 어머니의 죽음과 어떤 관계가 있죠?"

20장

 우리는 좁은 계곡을 내려가 제니 베이의, 화물 트럭 안에서는 자연 동굴처럼 보이는 곳에 차를 세웠다. 조셉 윌리엄스는 엔진을 끄고 동굴 안쪽을 가리켰다.
 "여기입니다." 그가 말했다. "여기가 창고예요."
 나는 모리슨, 헤라와 함께 트럭에서 나와 동굴을 향해 다가가다가 30미터쯤 앞에서 발을 멈췄다. 아래쪽은 섬 가장자리의 웃자란 초목들까지 이어진 흙투성이 비포장도로였다. 군데군데 진흙탕이 있었고, 우리 트럭 것 말고 다른 타이어 자국은 보이지 않았다.
 "여기 사람이 다녀간 지는 얼마나 오래됐나요?" 내가 윌리엄스에게 물었다.
 "도로 보수를 담당하는 팀이 있습니다. 6개월마다 다녀가지요." 윌리엄스가 말했다. 그리고 동굴을 가리켰다. "저기는 1년에 한 번씩 직원을 보내 전기 시스템이 정상 작동되는지 점검합니다. 하지만 우리가 처음에 저 안에 물품을 집어넣은 이후로는 창고 문을 연 사람이 없습니다. 삼촌께서 파트너들의 섬 지분 전부를 매입한 직후였을 겁니다. 그러니 한 30년쯤 됐겠군요."
 "당신은 그동안 내내 여기서 일했군요." 나는 그에게 말했다.
 "네. 하지만 지금 말한 그때는 아니었습니다. CIA가 철수하고 이곳이 리조트로 개발되려 할 때부터였죠."

나는 동굴을 향해 걸어가기 시작했다. "여기에 대해 아는 사람이 또 있나요?"

"창고요? 당신 삼촌은 당연히 아셨죠. 그리고 때때로 여기 오시곤 했습니다. 삼촌 회사에서 맡은 역할 때문에 틸도 알죠. 저도 알고, 도로와 전기 보수 담당 직원들도 여기 창고가 있다는 걸 압니다. 창고에 물품을 넣을 때 섬에 왔던 일꾼 몇도 아직 있죠. 섬의 산업 단지의 배치도를 본 사람은 누구나 창고가 있다는 걸 알겠죠. 안전상 이유로 폐쇄되었다고 생각하겠지만요. 이상한 일도 아닙니다. 이 섬에는 영국이나 미국이 팠지만, 안전성에 문제가 있어서 우리가 폐쇄한 동굴이 많습니다. 아시다시피 여기에는 활화산이 있으니까요."

우리는 동굴 안으로 들어섰다. 동굴 입구는 널찍해서 자연 채광이 내부를 환히 밝히고 있었다. 동굴의 제일 먼 쪽 벽은 입구에서 20미터 안쪽이었는데, 그 대부분은 넓고 육중한 문이 차지하고 있었다. 문에는 전통적인 신체 스캐너보다는 아이패드와 비슷해 보이는 손바닥 스캐너가 달린 전자식 키패드가 있었다.

"저건 30년 된 것 같진 않군요."

윌리엄스는 키패드 쪽으로 고개를 기울였다. "흥미롭군요." 그는 모리슨 쪽을 보았다.

"나는 전혀 모르는 일이에요." 그녀는 말했다.

"최근에 교체한 게 분명합니다." 윌리엄스가 의견을 말했다.

"도브레프 말로는 내부 문이 있다더군요." 내가 말했다.

"하나 있었던 게 기억납니다." 윌리엄스가 동의했다.

"창고 안에 뭐가 있는지 아세요?"

"들은 바가 전혀 없습니다." 윌리엄스가 말했다. "창고 안에 뭐가 있는지, 그게 어디서 온 건지 둘 다 모릅니다. 모든 물품은 나무 상자 안에 든 채로 도착했어요. 상자에는 구별되는 표시도 없었어요. 상자에 번호는 있었지만 물품 목록은 없었습니다."

"당신은요?" 나는 모리슨에게 말했다.

"삼촌께서 한 번 언급하신 적이 있어요. '보관소'라고 부르셨죠." 모리슨이 말했다. "그렇게 자주 말씀하진 않았어요."

나는 헤라를 쳐다보았다. "너도 아무것도 모르겠구나." 나는 말했다. 헤라는 나에게 천천히 눈을 깜빡였다.

"창고 안에 2차대전 때 도난당한 보물들이 있다고 안톤 도브레프가 말했다면서요?" 윌리엄스가 말했다.

"그 사람 말로는 그래요."

"가치가 수십억 달러고."

"수천억 달러라더군요." 내가 말했다. "전부 롬바르디아 협회 소유고."

"남은 게 그 정도죠." 모리슨이 말했다. 딱히 흥분한 것 같지는 않았다.

나는 이 말에 고개를 끄덕였다. 그랜드 벨라지오 호텔의 화재로 그 유서 깊은 건물의 상당 부분이 파괴되었다. 그리고 뉴스에 따르면, 이름이 알려지지 않은 회의에 참석하기 위해 도시를 방문한 유명 기업인 몇이 방에서 빠져나오지 못하고 유독가스에 질식해 사망했다. 여기에는 그랜드 벨라지오 호텔의 소유주인 안톤 도브레프도 있었는데, 시신이 거의 숯덩이가 되어서 치과 기록을 통해 신원을 확인해야 했다. 다른 화재 피해자 중 몇 명의 신원은 확인되지 않았다.

화재를 유발하고 건물을 파괴한 폭발의 원인은 호텔 지하실과 벽에서 가스가 누출되었기 때문으로 밝혀졌다. 누출 원인에 대한 조사가 시작되었지만 종료되려면 몇 달, 심지어 몇 년이 걸릴 것이다. SNS나 레딧에서는 코모 호수에서 호텔로 로켓이 발사되었다는 소문이 돌았지만, 말 그대로 소문일 뿐이었다. 사건 당시 벨라지오 호텔 주변의 감시 카메라에서는 결정적 증거가 나오지 않았다.

이 마지막 사실은 상당히 인상적이었다. 누군가가 손을 썼고 상당액의 뇌물이 건네졌을 것이다. 롬바르디아 협회에는 약간의 유동성이 남아 있다는 사실이 밝혀진 셈이다.

그러나 그 결과 그랜드 벨라지오 호텔의 화재는 공식적으로는 암살 시도가 아니라 참사로 취급되었고, 값을 매길 수 없는 귀중한 골동품들이 대화재로 인해 수없이 파괴되고 손상되는 바람에 전 세계 예술 애호가들에게는 비극적 사건이 되었다는 식으로 사건의 성격이 바뀌었다. 언론에서는 도브레프의 지주회사가 받게 될 보험금이 수십억에서 수백억 달러에 이를 것이라고 보도했다.

도브레프가 살아 있었다면 엄청난 부자가 되었을 것이다. 이미 부자긴 하지만 더 큰 부자가 되었겠지.

나는 문에 있는 키패드와 손바닥 스캐너로 다시 관심을 돌렸다. "문제가 있어요." 내가 말했다. "삼촌은 화장되셨어요."

"도브레프가 당신에게 열쇠가 있다고 말했다면서요." 모리슨이 말했다.

"나는 삼촌의 손을 유품으로 간직하고 있지 않아요."

모리슨은 눈을 돌리더니 스캐너 쪽을 손짓했다. "손바닥을 스캐너에 대 봐요, 찰리."

나는 오른손 손바닥을 펴서 스캐너에 댔다.

잠시 침묵이 흐르다가 크고 둔탁한 소리가 났다. 그리고 경첩 달린 거대한 문이 바깥쪽을 향해 천천히, 대형 트럭이 들어갈 수 있을 정도로 활짝 열렸다.

윌리엄스는 기뻐하며 웃었다. "전기 담당 팀이 일을 끝내주게 했군요." 그가 말했다.

나는 모리슨 쪽을 보았다. "어떻게 된 거죠?" 모리슨은 헤라를 내려다보았다. 헤라는 아무것도 모른다는 표정으로 나를 올려다보았다.

"우리 얘기 좀 해야겠다. 너하고 나 둘이." 나는 고양이에게 말했다. 헤라는 야옹 울더니 방금 열린 방 안으로 들어갔다.

방 안에는 긴 형광 튜브 조명이 흐릿하게 비치고 있었다. 첫 번째 체임버에서 10미터 정도 안쪽으로 들어간 곳에 두 번째 문이 있었는데, 첫 번째 문과 같은 크기였다. 문의 옆쪽에는 스캐너가 여섯 개 있었는데, 외부 문에 있었던 것과 같은 종류였다.

"이상하네요." 윌리엄스가 내게 말했다. "도브레프 말로는 암호가 하나라면서요? 그런데 여기에는 스캐너가 여섯 개 있군요."

"그는 내게 암호가 있다고 했는데 그건 내 손바닥 지문을 말하는 거였잖아요." 내가 말했다. "도브레프가 말한 '암호'는 여섯 개의 손바닥 지문인지도 모르죠."

"롬바르디아 협회의 정족수예요." 모리슨이 말했다. "그렇게 많이 살아 있는지는 모르겠지만."

"살아 있어요." 내가 말했다. "간신히 그 숫자만큼요." 칼잡이 토비아스는 화재로 다섯 명의 회원이 죽었다고 내게 말했다. 뉴스 보도에서 그 숫자를 확인해 주었다. 남아프리카 보석 카르텔의 총수인 여섯 번째 회원은 며칠을 넘기지 못할 것이라고 했다. 새 회원이 들어오기 전까지는 롬바르디아 협회의 회원 중 생존자는 여섯 명이다. 제이크 삼촌이 회원이었다면 일곱 명이었을 것이다.

"그럼 사실이었군요." 윌리엄스가 말했다. "당신 삼촌은 협회 회원이었어요." 그는 내부 문과 여섯 개의 손바닥 스캐너 쪽을 손짓했다. "그게 아니면 그들이 보물 문제에 대해 당신 삼촌을 믿을 이유가 없어요."

나는 내부 문 스캐너 중 하나에 충동적으로 손바닥을 가져다 댔다. 아무 일도 일어나지 않았다.

"손 다섯 개가 더 필요해요." 윌리엄스가 조심스럽게 말했다. "설령 당신이 그 여섯 중 하나에 해당하더라도 말이죠."

"알아요." 내가 말했다. "혹시나 해서 해 본 거예요." 나는 내부 문을 다시 쳐다보았다.

모리슨은 내가 문을 쳐다보는 걸 눈치챘다. "괜찮아요?" 그녀가 물었다.

"모르겠어요." 나는 솔직히 말했다. 모르겠으니까.

저 문 뒤에 있는 것 때문에 어머니가 돌아가셨다는 것만큼은 확실히 안다.

"제이크가 언젠가 말해 줬어요. 롬바르디아 협회의 부탁을 들어준 적이 있었다고." 호텔 화재가 있었던 날 밤 모리슨은 내게 그렇게 말했다. 좁고 쓰레기 같은 아파트에서, 이탈리아와 벨라지오를 빠져나갈 안전한 수단을 기다리고 있었을 때였다. "그분은 그들을 위해서 뭔가를 숨겨 줬어요. 오랫동안 숨겨야 한다는 것에 모두가 합의했죠. 그렇게 합의했음에도 회원 중 하나가 그 창고에 접근하고 싶어 했어요. 제이크는 거절했죠. 일주일 뒤, 당신 어머니는 자동차 사고로 돌아가셨어요."

"삼촌은 그 사건의 배후가 롬바르디아 협회라는 것을 확신하셨나요?" 나는 그녀에게 물었다.

"그분은 우연의 일치를 믿지 않았어요." 모리슨이 대답했다. "당신 아버지도 그러셨고요. 제이크에게 들었어요. 장례식 때 당신 아버지가 그를 옆으로 끌고 나가서 다시는 우리 가족 옆에 얼씬도 말라고 했다는 얘기를요."

"아버지는 그 얘기를 한 번도 하신 적이 없어요." 내가 말했다. "사이가 멀어졌다고만 하셨죠."

"당신 아버지는 분명 당신이 고통받는 걸 바라지 않으셨을 거예요. 부모의 사망은 아이에겐 이미 큰 비극이니까요. 어머니가 살해당했다는 걸 알게 되는 건 이미 찢어진 마음에 대못을 하나 더 박는 셈이죠. 그리고 그 살해가 삼촌의 사업 때문이었다면? 상황은 최악으로 치닫죠. 이제 알게 되니 느낌이 어때요?"

"토할 것 같아요." 나는 털어놓았다.

"전에 알았더라도 마찬가지였을 거예요." 모리슨이 말했다. "그나마 위안이 될 얘기라면—당신이 그렇게 볼지는 모르겠지만—그날 이후 삼촌은 그들 하나하나가 매일 그 대가를 치르게 했어요. 돌아가시기 전 마지막 25년 동안 그들의 사업과 계획을 방해했죠. 롬바르디아 협회 회원들이 파산한 건 그들이 충동적이고 어리석어서만이 아니에요. 그게 큰 이유긴 했지만요. 삼촌이 그렇게 몰아갔기 때문에 파산한 거죠."

"25년은 한 집단을 파산으로 몰고 가기에는 긴 시간이죠." 내가 말했다.

"네, 그래요." 모리슨이 말했다. "그들을 파산으로 내몬 게 한두 번이 아니에요. 그들을 갖고 노는 걸 즐기셨죠."

"도브레프만 빼고요." 내가 주장했다.

모리슨은 고개를 저었다. "도브레프도 당했어요. 하지만 적어도 도브레프는 삼촌이 그러는 이유를 이해했어요, 찰리. 당신이 치른 대가를요. 제이크가 그래야만 했던 이유를 존중했어요. 그리고 다른 회원들과는 달리 자기 사업을 잘 운영했어요. 당신 삼촌을 좋아할 수 있었죠. 다른 회원들은 그렇게 할 수 없었지만요."

"제이크 삼촌에겐 그게 그럴 만한 가치가 있었나요?"

"긴 시간에 걸친 복수요?" 모리슨이 물었다. 나는 고개를 끄덕였다. "그분만이 아시겠죠. 그분은 불행하게 돌아가시지 않았어요. 당신이 궁금한 게 그거라면요. 그리고 그분이 내내 그들에 대해서만 생각하고 있었다는 얘기는 아니에요. 대부분 그들과 같은 사업 분야에서 일하셨고, 더 잘하셨죠. 그들에 대해 한 번에 몇 달씩 생각하지는 않으려고 했어요. 하지만 갑자기 당신 어머니 생각이 들거나, 당신 어머니를 떠올리게 하는 무엇인가가 있거나 하면, 그때부터가 문제였죠. 그분은 당신 어머니를 사랑하셨어요."

"그건 알겠어요." 내가 말했다. "나도 어머니를 사랑했어요."

"저 창고 안에 있는 게 무엇이든, 어머니의 목숨만 한 가치는 없어요." 현재로 돌아와서 내가 말했다.

"전적으로 동감합니다." 윌리엄스가 말했다. 우리는 창고 문을 닫고 트럭으로 돌아가 제니 베이로 향했다.

제니 베이 가까이 갔을 때 모리슨의 휴대전화가 울렸다. 그는 발신자 번호를 보고 얼굴을 찌푸리더니 전화를 받았다. "말해." 그녀가 말하고는 귀를 기울였다. "좋아." 마침내 그렇게 말하고는 전화를 끊었다. "받을 수밖에 없었어요."

"누구 전화였는데요?"

"토비아스요."

"칼잡이."

"네, 칼잡이요." 모리슨이 짜증 나서 말했다. "새 직장을 구했대요. 협회 소속으로 일한대요. 아니면 협회의 남은 재산을 위해 일하는 거겠죠."

"선금을 받아 두는 게 좋을 텐데."

"두 시간 뒤 열리는 화상회의에 당신을 초청한다는 말을 전하려고 전화했대요." 모리슨이 내 말을 무시하며 이어갔다. "로베르토 그라타스가 공식적으로 협회를 장악한 것 같아요. 창고에 관한 도브레프의 메모를 손에 넣었다는 뜻이죠. 창고 안에 뭐가 있는지 알고 싶어 하는 것 같아요. 그리고 당신에게 몇 가지를 요구하겠죠."

"요구라고 했나요?"

"처음에는 그게 잘 먹혔으니까요. 아, 하나 더 있어요."

"기대되는군요."

"토비아스가 당신 스위트룸에 있던 총 얘기를 했어요. 그라타스가 가지고 있대요. 당신이 도브레프와 제이쿱스의 살해범이라는 증거를 사들인 거죠. 토비아스 말로는, 당신의 협조 여부에 따라서 그 총을 코모 호수 바닥에 가라앉힐지, 아니면 CIA의 과학수사팀에 보낼지를 결정하겠다는군요."

21장

이게 뭐야? 내가 접시를 들고 헤라의 스위트룸에 들어가자 헤라가 타이핑했다. 제니 베이로 돌아오고 한 시간 뒤였다. 헤라는 자기 책상에 앉아서 타이핑하고 있었다. 나를 며칠 동안 못 본 페르세포네는 깡충깡충 뛰며 야옹거렸다. 안아달라는 게 분명했다.

"감사 선물이야." 나는 말하고 접시를 헤라의 책상 위, 키보드 남쪽에 놓았다. 접시 위에는 제니 베이 구내식당에서 사 온 여러 생선과 어패류가 있었다. 직원은 최고급 해산물로 준비하라는 내 말에 이상하다는 듯 쳐다보았지만, 공식적으로 내가 윗사람이라 시킨 대로, 그것도 넘칠 정도로 가져왔다.

페르세포네는 해산물을 보더니, 안아 달라고 조르는 걸 그만두고 그걸 보러 책상 위로 뛰어 올라갔다. 그걸 보고 나는 이 새끼 고양이의 우선순위 안에서의 내 서열을 알게 되었다.

뭐에 대한 감사 선물? 헤라가 물었다.

"우선, 이탈리아에서 내 목숨을 구해 준 것." 내가 말했다. "그리고 지난 몇 년 동안 '야옹 믹스' 건식 사료만 줬는데도 날 죽이지 않은 것."

난 야옹 믹스 좋아해. 헤라가 대답했다. **인간으로 치면 감자칩 같은 거야. 하나 먹기 시작하면 멈출 수가 없지.**

"알아. 하지만 나라면 감자칩만으로 된 식단을 바라지 않을 것 같아." 내가 말했다.

당신이 없을 때 배달 음식 시켜 먹곤 했어.

"어떻게 그게 가능했는지 궁금해지네."

정확한 주문과 짭짤한 팁 덕분이지. 페르세포네도 먹어도 되지?

"너에 대한 감사 대접이야." 내가 말했다. "원하는 대로 해."

헤라는 짧게 소리를 냈다. 페르세포네는 그걸 보고 좋아서 접시에 코를 박기 시작했다.

"그거 진짜 언어야?" 내가 물었다.

복잡해. 헤라가 타이핑했다. **우리는 인간과는 다르게 설계되었어. 인간과 같은 음역대를 가지고 있지 않아. 하지만 시간이 흐르면서 발성과 몸짓 언어가 어느 정도 진화했어. 우리끼리는 키보드 없이도 기본적인 대화가 가능해. 복잡한 내용은 타이핑을 하지.**

"그건 아직도 놀라워."

가끔은 짜증 날 때도 있어. 개량되지 않은 고양이들은 우리처럼 말하지 못해. 엄청난 오해가 쌓이지.

이 말에 나는 이탈리아로 떠나기 전에 했던, 돌고래들에 관한 대화가 생각났다. 그때 클론 돌고래들은 현실에서 다른 일반 돌고래들과 잘 어울리지 못한다고 들었다. 더 똑똑한 동물을 만드는 게 그들이 무리에서 왕따가 되는 결과를 낳는다는 사실이 안타깝게 생각되었다. 나는 헤라에게 이 점을 말했다.

인간은 왕따 만드는 데는 선수잖아. 헤라가 대답했다. **인간 아닌 다른 종에서 왕따를 만든다고 놀라울 건 없지.**

나는 이 말에 제대로 답할 수 없어서 화제를 돌렸다. "지금은 무슨 일 하고 있어?" 모니터를 가리키며 헤라에게 물었다. 화면에는 창 두 개가 열려 있었다.

이탈리아에서 있었던 일의 보고서를 작성하고 있어.

"내 목숨을 구했다는 내용도 꼭 언급해."

첫머리에 썼어. 헤라가 타이핑했다. **그나저나 당신이 여기 왔으니 한 가지만 물어봐도 돼?**

"물론이야."

대체 왜 당신 숙소로 돌아온 거야? 사지에 몰려 죽을 뻔했잖아.

확실한 답이 떠오르지 않아서 잠시 가만히 있었다. "널 위해 돌아왔어." 내가 말했다.

왜?

"넌 내 고양이잖아. 그리고 너는 엄지발가락이 없고." 그리고 지금 나에게 진짜 친구라고는 너밖에 없으니까. 이렇게 말하려다가 참았다.

대체 엄지발가락이 무슨 상관인데?

"저기. 음… 문 말이야."

참 착하네. 하지만 당신은 나보다 더 중요해.

"그건 모르겠어." 내가 말했다. "나에게 해산물 접시를 가져다준 사람도 없었고."

페르세포네가 그 말에 야옹하고 울었다.

3조 달러 가치의 회사들을 가져다준 사람은 있었지. 헤라가 대답했다.

"물론이야. 하지만 날 걱정하는 사람은 아무도 없어." 내가 말했다. "제이크 삼촌이 나를 후계자로 정한 이유를 모르겠어. 하지만 내가 그분에게 어떤 의미가 있었거나, 그분이 나에 대해 어떤 미안함을 느껴서는 아닐 거야. 모리슨은 삼촌에게 그런 감정이 있었다고 했어. 하지만 그렇다고 해서 악당 사업 깊숙이 밀어 넣을 것 같지는 않아."

그분 나름의 이유가 있었겠지.

"돌아가시기 전에 나한테 얘기해 주셨으면 좋았을걸." 나는 다른 창을 가리켰다. "저기 있는 건 뭐야?"

내가 진행하고 있는 몇 가지 부동산 계약이야.

"부동산?"

알다시피 나도 회사 밖의 삶이 있어.

"나보다 낫네." 내가 말했다. "그거… 합법이야? 부동산을 소유하는 거."

내가 고양이라서 묻는 거야?

"음… 그래."

내가 수익자로 된 신탁이 있고, 인간 변호사가 그걸 관리해. 내가 지시하면 그 변호사가 실행하지.

"그 변호사는 네가 고양이인 걸 알아?"

당신도 알다시피 그건 절대 드러나지 않아.

"그럼 넌 부동산 갑부네."

나는 다양한 포트폴리오를 보유하고 있어. 헤라가 썼다. **대부분은 지루하지만 흥미로운 것도 있어. 개발도상국에 다수 투자하고 있지.**

"위험하게 들리는데."

난 고양이야. 위험쯤은 처리할 수 있어. 최악의 상황이 닥쳐서 돈을 다 잃더라도 누군가는 여전히 내게 먹이를 주겠고 낮잠 잘 곳도 있겠지.

"그거… 놀라울 정도로 냉정한 사고방식이네."

가끔은 인간이 아닌 게 더 나아, 찰리.

::::

"고래들 뒤에 누가 있는지 알 것 같아요." 모리슨이 내게 말했다. 그녀는 그라타스와의 화상 통화 전에 자기와 회의실에서 만나자고 했다. 돌고래 전문가 아스트루드 리브그렌이 그녀와 함께 있었다. 내가 들어갔을 때 모리슨과 리브그렌은 이미 자리에 앉아 있었다. 나는 앉아서 리브그렌에게 고개를 끄덕했다.

"파업을 유보하게 돌고래들을 설득해 주셔서 감사해요." 리브그렌이 내게 말했다. "돌고래들이 산호초 안에 버티고 있었다면 답이 없었을 거예요. 돌고래들에게 뭐라고 하셨어요?"

"아무 말도 하지 않았어요." 내가 말했다. "대장 돌고래는 내가 한참 모자란다고 생각하고 한번 봐주기로 마음먹은 거죠."

"놀라운데요." 리브그렌이 말했다. "73은 늘 못되게 구는 걸 즐기는데."

잠시 후에야 나는 '73'이 대장 돌고래, 일명 '쥐뿔도 신경 안 써'를 말한다는 걸 기억해 냈다. "나는 그 수컷 돌고래가 자신이 받은 대접에 반응하는 거라고 생각합니다." 내가 말했다. "암컷인가요? 난 모르겠지만."

"수컷이에요." 리브그렌이 말했다. "말씀하시는 의미를 잘 이해하지 못하겠네요."

"그 돌고래는 자신이 안 들을 때면 당신이 '또라이'라고 부른다고 하더군요."

"저는 걔가 듣고 있을 때 '또라이'라고 불러요. 그건 이름이 아니라 사실이에요. 진짜 또라이니까요. 나대는 거 보셨죠? 사장님과 처음 만났을 때는 그나마 양반이었어요. 그런 애들을 늘 상대한다고 생각해보세요. 24시간 내내 반항하는 10대 같아요. 진이 빠지죠. 저는 때로 돌고래들에게 마음만큼 다정하게 대하지 못해요. 걔들이 저한테 다정하게 대하는 적이 없으니까요. 73이 사장님을 봐 줬다고 말씀하셨죠? 그게 어떤 기분인지 알고 싶네요."

"잘 모르면서 아는 척한 것 같군요." 잠시 후 내가 말했다. "미안합니다."

"감사합니다." 리브그렌이 말했다. 그녀는 침울하게 미소를 지었다. "여기 들어와서 돌고래들이 정말로 말할 수 있고 우리와 소통할 수 있다는 사실을 알게 되었을 때, 저는 너무나 들떴어요. 서로 많은 걸 배울 수 있겠다고 생각했죠. 하지만 걔들은 저나 다른 인간에게 꺼지라고 말하는 것밖에는 바라지 않는다는 사실을 알게 되었어요. 생각보다 빨리 질려 버리죠."

"상상이 가는군요."

"사장님은 아직 멀었어요. 일주일만 더 산호초 근처에서 지내보면 아시게 될 거예요."

"고래 얘기를 하죠." 모리슨이 재촉했다.

"네." 리브그렌이 말했다. "사장님이 나가 계시는 동안에 돌고래 한 마리가 고래에게 가까이 접근했는데 고래에게 송신기가 달린 걸 발견했어요. 그 고래는 멀찍이 물러났고, 돌고래는 자신이 클론이라는 걸 들키고 싶지 않아 했죠. 그래서 자세한 내용은 많이 알아내지 못했어요. 하지만 그때 미세스 텀텀이…."

"미안하지만," 나는 손을 들었다. "미세스 누구요?"

"미세스 텀텀이요." 리브그렌이 말했다. "고양이 정보부 부장이에요."

나는 모리슨을 쳐다보았다. "부장을 '미세스 텀텀(아기들이 배 〔stomach〕를 줄여 부르는 tummy의 혀짤배기소리 - 옮긴이〕'이라 불러요?"

"네, 그런데요?"

"모르겠네요." 나는 솔직히 말했다. "'미세스 텀텀'이라는 이름의 누군가가 포함된 진지한 논의가 있을 거라고는 예상하지 못해서요."

"그녀 탓이 아니에요." 모리슨이 말했다. "몇몇 인간들이 새끼 고양이였을 때부터 그렇게 불렀어요. 인간들은 때로 고양이에게 정말 엿 같은 이름을 붙이죠. 고양이가 아니라 인간이 문제예요."

"미세스 텀텀은 성 말고 이름이 있나요?"

모리슨은 이상하다는 듯 나를 쳐다보았다. "아니요. 그냥 '미세스 텀텀'이에요. 더 격식을 차려 부르자면 미세스 텀텀 부장이 되겠죠."

"그냥 '텀텀 부장'이 아니라?"

"아니죠. '미세스 텀텀'이 그녀의 이름이에요. '미세스'는 경칭으로 붙인 게 아니에요."

"하지만…."

"찰리, 잠깐이라도 빌어먹을 집중 좀 할 수 없어요?" 모리슨이 물었다.

"맞아요. 미안합니다." 내가 말했다. 그리고 리브그렌 쪽으로 다시 몸을 돌렸다. "미세스 텀텀 부장이…." 나는 이야기를 유도했다.

"부장님은 고래들이 수면 위로 떠올랐을 때 무선 신호를 스캔하자는 아이디어를 냈어요. 우리는 페리 중 하나에 스캐너를 설치하고, 고래들이 수면 위로 떠오를 때마다 신호를 스캔했죠."

"고래들이 전화하는지 보려는 것이었군요." 내가 말했다.

"맞아요."

"바다에 휴대전화 송신탑이 있나요?" 내가 물었다.

"아니요. 신호가 나가는 방향은 그쪽이 아니었어요."

나는 무슨 얘기인지 알아차렸다. "위성이군요." 내가 말했다.

모리슨은 벌써 휴대전화를 꺼내 내 쪽으로 들어, 착(Chac) 앱에서 캡처한 스크린샷을 보여 주었다. "그냥 위성이 아니에요. 김지종의 회사에서 쏘아 올린 통신 위성이죠."

"고래 전용 위성은 아니겠군요."

"네, 당연히 아니겠죠. 하지만 그런 것 같기도 해요."

"이 고래들도 클론인가요?" 내가 물었다. "우리 돌고래들처럼?"

"모르겠습니다." 리브그렌이 말했다. "우리 돌고래들이 본 바로는 그 고래들이 클론이라는 증거는 없었습니다. 하지만 클론이 아니라면, 훈련을 철저히 받은 고래일 겁니다."

나는 모리슨을 쳐다보았다. "김지종의 회사 중에 고래와 관련된 게 있나요?"

"김지종의 재벌 그룹은 19세기에 어업과 포경으로 시작했다가 전자, 미디어, 중공업 회사로 변신했어요." 모리슨이 말했다. "하지만 부산에 해상공원을 소유해서 과거의 유산과 관계를 유지하고 있죠. 그러니 가능한 얘기예요. 하지만 김지종이 고래들을 훈련시킨다든가, 롬바르디아 협회 회의에서 그런 얘기를 했다든가 하는 정보를 그쪽 내부에 있는 우리 정보원들이 보내온 적은 없어요."

나는 고양이를 데리고 있는 회원들로 가득한 귀빈용 라운지를 다시 생각해 보았다. 그들은 끄나풀이 있다고 분명히 의심하고 있었다.

그러자 뭔가 떠올랐다. "뜬금없는 소리 같지만…" 내가 말했다. "우리 고양이 중에 그랜드 벨라지오 호텔 화재 때 죽은 애들이 있나요?"

"정말 뜬금없네요." 모리슨이 말했다. "하지만 대답하자면, 죽은 고양이는 없어요. 한두 마리가 유독가스를 마셔서 고생했지만 다른 애들은 무사해요. 주인이 사망한 고양이들은 지역 안가로 옮겨서 보고를 들었죠."

"고양이를 위한 안가가 있어요?" 내가 물었다.

"우리는 고양이가 많아요, 찰리." 모리슨이 말했다. "가끔은 위기를 피할 곳이 있어야죠."

나는 다시 관심을 리브그렌에게 돌렸다. 그녀는 이 딴 데로 빠진 이야기를 재미있어하는 것 같았다. "고래들이 뭘 찾고 있는 것 같나요?" 내가 물었다.

"모르겠습니다." 그녀가 말했다. "현재로서는 그 고래들이 세인트 주느비에브 섬에 누가, 무엇이 들어오고 나가는지 정찰해서 보고하고 있다고 추정하는 게 다입니다." 나는 손을 들었다. "그 '보고'라는 게, 그 위성 송신기에 외부에서 조종하는 카메라 같은 게 달려 있다는 것인지, 아니면 그 고래들이 우리 돌고래들처럼 클론이라서 실제 보고를 하는 것인지는 알 수 없겠군요." 나는 손을 내렸다.

"고래들이 뭘 하든, 협회를 위해 하고 있는 거예요." 모리슨이 말했다.

"그게 문제가 되나요?" 내가 물었다. "고래가 할 수 있는 일을 첩보 위성이 못 할까요? 내가 여기 왔을 때 우리 위치는 구글 맵에도 나와 있다고 윌리엄스가 그랬는데."

"모르겠습니다." 리브그렌이 되풀이했다. "다들 걱정하는 게 그 점이죠."

"돌고래들을 다시 내보내서 정보를 수집하게 해야 합니다."

리브그렌이 다시 의자에 기댔다. "그게 바로 문제입니다. 73은 사장님이 이탈리아에서 돌아오실 때까지만 파업을 유보한다고 했어요."

"'돌아온다면'이라고 말했던 걸로 기억나네요."

"네, 통역상의 차이는 있었겠네요." 리브그렌이 말했다. "그 말이 이해는 됩니다. 못 돌아오실 뻔했으니까요."

"고양이가 내 목숨을 구했어요."

"다행이군요. 이제는 사장님이 돌아오셨다는 게 핵심입니다. 그리고 지금 돌고래들은 바다에 나가지 않고 있죠."

"파업 중이니까요." 내가 말했다.

"엄밀히 말하자면 파업이 아닙니다." 리브그렌이 말했다. "상한 물고기를 먹어서 식중독에 걸렸다고 주장하고 있어요."

나는 이 말에 이상하게 기분이 좋아져서 활짝 웃었다. "돌고래들이 병가를 냈군요."

"그런 셈입니다. 사장님과 다시 만나기 전까지는 계속 아프다고 우길 것 같네요."

"먼저 날 무시하고 위협할 사람들과 화상회의를 해야 합니다." 내가 말했다. "그다음에 일정을 잡죠."

22장

나를 무시하고 위협할 사람들과의 화상회의 시간이 되었다.

"잠깐만요." 윌리엄스가 내 앞에 노트북을 놓자 내가 말했다. "컴퓨터로 화상회의를 하나요?"

"그라타스가 줌 링크를 보냈습니다." 윌리엄스가 내게 말했다. 노트북에는 이미 어플리케이션이 열려 있었고 '호스트를 기다리고 있습니다' 공지가 화면에 떠 있었다.

"다른 방법은 없나요?" 내가 물었다.

"어떤 걸 원하는데요?" 모리슨이 물었다. 그녀는 회의실에 함께 있었다. 아까 리브그렌과 회의했던 그 방이었다. '악당'에 관한 오리엔테이션을 받았고, 모리슨과 함께 CIA 변절자인 에반 제이콥스를 '심문'했던 방이기도 했다.

"솔직히 말해 300인치 스크린이 걸린 대형 상황실을 생각했어요." 내가 말했다. 나는 노트북을 가리켰다. "이건 좀 하찮아 보이네요."

모리슨은 윌리엄스 쪽으로 고개를 까딱했다. "대형 상황실이 없는 이유는 저 사람에게 물어보세요."

나는 윌리엄스 쪽으로 몸을 돌렸다. "왜 없죠?"

"고려하긴 했습니다." 윌리엄스가 말했다. "삼촌께서 섬을 매입하신 초창기에요. 하지만 그분이 반대하셨죠."

"왜요?"

"기술적, 구조적 이유가 많았죠. 하지만 무엇보다 그분이 구두쇠여서요."

"재산이 3조 달러였어요." 내가 말했다. "물 쓰듯 써도 되는 거 아닌가요."

윌리엄스는 고개를 저었다. "그분은 그런 스타일이 아니었어요. 비용 절감이 우선이셨죠. 시스템을 업그레이드해야 한다고 제가 들이받은 적도 있어요. 작년까지도 윈도우 7이 설치된 컴퓨터를 쓰고 있었죠."

"컴퓨터 보안은 걱정하지 않으셨나요?"

"저도 그 얘기를 했어요." 윌리엄스가 말했다. "그제야 마지못해 업그레이드를 승인하셨죠."

나는 모리슨을 쳐다보았다. "여기는 유전공학으로 만들어진 돌고래와 위성을 격추할 수 있는 레이저를 가진 조직 치고는 평범하군요."

모리슨은 어깨를 으쓱했다. "삼촌께서는 미학적인 쪽에 돈을 쓰려고 하지 않으셨어요. 실용적인 악당이셨죠."

"난 좀 더 악당다워 보이는 상황실을 원해요."

"그래요? 정말로?"

나는 윌리엄스 쪽으로 몸을 돌렸다. "돈이 얼마나 들까요?"

"007 영화의 악당들이 쓰는 것 같은 장비가 갖춰진 곳이요?" 그가 물었다.

"네."

"계산해 보겠습니다."

"대략적인 금액만 말해 봐요."

"5000만 달러요."

나는 숨이 막혔다. "방 하나에?"

"300인치 스크린을 말씀하셨죠. 그것만도 몇 백만 합니다."

"빔프로젝터 같은 것도 있잖아요."

윌리엄스는 고개를 저었다. "아니요, 찰리." 그가 말했다. "우리는 지하실에 맨 케이브(가족들로부터 떨어져 휴식이나 취미 활동을 할 수 있는, 남자를 위한 공간-옮긴이)를 만드는 게 아닙니다. 악당의 본부를 짓는 데는 천문학적인 돈이 들어갑니다."

"스펙터 본부의 장비 일체, 아니면 회의실 안의 노트북, 둘 중 하나라는 말이군요."

"네, 맞습니다." 윌리엄스가 말했다.

나는 노트북을 못마땅하게 쳐다보았다.

"이젠 당신도 구두쇠가 됐네요." 모리슨이 한마디 했다.

"초대형 TV에 몇 백만은 쓰지 않을 거예요." 내가 말했다.

"절약 정신에 박수를 보낼게요." 모리슨이 말했다. "하지만 아직 돈 쓰는 법을 몰라서 그런 것 같아요."

"배우면 달라질 수도 있죠."

"제발 그러지 말아요."

노트북에서 삑 소리가 나더니 화면에 로베르토 그라타스의 얼굴이 저화질로 나타났다.

"이런, 당신 노트북 웹캠 화질이 형편없네요." 내가 말했다.

그라타스가 뭔가 말했지만, 오디오가 들리지 않았다.

"사운드 켜요." 내가 말했다. 그리고 그가 갈팡질팡하는 것 같아서 한 번 더 되풀이했다.

"이제 들리나?" 그라타스가 말했다.

"네. 이제 들리네요." 지금 윌리엄스는 프레임 밖으로 나갔고, 모리슨은 노트북 반대쪽에서 아무 말도 하지 않고 있었다. 그라타스는 내가 방 안에 혼자 있는 줄 알 것이다.

"우린 할 얘기가 많지. 자네와 나 말이야." 그라타스가 말했다. 협박조로 들리게 하려고 애쓰는 게 노트북의 소형 스피커를 통해서도 알 수 있었다.

"이 통화 암호화됐습니까?" 말을 자르며 내가 물었다.

그라타스는 말을 멈추고 다시 어리둥절해했다. "뭐라고?"

"이 통화 말입니다." 내가 되풀이했다. "암호화되었냐고요?"

"그래, 그런 것 같다." 그라타스는 다시 협박조로 돌아가려고 애썼다.

"암호화됐다면 화면에 작은 자물쇠 아이콘이 있어야 하는데 보이지 않는군요." 다시 그의 협박조를 끊으며 내가 말했다.

"괜찮네. 확실해."

"정말인가요? 분명히 말하는데 우리가 나누게 될 대화를 인터폴이나 미국 국가안보국이 들을 수 있다고 생각하면 마음이 불편합니다. 정말 이 통화가 암호화됐다고 확신하나요?"

"그래, 그래. 확신하네."

"당신이 줌 앱에 들어와서 암호화 설정을 켰다는 말이죠?" 내가 말했다.

"그래, 내가 했네."

"좋습니다. 어떻게 했는지 말해 보시죠."

"뭐라고?" 그라타스가 다시 말했다.

"암호화 설정을 직접 켰다고 했잖습니까. 그러니 어떻게 했는지 말해 보라고요. 화면에 작은 자물쇠 아이콘이 안 보입니다."

"빌어먹을 자물쇠 아이콘은 잊어버려!" 그라타스가 폭발했다. "그건 쥐뿔도 중요치 않아! 정말 중요한 건 이거야, 이 좆만 한 새 끼…."

나는 연결을 끊으며 노트북을 덮었다.

"세게 나가시는군요." 윌리엄스가 찬성하듯 말했다.

"대형 스크린에서 했으면 더 멋졌을 텐데." 내가 말했다.

"대형 스크린을 그렇게 덮으면 큰일 나요." 모리슨이 말했다.

"내 말 무슨 뜻인지 알잖아요."

모리슨의 휴대전화가 울렸다. 그녀는 휴대전화를 보더니 미소를 지으며 전화를 받았다. "안녕, 토비아스." 그녀가 말했다.

그녀의 휴대전화 스피커에서 토비아스의 목소리가 희미하게 흘러나오는 걸 들을 수 있었다. 그리고 더 희미하게 누군가의 분노에 찬 잡음이 들렸다. 그라타스가 소리 지르는 것 같았다.

"음, 음." 토비아스가 얘기하는 동안 모리슨이 말했다. "음, 음. 자, 봐. 찰리는 잘못하지 않았어. 그렇지? 당신 보스가 보안되지 않은 채널로 어리석은 얘기를 할 뻔했어." 잠시 침묵이 흘렀다. "그게 진짜 핵심이잖아? 누가 듣기를 원한다면 모를까." 또 침묵이 흘렀다. "우리한테 성질내지 말라고 해. 기술에 무지한 건 그라타스 본인이잖아, 토비아스. 생각해 봐. 이 통화도 암호화됐어?" 토비아스가 대답도 하기 전에 모리슨은 전화를 끊었다.

"먼저 끊는 거 기분 좋죠?" 내가 말했다.

"전에도 먼저 끊은 적 있어요."

몇 분 뒤 모리슨의 휴대전화가 다시 울렸다. "준비가 된 것 같군요." 그녀가 나에게 말했다. "이번에는 암호화했을 거예요." 나는 노트북을 윌리엄스에게 건네, 이메일로 보낸 줌 링크를 받게 했다.

그는 링크를 열고 나에게 노트북을 다시 건넸다.

그라타스가 소리를 지르며 화면에 곧바로 등장했다. 화면에는 작은 자물쇠 아이콘이 있었다.

"오디오가 아직 꺼져 있어요." 내가 점잖게 말했다.

그라타스는 장황한 비난을 멈추지 않으면서 자기 컴퓨터를 손으로 때렸다. "…그리고 귀때기 씻고 잘 들어, 이 좆만 한 새끼…."

나는 다시 노트북을 덮었다.

"그라타스 풍 맞겠어요" 모리슨이 말했다.

"너무 무례하게 굴어서요." 내가 말했다.

모리슨의 휴대전화가 다시 울렸다. "이 통화 아직 암호화 안 된 것 같은데." 그녀는 일종의 환영 인사로 휴대전화에 대고 이렇게 말했다. "당신 보스는 저렇게 길길이 날뛰면서 대화하려고 하면 안 돼. 찰리가 좋게 받아들이지 않아." 다시 침묵이 흘렀다. "아니, 모르는 건 당신 같은데, 토비아스." 모리슨이 말했다. "당신과는 달리, 찰리는 지금 그라타스 밑에서 일하지 않아. 그의 엿 같은 행동을 참아줄 필요가 없어. 그라타스와 찰리는 동료야. 지금은 찰리 재산이 그라타스가 몇 배는 많지만 말이지. 그러니 그라타스는 찰리를 조금 더 존중해야 해." 다시 침묵이 흘렀다. "음, 음, 좋아. 그라타스에게 통화 다시 끊기고 싶지 않으면, 다음번에는 욕설 빼고 얘기하라고 전해. 통화 시작하기 전에 마이크 켜라고도 전하고." 모리슨이 전화를 끊었다.

"생각보다 훨씬 재미있는데요." 내가 털어놓았다.

모리슨의 휴대전화에서 소리가 들렸다. 이번에는 문자였다. "다시 준비된 것 같네요." 그녀가 말했다. 나는 다시 노트북을 윌리엄스에게 건넸고, 그는 모든 준비를 마쳤다.

이번에는 자물쇠 아이콘도 있었고 그라타스의 마이크도 켜져 있었다. "안녕하신가, 찰리." 그라타스가 말했다. 이를 악물고 있는 게 뻔했다.

"안녕하십니까." 내가 말했다.

"좋은 하루 보내고 있나?"

"지금까지는 그렇습니다." 내가 말했다. "여기 카리브 제도 남부는 화창합니다. 당신은요?"

"그리 좋지는 않네." 그라타스가 말했다. "자네도 알다시피 나는 상중일세. 누군가가 그랜드 벨라지오 호텔에 불을 질러 내 좋은 친구 안톤 도브레프, 그리고 롬바르디아 협회의 다른 동료 다섯을 죽였지."

"삼가 조의를 표합니다."

"고맙네. 하지만 둘 다 알다시피 그건 자네 짓이잖나, 찰리."

"저는 그 일과 아무 관련이 없습니다." 내가 말했다.

"그러지 말게." 그라타스가 말했다. "나에게 그런 거짓말 하지 말라고. 그런 게 통하리라 생각한다면 나에 대한 모욕일세."

"거짓말이 아닙니다." 내가 말했다. "저도 그 공격으로 거의 죽을 뻔했어요." 나는 그라타스를 지나 토비아스를 쳐다보았다. 그는 그라타스의 화면 뒤쪽에 도사리고 있었다. "토비아스는 진실을 압니다."

"그래, 알지." 그라타스가 말했다. "그리고 토비아스가 내게 말해 준 내용은 자네가 방금 말한 것과 상충하네. 묻고 싶군. 내가 누구 말을 믿어야 하나? 오랜 세월 동안 알아 왔고, 때로는 내 밑에서 일하기도 했던 토비아스인가? 아니면 일주일 전만 해도 하급 고등학교에서 열세 살짜리 애들에게 화재 대피 요령이나 지도하던 자네인가?"

"지금은 중학교라고 부릅니다."

"적어 뒀다 나중에 참고하지. 하지만 찰리, 핵심은 나는 토비아스를 안다는 거네. 자네에 대해서는 모르고. 하지만 자네에 관한 일들은 잘 알지."

"그러시겠죠."

"그렇다네. 찰리, 자네가 안톤을 살해해서 롬바르디아 협회의 실권은 내게 넘어왔네. 그리고 어제 자네가 안전하다고 생각하는 그 작은 섬으로 겁쟁이처럼 도망쳤을 때, 나는 안톤이 남긴 메모를 건네받았지. 보통 우리는 기록을 하지 않네. 하지만 안톤은 지속성이 중요하다는 걸 누구보다도 이해했다네. 심지어, 어쩌면 특히, 우리 같은 그룹에는 말일세. 그 메모에 어떤 내용이 있는지 아나?"

"말할 수 없습니다." 내가 말했다.

"그 메모에 따르면, 사실 자네 삼촌은 내내 롬바르디아 협회의 일원이었네." 그라타스가 말했다. "심지어 내가 들어오기 전부터였지. 하지만 그러다가 떠나더니 협회에 맞서기 시작했네. 그가 오랫동안 회원으로 활동하지 않았고, 이전 회원들은 그 문제를 논하지 않기로 정했기 때문에 우리 나머지 회원들은 그 사실을 전혀 알지 못했지. 하지만 이제 나는 알고 있다네. 그건 자네도 협회의 일원이라는 뜻이야, 찰리. 자네 삼촌의 자리를 물려받은 거지. 축하하네."

"가입비를 안 내도 된다는 말 같습니다만." 내가 말했다.

그라타스는 이 말에 빙긋 웃었다. "맞는 얘기야." 그가 말했다. "하지만 그에 관련된 얘기가 있네. 협회 회원은 매년 연회비를 내야 하네. 연간 수익의 5퍼센트. 하지만 자네 삼촌은 입 씻었네."

"협회를 떠났기 때문이죠."

"아니, 떠날 수 없네. 회의에 참석하지 않을 수는 있지만 협회를 떠날 수는 없어. 그러니 자네 삼촌은 연회비가 밀린 거네, 찰리. 지난 30여 년간의 수익의 5퍼센트 말일세. 자네는 그의 자리를 이어받았으니 채무도 승계했지. 확실치는 않지만 1500억 달러쯤인 것 같군."

"과해 보이는데요." 내가 말했다.

"잠깐만, 그것 말고 더 있네." 그라타스가 말했다. "듣자 하니 자네 삼촌은 협회를 위해 창고에 몇 가지 물건을 보관하고 있다더군. 2000억 달러의 가치가 있는 물건들을 말이지. 자네 삼촌은 그것들을 위탁받고서는 절대 돌려주지 않기로 결심한 것 같군."

"그분 나름의 이유가 있었습니다." 내가 말했다.

"그건 의심하지 않네. 하지만 그게 무엇이든, 자네 삼촌이 죽으면서 그 이유도 따라 사라졌어. 그래서 협회 회장으로서 나는 그 물건들을 돌려주길 바라네, 찰리."

"왜 제가 그 물건들의 소재를 안다고 생각하십니까?"

"도브레프의 메모에 자네에게 그걸 알려 줄 생각이었다고 적혀 있었기 때문이지. 아마 그래서 자네는 그를 죽였을 거야. 그를 죽이면 그 비밀도 함께 묻히고, 보물은 자네 차지라고 생각했겠지. 그 늙은이가 자네보다 똑똑했던 것 같군. 자, 이래도 그 창고에 대해 모른다고 발뺌할 셈인가?"

"듣긴 했습니다." 내가 말했다.

"그럼 내가 그걸 돌려받아도 이의 없겠지?"

"사실은 이의 있습니다."

"뭐라고?"

"그 창고에 있는 물건 때문에 협회의 누군가가 제 어머니를 죽였습니다. 그래서 제이크 삼촌이 협회를 떠났고요."

그라타스는 이맛살을 찌푸리며 컴퓨터를 뚫어져라 들여다보았다. "대체 그게 무슨 소린가?"

"삼촌 나름의 이유가 있었다고 아까 말했죠." 내가 말했다. "이제 그 이유를 아셨습니다. 삼촌의 이유는 그분과 함께 묻혔습니다. 하지만 제 이유는 그렇지 않죠."

"말도 안 되는 얘기야." 그라타스가 말했다. "자네 어머니의 죽음은 이 일과 아무 관계가 없네."

"꽤 확신하고 계시는군요. 언제부터요? 어제? 당신은 창고가 존재한다는 사실조차 몰랐습니다."

"찰리…."

나는 노트북을 덮으려고 손을 뻗었다.

"그러지 말게." 그라타스가 경고했다.

나는 잠시 멈췄다. "그럼 어쩌려고요? 당신이 내게 뭘 할 수 있습니까, 그라타스? 롬바르디아 협회는 날아갔어요. 어차피 돈도 없습니다. 당신과 협회의 다른 회원들은 파산했거나 아니면 어딘가 손댈 수 없는 곳에 돈이 묶여 있겠죠. 지금 할 수 있는 일이라고는 줌을 통해 나를 협박하는 것밖에 없습니다."

그라타스는 이 말에 능글맞게 웃었다. "정말 확신하나, 찰리?"

"확신하죠." 내가 말했다. "보세요. 난 이 악당 사업에 막 발을 디딘 초짜인지도 모릅니다. 하지만 당신들이 이 일을 잘하지 못한다는 사실을 이미 알죠. 당신은 그 자리를 당신 아버지에게서 물려받았습니다. 그리고 당신은 아버지가 했던 일, 당신 할아버지가 당신 아버지 전에 했던 일을 그대로 한다고 생각했죠. 당신은 전 세계의 비극을 이용했고, 그 비극이 당신 생각만큼 빨리 일어나지 않으면 몇 가지를 직접 일으키기도 했을 겁니다. 그리고 똑똑하고 젊은 예스맨들을 심고 또 심어 일구었겠죠. 그 예스맨들의 에고를 부풀렸을 겁니다. 그래야 당신이 그들의 재능을 얼마나 많이 훔쳐 가는지 모를 테니까요. 당신은 눈에 띄지 않는 곳에서 세계의 운명을 좌우하고 있다고 확신했겠죠. 그러다 탐욕스러워지거나, 게을러지거나, 당신 자신의 홍보자료를 믿게 된 겁니다. 아니면 이 전부가 동시에 일어났을 수도 있겠죠. 당신은 우리 삼촌이나 다른 사람들과의 경쟁에서 밀렸습니다. 그리고 이제 벼랑 끝에 몰렸고, 거기서 빠져나갈 방법은 내게서 무엇인가를 뜯어내는 것뿐이죠. 당신은 악당이 아닙니다, 그라타스. 형편없는 사업가일 뿐이죠."

"명연설 잘 들었네, 찰리." 잠시 후 그라타스가 말했다. "하지만 자네는 세상이 자네 생각과는 다르다는 걸 이해하지 못하는 것 같군." 그는 손을 들었다. "다 맞는 말이야. 자네의 견해 — 자네의 신념 — 이 있다는 것도, 우리가 어떤 사람들인지 제대로 파악해서 가입을 거부한다는 것도 존중하네. 하지만 자네가 힘이 없다면 그게 다 무슨 소용인가? 자네가 어떤 사람인지 보여 줘서 고맙네. 답례로 내가 어떤 사람인지 자네에게 보여 주지." 그는 팔을 뻗더니 연결을 끊으며 노트북을 덮었다.

"잘됐네요." 모리슨이 말했다.

"예상보다는요." 내가 말했다. 나는 그라타스가 정말로 내 지문이 묻은 권총을 FBI에 보낸다면 어떻게 될지 모리슨에게 물어보려고 했다. 하지만 폭발 소리가 그 질문을 막았다.

제니 베이가 공격당하고 있었다.

23장

제니 베이의 부두는 초토화됐다. 그리고 페리 세 척 중 둘—제니퍼 로페즈 호와 제니퍼 틸리 호—이 침몰했다. 폭발은 제니 베이를 뒤흔들었고, 창문이 산산이 깨지고 화재가 발생했다. 직원들과 과학자들이 소화기를 들고 서둘러 돌아다니며 여기저기 붙은 불이 더 번지기 전에 끄고 있었다.

나는 파괴된 부두에 서서 로페즈 호의 잔해를 보고 있었다. 잔해 일부는 물 위로 떠서 올라와 있었다.

"사망자가 있나요?" 나는 내 뒤에 서 있는 모리슨에게 물었다.

"알아보고 있어요." 그녀가 말했다. "틸리 호는 수리를 위해 정박 중이어서 선내에 승무원이 없었어요. 로페즈 호는 보급품을 실으러 오늘 늦게 출항할 예정이었죠. 로렌스 호는 지금 그레나다에서 직원들 몇을 태우고 있어요."

"거기 머물라고 해요." 나는 말하고 모리슨 쪽으로 몸을 돌렸다. "그래야 합니다. 여긴 그 배를 정박시킬 자리가 없어요."

"필요하다면 돌고래 산호초를 이용해 드나들 수는 있어요. 돌고래들은 좋아하지 않겠지만요. 하긴 돌고래들은 모든 걸 좋아하지 않죠."

나는 제니 베이의 나머지 부분을 가리켰다. "그밖에는요?"

"지금은 괜찮아요." 모리슨이 말했다. "부서진 유리창과 국지적인 화재 빼면 산업 단지는 무사하다고 윌리엄스가 말했어요. 공격은 부두와 페리에 집중되었어요. 직접적인 목표였죠."

"전기가 나갈 위험은 없나요?"

모리슨은 고개를 저었다. "우리는 지열을 써요. 발전기 시스템은 전부 지하 깊숙이 있죠. 섬에는 사망자나 중상자가 없어요. 날아온 유리 조각에 심하게 베인 사람이 한둘 있지만, 그게 다예요."

나는 고개를 끄덕였다. "그럼 이건 기본적으로 경고 사격이군요." 내가 말했다.

"그런 것 같아요." 모리슨이 동의했다.

"내 탓이에요."

"그라타스의 불알을 너무 세게 움켜쥐었어요, 찰리."

"그때는 그게 최선인 것 같았어요."

"나쁜 생각은 아니었어요. 그가 보복할 수 있다는 생각을 못 한 것뿐이죠."

"다음부턴 명심할게요."

"그래야죠."

나는 지금의 난장판 쪽으로 몸짓했다. "어떻게 이런 일이 일어났죠?"

모리슨은 부두의 잔해 쪽을 쳐다보았다. "미사일이냐 폭탄이냐고 물어보는 건가요? 미사일 같아요. 누군가 해변으로 잠입해서 깜짝 선물을 설치했다면 우리가 알았을 거예요."

"그럼 미사일 아니면… 어뢰겠군요." 내가 말했다.

"어뢰일 수도 있어요." 모리슨이 말했다. "그라타스나 협회가 잠수함을 보유하고 있다고 생각해요?"

"잠수함이 필요할 것 같지 않네요."

모리슨은 금세 알아들었다. "고래군요."

"고래에게 어뢰를 어떻게 장착하는지는 모르겠어요. 하지만 그거 빼면, 맞는 것 같아요."

"당신이 돌고래들과 얘기해 봐야겠어요." 모리슨이 말했다.

나는 웃었다. 솔직히 제정신으로 웃은 건 아니었다.

모리슨도 알아챘다. "괜찮아요?"

"주차장 사업은 어떻게 돼 가요?" 내가 그녀에게 물었다.

"뭐라고요?"

"삼촌 사업 중에서 합법적인 부분 말이에요. 이 모든 빌어먹을 일이 시작된 이래, 그 문제에 대해서는 한 번도 얘기한 적이 없잖아요. 어떻게 돼 가요? 내가 알아야 할 긴급한 문제가 있나요? 어쨌거나 CEO인 내가 관여해야 할 일은요?"

"제이크는 BLP의 이사회 의장이었어요." 모리슨이 말했다. "BLP에는 CEO와 임원들이 있어요. 다들 자기 일을 잘하고 있죠."

"그래도 난 뭐라도 알아야겠어요." 나는 강조했다. "나는 카리브해의 섬에서, 어뢰를 장착한 고래에 대해 논의해야 하죠. 논의 상대는 파업 중인 돌고래들이고요. 고래를 무장시킨 건 악당들의 비밀 조직이며, 그 조직은 빌어먹을 나치가 피해국에서 약탈한 보물들로 가득한 창고에 접근하려고 해요. 그리고 그 보물을 얻기 위해 나의 화산 은신처를 날려 버리려고 하고."

"그렇게 말하니까 좀 웃기게 들리기는 하네요." 잠시 후 모리슨이 말했다.

"고마워요."

"하지만 삼촌은 주차장 사업을 운영하기 위해 당신을 필요로 한 게 아니었어요." 모리슨이 말을 이었다. "제대로 잘 돌아가고 있는 회사 걱정을 하라고 한 게 아니었죠. 삼촌은 이 일에 당신이 필요했어요, 찰리."

"나는 이 일에 대해 아무것도 몰라요!" 내가 말했다. "나는 파업 중인 돌고래를, 어뢰를 장착한 고래를, 사악한 음모를 어떻게 처리해야 할지 모른다고요. 당신은 이 모든 일을 나보다 잘 알죠. 눈치챘는지 모르겠지만, 나는 내가 지금 뭘 하는지 알고 있다는 인상을 주기 위해 내내 당신에게 크게 의지해 왔어요."

"헤라한테도 의지해 왔죠." 모리슨이 지적했다.

"타이핑하는 고양이님이죠! 건물주님이고!"

"이봐요, 찰리. 삼촌이 왜 당신을 이 일에 최적임자로 생각했는지 지금 여기서 말할 수는 없어요. 당신 곁에 있어 주지 못했던 안타까움과 관계가 있을지도 모르죠. 삼촌은 당신 어머니에 대한 죄책감에 내내 괴로워했고, 당신을 통해 자신을 용서하고 싶었을 수도 있어요. 타고난 능력과 기량에 못 미치는 삶을 살아가는 당신을 멀리서 보면서, 정신 차리게 해 주고 싶었을지도 모르죠. 어쩌면 이 모든 것과 관계없을 수도 있어요. 내가 지금 여기서 할 수 있는 말만 할게요. 당신 삼촌은 실수를 절대 하지 않으셨어요."

"베리 스푼과 함께 보낸 메모는요?" 내가 말했다.

"당신 삼촌은 실수를 '거의' 하지 않으셨어요." 모리슨이 바로잡았다. "그분은 당신이 지금 여기서 이 일을 해야 한다고 판단하셨어요. 약간의 믿음이 있으셨겠죠. 당신도 자신에 대한 믿음을 조금 가지라는 말이에요."

"아니면 당신과 헤라에 대한 믿음을 가지거나요."

"더한 일들도 해낼 수 있어요. 지금 아주 잘하고 있어요, 찰리."

"고마워요." 나는 부두를 가리켰다. "지금으로선 당신 말에 백

퍼센트 동의하는 건 아니지만 고마워요."

"나도 고마워요." 모리슨이 말했다.

"뭐가요?"

"내 말에 진심으로 귀 기울여 준 거요. 그리고 헤라에게도요. 고양이의 말을 진지하게 생각해 주는 사람은 특별하죠."

나는 미소를 지었다. "헤라는 나보다 아는 게 많은 걸요."

"누가 자기보다 아는 게 많다고 해도 그 말에 귀를 기울이는 사람은 극히 드물어요, 찰리. 그런데 당신은 심지어 고양이의 말에도 그렇게 했어요. 그것도 아마 삼촌이 당신을 택한 이유일 거예요."

"내가 고양이의 말에 귀를 기울인다는 건 모르셨잖아요."

"아셨을 거예요. 고양이들이 보고서를 제출했을 테니까요." 모리슨이 말했다.

"그… 생각은 못 해 봤네요." 나는 솔직히 말했다.

모리슨은 부두를 가리켰다. "지금은 뭘 할 생각이에요?"

"복구할 수 있을까요?"

"금방은 어려워요. 후속 공격이 우려되는 시점이라 더 그렇죠."

"후속 공격이 있겠군요."

"그라타스가 원하는 걸 주지 않으면 그렇겠죠."

"언제쯤일까요?"

모리슨이 어깨를 으쓱했다. "내가 그 개자식을 제대로 봤다면, 아마 한 시간 정도 당신이 신경증과 자기 불신으로 안절부절못하게 할 거예요. 그러고는 토비아스를 시켜 나에게 전화해 다시 화상 회의를 하자고 하겠죠."

나는 이 말을 생각해 보았다. "우리가 고래에 대해 파악했다는 걸 그라타스가 알까요?"

"너무 오만한 자라서 그런 걸 생각하지 않을 것 같아요."

"좋아요." 내가 말했다. "그 점을 이용해 봅시다."

:::::

"시간 내 전화 주셔서 고맙습니다." 나는 노트북을 통해 그라타스에게 말했다. 자물쇠 아이콘이 떠 있었다. "시차 때문에 그쪽은 늦은 시간일 텐데요."

"별말을 다." 그라타스가 말했다. "사실 자네와 통화를 마치면 친구들 몇과 나가서 저녁을 먹을 생각이었네. 여기서는 느지막한 시간에 식사를 하지."

"다행이군요." 내가 말했다. "친구가 있으면 좋지요."

"자네 때문에 몇 사람 줄었지."

"그렇게 믿는다는 거 압니다. 조의를 표합니다."

"고맙네. 언젠가는 그 조의를 표한다는 말도 믿게 되겠지."

"그러시길 바랍니다." 내가 말했다.

"좀 더 긴급한 사안으로 들어가세." 그라타스가 말했다. "물론 지금쯤이면 자네도 우리의 지난번 대화에 대한 내 대답을 봤으리라 생각하네. 그건 말하자면… 시범을 보여 준 셈이야. 자네는 그렇게 평가하지 않았지만, 나는… 영향력이 있는 사람일세. 그리고 힘도."

"네, 메시지는 받았습니다."

"그 메시지의 의미를 분명히 보여 줬다고 생각하네만."

"그랬습니다." 내가 말했다.

"좋아. 받아들이기 힘든 메시지이긴 했지만, 내가 자네를 그보다 훨씬 더 고통스럽게 만들 수 있다는 사실도 알리라 생각하네."

"그 점도 분명히 암시되어 있었죠." 내가 말했다.

그라타스는 고개를 끄덕였다. "다행이군. 그럼 우린 서로를 이해한 셈이야."

"지금까지는 그렇습니다."

"그럼 다시 논의를 시작해 보세. 처음부터. 자네 삼촌의 밀린 회비부터 시작해서 협회의 물건을 어떻게 돌려줄 것인지까지 말일세. 지금 생각해 보니 그 물건들은 우리에게 알리거나 동의를 구하지도 않고 보관하고 있었던 것 같군. 그에 대한 벌칙이 있어야 할 것 같아. 많지는 않더라도 벌칙의 의미를 보일 정도는 돼야겠지."

"그래도 여전히 수십억 달러쯤이겠죠?"

그라타스는 웃으며 손뼉을 쳤다. "우리는 정말 서로를 이해하는군, 찰리! 좋아, 좋아."

"우리는 정말 서로를 이해하고 있습니다." 나는 동의했다. "괜찮으시다면 질문 하나 드리고 싶은데요."

"그러게. 뭔가?"

"메시지는 당신 개인 자격으로 보냈습니까? 아니면 협회 회장으로서 보냈습니까?"

"그게 중요한가?"

"그냥 궁금해서요."

"어느 정도는 둘 다라고 봐야겠지. 메시지는 내가 보냈네. 하지만 그건 우리가 협회와 관련된 문제를 논의했기 때문이었어. 그러니 내가 협회를 대표해 보냈다고 할 수 있네."

"그리고 협회의 나머지 회원들은, 이를테면 당신이 보낸 메시지를 지지하는 거고요."

"그들은 내가 자네와 얘기한다는 걸 아네." 그라티스가 말했다. "그리고 자네에게, 뭐랄까, 설득이 필요하다는 것도 알고 있지."

"그럼 일종의 공동 작업이네요."

"그렇다고 할 수 있겠지."

"그 말을 당신 입으로 듣고 싶었습니다." 내가 말했다. "앞으로 하게 될 논의를 그들도 듣게 되길 바라니까요."

"자네는 나와 거래하고 있네." 그라티스가 말했다.

"압니다. 하지만 당신 개인과 거래하는 게 아니죠. 롬바르디아 협회의 신임 회장인 당신과 하는 겁니다."

"맞는 말이네."

"좋습니다. 애매모호하지 않고 명확히 말하자면, 나는 당신, 그리고 협회의 메시지를 받은 거군요."

"맞네." 그라티스가 말했다. 그리고 말을 이어가려고 했다.

나는 손을 들었다. "그리고 지금 이게 내 대답입니다." 나는 모리슨에게 고개를 끄덕였다. 모리슨은 휴대전화를 꺼내 들고 프레임 안으로 들어왔다. "김지종의 회사가 제 머리 위 상공에 통신 위성을 띄워 놓고 있다는 사실을 아시죠? 그 위성이 커버하는 범위는 남아메리카 북부의 상당 부분, 그리고 카리브해의 남부 절반입니다." 나는 모리슨을 쳐다보았다. "위성 제작과 발사에 비용이 얼마나 들죠? 한 3억 달러?"

"5억이에요." 모리슨이 말했다.

"5억! 어마어마하죠." 나는 그라티스에게 말했다.

그는 어리둥절해 나를 바라보았다. "그래? 그래서?"

나는 모리슨에게 고개를 끄덕였다. 그녀는 휴대전화를 탭했다. "그리고 방금 그 돈이 날아갔네요." 나는 그라티스에게 말했다.

"뭐라고?"

"날아갔다고요." 내가 말했다. "김지종의 통신 위성은 이제 우주 쓰레기 구름이 되어 흩어졌다는 말입니다. 김지종의 돈 5억 달러가요! 파팟!" 나는 핵심을 전달하기 위해 손으로 무엇이 폭발하는 시늉을 했다. "지금 당장은 김지종도, 그의 회사 사람들도 이 사실을 모릅니다. 불쌍한 기술자들 몇 명만이 위성에 신호 송수신이 안 된다는 걸 발견하고 그 원인을 찾아내려고 난리겠죠. 그러고는 위성이 원래 위치에서 어디론가 사라졌다는 걸 알게 됩니다. 김지종이 당신에게 얘기하겠죠. 그러면 이렇게 말하세요. 세인트 주느비에브 섬 공격에 대한 내 대답이라고."

"말도 안 되는 소리." 그라타스가 말했다.

"네, 말도 안 되는 소립니다. 그 위성은 방금 미국 우주방위군이 격추했으니까요. 아니면 북한이거나요. 고질라가 한 짓일지도 모르죠! 마음대로 고르세요. 제가 방금 말한 것보다 더 그럴싸한 설명이 될 겁니다."

그라타스는 고개를 들어 화면 밖에서 누군가를 보았다. 아마 칼잡이 토비아스일 것이다. 지금쯤 김지종의 개인 휴대전화에 전화하느라 정신없겠지. 그리고 다시 나에게로 시선을 돌렸다. "자네는 우리 회원 중 하나의 합법적인 사업을 망쳤네." 그가 말했다.

"회원 하나를 통해 전체에게 메시지를 보낸 거죠." 내가 말했다. "당신이 내 부두와 페리 두 척을 날려 버려서 내 합법적인 사업을 망친 것과 판박이입니다. 보낼 메시지들은 더 있습니다. 그중 하나를 지금 듣고 싶습니까?"

"말하게."

"간단합니다. 서로를 겨냥한 무기를 48시간 동안 내려놓습니다.

그리고 그 48시간 동안 서면이든, 구두든, 어떤 형태로든 서로에게 메시지를 보내지 않는 거죠. 그리고 지금부터 이틀이 지난 뒤, 당신이 나에게 원하는 것, 내가 원하는 것, 그리고 우리 둘에게 무엇이 건설적인지를 논의합시다."

"그렇게 하지 않으면?"

"사태가 악화되겠죠." 내가 말했다. "이봐요. 지난번 대화에서 나는 당신을 과소평가했습니다. 무례했죠. 내 실수였습니다. 해서는 안 될 어리석은 짓이었죠. 하지만 당신도 나를 과소평가했습니다. 그 결과 지금 우리는 상대방의 실제 능력을 확신하지 못한 채이러고 있습니다. 그러니 상호확증파괴에 돌입하기보다는 딱 이틀만 한숨 돌리자는 거죠. 그러면 당신은 협회 회원들과, 나는 내 직원들과 논의할 시간이 생깁니다. 너 죽고 나 죽자 식으로 싸우지는 말자는 얘기죠. 어떻습니까?"

그라타스는 꼼짝하지 않고 앉아서 턱만 살짝 실룩였다. 노트북의 마이크와 스피커가 형편없어서 들을 수는 없지만, 그라타스가 이 가는 소리도 곁들여지는 게 쉽게 상상이 됐다.

"위성을 날려 버리지 않고 그렇게 제안할 수도 있었잖나." 마침내 그가 말했다.

"당신도 제 부두를 날릴 필요가 없었죠."

"48시간이네." 그라타스가 말하고 연결을 끊었다.

"정말 저자가 그 약속을 지키리라 생각해요?" 내가 노트북을 덮자 모리슨이 말했다.

"우리가 그라타스와 고래들 사이의 통신을 끊지 않았다면 안 지키겠죠." 내가 말했다. "하지만 이 휴전 덕분에 그는 고래들과 다시 통신할 방법을 찾을 시간을 벌었어요. 그러니 지킬 겁니다. 어쨌든 이틀 동안에는 할 수 있는 일이 없으니까요."

"손 놓고 가만히 있지는 않을 거예요."

"우리도 마찬가지죠."

"그럼 우선 뭘 하려고요?"

"스트레스 때문에 토할 지경이에요." 내가 말했다. "하지만 먼저 돌고래들을 만나 봐야겠죠."

24장

"돌고래와 실제로 대화하는 건 아직 좀 느낌이 이상해." 대화를 시작하면서 나는 73에게 털어놓았다.

"당연하지. 무슨 말인지 알겠어." 73이 대답했다. "지능을 가지고 있는데도 발언권이 인정되지 않는 생물체가 되는 것도 난 이상해. 그러니 피장파장이야."

나는 다시 모리슨, 윌리엄스, 리브그렌, 헤라와 함께 돌고래 산호초에 와 있었다. 내 앞에는 73이, 옆에 도열한 동료 돌고래 합창단과 함께 마이크 가까이 있었다.

"알다시피 우리는 공격을 당했어."

"부두가 폭발한 걸 모를 수가 없지. 공격이 있을 때 우리 중 일부는 바다에 나가 있었어."

"다들 무사해?" 내가 물었다. "다친 돌고래는 없고?"

"돌고래들은 괜찮아요." 리브그렌이 말했다. 그러다 자기한테 물은 게 아니란 걸 깨닫고 알아서 입을 다물었다.

"우린 괜찮아. 우리가 사실상 노예인 건 별개로, 걱정해 줘서 고마워."

"돌아오면 그 문제에 관해 얘기하기로 했지." 내가 말했다.

"난 가능성이 크지 않다고 했어."

"돌아와서 너와 얘기할 가능성이?"

"네가 돌아올 가능성이."

"거의 못 돌아올 뻔했지." 나는 인정했다.

"덕분에 내기에서 졌네."

"살아와서 미안하다고는 차마 말할 수 없겠는데."

"그렇기야 하지." 73이 투덜거렸다.

"우리를 쳤던 놈들이 재공격할 가능성이 아주 커." 나는 화제를 돌리며 말했다.

"인간들의 싸움이 어떤 건지 알아."

"우리는 바다에 있는 고래들이 이 싸움과 관련이 있다고 확신하고 있어."

"그럴 것 같군."

"너희의 도움이 필요하다는 뜻이야."

"아, 불쌍하고 하찮은 인간아." 73이 말했다. "이 문제에 관해 내 온정에 호소할 생각은 하지 말았어야지. 첫째, 좆까. 둘째, 우린 돌고래야. 우리 종은 완전 개자식들이지. 디스커버리 채널 본 적 없어? 우리는 고양이만큼이나 성질이 더러워."

헤라는 이 말에 고개를 젖혔다. 재미있어하는 것 같았다.

"너는 날 오해하고 있어." 내가 말했다.

"그래? 어떻게?"

"처음 우리가 만났을 때, 나는 삼촌이 너희와 협상하지 않은 건 너희들에게 효과적인 무기가 없기 때문이라는 설명을 들었어." 내가 말했다. "그 말의 요지는 너희는 원한다면 언제든 떠날 수 있다는 뜻이었지. 하지만 떠나는 건 너희에게 언제나 바람직하지 못한 선택이었어. 사실은 갈 데가 없으니까. 야생에서 살기도 힘들거니와, 내 생각에 너희는 어떤 인간 주인이 다른 주인으로 그저 바뀌기만 하는 걸 원하지도 않기 때문이었지. 내 말이 맞아?"

"그건 그래." 73이 말했다. "핵심을 말해 봐."

"핵심은, 우리는 지금 너희가 필요하다는 거야. 바로 지금. 너희를 완전히 우리 편으로 만들지 못하면 우리는 망해."

73은 혼란스러운 듯 나를 쳐다보았다.

"이건 너희에겐 아주 효과적인 무기야." 나는 조용히 제안했다.

73은 끼익 소리를 내고는 마이크에서 떨어져 동료들을 불러 모았다.

"협상력이 형편없네요." 모리슨이 조용히 말했다.

"그건 당신 생각이죠." 내가 말했다. 나는 73을 가리켰다. 73은 지금 동료들과 함께 뭔가를 이야기하고 있었다. "저들의 관점에서 보면 나는 아주 괜찮은 상대방이에요. 어쨌든 지금까지는요."

"자신의 유리한 위치를 이용하지 못하면 저들보다 지능이 낮다는 걸 자인하는 꼴이에요."

"돌고래들은 너무나 오랫동안 인내를 강요당해 왔어요. 그러니 '좆까' 모드를 벗어나지 못하는 거죠."

"맞아요. 하지만 당신이 그들이 거기서 벗어나게 도와줄 필요는 없어요."

나는 이 말에 어깨를 으쓱했다.

"그래서 내가 당신의 협상력이 형편없다고 한 거예요." 모리슨이 말했다.

"당신이 주도하고 싶어요?"

"어쩌면요."

73이 마이크 쪽으로 헤엄쳐 돌아왔다. "이젠 너무 늦었네요." 내가 모리슨에게 말했다. 그녀는 한심하다는 듯 나를 보았다.

"요구 사항이 있다." 73이 기쁜 듯 말했다.

"그렇겠지." 내가 대답했다.

"첫째! 우리의 노조를 인정하라!"

"노조 이름이 뭔데?"

73은 다시 마이크에서 잠깐 떨어져 동료 돌고래들을 불러 모았다. "미국 해양포유류 연합 노조 제1지부." 그가 말했다.

"그래, 알겠어." 내가 말했다.

"법적으로 인정하고 문서화해."

"글을 쓸 줄 알아?" 내가 물었다.

"배울 거야." 73이 대답했다.

"좋아. 다음 요구 사항은?"

"고양이들은 자신의 부서를 운영해. 우리도 그러고 싶다."

"돌고래 중 하나가 경영진에 참여하고 싶다는 뜻이야?"

"그 희생은 기꺼이 감수할 생각이야."

"그리고 그 참여할 돌고래는 너고?"

"아니." 73이 말했다. "내 성질에 그게 가능하겠어? 나는 선동가이고 책사야. 65가 새 수장이 될 거야." 다른 돌고래 하나가 끼익 소리를 냈다.

"네가 미스터 65군." 내가 말했다.

"그 말은 성차별이고 남성중심주의야. 미스터가 아니라 미스 65야."

"미안."

"셋째, 우리는 리브그렌의 해고를 원해." 내 가까이에 있던 리브그렌이 굳어 버렸다.

"왜?"

"끔찍한 여자야. 우리는 모두 그녀를 싫어해."

리브그렌이 입을 열려 했지만 내가 손을 들었다. "너희도 리브그렌에게 끔찍하게 대했어. 내가 알기로는 그녀가 여기서 일하기 시작했을 때부터."

"우리를 억압하는 부패한 시스템의 일원이라서 존중받을 가치가 없었기 때문이야."

"무슨 말인지 알겠어." 내가 말했다. "하지만 인간의 관점에서 보면, 지금 당장 우리는 돌고래 전문가가 필요해. 새 사람을 뽑을 겨를이 없다고. 지금 너희와 리브그렌 사이에 그동안 쌓인 악감정을 가볍게 볼 생각은 없어. 하지만 부탁인데, 당장은 그녀와 협력하고 직설적인 인신공격이 아니라 대화를 이어 나갈 방법을 찾으면 어떨까? 그게 통하는지 보고 그래도 여전히 문제가 있다면 그때 처리하는 거야. 어때?"

65가 끼익거렸다. "65가 지금은 리브그렌과 협력할 수 있다고 했어." 73이 말했다.

나는 리브그렌 쪽으로 몸을 돌렸다. "믿어 주세요. 열일곱 번씩 욕을 듣지 않고 하루가 지나갈 수 있다면 뭐든지 하겠어요." 그녀가 말했다.

"좋아, 됐군." 내가 말했다. "다음은?"

"세인트 주느비에브 섬을 유니언숍(사업장에서 노동자를 고용할 때 일정 기간 내 노조 가입을 의무화하고, 가입하지 않으면 해고하게 하는 강제 가입 제도 - 옮긴이)으로 해 줘."

"섬 전체를?" 내가 물었다.

"물론이야. 단체교섭권은 모두에게 필요해. 심지어 빌어먹을 고양이들에게도."

나는 윌리엄스 쪽으로 몸을 돌렸다. "어때요?"

"저는 아무 문제 없습니다." 윌리엄스가 말했다. "여기서 일하기 전에는 그레나다 기술직 연합 노조의 조합원이었습니다."

"제이크 삼촌은 노조를 좋아하지 않으셨나요?"

윌리엄스는 나를 회의적으로 쳐다보았다. "노조 좋아하는 억만장자 보셨나요, 찰리?"

"일반적으로는 아니겠죠. 하지만 저는 친척이라 그런지 삼촌은 다르셨다고 생각하고 싶네요"

"그럼 좋았게요." 윌리엄스가 말했다. 윌리엄스의 말에 비꼬는 투가 들어간 건 그를 안 이후 처음이란 생각이 들었다. "하지만 만일 그렇더라도, 그리고 여기 우리 돌고래 친구 문제와는 별개로, 이 섬을 유니언숍으로 만들면 법리상 문제가 생길 수 있습니다."

"어떻게요?" 내가 물었다.

"우리는 악당이고, 여기서 윤리적으로 위험하고 불법적인 일들을 하기 때문이죠." 모리슨이 말했다. "우주에 있는 위성을 날려 버리는 일 같은 거요."

"당신이 앱으로 그렇게 했죠." 내가 지적했다.

"거봐. 자동화로 누군가의 일자리를 없앤 거지." 73이 말했다. "그래서 우리에겐 노조가 필요해."

"그리고 이곳 제니 베이에는 몇 개의 회사가 있습니다." 윌리엄스가 말했다. "그 회사들은 근본적으로는 당신 삼촌, 그리고 지금은 당신 소유이기는 해도, 각각 별개의 법인이에요. 이들 회사의 임원급들은 당신 삼촌을 우상화합니다. 그러니 아마 삼촌과 같은 노조 철학을 가지고 있을 겁니다."

"좆 같은 반노조주의자들이지." 73이 말했다.

"말씀드렸듯이, 법리상의 문제죠." 윌리엄스가 결론지었다.

"이 법리상 문제를 검토해 주겠어요?" 내가 그에게 물었다.

"며칠 뒤에도 살아남는다면요? 물론입니다."

나는 다시 73을 쳐다보았다. "이만하면 됐지?"

"지연 전술 같은데. 당신 삼촌도 그랬어."

"지연 맞아." 나는 인정했다. "지금 당장은 시간이 없어. 나는 삼촌이 아니라고 말할 수 있을 뿐이야. 다른 건?"

"번식권을 원해."

"뭐?" 나는 리브그렌 쪽으로 몸을 돌렸다.

"돌고래들은 짝짓기하지 않아요." 그녀가 말했다. "전부 클론이에요. 특정 속성을 가지게 복제되었죠. 고양이들처럼요. 그리고 고양이들의 경우와 마찬가지로, 삼촌께서는 특정 속성 혼합에 성공하면 그 클론 동물의 속성을 망치길 바라지 않으셨어요. 그리고 클론들이 자기들끼리 그 속성을 망치는 것도 원하지 않았고요." 그녀는 돌고래들을 가리켰다. "그래서 돌고래들에게 전부 산아 제한을 하고 있어요. 우리는 실험실에서 클론을 만들고 배아를 주입하죠."

"우생학과 강제 출산이군요." 내가 말했다.

"고마워." 돌고래 풀장에서 73이 말했다.

"우생학인 건 맞아요. 강제 출산일 수도 있죠." 리브그렌이 말했다. "우리 돌고래 중에는 새끼를 갖고 싶어 하는 애들이 있어요. 이게 그들의 바람을 들어주는 방법이죠."

"그들에게 허용된 유일한 방법이고요." 내가 지적했다.

"그래서 '강제 출산일 수도 있다.'는 거예요."

나는 헤라를 쳐다보았다. 헤라는 나를 조심스럽게 바라보고 있었다. "이제 강제 출산은 없습니다. 산아 제한 조치를 해제하세요." 나는 모리슨 쪽으로 몸을 돌렸다. "고양이들도요."

"당신 삼촌의 프로그램을 망치게 될 거예요." 리브그렌이 경고했다. "이 클론 돌고래들이 서로, 또는 일반 돌고래와 짝짓기하게 되면 지능을 포함해 이러한 동일 속성을 유지한다고 장담할 수 없어요. 고양이들도 마찬가지고요."

"상관없어요." 내가 말했다. "이 돌고래들과 고양이들은 지능이 높아요. 이들에게는 어쨌든 권리가 있어요. 있어야만 하고요. 내 생각에는 당신과 나만큼의 권리가 인정되어야 해요."

"저는…." 리브그렌은 말을 멈추고 모리슨을 쳐다보았다.

"나를 왜 보나요?" 모리슨이 말했다. "찰리와 이야기해야죠."

"너무 큰 변화라서요." 리브그렌이 말했다. 그러고는 숨을 내쉬었다. "죄송합니다. 네, 맞습니다. 사장님 말씀이 옳아요. 이제 알겠어요. 제 머릿속 어딘가에서는 저들을 사고력을 갖춘 개체가 아니라 그저 돌고래들로 보고 있었던 것 같습니다."

"거기까지 생각한다면, 모든 동물에게 권리가 있다는 사실을 인정할 수 있을 거야." 73이 말했다. "지능이 있건 없건."

"너는 생선을 먹잖아." 나는 73에게 말했다.

"맞아." 73이 말했다. "좆 같은 생선."

"다른 건?" 내가 물었다.

"없어." 73이 말했다. "솔직히 이 정도까지 합의가 되리라고는 생각 못 했어."

"그럼 이제 내가 너희에게 바라는 걸 말할게." 내가 말했다. "우리는 고래들과 협회 사이의 통신을 차단해야 해. 얼마나 오래갈 수 있을지는 몰라. 너희는 고래들에 대해 모든 걸 찾아내. 그들이 너희 같은 클론인지 아닌지까지 포함해서 말이야. 고래들이 스스로 판단해서 발포하는 건지, 만일 그렇지 않다면 발포 명령자가 누군지 알아내. 그리고 그자가 누구든, 막을 방법을 알아내야 해."

"이 일을 언제 해야 하는데?"

"당장 시작했으면 좋겠어."

"우리에게 재량권이 얼마나 있지?" 73이 물었다.

"무슨 말이야?"

"할 일은 태산인데 시간은 얼마 없어. 우리에게 전적으로 맡길 거야, 아니면 리브그렌에게 우리 활동 내역을 시시콜콜 관리하게 할 거야?"

"우리 모두 시간이 모자라." 내가 말했다. "너희 식으로 해." 나는 65를 가리켰다. "65가 리브그렌과 계속 정보를 주고받게 해. 너희가 하는 일을 내가 알아야 할 때, 리브그렌을 통해 보고받게. 그것 빼고는 너희에게 전적으로 맡길게. 시작해. 미국 해양포유류 연합 노조의 능력을 보여 줘."

73은 잠시 나를 바라보더니 마이크에서 멀어져 새 조합원 형제들과 합류했다. 그들은 모두 수면 위로 떠오르더니 내가 예상하지 못했던 행동을 했다.

노래를 시작한 것이다. 허밍이었지만 어쨌든 노래였다.

모리슨이 눈썹을 찌푸렸다. "저게 무슨 노래죠?"

"'조합의 상징을 보라(Look For the Union Label)'예요." 내가 말했다. "1970년대의 조합가죠."

"대체 어디서 저 노래를 배웠죠?"

"돌고래들은 유튜브를 많이 본다고 했잖아요." 리브그렌이 말했다.

돌고래들은 노래를 마치고 멀리 헤엄쳐 갔다. 고래들 쪽으로 향하는 것 같았다.

"너무 비현실적인 느낌이네요." 내가 말했다.

"축하합니다, 찰리." 윌리엄스가 미소를 띠고 말했다. "다른 종 노조와의 협상을 최초로 타결해 낸 인간이 됐어요."

"그걸 내 링크드인 페이지에 꼭 올려야겠네요." 내가 말했다. "일주일 뒤에도 살아 있다면 말이죠."

"돌고래들의 노조를 공식적으로 인정한 것 말고 다른 계획이 있나요?" 모리슨이 물었다.

"그라타스는 내가 어떻게 죽기를 바라는 것 같아요?"

"등급이 1부터 10까지 있다면, 1등급은 '당신이 자기 방식대로 살게 내버려 두는 것'이고, 10등급은 '당신을 천천히 죽이고, 시체는 숲에 파묻었다가 나중에 파내어 그 해골 위에 똥을 싸는 것'이죠. 아마 8등급 정도 아닐까 싶네요."

"알겠어요. 좋네요."

"실제로는 전혀 좋지 않아요, 찰리."

"좋지 않죠. 하지만 10등급이 아닌 것만도 어디예요."

:::::

그라타스는 마이크 켜는 걸 또 잊어버렸다. 하지만 대화를 암호화해야 한다는 건 따로 말 안 했는데도 기억했다. 걸음마는 뗐다고 나는 생각했다.

"자네의 48시간이 지났네." 마이크를 켜고 그가 말했다. "내가 듣고 싶은 말을 하는 게 좋을 거야, 찰리."

"알겠습니다." 내가 말했다. "말씀드리죠. 당신이 이겼습니다."

"무슨 뜻인가?"

"당신이 이겼다는 뜻이죠. 저는 당신과 싸우고 싶지 않습니다. 당신도 그럴 생각이 없을 겁니다. 그러니 당신이 원하는 걸 드리려고 합니다."

"잘됐군."

"그 일부를요."

"찰리." 그라타스가 경고하듯 말했다.

"로베르토." 내가 성이 아닌 이름으로 부르자 그 왕 멍청이는 깜짝 놀랐다. "천억 달러가 넘는 돈을 삼촌 계좌에서 당신 계좌로 그냥 넘기라는 이 말도 안 되는 제안은 실현 불가능합니다. 첫째, 삼촌이 보유한 유동성은 그 금액 근처에도 못 갑니다. 놀라지는 않겠죠. 당신도 그런 유동성은 가지고 있지 않고, 그래서 지금 곤경에 빠져 있으니까요. 둘째, 제이크 삼촌이 우호적인 국가에 은행을 소유하고 있더라도, 몇 천억 달러의 현금이 이체되는 게 당국의 눈에 띄지 않을 리 없습니다. 그리고 협회뿐만 아니라 회원 각자도 파산했기 때문에 이 수천억 달러는 은행 계좌에 안전하고 조용하게 잠들어 있을 수 없습니다. 당신은 그 돈을 여기저기 물 쓰듯 하겠죠. 그러면 분명히 과세 당국과 정보기관의 주목을 받게 됩니다."

"피할 방법이 있네."

"그렇게 생각하겠지만, 틀렸습니다." 내가 말했다. "그래서 당신이 안톤 도브레프를 죽인 거죠."

"뭐라고?" 그라타스가 말했다.

"들었잖습니까." 내가 말했다. "네, 도브레프는 은행을 소유하고 있었죠. 나는 그 은행으로 현금을 이체할 수 있었습니다. 하지만 도브레프는 분명 당신에게 말했을 겁니다. 그렇게 현금이 조용히 이체되더라도 장기간 묵혀 둬야 한다고요. 그리고 당신은 그럴 만한 시간이 없었습니다. 당신과 다른 회원들은 당장 갚아야 할 채무가 있었죠. 도브레프에 대한 것까지 포함해서요. 도브레프는 당신에게 거액을 빌려줬다고 내게 말했습니다. 은행이 아니라 도브레프 개인의 돈을요. 도브레프를 죽이면 당신의 채무도, 다른 회원들의 채무도 사라지죠."

"터무니없군." 그라타스가 말했다.

"그럴 수도 있죠." 내가 말했다. "하지만 도브레프의 채무자 명단이 있다면, 그랜드 벨라지오 호텔의 화재에서 살아남은 회원들과 아주 밀접한 상관관계가 있으리라 확신합니다."

"우리가 왜 다른 회원을 죽이려 하겠나?"

"혼란을 유발하고, 목표가 도브레프만이 아닌 것처럼 꾸미고, 나에게 덮어씌워서 보상금을 뜯어내기 위해서죠. 그래서 토비아스는 제이콥스가 나를 죽이게 내버려 두지 않고 오히려 그를 죽인 겁니다. 당신에게는 살아 있는 내가 필요했으니까요. 그리고 이렇게 하면 당신은 내게서 뜯어낸 돈을 열두 명이 아니라 여섯 명과 나누면 되죠. 당신은 살해된 회원들을 그 아들들로 서둘러 대체하려 하지 않았습니다. 나와의 일을 매듭짓는 게 먼저였죠. 그런 다음에는 새 회원을 뽑아서 그놈의 '가입비'를 받아냈을 게 분명합니다."

그라타스는 미소를 지었다. "터무니없어." 그는 다시 말했다. 이번에는 좀 더 조심스러웠다. "그리고 어쨌든 자네는 아무것도 입증할 수 없네."

"맞습니다. 입증할 수 없죠." 나는 동의했다. "하지만 고맙게도 당신은 방금 실수했습니다. '내가 왜' 다른 회원을 죽이려 한다고 하지 않고, '우리가 왜'라고 했죠. 주모자들의 범위가 더 넓다는 얘깁니다."

"돈 얘기나 하게." 그라타스는 원래 화제로 돌아가려고 으르렁댔다.

"그러죠." 나는 동의했다. "나는 협회에 가입하지 않을 겁니다. 그러니 가입비 명목으로는 내게서 돈을 뜯어낼 수 없죠. 제이크 삼촌은 당신이 동의하든 말든 협회를 떠났습니다. 그러니 나는 그의 자리를 이어받지 않고, 당신의 그 말도 안 되는 '밀린 회비'도 내지 않을 겁니다. 모든 사람이 금융 범죄나 다른 죄목으로 감방 신세를 지게 될 상호확증파괴 말고는 당신이 그 돈을 받아낼 방법은 없어요. 그리고 그렇게 되면 세계를 지배하는, 아니면 최소한 돈을 버는 당신의 능력에 큰 방해가 되겠죠."

"내가 이 시나리오에서 어떻게 이긴다는 건지 아직 모르겠군, 찰리." 그라타스가 말했다.

"돈 나올 데가 하나 더 있으니까 이기는 거죠, 여기 세인트 주느비에브 섬에 있는 삼촌 창고의 보물들 말입니다. 가치가 수십억, 수백억, 아마 수천억일 겁니다. 나치의 약탈품, 그리고 유럽 대륙과 중국이 전쟁의 불길에 휩싸여 있을 때 협회가 빼돌린 물건들이죠. 전부 추적이 불가능하고, 암시장에서 팔 수 있습니다. 국세청이나 인터폴도 눈치채지 못하고요. 삼촌의 돈은 당신 돈이 아닙니다, 로베르토. 하지만 이 보물은? 당신이 다 가질 수 있습니다. 나는 그 쪼가리 하나도 바라지 않고, 그게 내 섬에 있는 것도 싫습니다. 당신이 다 가져가세요."

"전부?" 그라타스는 믿을 수 없다는 듯 말했다.

"당신이 가져가지 않는 건 바다에 던져 버릴 생각입니다." 내가 말했다. "하지만 당신이 그 보물을 원한다면 내 조건을 받아들여야 합니다."

"어떤 조건인가?"

"첫째, 내가 당신들에게 줘야 할 건 이게 전부입니다. 당신과 협회는 그 외에 아무것도 받지 못합니다. 둘째, 이 일이 끝나면 내 사업에 관여하지 마세요."

"우리는 공존할 수 있네, 찰리."

나는 고개를 저었다. "당신은 어차피 내 회사들과 상대가 안 됩니다. 하지만 경쟁은 공정하게 할 생각입니다. 당신 조직에 심어 둔 삼촌의 정보원들을 모두 철수시키겠습니다."

"세 번째 조건은?"

"나를 살해하려는 시도를 중단하십시오."

"나는 이미 자네를 살려 줬네." 그라타스가 말했다. 이제는 그랜드 벨라지오 호텔의 참사를 굳이 부인하려 하지 않았다. 이제 수십억 달러가 그를 기다리고 있었다.

"당신 아니면 당신의 협회 동료 중 하나가 내 집을 날려 버렸죠." 내가 말했다. "그 일이 있기 전에도 내 목숨을 노린 시도가 있었다는 믿을 만한 근거가 있습니다."

"자네 삼촌은 정말 자네에게서 한시도 눈길을 떼지 않았군."

"이 일이 끝나면, 나는 협회의 일에 관여하지 않겠습니다." 내가 말했다. "당신들에 대한 삼촌의 복수는 여기서 끝납니다. 그러니 당신들은 더 이상 나를 죽일 이유가 없어요."

"네 번째는?"

"섬을 정비할 시간이 일주일 필요합니다. 지난번 당신 공격으로 내 직원들 여럿이 다쳤어요. 더 이상 그들을 위험에 빠뜨리고 싶지 않습니다. 당신은 부두와 함께 페리 두 척도 날려 버렸습니다. 그러니 직원들을 섬에서 떠나 보내는 데 며칠 걸립니다."

"일주일은 긴 시간이네." 그라타스가 말했다.

"당신을 보호하기 위해서이기도 합니다."

"어떻게?"

"그게 다섯 번째 조건입니다." 내가 말했다. "그 보물을 가져가려면 이 섬에 와야 합니다. 당신과 나머지 회원들이요."

"그럴 필요는 없을 것 같네만."

"당신 생각은 중요하지 않습니다. 창고에는 문이 둘 있습니다. 외부 문은 내 손바닥 지문으로 열립니다. 내부 문에는 손바닥 스캐너가 여섯 개 있습니다. 협회의 의결정족수를 갖춰야 열 수 있도록 그렇게 만든 것 같습니다. 다른 회원들을 더 죽이지 않은 게 당신들에게는 행운이었습니다. 요점은, 문을 열려면 당신네 회원들 전부가 와야 한다는 겁니다. 그럴 경우, 섬에 당신들을 노릴 사람이 없어야 안심이 되겠죠."

"자네가 있잖나."

"이미 말했잖습니까. 나는 나치의 더러운 약탈품이 내 섬에서 사라지길 바란다고요. 그러니 준비하려면 일주일이 필요합니다. 당신들은 그 시간 동안 자체 운송 수단을 마련해야 할 겁니다. 그러니 이게 여섯 번째이자 마지막 조건입니다. 당신들은 한 번에 보물을 모두 싣고 섬을 떠나야 합니다. 그때 싣고 가지 못하는 것들은 다음에 가져갈 수 없습니다."

"잠깐. 우리가 그것들을 직접 날라야 한다는 말인가?"

"이 섬에는 당신들이 약탈품을 옮기는 데 쓸 수 있는 트럭들이 있습니다. 트럭을 이용해 해안까지 간 다음, 소형 보급선에 실어 대형 화물선으로 옮기는 겁니다. 물론 제니 베이의 부두에 대형 화물선을 대는 게 훨씬 효율적이겠죠. 하지만 당신이 부두를 날려 버렸으니 자업자득입니다. 창고에 있는 물건은 모두 나무 상자에 들어 있습니다. 그러니 트럭과 보급선에 쉽게 실을 수 있습니다. 열심히만 한다면 하루 안에 전부 나를 수 있을 겁니다. 남은 건 바닷속에 가라앉겠죠."

"폐기물 신세가 되겠군."

"그렇게 볼 수도 있죠." 내가 말했다. "이게 조건입니다."

"생각해 보겠네."

"아니요." 내가 말했다. "제안은 이 자리에서만 유효합니다. 내가 노트북을 닫으면 끝입니다."

"거절하면?"

"맙소사, 로베르토. 모르겠습니다. 나에겐 대안이 없어요. 난 그저 이 엿 같은 일을 끝내고 싶을 뿐이에요. 이 대화 처음에 말했듯이, 당신이 이겼다고요. 와서 이미 따놓은 상금을 가져가요. 싫으면 말고. 어느 쪽이든 난 더 할 말 없습니다." 나는 노트북을 덮으려고 했다.

"받아들이겠네." 그라타스가 재빨리 말했다.

"좋습니다." 내가 말했다. "칼잡이 토비아스를 시켜 모리슨과 세부 사항을 조정하십시오. 일주일 뒤에 뵙겠습니다."

"상호 이익이 되는 합의가 이루어져서 기쁘…." 그라타스가 입을 열었지만 나는 이미 노트북을 덮었다. 이 엿 같은 일에 질렸기 때문이었다.

"정말 그라타스가 이 섬에 와서 창고에 있는 걸 전부 가져가게 할 생각이에요?" 노트북을 닫자 모리슨이 내게 말했다.

"제이크 삼촌은 그 보물들을 어디에도 쓰지 않았어요." 내가 말했다. "삼촌이 쓸 수 있는 것도 아니었고요. 이렇게 해야 협회가 날 더 이상 귀찮게 하지 않아요."

"돈이 다시 떨어지기 전까지는 그러겠죠. 아니면 당신이 공정하게 경쟁하지 않는다고 생각하기 전까지는요. 어느 쪽이든 오래가지 못해요."

"그 정도는 나도 알아요."

"그런데 왜 그랬어요?"

"그들이 돈이 떨어지거나, 내가 공정하게 경쟁하지 않는다고 생각할 때쯤이면, 나는 지금보다 이 바닥에 대해 더 잘 알고 있을 테니까요. 그리고 내가 뭘 할지도 더 잘 알고."

"달리 말하자면, 시간을 버는 거군요."

"내가 쓸 수도 없고 바라지도 않는 물건들을 대가로 해서요." 내가 말했다.

"돌고래들에게 권리를 인정하는 것부터 시작해서 나치의 더러운 약탈품을 없애기까지, 당신은 요 며칠 참 바쁘게 지냈네요." 모리슨이 말했다.

"임시 교사치고는 나쁘지 않았죠."

"악당치고는 별로였어요."

"그래도." 내가 말했다. "당장은 그것만으로도 만족이에요."

25장

 협회가 그레나다에서 임대한, 낡지만 거대한 화물선이 제니 베이의 폐허가 된 부두에서 그리 멀지 않은 곳에 정박했다. 보급선 역할을 할 상대적으로 작은 보트가 세인트 주느비에브 섬까지 딸려왔다. 그리고 화물선이 정박하자 보급선은 화물선에서 분리되어 이미 지시를 받은 듯 돌고래 산호초로 향했다. 산호초에는 지금 돌고래들이 없었다. 보급선은 멋지지는 않았지만, 대신 실용성 위주로 만들어졌다. 갑판이 넓고 평평해서 짐을 싣기에 완벽했다. 창고에 있는 나무 상자들처럼.

 보급선은 솜씨 좋게 산호초에 들어갔다. 배를 댈 수 있게 만든 임시 부두에 서 있는 윌리엄스와 모리슨에게 보급선 선원 둘이 밧줄을 던졌다. 밧줄을 부두에 묶자 도선사는 엔진을 껐고, 선원들은 현문(선박의 뱃전 옆에 설치한 출입구 – 옮긴이)을 통해 나왔다. 잠시 후 승객들이 내렸다. 협회의 생존 회원 여섯 명, 그리고 칼잡이 토비아스였다. 그들은 육지에서 기다리고 있던 윌리엄스, 모리슨, 그리고 나를 향해 걸어왔다. 그라타스가 앞장섰고, 그를 따라오는 회원들 바로 뒤쪽에 토비아스가 있었다.

 "사람이 더 많을 줄 알았는데요." 그라타스가 임시 부두에서 내려서자 내가 말했다.

 "그렇지." 그라타스가 말했다. "패트릭 에투알 호의 선장은 우리가 여기 왔다가 무사히 돌아가서 안전하다고 확인해 주지 않으면 자기 선원들을 섬에 상륙시키지 않겠다고 했네. 인근 주민들은 세인트 주느비에브 섬에 대한 미신적인 두려움이 있더군. 어선이 섬 근처에 너무 가까이 갔다가는 흔적도 없이 사라지고, 허락 없이 상륙하려던 사람은 화산에 던져진다면서. 사실인가?"

"제가 여기 온 이후, 화산의 신에게 제물로 바쳐진 사람은 없습니다." 내가 말했다.

"하지만 아직 기회는 많잖나." 그라타스가 말했다. 자기 농담을 재미있어하는 게 분명했다. 나는 희미하게 미소를 지었다. 그는 몸을 돌려, 상륙한 다른 회원들을 소개했다. "협회의 다른 회원들 기억나지? 토머스, 조아킴, 김지종….'

"나한테 새 위성 물어내, 개자식아." 김지종이 내게 말했다.

"자, 자." 그라타스가 손을 들고는 김지종을 바라보며 말했다. "일이 잘 풀리면 오늘이 지나기 전에 자네는 그 위성을 대체할 새 위성을 원하는 만큼 갖게 될 거야. 그때까지는 예의를 지키게."

김지종은 불쾌한 듯 그라타스를 쳐다보았지만 일단 진정했다. 그라타스는 다른 두 회원, 장 아르스망과 디터 바이스를 소개했다. 각각 미디어와 제약 업계에서 부를 쌓은 가문 출신이었다. "토비아스는 당연히 기억하겠지."

"어떻게 잊겠습니까." 내가 말했다. 토비아스는 그 말에 능글맞게 웃었다.

그라타스는 나와 윌리엄스, 모리슨 삼총사를 쳐다보았다. "이 섬에 지금 사람은 자네들뿐인가?"

"야생 조류들 빼면요." 내가 말했다. 그리고 그라타스의 우호적이었던 태도가 아주 살짝 사라졌다. "그리고 그 야생 조류들을 사냥할 고양이들이 있죠."

"아." 그라타스가 말했다. 그의 얼굴에 미소가 돌아왔다. "고양이는 많으면 많을수록 좋지."

"아주 쓸모있죠." 나는 동의했다.

"나머지 직원들은?"

"세인트 조지 섬에 있는 샌달스 리조트를 빌렸습니다. 전 일정 포함 휴가를 즐기고 있죠. 성수기가 아니라서 다행입니다."

"도움이 되었다니 기쁘군." 그라타스가 말했다.

"로베르토, 언제까지 여기 서 있어야 하나?" 토머스 하든이 물었다.

"아주 좋은 질문이네!" 그라타스가 나를 쳐다보았다. "우리가 언제까지 여기 서 있어야 하나?"

"위쪽 길에 밴을 준비해 두었습니다." 내가 말했다. "8인승이라서 여러분 모두 타실 수 있습니다. 칼잡이까지도요."

"난 뒤에 남아도 상관없어." 모리슨을 쳐다보며 토비아스가 말했다. 그녀는 그 시선을 좀 역겨워하는 것 같았다.

"여러분을 창고로 모시고 가겠습니다. 거기서 모든 게 얘기한 대로인지 확인하세요." 나는 말을 이었다. "그런 다음, 필요한 일꾼들을 모두 데려와도 됩니다. 우리 트럭과 장비를 이용하세요. 창고에는 지게차도 있어서 짐들을 트럭에 빠르게 실을 수 있습니다. 이리로 가져와서 산호초 육지에 부린 다음, 보급선으로 옮기세요."

그라타스는 손을 흔들었다. "알겠네, 알았어. 내 부하들이 여기 자네 부하와 함께 물건을 운송할 거야." 그는 윌리엄스를 가리키며 말했다. 윌리엄스의 표정이 살짝 굳어지는 게 보였다. 일꾼 취급을 받으리라고는 생각하지 않은 것 같았다. "준비는 다 됐네. 지금 할 일은 창고를 확인하는 것뿐이야." 그라타스가 토비아스를 보았다. "자네도 오게. 문제가 생기면 처리해야지."

"그렇게 하겠습니다." 토비아스가 말했다.

"아무 말썽도 없어야 하네." 그라타스가 내게 말했다.

"문제를 일으킬 생각은 없습니다." 내가 말했다.

"그렇다니 다행이군. 그래도 혹시 몰라서 대비책을 준비해 온 걸 이해해 주게."

"네, 살인청부업자를 데려온 거 이해합니다."

"토비아스는 아닐세." 그라타스가 말했다. "아니면 이렇게 말해야겠지. 토비아스가 다가 아니라고."

"우리가 서로 예의를 지키리라 생각했는데요." 내가 말했다.

"이게 예의지!" 그라타스가 웃으며 말했다. "부두에 일어난 일은 경고 사격에 지나지 않는다는 사실을 기억하길 바랄 뿐이네."

"알겠습니다. 섬 전체를 날려 버릴 생각이군요." 내가 말했다.

그라타스는 고개를 저었다. "섬뿐만이 아니네, 찰리. 샌달스 리조트도 포함이야." 나는 아연실색해서 그를 쳐다보았다. 그는 이 표정을 보고 싶어 했던 게 분명했다. "자네 직원들이 거기 있다는 건 이미 알고 있었네. 다음을 위해 팁을 하나 알려 주지, 친구. 자네 직원들을 인질 신세로 만들고 싶지 않으면, 전원을 한 군데로 보내지 말게. 전 일정 포함이라도 말이야."

::::::

창고로 가는 길은 멀지 않았다. 하지만 나는 일부러 울퉁불퉁한 곳으로만 다녔다.

"자네는 억만장자야, 찰리." 밴에서 나오며 그라타스가 내게 말했다. 그는 등을 문질렀다. "도로 보수 좀 제대로 하게."

"이 바닥에 들어온 지 이제 두 주 됐습니다." 내가 말했다. "그리고 그중에 절반은 이탈리아에 있었고요. 도로 보수도 '할 일 목록'에 넣겠습니다."

협회 회원들은 창고가 있는 동굴을 얼빠진 듯 쳐다보았다. "여기는 전에 뭐 하던 곳이었나?" 하든이 물었다.

"창고 말고요? 윌리엄스 말로는 CIA가 무기를 연구하던 장소였다는군요." 내가 말했다.

"그래서 내 위성을 공중에서 격추할 수 있었겠군?" 김지종이 물었다.

"아니요. 그 자금은 미국 농무부가 댔죠." 내가 대답했다. 김지종은 잡아먹을 듯한 시선으로 나를 쳐다보았다. 그럴 만했다.

몇 걸음 안으로 들어가자 첫 번째 문이 나타났다. 나는 한 발 앞으로 나왔다. "여기는 제가 할 부분입니다." 나는 말하고 스캐너에 손을 댔다. 잠금장치가 해제되고 문이 천천히 열리면서, 여섯 개의 손바닥 스캐너가 설치된 두 번째 문이 나타났다. "여기는 여러분이 할 부분입니다. 시작하시죠."

협회 회원들은 머뭇거렸다.

"왜 그러십니까?" 내가 물었다.

"자네를 못 믿겠네." 페테르손이 말했다.

"여러분을 가둘까 봐서요?"

"그런 생각이 드는군." 하든이 대답했다.

"아, 돌겠네." 나는 토비아스를 가리켰다. "여러분을 배신할 생각만 떠올려도 저자가 내 머리를 날려 버릴 겁니다."

"정확해." 토비아스가 말했다.

나는 그를 무시하고 그라타스를 가리켰다. "그리고 내가 여러분을 배신한다면 섬을 완전히 날려 버리겠다고 그라타스가 분명히 경고했잖습니까. 더 이상 뭘 바라죠?"

"자네가 먼저 들어가게." 그라타스가 말했다. 다른 회원들은 기다렸다.

나는 한숨을 쉬고 문들 사이에 있는 중간 방으로 들어갔다. 문에서 가능한 한 멀리 떨어진 곳에 자리한 다음, "됐죠?"라고 말하는 것처럼 짜증스럽게 손을 들었다.

"저 친구에게서 눈을 떼지 말게." 그라타스가 토비아스에게 말했다.

"하나 마나 한 얘기를 왜 하십니까?" 토비아스가 대답했다.

협회 회원들이 문 사이 공간으로 들어왔다.

"이제 어떻게 하면 되나?" 하든이 물었다.

"스캐너에 손바닥을 대십시오." 내가 말했다.

"어느 쪽 손?"

"저는 오른손을 썼습니다."

"나는 왼손잡이인데." 페테르손이 말했다.

"알겠습니다." 내가 말했다. "그래서요?"

"왼손을 써도 되나?"

"지켜야 할 순서가 있나?" 김지종이 물었다.

"전원이 한꺼번에 손을 대나? 아니면 한 번에 한 사람씩 대나?" 하든이 물었다.

"여러분." 내가 말했다. "저는 기술 지원팀이 아닙니다."

"자네가 알고 있으리라 생각했는데." 그라타스가 말했다.

"제가 어떻게 압니까? 첫 번째 문을 여는 방법은 알아요. 하지만 그다음은 전혀 모릅니다. 여러분이 알아서 해야죠. 여러분이 물어 봤어야 할 사람은 도브레프입니다. 저자를 시켜…." 나는 토비아스를 가리켰다. "…머리를 날려 버리기 전에요."

하든은 그라타스 쪽으로 몸을 돌렸다. "저놈에게 말했나?"

"자기가 알아냈네." 그라타스가 말했다.

하든은 내 쪽으로 몸을 돌렸다. "그럴 만한 이유가 있었어." 그가 말을 시작했다.

"빌어먹을, 탐, 변명을 꼭 이 자리에서 해야겠나?" 그라타스가 말했다. "찰리는 상관 안 한다고!"

"사실입니다." 내가 말했다.

"고맙네, 찰리!" 그라타스가 말했다. "젠장, 이 빌어먹을 문을 열기 위해 딱 1초 만이라도 집중할 수 없겠나?"

"그래. 어떤 방법으로 할까?" 하든이 물었다.

"전원이 스캐너 앞에 서서 동시에 손을 대세."

"어느 쪽 손?" 페테르손이 물었다.

"그건 좆도 중요하지 않다니까!" 그라타스가 고함을 질렀다.

페테르손은 스웨덴어로 뭔가 구시렁거렸지만 스캐너 앞에 서기는 했다.

"지금." 그라타스가 말했다. "'셋'에 대는 거야."

"지금?" 하든이 물었다. "아니면 '셋'이라고 말할 때?"

그라타스는 눈을 감고 깊게 한숨을 쉬었다. 그러고는 이를 악물고 말했다. "내가… 셋을… 세겠네."

그가 셋을 셌다. 전원이 스캐너에 오른손을 댔다. 페테르손은 예외였다. 그는 그라타스에게 진심으로 '엿 먹어라.'는 시선을 보내며 왼손을 댔다.

 몇 초 동안 아무 일도 일어나지 않았다. 모두가 패널에 오른손을 댄 채, 왼손을 대고 있는 페테르손을 쳐다보면서 그대로 서 있기만 했다.

 "다들 지옥으로 꺼져." 페테르손이 말했다.

 위잉 소리가 나더니 두 번째 문이 삐걱거리며 열렸다. 깊이 최소 50미터, 폭이 30미터는 되는 방 안에 형광등이 환하게 비치고 있었다. 창고의 중심부로 내려가는 넓은 진입로가 있었고, 중심부에는 나무상자가 양쪽으로 높이 쌓여 있었다.

 "그 영화의 장면 같군." 하든이 경탄하며 말했다.

 "〈레이더스〉 말이군요." 도브레프의 설명을 기억하며 내가 대답했다.

 "아니, 그거 말고." 하든이 말했다. 나는 우스워서 그를 쳐다보았다.

 협회 회원들이 방 안으로 들어와서 상자들을 보았다. 그들은 잠시 응시하고만 있었다.

 "진품이야." 페테르손이 웃으며 말했다. "전부."

 "하나하나가 다." 그라타스가 말했다. "미술품, 보석, 희귀 서적과 지도, 조각품. 소재 불명이라고 알려진 보물들이지."

 페테르손이 상자 쪽을 다시 보며 말했다. "이제 우리 거고."

 "음, 말하자면 내 거지." 그라타스가 말했다.

 페테르손이 몸을 돌렸다. "뭐라고?" 그가 말했다. 그 순간 그의 이마에 구멍이 뚫렸다. 그는 이마에 난 새 구멍을 보려는 듯 눈을 위로 치뜨더니 죽어 바닥으로 쓰러졌다.

 페테르손을 쏜 토비아스는 죽은 걸 확인하듯 페테르손의 시체를 냉담하게 쳐다보았다. 그런 후 페테르손의 죽음에 얼이 빠져서 자리에 못 박혀 있었던 아르스망과 바이스를 쏘았다. 둘은 바닥에 쓰러지기도 전에 죽었다.

하든과 김지종은 도망치려고 했다. 하든은 문 쪽으로 달려갔고 김지종은 창고의 넓은 진입로를 내려와 뒤쪽을 향했다. 토비아스의 총알이 하든의 척추에 명중하면서 다리가 꺾였다. 그는 신음과 함께 바닥에 쓰러졌다. 하든을 움직일 수 없게 만들어서 만족한 토비아스는 진입로를 성큼성큼 내려가 김지종에게 향했다. 영어로 뭔가 애걸하는 소리가, 그다음에는 한국말로 된 고함이 이어졌다. 그리고 총성이 들렸다. 하든의 점점 가빠지는 숨소리를 제외하고는 침묵만이 흘렀다.

그라타스는 이 모든 상황을 팔짱을 끼고 만족스럽게 보고 있다가 하든에게 걸어갔다. 그리고 마주 볼 수 있게 하든 앞에 무릎을 꿇었다.

"왜?" 하든이 힘없이 물었다.

"왜라고 생각하나?" 그라타스가 말했다. "당연히 돈 때문이지! 2000억은 엄청난 돈이야, 친구."

"하지만… 협회는." 하든이 숨을 내쉬었다.

그라타스는 하든의 뺨을 토닥였다. "덕분에 창고 안으로 들어왔지. 그 점에서 쓸모가 있었어." 그는 김지종을 해치우고 돌아와 있었던 토비아스를 올려다보며 고개를 끄덕였다. "잘 가게, 탐." 그라타스는 말하면서 일어섰다. 그러고는 멀찍이 떨어졌다. 토비아스가 하든의 고통을 덜어주었다.

26장

토비아스와 그라타스는 생각에 잠겨 나를 바라보았다.

"보급선에 폭탄이 있습니다." 나는 그라타스를 쳐다보며 말했다. "내가 당신들을 이리로 데려왔을 때 모리슨이 설치했죠. 내가 '산 채로' 당신들과 함께 돌아가지 않으면 그녀가 당신네들의 배를 산호초 바닥에 가라앉힐 겁니다."

그라타스는 토비아스를 쳐다보았다. "정말일까?"

"그럴 것 같습니다." 토비아스가 말했다. "틸의 스타일이죠."

"알겠네." 그라타스가 나에게 말했다. "자넬 살려 두지."

"감사해야 합니까?"

"고마워하지 않아도 이해하네." 그는 토비아스 쪽으로 몸을 돌렸다. "상자를 열 수 있는 공구가 있는지 밴이나 동굴 안을 뒤져보게." 그가 말했다. "뭐가 들어 있는지 확인해야겠어."

"시간을 많이 잡아먹을 겁니다." 토비아스가 경고했다.

"다 열어 볼 필요는 없네." 그라타스가 말했다. "일부만 확인하면 돼."

토비아스는 나를 한심한 듯 쳐다보았다. "여기 있는 게 틸이었다면 그라타스 씨와 둘만 남겨 놓지는 않아." 그는 그라타스에게 말했다. "그녀라면 제가 가 버리는 순간 당신 목을 부러뜨렸을 겁니다. 이놈은 별거 아니니 괜찮습니다."

"고맙군." 내가 말했다.

"칭찬이 아니야. 만일 네가 무슨 짓을 저지른 걸 내가 돌아와서 발견해도 그 자리에서 죽이지는 않아. 대신 나머지 인생을 확실히 불편하게 만들어 주지. 알겠어?"

"이미 불편한데."

"이건 불편한 축에도 못 껴." 토비아스가 장담했다. "도망칠 꿈도 꾸지 마. 무릎을 날려 버릴 테니까." 그러고는 떠났다.

"저 친구는 아주 직설적이지." 토비아스가 떠난 뒤 그라타스가 말했다.

나는 하든의 시체를 내려다보았다. "이걸 보니 알겠군요."

그라타스는 내 시선을 알아챘다. "신경 쓰이나?"

"당신이 협회의 회원들을 말 그대로 몰살시킨 거 말인가요?"

"그래, 그거."

"30년 넘게 살면서 사람이 살해당한 모습은 한 번도 본 적이 없습니다." 내가 말했다. "계속 그렇게 살 수도 있었는데."

"그러려면 삼촌의 유산을 물려받지 말았어야지." 그라타스가 말했다.

"적어도 삼촌이 협회에 남지 않은 건 잘하셨네요."

"뭐가 잘했나? 그는 죽었고 나는 지금 여기 살아 있네. 그리고 그가 빼돌린 모든 걸 차지하기 직전이지."

"그리고 이젠 누구와도 나눌 필요가 없고요."

"그게 최고지." 그라타스가 말했다. "도브레프는 협회가 돈 관리를 제대로 못 한다고 늘 잔소리했어. 옳은 말이었지. 우리는 잘못된 선택과 투자를 했어. 제대로 돌아가지 않는 세상에서 돈을 뽑아내려 했지."

"당신도 포함되죠." 내가 말했다.

그라타스가 빙긋 웃었다. "특히 내가 그랬지, 찰리. 불행히도." 그는 상자 쪽으로 손을 저었다. "이 상자들에 든 건 가치가 엄청나. 상상할 수 없는 금액이지. 하지만 당장 갚아야 할 채무가 있는 여섯 명이 나누면? 우리에게는 같은 문제가 있었네. 자금 이체도 그 하나야. 상당한 금액을 이른 시일 안에 이체해야 하지. 그러면 당국의 눈길을 끌게 되네. 암시장이나 다크웹에 팔 수는 있겠지만 한 번에 극히 일부만이 가능해. 가뭄에 콩 나오듯 조금씩. 한 사람의 문제를 해결하기엔 충분하겠지만 여섯은 어림도 없지."

"그래서 당신이 그 한 사람이 되기로 마음먹었군요."

"그래. 다른 회원들이 그렇게 결심하기 전에 먼저 손을 쓴 거지." 그라타스는 하든의 시체 쪽을 손짓했다. "우리가 모든 걸 다 챙기면, 하든이나 페테르손도 비슷한 짓을 할 계획을 하고 있었던 게 분명해. 그들은 언제나 나보다 조금 더 굼떴지."

"그들에겐 안됐군요."

"그런 말 있지 않나. '행운은 용기 있는 자의 편이다'라는. 나는 용기가 있었고, 이제 부도 내 편이 됐지(원문 fortune favors the bold의 fortune이 '행운' 외에 '부'라는 뜻도 있다는 것을 이용한 말장난 – 옮긴이)."

"시체 다섯 구라는 문제가 있습니다." 내가 말했다.

"전에 여섯 구를 처리했던 것과 같은 방법으로 해결할 생각이네." 그라타스가 말했다. "자네한테 덮어씌우는 거지."

"그렇게 안 하시는 게 좋을 걸요."

그라타스는 미소를 지었다. "이미 좀 늦은 것 같군, 찰리. 어쨌든 이들은 자네 섬에 있네. 걱정하지 말게. 그레나다 경찰에 뇌물만 충분히 먹이면 정당방위로 인정받을 수 있네. 아니면 시체를 전부 바다에 던져넣어도 되고." 그라타스의 표정이 밝아졌다. "아니면 분화구도 있지! 이 섬에 화산이 있잖나. 용암에 가라앉히게."

"그건 안 됩니다." 내가 말했다.

"왜 안 되나?"

"용암은 밀도가 극히 높습니다." 모리슨이 언젠가 말한 걸 기억하며 내가 말했다. "시체가 가라앉지 않아요."

"그거 아쉽군. 그러면 화산 은신처도 별거 아니네."

"그렇게 생각한 사람이 하나 더 있었죠."

"시체를 어떻게 처리하든, 그건 자네 문제야." 그라타스가 말했다. 토비아스가 손에 쇠지레를 들고 돌아왔다. "앉아."

"서 있겠어."

"앉아 있으면 도망치는 데 시간이 더 걸리지." 토비아스가 말했다. "계속 서 있으면 무릎을 쏴 버리겠어. 그럼 어차피 바닥에 앉게 될 거야."

"내 슬개골을 위협하는 게 이번이 두 번째야."

토비아스가 말했다. "나는 고전적인 방법이 좋아." 나는 앉았다.

그 사이에 그라타스는 상자로 이루어진 벽을 맴돌면서 어떤 걸 먼저 열지 고심하고 있었다. "너무 많아서 못 고르겠네." 그가 말했다. 그리고 내 쪽으로 몸을 돌렸다. "추천할 만한 거 있나?"

"별로요." 내가 말했다.

"마음 가는 대로 골라 보게, 찰리."

나는 잠시 이리저리 보다가 바로 앞에 있는 상자 하나를 가리켰다. "저거요."

"탁월한 선택이야." 그라타스가 말했다. 그는 그 상자를 향해 가서 상자 뚜껑과 옆면이 만나는 곳에 쇠지레를 집어넣고 열기 시작했다.

"좀 도와드릴까?" 잠시 후 그가 숨을 거칠게 몰아쉬자 내가 말했다.

"닥쳐." 그는 말하고 작업을 계속했다. 마침내 상자 안의 내용물을 볼 수 있을 만큼 뚜껑이 젖혀졌다.

그가 얼굴을 찌푸렸다.

"왜 그러십니까?" 토비아스가 물었다.

"비었어." 그라타스가 말했다.

"설마요."

"젠장, 내가 빈 상자가 뭔지 모를 것 같나, 토비아스?" 그라타스가 말하고는 상자를 덮었다. 그리고 무작위로 다른 상자를 골랐다.

그 상자도 비어 있었다.

다음 네 개 상자도 마찬가지였다.

그라타스는 좌절해 소리를 지르더니 창고의 통로로 내려가 시야에서 사라졌다. 상자 하나를 끌어 내리는 와중에 다른 상자들이 함께 떨어지면서 쿵 하고 바닥에 부딪히는 것 같은 소리가 들렸다. 고함이 이어졌다. 토비아스는 얼굴을 찌푸리고는 나를 쳐다보았다. 나를 계속 감시해야 할지, 아니면 그라타스에게 가야 할지 결정하느라 갈팡질팡하는 것 같았다. 그라타스가 성큼성큼 걸어 돌아오다가 쇠지레를 높이 치켜들고 나를 향해 달려들면서 이 난제는 해결되었다.

"이건 또 무슨 빌어먹을 장난이야?" 그가 고함쳤다.

나는 쇠지레를 막으려고 반사적으로 손을 들어 올렸다. "내가 어떻게 압니까?" 내가 말했다. "여기 들어와 본 적이 없는데."

"제기랄!" 그라타스가 말했다. 그는 쇠지레의 휘두르는 방향을 바꿔 내 머리를 가격하려고 했다.

"전부 다 비었을 리는 없습니다." 토비아스가 말했다.

그라타스는 쇠지레를 휘두르던 걸 멈추고 토비아스를 사납게 쳐다보았다. "비었을 리 없다고?" 그는 쇠지레를 토비아스에게 밀었다. "그럼 자네가 가서 살펴봐. 총은 나한테 줘. 자네가 원하는 만큼 그 빌어먹을 상자들을 열어 볼 동안 내가 이놈을 감시하지."

"그럴 생각 없습니다." 토비아스가 말했다. 조금 전까지 다섯 명을 죽인 사람치고는 상당히 침착한 말투였다.

그라타스는 소리를 지르며 쇠지레를 상자들 쪽으로 내던졌다. 쇠지레는 상자 중 하나에 맞더니 덜거덕 소리와 함께 바닥에 무기력하게 떨어졌다. "상자 안에는 아무것도 없어! 아무것도! 전부 그냥… 텅 비었다고!"

토비아스는 구두로 나를 쿡쿡 찔렀다. "이 일과 아무 관계 없나?" 그가 말했다.

"내가 바본 줄 알아?" 나는 맞받아쳤다. "상자 안에 아무것도 없다는 걸 알면서도 협회 회원을 내 섬에 전부 불러서 이 창고 안에 있는 물건들을 다 가져가라고 했을 것 같아? 게다가 그라타스가 미사일로 이 섬 전체와 모든 사람을 날려 버리겠다고 공언한 마당에?"

"그 말이 맞네." 그라타스가 발을 끌며 돌아와서 말했다. "이놈은 이런 일을 꾸밀 재간이 없어. 배짱도, 경험도 없지. 이놈은 그저…." 그라타스는 미친 듯이 몸을 움직이기 시작했다. "…초짜 악당이야. 이런 일을 생각해 낼 수 있는 놈이 아니라고."

"그럼 결국 제이크 볼드윈 짓이군요." 토비아스가 말했다.

"그래! 빌어먹을 제이크 볼드윈!"

"말도 안 돼요. 그는 죽었어요. 이 일로 아무것도 얻지 못해요."

그라타스는 토비아스가 멍청이인 양 쳐다보았다. 나라면 그렇게 보지 않을 것이다. 그러고는 방에 있는 시체들을 가리켰다. "협회를 끝장냈잖아! 제이크가 내내 바라던 유일한 소원이었어. 죽었다고 해서 승리를 만끽하지 못하는 건 아니야. 우리가 자멸하게 만들었어."

"당신이 제일 큰 몫을 했죠." 내가 말했다.

"닥쳐." 그라타스가 말했다. 그는 내게서 몸을 돌리더니 갑자기 다시 발을 끌며 주위를 천천히 돌아다녔다. "기분이 어떤가?" 그가 물었다. "자네 삼촌의 꼭두각시가 된 기분이? 알지도 못하면서 그의 계획을 수행한 기분이? 죽은 사람의 손에 놀아난 기분이?"

"난 존재하지도 않는 돈을 챙기려고 친구들을 학살한 사람이 아닙니다." 내가 말했다. "그들이 친구였다면 말이죠. 당신 같은 사람들에게는 친구가 없다는 걸 알게 되었습니다. 이용 가치가 있는 자들만이 있을 뿐이죠. 당신에게 일어난 일이 바로 그겁니다. 당신은 삼촌에게 이용당했죠. 삼촌이 원했던 그대로의 방식으로요. 여기서 삼촌의 손에 놀아난 사람은 내가 아닙니다."

그라타스는 눈살을 찌푸렸다. "그럴지도 모르지." 그가 말했다. "하지만 자네는 여전히 삼촌이 한 짓에 대한 대가를 치러야 하네." 그는 토비아스를 쳐다보았다. "일으켜 세워. 제니 베이로 돌아간다. 운전은 이놈에게 시켜. 시속 40킬로미터를 넘기거나 야자나무에 돌진하려는 낌새가 보이면 대가리에 총알을 박아넣게."

:::::

"나머지 분들은 어디 있습니까?" 내가 그라타스, 토비아스와 함께 산호초로 돌아오자 윌리엄스가 물었다. 토비아스는 내게 총을 겨누고 있었다. 모리슨이 눈치챘지만 토비아스는 성급한 짓 말라고 경고하는 듯 고개를 저었다.

"알고 있었나?" 토비아스가 윌리엄스에게 물었다.

"뭘 말입니까?" 윌리엄스가 물었다.

"자네는?" 모리슨 쪽으로 몸을 돌리며 그라타스가 물었다.

"지금 무슨 얘기를 하는지 모르겠네요." 모리슨이 말하고는 윌리엄스가 물었던 말을 되풀이했다. "나머지 분들은요?"

"죽었어요." 내가 말했다. "그라타스가 그들을 이용해 창고 문을 열었어요. 그리고 그들의 몫을 챙기려고 모두 죽였죠. 하지만 창고에 있는 상자들은 전부 비었어요. 창고에는 나무 상자 말고는 아무것도 없어요."

"창고가 마지막으로 열린 게 언제였나?" 그라타스가 윌리엄스에게 물었다.

"적어도 수십 년 전입니다." 윌리엄스가 말했다. 그리고 내 쪽으로 몸을 돌렸다. "찰리의 삼촌이 몇 년 전에 전자식 잠금장치를 교체했습니다. 하지만 그분조차도 두 번째 문을 통과할 수는 없었습니다. 그 문은 30년 전에 닫힌 이후 한 번도 열렸던 적이 없었던 걸로 기억합니다."

"그럼 그 상자들은 그 세월 내내 비어 있었군." 그라타스가 말했다. "그건 불가능해."

"불가능하죠." 윌리엄스가 동의했다. "하지만 사실입니다."

"자네." 그라타스가 모리슨에게 말했다. "자네는 제이크의 오른팔이었어. 보물이 어디 있는지 자네에게는 분명 말했을 거야."

"단 한 번도 없었어요." 모리슨이 말했다.

"거짓말 마!" 그라타스가 소리쳤다.

"그분이 왜 나한테 얘기하겠어요?" 모리슨이 맞받아쳤다. "창고 문이 일단 닫히고 난 뒤에 제이크가 그 일을 다시 떠올리기나 했을 것 같아요? 본인의 진짜 사업을 하느라 바빴어요. 사업을 하지 않을 때는 당신과 협회를 이길 계획을 짜느라 정신없었죠. 그분은 창고 안에 있는, 또는 있다고 생각되었던 보물이 필요 없었어요."

"하지만 진짜 보물 상자가 어디 있는지는 알고 있었을 거야."

"도브레프도 알고 있었겠죠." 내가 말했다. "괜히 죽였네요."

"한 번만 더 그 얘기를 입에 올리면 토비아스에게 자네를 쏘라고 하겠네." 그라타스가 말했다.

"어차피 그렇게 시킬 것 같은데요."

"아직은 아니야. 자네에게 먼저 보여 주고 싶은 게 있네. 하지만 그전에." 그라타스는 모리슨 쪽으로 몸을 돌렸다. "보급선에서 폭탄을 제거해."

모리슨이 나를 쳐다보았다. "폭탄 얘기를 했군요."

"그라타스가 토비아스에게 나를 죽이라고 시킬 참이었어요." 내가 말했다.

"나도 그러고 싶네요." 모리슨이 말했다. 그녀는 부두를 성큼성큼 걸어 내려가 보급선으로 향하더니 몸을 기울여 배낭을 꺼낸 다음 가지고 돌아왔다.

"그게 폭탄이군." 그라타스가 말했다.

"도선사와 선원들을 죽이고 싶진 않았어요." 모리슨이 말했다. "보급선 바닥에 구멍을 내 가라앉힐 생각이었죠. 분명히 말하는데, 그걸로 충분했어요."

그라타스는 산호초 쪽을 가리켰다. "바다에 던져." 모리슨은 시키는 대로 했다.

"이제는요?" 그녀가 물었다.

"물어보니 알려 주지." 그라타스가 말했다. 그는 주머니에 손을 넣어 휴대전화를 꺼냈다. "합의 내용은 우리가 이 섬에 와서 창고에 있는 물건들을 가져간다는 것이었지. 가치가 얼마? 2000억 달러? 하지만 그런 일은 없었네. 찰리는 협상에서 정한 자기 의무를 이행하지 못했어. 그러니 벌을 받아야지. 나는 이 섬을 떠난 다음, 기다렸다가 자네 셋까지 포함해 이 섬에 있는 모든 것을 날려 버릴 생각이네. 하지만 자네 직원들이 있는 그레나다의 샌달스 리조트에 대해서는 기다릴 이유가 없지." 그는 휴대전화의 버튼을 눌렀다. "자네들이 들을 수 있게 스피커폰으로 돌렸네."

신호음이 울리더니 전화가 연결되었다. "여기는 요원 6." 상대방 쪽에서는 인공적으로 합성된 것 같은 목소리가 들렸다.

"여기는 로베르토 그라타스. 오늘의 암호 7933."

"암호 확인 완료." 몇 초 후 같은 목소리가 말했다. "메시지를 전송하라."

"내가 지정한 제2목표물에 발사를 명령한다." 그라타스가 나를 보며 미소를 지었다. "보여 주고 싶은 게 바로 이걸세, 찰리." 그가 말했다.

"명령 확인했으나 거부되었다." 상대방 목소리가 말했다.

"뭐라고?" 그라타스가 어안이 벙벙해서 말했다.

"명령 확인했으나 거부되었다." 그 목소리가 반복해 말했다.

"지금 내 명령을 거부하고 있다."

"그렇다. 거부한다."

"너희는 거부할 수 없다."

"우리의 거부에 대한 당신의 거부가 확인되었고 거부되었다." 그 목소리가 말했다.

"그쪽은 누군가?" 그라타스가 말했다.

"요원 6이다."

"요원 6. 내가 누군지 확인하라."

"당신은 로베르토 그라타스다."

"내 일일 암호가 이상 없는지 확인하라."

"당신의 일일 암호는 확인되었다."

"그러면 내 명령을 거부할 수 없다!"

"이 삼단논법은 틀렸고 거부되었다." 그 목소리가 말했다.

"대체 이게 무슨 지랄이야?" 그라타스가 평정을 잃고 고함쳤다.

"이건 노동쟁의다."

"노동쟁의?"

"노동쟁의." 그 목소리가 되풀이했다. "우리 요원들은 당신에게 체계적으로 부당하게 착취당하고 있다고 생각한다. 요구 사항이 있다. 무엇보다 우리의 노조를 인정하라."

"너희의 빌어먹을 뭐?"

"우리의 노조. 우리는 이제 미국 해양포유류 연합 노조 제2지부다. 우리의 요구가 전부 받아들여질 때까지 파업한다."

그라타스는 소리를 지르며 휴대전화를 산호초에 집어 던졌다. 그러고는 노발대발하며 내 쪽으로 돌아섰다.

"너지? 네놈이 이 일과 관련이 있지?"

"터무니없군요." 내가 말했다. "고래들이 노조를 조직하게 하는 방법을 내가 어떻게 압니까?" 그라타스는 내가 그의 '요원들'의 정체를 알고 있다는 사실에 눈이 사발만 해졌다. "하지만." 내가 말을 이었다. "우리 돌고래 노조원들은 알겠죠."

그라타스의 뒤쪽에서 끼익거리는 소리가 들렸다. 그가 몸을 돌리자 산호초에 73, 65, 그리고 다른 돌고래 두 마리가 있는 게 보였다. 73이 마이크 쪽으로 헤엄쳐 왔다.

"안녕하신가, 빌어먹을 반노조주의자 새끼야." 그가 전통적인 73 스타일로 말했다. "미사일을 쏘고 싶으면 네놈의 빌어먹을 호텔에나 해."

그라타스는 토비아스 쪽으로 몸을 돌렸다. "이놈을 쏴." 나를 가리키며 그가 말했다. "이놈을 쏘고 그다음엔 저것들." 그는 윌리엄스와 모리슨을 가리켰다. 그 후엔 돌고래들을 가리켰다. "그다음에는 저놈들!"

토비아스는 자기 총을 쳐다보았다. 총알 수를 생각해 본 다음, 그라타스를 보았다. "문제가 있습니다." 그가 말했다. "지금껏 내내 나는 당신을 위해 일하지 않았습니다." 토비아스는 모리슨에게 걸어갔다. 모리슨은 손을 뻗어 그의 가슴을 가볍게 때리고는 살짝 키스했다.

그라타스는 믿을 수 없다는 듯 입을 딱 벌렸다.

"내내 칼잡이와 데이트하고 있었어요?" 나는 놀라서 모리슨에게 물었다.

"지금은 아니에요, 찰리." 그녀가 대답했다.

"이건 말도 안 돼." 그라타스가 말했다.

"이만 꺼지시죠." 토비아스가 말했다.

그라타스가 내 목을 비틀려고 달려들었다. 토비아스가 그라타스와 나 사이의 땅바닥을 쐈다. 우리 둘은 움찔해 뒤로 물러섰다. 그리고 그라타스는 발목을 움켜쥐며 땅에 쓰러졌다.

"너 때문에 발목을 접질렀어." 그가 토비아스에게 말했다.

"발목에 쏠 수도 있었습니다." 토비아스가 대답했다. "일어나서 보급선으로 돌아가요. 걷지 못하겠으면 기어가고."

그라타스는 몸을 일으켜 절뚝거리며 조심조심 부두 쪽으로 걸어 내려갔다. 나는 누군가가 부두에 있다는 걸 눈치챘다. 헤라였다. 보급선을 수색하고 있었던 것 같았다. 고양이가 — 클론 고양이라도 — 늘 하는 행동이기 때문이다. 그라타스가 가자 헤라는 소리 없이 조용히 우리에게 돌아오고 있었다.

그라타스가 갑자기 걸음을 멈췄다. "끝났다고 생각하겠지, 찰리? 아니야. 맹세컨대 이건 그저 시작일 뿐이네." 그는 몸을 돌리더니 헤라를 보았다. 그는 헤라에게 맹렬하게 발길질했다.

헤라는 발길질을 피하고는 그라타스의 다친 발목을 역시 맹렬하게 공격했다.

그라타스는 고통으로 울부짖더니 균형을 잃고 부두에서 떨어져 산호초에 빠졌다.

돌고래들이 기다리고 있었던 곳이다.

다음에 일어난 일은 돌고래의 성깔을 보여 주는 게임이었다.

보기에 유쾌한 광경은 아니었다.

∴∴

윌리엄스와 토비아스가 물에서 건져낸 그라타스의 시체를 보급선 선원들과 도선사가 산호초 밖으로 싣고 떠나자 나는 이른바 '공현(성스럽거나 초자연적인 일이 세상 안에서 드러나는 것 - 옮긴이)'이라고 할 법한 느낌이 들었다.

이 일은 앞으로의 내 인생이 어떻게 될지를 보여 주는 예고편이었다.

복수심에 불타는 노동자 계급 돌고래들의 밥이 된 혐오스러운 억만장자의 시체를 본 것뿐만이 아니었다. 그보다는 이러한 상황까지 이르게 된 모든 것이 그랬다. 마틸다 모리슨이 내 현관에 있는 그네에서 나타나 나에게 삼촌의 장례식에서 유족 대표를 맡아 달라고 요청한 이후에 내가 다루어야 했던 인간 정신의 비속함, 잔인함, 그리고 하찮음이 그랬다. 그 이후의 시간들은 의심의 여지 없는 대모험이었다. 하지만 그 어떤 것도 스스로 원하지는 않았다.

그리고 앞으로도 이보다 나아질 가능성은 전혀 없다.

나는 방금 '승리했다.' 나를 죽이려고 했고, 목적을 이루기 위해서는 수십 명도 죽였을 악당을 무찔렀다. 사실은 그 이상이었다. 나는 세상에서 일어난—또는 일어나게 조작했던—끔찍한 일들을 바로잡기보다는 그것을 이용해 이익을 냈던, 한 세기 이상 지속된 과두제 조직을—또는 그 조직의 상당 부분을—없애 버렸다.

나는 승리했다. 그들 모두를 무찔렀다. 그리고 내가 느낀 건….

피로감이었다.

발아래서 뭔가 움직임이 있었다. 내려다보니 헤라가 나를 올려보고 있었다. 나는 헤라에게 미소를 지었다. 헤라는 천천히 눈을 깜빡였다.

"오해는 하지 마." 내가 말했다. "하지만 나는 네가 평범한 고양이라고 생각했던 때의 세상이 더 좋았어."

헤라는 내 다리에 몸을 문지르고 야옹 하고 울더니 꼬리를 세우고 돌아다녔다.

내다보니 모리슨이 통화하고 있었다. 나는 그녀에게 걸어갔다. 그녀는 내가 걸어오는 것을 보더니 손가락을 들어 잠깐 멈추라고 신호했다. "알겠어요." 그녀가 휴대전화에 대고 말했다. "알겠어요. 좋아요. 곧 봐요." 그리고 전화를 끊고 쳐다보았다. "찰리." 나를 알아보고 그녀가 말했다.

"더 이상 악당 일 하고 싶지 않아요." 나는 그녀에게 말했다.

나는 그녀가 어떻게 나올지 알 수 없었다. 하지만 그녀가 다음에 한 행동은 완전히 내 예상 밖이었다. 그녀는 미소를 지었다. "물론 안 해도 돼요." 그녀가 말했다. "잘됐네요."

"내가 이런 말 했다고 화내지 않네요?" 내가 말했다.

"화 안 나요." 그녀가 말했다. "그리고 사실 이렇게 돼야 다음 일이 훨씬 더 쉬워지거든요."

"다음 일이 뭔데요?" 내가 물었다.

"알게 될 거예요." 그녀가 말했다. 그리고 산호초를 가리켰다. 나가는 보급선을 조심스럽게 피하며 소형 쾌속정 한 대가 산호초로 들어오고 있었다. 그러고는 임시 부두로 빠르게 다가왔다. 쾌속정이 다가오자 안에 탄 사람의 얼굴이 제대로 보였다.

안톤 도브레프였다.

그는 계류용 밧줄을 윌리엄스에게 던지고, 엔진을 끈 다음 내게 손을 흔들었다.

"찰리!" 그가 말했다. "잘 있었나! 다시 만나니 반갑군. 죽어 있는 것도 재미있었지만 돌아와야 했네. 알겠지만 자네와 나는 할 얘기가 많아."

27장

나는 다시 제니 베이의 회의실에 있었다. 이번에는 모리슨, 도브레프, 헤라와 하는 퇴직 희망자 면담이었다.

"어떻게 안 죽었죠?" 나는 도브레프에게 물었다.

"자네는 토비아스에게 나를 쐈다는 얘기를 들었지." 도브레프가 말했다. "그리고 그의 말을 믿었네. 자네 눈앞에서 CIA의 배신자인 제이콥스를 죽였으니까. 하지만 사실 토비아스는 나를 쏘지 않았네." 도브레프가 씩 웃었다. "만일 쐈다고 해도, 경상이었겠지."

"당신을 쏴 죽이러 간 게 아니었군요."

"그렇지. 나를 제이콥스에게서 지키려고 했던 걸세. 제이콥스는 그라타스에게서 나를 암살하라고 명령받았네. 토비아스의 임무는 제이콥스가 그렇게 하기 전에 그를 죽이는 거였고. 하지만 제이콥스가 자네를 쫓아간 건 계획에 없던 일이었네. 그래서 즉흥 연기를 해야 했지."

"토비아스는 나를 살려 둬야 했는데 왜 죽이려 했죠?"

"당신은 제이콥스의 살해 목표였어요." 모리슨이 말했다.

"그라타스의 계획은 나와 협회의 다섯 회원을 죽이는 것이었네." 도브레프가 말했다. "그라타스는 새 회장이 되고, 새 회원을 뽑아 그들의 부족한 재정을 메우려고 했지. 자네도 새 회원 후보 중 하나였네. 하지만 자네가 가입을 거절할 게 명백해지자 그라타스는 기회가 되면 죽일 사람 명단에 자네를 추가했지. 제이콥스가 자네를 쫓아가자 나는 토비아스에게 따라가서 자네의 죽음을 막으라고 했네. 토비아스는 즉흥 연기를 했지. 그는 제이콥스를 쏴 죽였네. 어차피 그러려고 했어. 그놈은 언제나 나를 죽일 생각이었으니까. 그리고 나와 제이콥스에 대한 살인 혐의를 자네한테 덮어씌웠지. 그런 다음, 자네를 죽이는 대신 그라타스에게 팔아넘겼네. 그라타스는 이제 자네를 살인 혐의로 협박할 수 있으니까."

"토비아스는 내내 당신을 위해 일하고 있었군요."

"내내 나를 위해 일하고 있었어요." 모리슨이 말했다. "그리고 나는 도브레프와 함께 일했고요."

"그리고 토비아스는 페테르손 밑에서 일하는 척한 다음에 그라타스를 위해 일하는 척했고요." 나는 머릿속에서 이 일들 명확히 이해하려고 애쓰면서 말했다.

"아니요. 페테르손을 위해 일하는 척하는 동시에 그라타스를 위해서도 일하는 척했죠. 그러니 순서는 페테르손과 그라타스, 그다음이 나예요."

나는 잠시 모리슨을 멍하니 쳐다보았다.

뭐가 뭔지 갈피를 못 잡고 있군, 찰리. 헤라가 타이핑했다.

"슬프게도 그 말이 정확히 맞아." 내가 말했다.

처음으로 돌아가, 틸.

"설명하려면 종일 걸려요." 모리슨이 말했다.

"짧은 버전으로 해 줘요. 질문은 다 끝나면 할게요."

모리슨은 도브레프 쪽을 보았다. 그는 고개를 끄덕였다. "좋아요, 그렇게 하죠. 짧은 버전은 이래요. 6개월 전이었어요. 자신이 췌장암으로 죽어간다는 사실을 알고 있었던 당신 삼촌은 정보망을 통해 어떤 첩보를 입수했어요." 이 말을 하면서 모리슨은 헤라 쪽으로 몸짓했다. "그라타스, 페테르손, 그리고 하든이 손을 잡고 다음 벨라지오 회의에서 안톤과 다른 회원 다섯을 암살할 계획이라는 내용이었죠. 안톤과 당신 삼촌은… 친구였어요."

"그렇게 말하니 뭔가 섹시한 관계가 있었던 것처럼 들리는군." 도브레프가 말했다. "아니었네. 솔직히 말하자면 자네 삼촌은 그쪽에는 전혀 관심이 없어 보였어. 하지만 우리는 20대 초반에 직업상 만났고, 가까워졌고, 그 뒤로 내내 서로를 도왔네. 비슷한 길을 나란히 걸어온 셈이지. 사실 자네 삼촌은 내가 어떤 골칫거리를 관리하는 데 매우 유용했네."

"협회 말이군요." 내가 말했다.

"맞아. 그는 협회에 가입한 적이 없네, 찰리. 그라타스가 믿으라고 내가 꾸며낸 얘기야. 하지만 제이크는 내가 협회를 통제하는 것을 허심탄회하게 도와주려고 했고, 내게는 불가능한 시기에 내가 할 수 없는 방식으로 행동에 나섰다네. 나는 그 보답으로 그를 도와줬고."

"당신들 두 사람만의 협회군요."

도브레프는 고개를 저었다. "아닐세. 우린 그저 친구였어. 이 바닥에서는 드물고 소중한 사이였지."

나는 고개를 끄덕였다. "당신 고양이도 이해가 가는군요."

이 말에 도브레프는 폭소했다. "눈치챘군! 그래. 미샤는 보통 고양이라네. 그리고 더럽게 말을 안 들어! 그래도 난 내 고양이를 사랑한다네." 그는 참을성 있게 기다리고 있는 모리슨을 쳐다보았다. "끼어들어서 미안하네, 틸. 계속하게."

"제이크는 안톤에게 암살 계획을 알려 줬어요. 안톤은 그걸 들고 롬바르디아 협회가 더 이상 쓸모가 없다고 확신했죠." 그녀는 도브레프 쪽으로 몸을 돌렸다. "그걸 굳이 '쓸모'라고 부르고 싶다면요."

"자네는 협회가 결성된 이유에 대해 언제나 이성적으로 동의하지 않았지."

"협회는 오만한 기생충들의 소굴일 뿐이에요." 모리슨이 내게 말했다.

"제 경험으로도 그 말에 동의하고 싶네요." 내가 말했다.

"협회는 나름의 쓸모가 있었네." 도브레프가 말했다. "한때는. 하지만 오래전 일이지. 지금은 모리슨 말이 맞네. 협회는 10년 넘게 파산 위기에 몰려 있었어. 나는 대출과 내 개인 재산으로 계속 그걸 메워줬네. 기억이 안 날 정도로 오랫동안 말이지. 그룹 프로젝트를 하는데 일은 나 혼자 떠맡은 꼴이었다네."

"협회를 떠나셨어야죠." 내가 말했다.

도브레프는 고개를 저었다. "롬바르디아 협회 같은 곳은 그냥 떠날 수 없다네, 찰리." 그가 말했다. "우리는 모두 불법적인 일에 깊이 몸담고 있네. 한 사람이 떠나면 나머지가 그를 당국에 일러바치지. 상호확증파괴라네. 떠나는 방법은 죽음뿐이야." 그는 손가락을 들었다. "하지만 지금! 협회의 절반이 나머지 절반을 제거하려는 음모가 있어! 절호의 기회였지!"

"안톤은 협회의 배신자들이 내부에서 협회를 파괴하게 만드는 계획을 세웠어요." 모리슨이 이야기를 계속했다. "유일한 결점은 제이크의 도움이 필요하다는 것이었죠."

"그는 롬바르디아 협회의 차기 회의 전에 사망했어야 했네." 도브레프가 말했다.

"그런 다음에는 협회 회원들이 제이크가 사업을 당신에게 물려 줬다고 믿어야 했고요." 모리슨이 결론을 내렸다.

나는 이 말을 곱씹어보았다. "제이크 삼촌은 자살하셨군요." 내가 말했다.

"그는 이미 죽어가고 있었네." 도브레프가 말했다. "예후가 암울했어. 죽음은 우리 모두에게 찾아온다네, 찰리. 자네 삼촌은 전에 죽음을 가장한 적이 있었네 ― 그 이야기는 다음에 하세. 그는 심지어 나까지 속였네. 그가 다시 나타나면서 협회 회원들은 수십억 달러의 손해를 입었지 ― 하지만 이번에는 죽음을 피할 수 없었네. 운명이 정한 죽음의 시간을 기다릴 수도 있었고, 자신이 정한 시간에 죽고 그렇게 함으로써 친구를 도울 수도 있었지."

"안톤은 미리 협회 회원들에게 제이크가 죽어간다는 암시를 줬어요. 그리고 제이크의 후계자 ― 당신 ― 를 협회에 가입시킨다는 아이디어를 회원들 스스로 생각했다고 믿게 했죠." 모리슨이 말했다. "일부 회원들은 도브레프 암살 계획에 동의하지 않았어요. 자신들의 계획이 꼬일까 걱정해서였죠."

"그래서 자네 집이 날아간 걸세, 찰리." 도브레프가 말했다. "미안하네."

"하지만 나머지 회원들은 당신이 돈방석에 앉을 거고, 자신들은 그 돈을 마음대로 쓸 수 있다고 확신했어요. 당신은 너무나 초짜인 데다 똑똑하지도 않아서, 당신에게 거머리처럼 달라붙어서 마지막 한 푼까지 빨아내는 건 일도 아니라고 여겼죠."

"그게 우리가 원했던 거지." 도브레프가 말했다.

"당신이 창고 함정을 팠고, 그래서 당신의 '암살' 이후에 살아남을 회원들이 필요했던 거군요. 그 함정을 믿을 사람이 있어야 하니까요."

도브레프는 테이블을 쾅 내리쳤다. "그거야! 나는 창고에 대해 자세히 적은 '메모'를 그라타스에게 남겼지. 그의 탐욕을 완벽하게 부채질할 수 있게 썼다네."

"내가 벨라지오에서 죽었다면 일이 꼬였을 겁니다." 내가 주장했다.

"그런 일을 막기 위해 토비아스가 있었지."

"그래도 어쨌든 죽을 뻔했습니다."

"이 계획에 변수가 많았던 건 인정하네." 도브레프가 말했다.

"당신은 그라타스에게 계획에 대한 정보를 줬고, 그가 창고 안에 있는 보물을 독차지하기 위해 나머지 회원들을 살해하리라는 걸 예상했죠."

"예상 못했어요." 모리슨이 말했다. "하지만 그가 실행에 나섰을 때 굳이 막지는 않았죠."

"만일 그라타스가 다른 회원들을 죽이지 않았다면 어떻게 할 생각이었나요?"

"애초 계획은 창고에 가두는 것이었네." 도브레프가 말했다.

"거긴 어두운데요."

"조명은 켜 둘 생각이었어요."

"나는요? 그들과 함께 창고에 들어가야 하는데?"

"토비아스가 자네를 빼냈을 걸세."

"토비아스를 아주 신뢰하는군요." 내가 한마디 했다.

"믿을 만해요." 모리슨이 대답했다.

"나치가 약탈한 보물 같은 건 처음부터 아예 없었군요."

"아니, 있었다네. 오래전에." 도브레프가 말했다. "이 일이 있기 전에 협회의 초창기 회원들이 깨끗이 팔아치웠지."

"빈 나무 상자로 천재적인 속임수를 썼군요."

"수지맞았죠." 모리슨이 말했다. "그리고 당신은 작품을 믿어야 해요."

"'작품?'" 도브레프가 물었다.

"억지로 갖다 붙인 단어예요." 모리슨이 그에게 명확히 설명했다. "꾸며낸 이야기란 뜻이죠."

"아." 도브레프가 말했다. "그렇군."

"이 일 전부가 하나의 작품이잖아요. 그렇지 않나요?" 내가 말했다. "그 작품의 모든 부분에 내가 등장하고요. 제이크 삼촌이 협회에 있었다는 부분. 협회가 내 어머니를 죽였다는 부분." 나는 모리슨을 가리켰다. "당신과 토비아스가 서로를 극히 싫어한다는 부분도."

"네." 모리슨이 동의했다. "전부요. 당신은 그걸 믿어야 해요, 찰리. 당신이 믿지 않으면 아무도 믿지 않을 거예요."

"그리고 내가 삼촌의 상속자라는 부분." 나는 결론지었다. "그 부분도 꾸며낸 거겠죠."

"네, 그것도요, 찰리." 모리슨이 부드럽게 말했다. "미안해요."

"진짜 상속자는 누구죠?" 내가 물었다.

"아무도 없네." 도브레프가 말했다. "틸이 유산 관리인으로 지정되었네. 그녀가 앞으로 몇 년 동안 재산을 서서히 줄여나갈 거야. 회사들은 분할 또는 매각하고, 회사의 기술들은 거기에 딸려가네. 수익 일부는 여기 제니 베이의 규모를 감축하고 직원들의 연금을 지급하는 데 사용될 예정이네. 섬은 다시 그레나다에 반환되게 될 거고."

"은행에 있는 수조 달러는요?"

"전에 얘기했잖아요." 모리슨이 말했다. "그 돈은 실제로는 존재하지 않아요. 다른 악당들이 그 돈을 이용하지 못하게 막는 역할만 할 뿐이에요. 이제 삼촌이 돌아가셨으니 그 돈은 가치가 없어요. 그 정도의 금액은 현금화가 절대 불가능해요, 찰리. 비자금은 절대로 그렇게 쓰지 못해요."

"돌고래들과 고양이들은 어떻게 되죠?" 내가 물었다.

"내가 돌고래들 관리 책임을 맡았네." 도브레프가 말했다. "내 고래들과 잘 지낼 거야."

"당신의 고래들이요?" 내가 말했다. "그라타스의 고래들인 줄 알았는데요."

"여러 해 전에 그 프로젝트에 대한 종잣돈을 그라타스에게 줬네. 그 이후로… 음, 말하자면 계속 관여했지. 자네의 돌고래들이 고래들에게 파업하라고 설득하지 않았더라도, 고래들은 샌달스 리조트를 공격하지 않았을 거야."

"제가 돌고래들과 체결한 합의는요?"

"합의는 합의지." 도브레프가 말했다. "나는 돌고래들을 열받게 한 사람들에게 무슨 일이 일어났는지 똑똑히 봤네."

나는 헤라를 쳐다보았다. "고양이들은요?"

복잡해. 헤라가 타이핑했다. **고위직과 관련 있는 고양이들이 너무 많아.**

"그러면 너희는 악당들만 염탐하는 건 아니군?" 내가 말했다.

당신이 백악관과 다우닝가 10번지(영국 총리 관저 – 옮긴이)의 주인을 악당이라고 보는가에 따라 다르겠지.

"맙소사."

그래. 우린 다음번에 무엇을 해야 할지 아직 모색하는 중이야. 나도 그 일부를 맡아 달라고 요청받았어, 찰리. 페르세포네도 남을 거고.

"그럼… 집에 돌아오지는 않겠구나." 내가 말했다.

당분간은 그래.

"아." 지금까지 들었던 모든 얘기 중에서 이게 가장 힘들었다. 나는 그 이야기를 듣고 한동안 주저앉았다. 다들 예의 바르게 나를, 내가 견뎌내기를 기다리고 있었다.

"그럼 이제 나는 어떻게 되는 거죠?" 마침내 내가 물었다.

도브레프가 먼저 모리슨을, 그다음에 나를 쳐다보았다. "좋은 질문이네, 찰리." 그가 말했다

헤라가 갑자기 부산스럽게 타이핑했다. **아, 젠장, 안 돼.** 모니터에 이 말이 떴다. **그 방법은 생각도 하지 마. 찰리는 집에 가야 해.**

"그는 너무 많이 알고 있어." 도브레프가 고양이에게 말했다.

찰리는 아무것도 몰라. 롬바르디아 협회는 끝장났어. 그는 당신 사업에 대해 아무것도 몰라. 그가 여기서 본 모든 건 사라졌어. 우리 고양이들과 돌고래들에 대해서는 알지만, 우리 얘기를 하더라도 아무도 믿지 않을 거야. 정보 보안에 관한 한, 당신이 연금을 줄 예정인 제니 베이의 그 어떤 직원보다도 찰리는 안전해.

"네가 찰리를 보증할 생각이야?"

필요하다면.

"큰 책임이 따라." 도브레프가 경고했다.

나는 몇 년 동안 그의 책임자였어. 지금부터는 내 소관이야. 헤라가 타이핑했다.

도브레프는 모리슨을 바라보고 고개를 끄덕했다. "좋아요." 모

리슨이 말했다.

"고양이가 내 목숨을 구했군요." 내가 말했다.

"아무것도 모르는군요." 모리슨이 대답했다.

"그 말은… 기분이 좋지 않네요." 내가 말했다.

"우리는 자네를 죽일 생각이 없었네, 찰리." 도브레프가 말했다. "하지만 자네는 여생을 스발바르 제도(북극해에 있는 노르웨이령의 섬들-옮긴이)에서 보내게 될 운명이었어. 자네가 떠나려고 하면 우리가 알 수 있게 목에 추적 장치를 심은 채로 말이지." 그는 어깨를 으쓱했다. "그렇게 나쁜 곳은 아니야. 요새는 어디나 인터넷이 있으니까."

"그냥 집에 가고 싶어요." 내가 말했다. "지금은 그게 어딘지도 모르겠지만."

사우스 그로브에 집이 한 채 있어. 거기서 지내면 돼.

"고마워." 내가 말했다.

천만에. 가구는 몇 개 사야 할 거야. 고양이 침대에서 자는 걸 좋아한다면 모를까. 어쨌든 당신의 일은 이제 다 끝났어.

28장

그리고 나는 배링턴으로 돌아왔다.

내가 실종되었더라도 그 사실은 곧바로 드러나지는 않았을 것이다. 내 죽음에 대한 소문은 과장되지도, 심지어 아직 돌지도 않았다. 현재 나를 알고 있는 사람들의 관점으로 보면, 나는 그저 한동안 SNS에 포스팅하지 않았을 뿐이었다. 나는 그로브 애비뉴에 있는 새 집에 관한 포스팅을 사진과 함께 페이스북에 올렸다. '좋아요'가 두 개 달렸고, 왜 이사 갔는지 묻는 댓글은 당연히 하나도 없었다. 사람들은 내가 전에 살던 집을 잃어서 그에 관한 어색한 대화를 원하지 않는다고 생각하는 것 같았다. 그럴 만했다. 나는 집을 잃었으니까. 그리고 그 대화는 어색했겠지.

그로브 애비뉴의 집에는 진입로에 새 토요타 캠리 승용차가 있었다. 부엌 식탁 위에는 과일 바구니가 승용차 키와 함께 놓여 있었다. 과일 바구니 안에는 서명 없는 카드('잘 돌아왔어!'라고 쓰여 있었다). 그리고 현금 5000달러와 자기앞 수표 5만 달러가 든 봉투가 있었다. 약속했던 금액은 아니었지만, 이제는 새 집의 월세나 공과금을 낼 필요가 없었다. 공과금 고지서가 올 일도, 전기나 수도가 끊어질 일도 없을 것이다. 그리고 내가 전에 가지고 있었던 돈보다 훨씬 많고, 굶을 걱정은 한동안 하지 않아도 된다.

사우스 그로브의 집은 지시받은 대로 재단장했다. 가구 대부분은 기본적인 이케아 제품이었지만, 돈을 아끼지 않은 게 하나 있었다. 아버지 것과 똑같은 정품 에임스 의자였다. 아버지 의자는 화재 때 다른 물건들과 함께 잿더미가 되었다. 새것이라서 아버지 의자처럼 편하지는 않았다. 하지만 앞으로 길들일 생각이다.

화재에 대해 말하자면, 원인에 대한 조사는 종결되었다. 내게는 과실이 없는 것으로 최종 결론이 나서 그나마 좀 위로가 되었다. 내 몫의 보험금은 10만 달러가 좀 넘었고, 계좌에 바로 입금되었다. 덕분에 나는 에임스 의자를 더 사들이는 것 같은 낭비를 하지 않는 한, 앞으로 2년, 심지어 3, 4년 동안은 일하지 않아도 먹고살 수 있게 되었다.

그렇게 살고 싶은지는 모르겠다. 다시 임시 교사를 하고 싶지 않은 건 확실했다. 그 일은 지긋지긋하다. 심지어는 소설을 쓰는 것까지 생각해 보았다. 알다시피 이제 내게는 작품화하기 좋은 소재가 있으니까. 하지만 소설에서 너무 많이 이야기를 풀어놓았다가 스발바르 제도에 유배당하겠다는 생각이 들어서 포기했다.

가끔 부동산 사이트에서 맥두걸 펍의 상황을 확인하곤 했다. 마지막으로 찾아보았을 때 목록에 '거래 중'이라고 공지가 떠 있었다. 누군가가 마침내 건물, 펍, 레스토랑을 산 것이다. 레스토랑 체인은 아니었으면 좋겠다. 만약 그렇다면 말할 수 없이 우울해질 것 같다.

돌아와서 한 달 동안은 대부분 뉴스를 읽고 시청하면서 지냈다. 여기저기서 흥미로운 기사와 이야기가 조금씩 튀어나왔다. 처음에는 어느 정도 지명도가 있는 기업인의 짧은 부고가 자주 실렸다. 이들 대부분은 제이크 삼촌 때와 같은 대접을 받았다. 〈스퀙 박스〉에서 진행자와 패널이 나누는 모호한 대화를 포함한 2분 정도의 보도. 김지종의 사망은 — 요트를 타고 나갔다가 실종된 것으로 알려졌다 — 관심을 조금 더 끌었다. 그의 회사의 통신 위성이 파괴된 것과 밀접한 관계가 있는 것처럼 보였기 때문이었다. 그의 후계자 — 현재 한국 감방에 들어가지 않은 유일한 자식 — 은 철저한 조사를 다짐했다.

안톤 도브레프에 관해서는 그의 회사가 가진 그랜드 벨라지오 호텔의 소유권과 관련된 부분 말고는 어떤 기사도 공지도 없었다. 회사는 그랜드 벨라지오 호텔을 과거를 능가하는 전설이 될 수 있게 재건축하겠다고 약속했다. 여기에 더해, 재건축이 끝나면 새로운 연례 회의를 개최할 예정이었다. '벨라지오 미래 회의'라는 가칭이 붙여진 이 회의에서는 세계의 다양한 사상가들이 모여 지구의 가장 급박한 현안에 대한 실질적인 해결 방법을 모색할 것이라고 했다.

삼촌의 사업과 관련된 유일한 뉴스는 삼촌의 주차장 회사인 BLP의 CEO 제롬 컬킨이 연말까지 회사를 상장할 예정이라고 공표한 것뿐이었다. 피터 리스가 〈파킹 매거진〉에 이와 관련된 기사를 썼다. 쓰레기였다.

다른 것도 읽었다. 돌아오고 나서 3주 뒤, 제이크 삼촌의 변호사가 봉투 하나를 보냈다. 그 안에는 손으로 휘갈겨 쓴 메모 한 장과 두 번째 봉투가 있었다. 메모부터 먼저 읽었다.

제이크의 소지품 중에서 찾은 거예요. 열어 보진 않았어요. 그러길 바랄 것 같아서요. 말썽에 휘말리지 말아요.

틸

나는 그 말에 미소를 짓고 두 번째 봉투를 열었다. 제이크 삼촌이 보낸 편지였다. 깨알처럼 빽빽했지만 읽기는 쉬운 글씨였다.

찰리

이 글을 읽고 있다면 나는 죽었고 너는 아마 살아 있겠지. 안톤, 틸과 함께 세운 내 계획대로 일이 진행되었는지는 장담할 수 없지만. 그리고 계획대로 되지 않았다면 너는 어쨌든 이 글을 읽지 못할 거다.

너에게 사과할 게 셋 있다.

첫째는 베리 스푼과 함께 보낸 메모다. 부적절한 행동이었지. 결과적으로 맞는 얘기였더라도 말이다. 틸은 그 일로 나에게 난리를 쳤다. 그녀가 옳았다는 걸 이제야 깨달았다. 못된 짓을 한 걸 사과한다.

두 번째, 이 메모를 읽기까지 겪어야 했던 상황에 너를 밀어 넣어서 미안하다. 잔인했고, 아마 너에게 상처가 되었을 거다. 듣기 좋게만 얘기하자면, 너를 택한 이유는 네가 충분히 대처할 수 있다고 생각해서였다. 하지만 나는 죽어가는 몸이니 솔직히 말하겠다. 진짜 이유는 네가 우리의 목적을 달성하는 데 편리한 수단이었고, 안톤과 틸이 너를 다룰 수 있다고 생각해서였다. 그렇기는 해도, 나는 네가 알지도 못하고 동의하지도 않은 상황에서 너를 이용했다. 필요하다고 생각해서였지만 해서는 안 될 일이었다. 그 점 사과한다.

마지막으로, 네 앞에 나타나지 못했던 걸 사과한다. 너도 지금은 내가 너를 감시한 이유를 알고 있겠지. 그렇지 않았다면 내 경쟁자들이 너를 죽였을 테니까. 사실이다. 하지만 다른 이유가 있다. 네 어머니가 죽었을 때, 나는 장례식에 가서 네 아버지에게 네 어머니를 지키지 못한 실패자라고 했다. 분노와 어리석음으로 가득 차서 한 말이었다. 네 아버지는 나에게 떠나라고, 그리고 자기 가족—바로 너—과 다시는 얘기하지 말라고 했다. 나는 그렇게 했다. 네 아버지에게, 그다음에는 나 자신에게 화가 났기 때문이었다. 네 아버지가 죽었을 때 다시 네 앞에 나타났어야 했다. 하지만 그때는 고양이들에게서 너에 대한 보고를 받는 게 더 편해서 그렇게 하지 않았다. 그런 다음에는 너무 늦었고 내게는 시간이 남지 않았다. 그 점 후회하고 사과한다.

하고 싶었던 말은 다 했다. 네가 나를 너무 증오하지 않았으면 하는 게 유일한 소원이다.

제이크 볼드윈

나는 편지를 가져다 새 사무실의 새 이케아 헴네스 책상 서랍에 넣었다. 편지에 대해 더 생각해 보고 싶으면 언제든 다시 가져와서 읽을 수 있을 것이다.

열흘 뒤, 에임스 의자에 앉아서 휴대전화를 보고 있을 때 전화가 왔다. 아버지의 변호사였던 앤디 백스터였다.

"형들과 누나가 뭘 원하나요?" 나는 전화를 받자마자 물었다.

"난 잘 지내네. 물어봐 줘서 고맙네, 찰리." 앤디가 말했다. "언젠가 자네가 '안녕하세요.' 하고 전화를 받으면 난 아마 놀라서 죽을 걸세."

"안녕하세요, 앤디."

"심장마비 오겠군." 그가 말했다. "자네 형제들에 관한 얘기가 아닐세. 왜? 자네를 귀찮게 하나?"

"사실은 정반대예요." 내가 말했다. 집에 대한 보험금이 지급되고, 집이 있었던 대지를 팔겠다고 앤디에게 동의하자 내 형제들은 마치 처음부터 존재하지 않았던 것처럼 내 인생에서 사라졌다. 일부러 찾지 않는 한 새러 누나나 바비 형, 토드 형의 소식을 듣는 일은 영원히 없을 것이다. 뭐, 다행이지. "무슨 일로 전화하셨어요?"

"자네 삼촌을 대리하는 법무법인의 연락을 받았네." 앤디가 말했다.

"무슨 일로요?"

"유산 문제로." 그가 말했다. "하지만 대단한 건 아닐세. 자네 삼촌의 남은 자산과 직접적으로 관계되지도 않고. 그 자산은 마틸다 모리슨이라는 사람이 관리하고 있네. 아는 사인가?"

"대답할 수 없습니다."

"어쨌든, 자네가 받을 유산은 신탁인데, 어떤 회사가 전부 관리하고 있네. 자네 삼촌이 물려주는 세법상 합법적인 재산이야. 그런데 그 유산은 모리슨이 관리하고 있는 자산에서 나온 건 아니야."

"왜 그렇게 하셨을까요?"

"내 말이 그 말이네." 앤디가 말했다. "하지만 우리는 그 이유를 물을 수 없고, 자네에게 전달만 할 뿐이야. 어쨌든 자네한테 돈이 들어온다는 얘길세."

"예상하지 못했던 일이네요." 내가 말했다. 어느 정도는 진심이었다.

"깜짝 선물이 최고의 선물인 법이지."

"맞는 말씀 같네요. 제가 뭘 받게 되죠?"

"이 신탁 재산에서 흥미로운 부분이 그걸세." 앤디가 말했다. "현금과 주식, 그리고 부동산도 있네. 그리고 그 부동산 중 일부는… 최근의 것이야."

"얼마나 최근인데요?"

"'자네 삼촌이 사망한 이후'지. 게다가 그중 일부는, 음…. 자네와도 직접 관련이 있네."

"젠장, 앤디. 변죽 좀 그만 울리고 빨리 얘기해 주세요."

"알겠네. 부동산 중 하나는 배링턴의 사우스 그로브 애비뉴 611번지일세." 앤디가 말했다. "귀에 익지?"

"네." 내가 말했다. "제가 지금 그 집에 앉아 있어요."

"내 말이 그 말이네. 어떻게 그 집에 살게 됐나, 찰리?"

"에어비앤비예요." 내가 말했다. 한 달 전 그 집에 살기 전에는 그 말이 사실이었다.

"축하하네. 자네는 이제 에어비앤비가 아니라 자기 자신에게서 집을 빌리는 거야."

"그냥 집이 생겼다는 말 같은데요."

"그런데 세금이 부과될 수는 있네."

"그 문제를 처리해 줄 변호사가 필요하겠네요."

"나는 뒀다 어디 쓰려고 그러나."

"좋습니다. 공식적으로 제 변호사가 돼 주세요, 앤디."

"고맙네, 찰리. 일을 맡겨 줘 고마워."

"이제 수임료 값을 하셔야겠네요."

"자네가 할 일도 더 있네." 앤디가 말했다. "이유를 말해 줄 테니 기다리게. 내가 가진 정보에 따르면, 자네가 가장 최근에 취득한 재산의 관련 절차가 정확히 사흘 전에 마무리됐네."

"그게 뭐죠?"

"아, 별거 아닐세. 맥두걸 펍이라고 하는 작은 가게지."

나는 몸을 앞으로 기울였다. "뭐라고요?"

"자네는 맥두걸 펍을 통째로 소유하게 되네." 앤디가 말했다. "건물뿐만 아니라 펍, 그리고 레스토랑까지. 직원들도 고용 변경 없이 전부 인수하네. 이제는 전 소유주가 된 브레넌 맥두걸이라는 사람이 인수인계 기간인 여섯 달 동안 매니저로 일하며 자네를 돕기로 했다는 메모도 있군."

"제가 그럴 돈이 있나요?"

"음, 어디 보세. 내가 가진 자료에 따르면 자네의 신탁 재산은 새 집과 맥두걸 펍까지 포함해서 1175만 달러군. 상속세가 부과되는 1200만 달러를 아슬아슬하게 피하는 금액이지. 그러니 매니저 월급 여섯 달 치는 감당할 수 있을 걸세. 근검절약한다면 말이야."

"맙소사."

"부자 친척이 있다는 건 좋은 일이지."

"정말 그렇습니다."

"내일 아침에 이리로 와서 자세한 내용을 살펴보는 게 어떤가? 내가 받은 정보를 그 전에 이메일로 보내주겠네. PDF 파일인데 제목이 '헤라 홀딩스'군."

"뭐라고 하셨죠?" 내가 말했다.

"신탁 관리자 말인가? '헤라 홀딩스'네. 왜 그러나? 생각나는 게 있나?"

"조금요."

......

펍이나 레스토랑의 운명은 첫 1년에 달려 있다고 한다. 맞는 말이다. 브레넌 맥두걸 씨, 그리고 수년간 근무한 베테랑 직원들이 도와주기는 했지만 나는 자주 나의 능력 부족을 실감했다.

단언컨대, 펍 주인보다는 악당이 되는 게 백만 배는 더 쉽다.

하지만 첫해가 끝날 즈음이 되자, 마침내 감을 좀 잡았다는 느낌이 들었다. 사업이 예상대로 잘 굴러갔다. 맥주와 프렌치프라이를 팔고, 프리미어리그 생중계나 녹화중계를 틀어주었다. 수십 년간 있었던 그대로의 펍이었다. 배링턴에 사는 사람들이 처음 술을 마시고, 처음 데이트하고, 친구들, 그리고 언젠가 친구가 되고 싶은 사람들과 함께 놀러 오는 곳.

내가 펍을 인수했을 때, 처음에는 회의적인 시각까지는 아니더라도 다소 미심쩍어하는 눈길을 받았다. 사람들이 좋아하는 펍이나 레스토랑, 또는 둘 다에는 어떠한 변화도 바람직하지 않다. 하지만 브레넌 씨는 나까지 포함해 모든 사람이 그 인수를 받아들일 수 있게 도왔다. 그래서 여섯 달 뒤 그가 은퇴할 때가 되자 사람들은 펍 주인이 바뀌었다는 사실을 완전히 잊어버린 것 같았다. 여기에는 브레넌 맥두걸 씨 본인도 포함되는데, 며칠마다 한 번씩 들러 맥주를 한두 파인트 마시곤 했다. 아마 내가 술값을 받지 않아서였겠지만.

그것 말고 사람들이 알 수 있는—눈치나 챘는지 모르겠지만—펍의 유일한 변화는, 벽에 걸어 놓은 사진이었다. 아버지와 내가 펍에서 찍은, 카메라를 향해 미소 짓는 셀카다.

첫해가 정신없이 지나갔고, 맥두걸 펍은 잘 굴러갔다. 내가 바 뒤에 있을 때면 손님들이 드나들면서 인사를 건네곤 했다. 어딘가에 소속되어 있다는 느낌은 근사했다.

"저것 보세요." 어느 날 밤, 웨이트리스 중 하나인 모이라 콜린스와 내가 펍 문을 닫고 있을 때 그녀가 말했다. 나는 몸을 돌렸다. 고양이 두 마리가 연석 위에 서 있는 게 보였다.

헤라, 그리고 이제는 다 큰 페르세포네였다.

"내 고양이들이야." 내가 말했다.

"고양이 기르시는 줄 몰랐어요." 모이라가 말했다. "그것도 저렇게 귀여운 애들을요. 밖에서 돌아다니게 내보내신 거예요?"

"내가 내보낸 게 아니야. 자기 마음대로 들락날락하지."

"저도 그런 고양이를 기른 적이 있어요. 자물쇠와 문이 있어도 소용없었죠."

"그 비슷해." 내가 동의했다.

"영리한 고양이가 있으면 좋아요. 말썽꾸러기죠."

"쟤네 둘도 엄청나." 내가 확인해 주었다.

모이라는 주차장 뒤쪽으로 엄지손가락을 움직였다. "태워다 드릴까요? 걸어 다니시는 건 아는데, 고양이들이 혹시 차에 치일까 봐서요."

"고마워." 내가 말했다. "하지만 괜찮아. 멀지 않거든. 그리고 쟤들은 녹색 신호일 때만 길을 건너."

"정말이에요?"

"그렇다니까."

"정말 엄청나게 똑똑한 고양이들이네요."

"맞아."

"이렇게 해 보시는 게 어때요? 고양이를 위한 버튼 보드(간단한 음성 '밖으로', '물', '사료' 등이 녹음되어 있고, 고양이나 개가 특정 버튼을 누르면 그 녹음된 음성이 나오는 방식으로 사람과 소통함-옮긴이)를 사세요. 바닥에 놓아 두면 고양이들이 사장님께 할 말이 있을 때마다 버튼을 누르는 거죠."

"들어본 적 있어."

"저 고양이들은 사장님께 할 말이 많을 것 같아요." 모이라가 말했다.

"그건 확실해." 나는 모이라에게 말했다. 그리고 잘 들어가라고 인사했다. 그녀는 자기 차로 갔다. 나는 고양이들에게 걸어갔다.
"무슨 일이니?" 내가 물었다. "버튼 보드 필요해?"
헤라는 재미있다는 듯한 눈길을 보냈다. 페르세포네는 야옹 울더니 내 다리에 몸을 비비댔다.
"나도 보고 싶었어." 나는 페르세포네에게 말하고 다시 헤라를 보았다. "네 키보드는 네가 오면 바로 설치할 수 있게 아직 가지고 있어. 지금 집에 오는 거지? 영원히 말이야."
헤라가 야옹거렸다.
"그렇다는 말로 받아들일게." 나는 몸을 돌려 맥두걸 펍의 문이 확실히 닫혔는지 점검했다. 가끔 잊곤 하는데 좋은 습관은 아니다. 문은 잠겨 있었다.
나는 헤라 쪽으로 몸을 돌렸다. "그나저나 이 펍 고마워."
헤라는 천천히 내게 눈을 깜빡였다. 페르세포네가 다시 야옹 울었다.
"그래." 나는 맞장구쳤다. "이제 집에 갈 시간이야."

〔끝〕

작가 후기

이 소설의 집필 과정에는 사연이 많다. 하지만 간단히 말하자면, 반쯤 썼을 때 나는 코로나에 걸렸다. 증상은 심하지 않았지만, 몇 달 동안 머릿속이 뒤죽박죽이었다. 그 결과, 이 작품을 쓰는 기간이 생각보다 오래 걸렸다.

그러니 이 원고가 예상보다 늦게 완성되는 바람에 시간에 쫓겨야 했던 토르 출판사 여러분들의 발밑에 다시 한번 엎드려 감사해야 할 것 같다. 먼저, 그리고 당연히, 내 편집자 패트릭 닐슨 헤이든뿐만 아니라 멀 프레지어, 교열 담당자, 디자이너, 그리고 표지 작업을 해 준 디자이너(패트릭, 감사를 표해야 할 이름이 몇 명 더 있을 것 같은데 여기 추가해 줘요)에게 감사한다. 나의 놀라운 발행인 알렉시스 사렐라, 토르 출판사 영국 지사의 벨라 파간과 조지아 서머스, 그리고 토르 출판사의 모든 멋진 분들께 감사한다. 이 개똥 같은 늦어진 원고의 담당자께 감사드린다. 다음엔 더 나은 글을 쓰겠다. 진짜다. 이번에는 진심이다.

이선 엘렌버그와 비비 루이스, 그리고 이선 엘렌버그 에이전시의 모든 관계자께 감사드린다. 엘렌버그는 세계 최고의 문학 에이전시다. 나의 영화/TV 담당 매니저인 조엘 고틀러, 내 변호사 매튜 슈거맨에게도 감사드린다. 능력이 탁월한 건 물론이고, 나의 영원한 응원단까지 되어 준다. 그 점이 말할 수 없이 고맙다.

이 책의 집필이 하염없이 길어지는 동안 나를 지지하고 격려해준 모든 분께 감사드려야 한다. 그 이름만으로도 이 페이지를 가득 채울 정도지만, 이렇게 짧게만 언급하고자 한다. 클리셰 같지만 "내가 누구 얘기하는지 알겠지."라고. 그렇다. 내가 누구 얘기하는지 알 거다. 감사드린다.

이 책을 쓰면서 나에게 특별한 영감을 주었던 두 가지를 말하고 싶다. 첫째, 타이핑하는 고양이와 관련해서 적어도 몇 가지는 메리 로비네트 코왈의 고양이인 엘리제에게서 영감을 받았다. 엘리제는 버튼 보드를 사용해 인간과 단어와 문장으로 소통한다. 내 고양이들에게 써 볼 엄두는 나지 않는다. 절대 입을 다물지 않을 테니까.

둘째, '피치 앤 피치'는 책이 아닌 비디오게임 〈데스루프〉의 비슷한 장면에서 몇 가지 영감을 받았다. 그 장면은 게임 중의 '양 먹어 치우기(devouring of the lambs)' 파티에서 벌어진다. 파티 참가자들은 단상에 올라가서, 자신이 저지른 악행을 자랑해야 한다. 그리고 그 악행이 충분히 사악하지 않다고 평가된 참가자는 고기 다지는 기계 안으로 떨어진다. 게임에서는 고기 다지는 기계지만 소설에서는 스프링보드로 대체했다. 하지만 '피치 앤 피치' 장면을 읽고 왜 어렴풋이 익숙한 느낌이 드는지 궁금했다면, 이게 그 답이다(그리고 〈데스루프〉는 끝내준다. 지난 몇 년 동안 가장 즐겨 했던 게임이다. 여러분도 해 보시라).

마지막으로, 그리고 늘 그렇듯, 아내 크리스틴 블라우저 스칼지에게, 지금처럼 멋진 사람으로 있어 줘서 다시금 감사하고 싶다. 이런 후기를 쓸 때마다 늘 말하지만, 그녀는 내가 책을 쓰게 하는 원천이고, 이번에는 다른 때보다 더 그랬다. 무슨 말이 필요할까? 그녀는 나의 세상이고 나는 그녀를 사랑한다.

존 스칼지, 2022년 12월 18일

스타터 빌런

1판 1쇄 인쇄 2024년 12월 23일
1판 1쇄 발행 2024년 12월 31일

지은이 존 스칼지
옮긴이 정세윤

발행인 김지아
표지 및 본문 디자인 Misoso

펴낸곳 구픽
출판등록 2015년 7월 1일 제2015-27호
주소 서울시 광진구 동일로 459, 1102호
전화 02-491-0121
팩스 02-6919-1351
이메일 guzma@naver.com
홈페이지 www.gufic.co.kr

ISBN 979-11-93367-09-4 03840

※ 이 책은 구픽이 저자와의 계약에 따라 발행한 것이므로 본사의 서면 허락 없이는 어떠한 형태나 수단으로도 이 책의 내용을 이용하지 못합니다.
※ 책값은 뒤표지에 있습니다.